U0879657

# 作家眼中的海淀

北京市海淀区文学艺术界联合会 编

作家出版社

**编委会主任：**张劲林

**主　　　编：**苗　地

**副　主　编：**张志忠　石钟山

**编　　　委：**黄　英　赵　萍

佟志伟　川　妮

王贤根　王　威

叶宏奇　李明新

张福成　童　村

魏淑文　崔　靖

# 目　录

# 序

## 后　来

石钟山

初识海淀是1989年到解放军艺术学院上学，位于魏公村。那会儿，在闲暇时，动物园、颐和园、圆明园、紫竹院公园、北京大学、北京理工大学、民族大学是我们常去的地方。那会儿，人没有现在多，车更少，我们骑着二手或三手自行车穿行于海淀的大街小巷，留下了我们的身影和欢笑。

在北京，我住过西城、丰台，后来又住过朝阳。在2000年年初，我又回到了海淀，在四季青附近。

这会儿，海淀已经长大了。车多，人更多了。以前是庄稼地的地方，转眼长出了高楼，此时，已没有闲情去公园和校园了，而是忙碌在海淀或更远的地方。不论走多远，都会回家。不论在国内或国外，都要向人介绍：我是北京人，家在海淀。不论离开家多久，想起海淀就亲切。楼高，车多，人挤，这是现代都市的标志。北京如此，海淀也是如此。

后来，大约在两年前，师弟叶宏奇给我打电话，说到了海淀作协改选的事，邀我出任主席，为海淀作家们扛旗。在那一次，我认识了海淀文联的苗地主席。苗主席话语不多，憨厚朴实的样子。因为信任和缘分，以后的日子里我多次参加了海淀作协的活动。这才了解到，基层作协做了许多实事好事，比如每月一次的“海淀作家大讲堂”。约请的都是名家，开辟专题文学讲座。又走进学校，在中小学和大学设立了小作家协会、文学社。《海淀文艺》还专门开辟了发表小作家作品的专栏。组织作家采写过许多反映海淀各个领域、不同侧面的报告文学，现已结集出版。

《作家眼中的海淀》是由海淀作协组织策划，海淀区委宣传部和区文联主抓的一部散文集，意在用作家的视角观察海淀，用作家的灵性感悟海淀，用作家的逻辑思考海淀，用作家的情绪感染海淀，用作家的文字抒写海淀，是北京市建设大西山永定河文化带基础工作之一。在这本书即将出版之际，区文联嘱我写个序。作家笔下的海淀当然各有千秋，有回忆，有现实，还有对未来的憧憬。不论什么篇什，都充满了作家对海淀浓浓的爱。我们成长在海淀，我们热爱海淀，用我们的笔描绘海淀。海淀是我们的家园。

明天的海淀会更加美好。

2018 年 6 月 15 日于北京

# 黄庄路口

艾克拜尔·米吉提

我就住在人大附中近旁。在开学以后，每天早晚接送孩子的学生家长车辆便会把狭窄的道路堵得水泄不通。因此，我上下班尽量要错开他们，避免和他们堵在一起。

前些日子，恰巧早上避之不及，和他们撞在了一起。无奈，我们只好绕道而行。

当我们驱车穿过小胡同，来到学院南路时，情况并不比人大北路好得了多少。其实，仔细看去，车辆并不十分多，此刻造成拥堵的原因是，那些送孩子的家长压根不管不顾，都抢着驱车往前冲，也不理会谁的路权在先。一旦到了前边，立即停车下人，堵住后边的车辆也在所不惜，毫无愧色。还有那些身着人大附中校服的学生，骑着自行车有序向前行的，也有逆向而来的。当来到黄庄路口时，大人和小孩根本不顾一切，横行于斑马线内外，争分夺秒抢行通过马路。在经过人大附中正门口时，看到有一位交警和两位协警站在辅路边维持交通秩序，然而，他们几乎发挥不了作用。送孩子的车辆见缝插针停下来，那些下了车奔向校门的孩子，也视若无睹，穿行于车流之间。

应当说，人大附中是中国最好的中学之一。但是，从这些送孩子家长行车表现和学生们的交规意识来看，显然，我们的交规教育远没有进入学堂。所以，这里的交通才会出现如此混乱的状况。不过，这只是我国交通现状的一个缩影而已。

的确，我们是从自行车时代进入了汽车时代，但是还未形成汽车文化。所谓汽车文化，其实质就是礼让文化。驾车行进在路上，让人就是让己。一旦进入快速车道，就应该立即提速，不要给马路添堵。其实，这也是另一种礼让之法，你快速通过，他人也就不会被你堵住。在十字路口，在斑马线上，机动车应该给行人让行；而在机动车道，行人绝对不许穿越横行。这些，不仅仅是交通法规上的僵死文字，而应当是每一个国民渗透进血液的自觉行为，成为一种潜意识的文化存在。我们号称文明古国、礼仪之邦，但是，驾车行进在马路上，你会发现这一切似乎早已荡然无存。任何一部车辆可以随意并线，甚或横插三条线，有的车辆甚至连转向灯都不打，就直接插入。从中可以看出国民的日常行为方式，在公共场所、电梯口，里边的人还没有出来，外面的人就抢着往里拥。在车站或商场，迎面过来的人，毫无谦让意识，直愣愣地撞你的肩膀而过。即便是在医院，同为求医患者，踩着了你的脚，或胳膊肘子磕着了你，毫无感觉，更不会说声抱歉，会木木然直视前方而去（记得八十年代初期，在北京还盛行一句话“借光”，现在随着胡同的消失和城市的不断扩展，全然销声匿迹了）。而这种日常行为，延伸到方向盘上，以滚动的轮胎发言时，自然会造成马路乱象。限号也好，限行也罢，只是治标不治本。细观京城马路的堵塞，至少三成是因为行车互不相让、随意并线造成的。毫无疑问，既然我们无可避免地进入了汽车时代，就应当十分认真地培育汽车文化，真正适应时代发展的需求。

这些年来，我在欧洲、美国和中亚哈萨克斯坦走过。在那里驾车，每一位驾车者都默契遵守着行车规矩。在美国洛杉矶的卫星城，有些十字路口并没有红绿灯，但是，驾车者开到路口都会减速，看一看路口是否有行人或行驶的车辆，确认没有，才提速通过。如有行人车辆，一定等待由路权优先方先行通过。在德国也是，在没有红绿灯的环形路口，一定让主线或环线内侧车辆先行通过，其他车辆之后才过。在阿拉木图、阿斯塔纳，在一些没有红绿灯的小路口，在非干道行驶的车辆，会耐心等待干道车辆先行通过，然后才并入干道。显然，成熟的汽车文化，是一种人们的成熟心态，懂得相互尊重与礼让，富有耐心地等待，由此形成一种自觉礼让的行车习惯，久而久之就会形成良好的社会风气。

当然，汽车时代就是速度的时代。汽车该快就要让它快起来。在汽车和高速公路的故乡德国，限定的是最低时速。比如上高速公路，必须时速七十迈，否则进入高速公路违反交通法规。而一旦上了高速路，除了一些特殊路段（比如因修路，临时采取限速路段等），便没有最高限速，你想开多快就开多快。我在德国，朋友驾车，我们的车速已显示二百一十五迈，结果还是有一些车辆从我们左侧风一样超去，汽车的速度和价值得到实质性体现。

其实，法治理念，真正的依法治国，是要让宪法和法律深入人心，让每一个人从心底竖起一道法律的底线，才能真正实现。

## 作者简介

艾克拜尔·米吉提，1954年出生，哈萨克族，新疆霍城人。曾任全国政协委员，中国作家出版集团管委会副主任，《中国作家》主编。现为中国作家协会影视文学委员会副主任，中国电影文学学会常务副会长，中国作协第九届全委会委员。主要作品有中短篇小说集《哦，十五岁的哈丽黛哟……》《瘸腿野马》《蓝鸽、蓝鸽……》等，传记文学《穆罕默德》《木华黎》，散文集《哈纳斯湖畔之夜》《父亲的眼光》，评论集《耕耘与收获》，以及大量翻译作品。

# 历历如昨　殷殷我心

陈建功

1977年恢复高考的时候，我已经二十八岁。如果不是“文化大革命”，我也应该和今天的高中生们一样，十八岁就进考场了。十八岁那年，我却卷起铺盖，到京西的木城涧煤矿当了一名岩石掘进工。那时候的我又瘦又小，体重不过百十斤，扛起和我一般重的风锤，晃晃悠悠，龇牙咧嘴。我最拿手的活儿是跟车——叼着哨子，在飞驰的矿车间蹿上蹿下，摘钩、挂钩、甩车、追车……我时而指挥若定，时而又欢实得像一只出溜出溜四处乱钻的老鼠。

一干就是十年。

二十八岁了，居然又回到了考场。

说实在的，那十年里，我做过大学之梦。1973年，我满以为自己会成为南京大学中文系的“工农兵学员”。因为班组里的师傅们认定我这个人“实在、义气、不惜力”，一致推荐我去上大学，而我，又即将在《北京文艺》上发表我的处女作——那是一首歌颂“工农兵上大学”这一“新生事物”的诗歌……我没有想到，无论是实实在在地干活儿，还是不实实在在地拍“文化大革命”的马屁，都帮不了我——因为我有一个“臭老九”加“特嫌”的父亲，也因为我有所谓的“反动言论”，最终还是被拒之门外。

1977年下半年，风传日盛，说是高考要恢复了。我对此却有些麻木，或者是因为我的自负。因为已有文字发表，就自以为已经迈出了当作家的第一步。当作家一定要上大学吗？高尔基、杰克·伦敦、马克·吐温……我一边挖煤，一边读书，虽说是“文革”时期，除了“毛选”和“马列”，几乎无书可读，可我还是读了不少——其中的大多数，就是我妈利用她负责北大附中教师资料室之便，偷偷拿来给我读的。就这样，我读了十年，算起来上两个大学都毕业了！自以为已经读了不少书的我，认为自己的当务之急是写小说，当作家，让那些当年把我拒之门外的人目瞪口呆。

母亲不是一个望子成龙的人，她只希望她的儿子活得明白、自信、充实，而要如此，她认定了非得送我去读大学不可。“五世业儒书有种，一生任运仕无媒”，我妈受陆放翁之毒颇深，她说我家是“书香门第”，能不能当官，那是命，甚至于能不能找一份好工作，她都无所谓，可绝了“书种”，她会愧对先人，死不瞑目。我妈还说，“四人帮”时代，她绝不逼我，谁让咱家不是“工农兵”呢？现在党又让咱考了，咱还不考？我妈啰唆得很，我怕她啰唆，只得从命。

我是在山脚下筛沙子的时候，听说自己被北大文学专业录取的。大约三年前我在掌子面上被矿车撞断了腰。伤好以后，我就在那个井巷口，天天率领着四个老太太筛沙子。

更确切地说，那位工友兴冲冲地跑来报信的时候，我正仰面朝天，躺在沙子堆上晒太阳。我记得，听到他气喘吁吁的报告，当时似乎只是淡淡一笑。

我又翻了个身。我想晒晒后背。当后背也被晒得热烘烘之后，我爬起来，去领我的录取通知书。

回想起来，有点儿后怕。我的心，已经像岩石一样粗糙了。

## “水房歌手”

二十八岁，已经不是激情澎湃的年龄了。

那时，我住在 32 楼的 332 房间，和水房是对门。我的铺位是门后的上铺，敞开的通风窗像个咧开大嘴的喇叭，对着我的脑袋，天天晚上为我送来“水房歌手”永无休止的歌声。我得承认，开始的时候，真恨不得想骂娘。心里骂着，脑袋蒙进了被窝里，可被窝外还是唱得顽强。深夜花园里，四处静悄悄，只有风儿在轻轻唱。人家的闺女有花戴，你爹我钱少不能买，扯上二尺红头绳，给我闺女扎起来。河里青蛙从哪里来？是从那水田向河里游来。甜蜜爱情从哪里来？是从那眼睛里到心怀。哎哟妈妈。谢谢妈，临行喝妈一碗酒，浑身是胆雄赳赳。雄赳赳，气昂昂，跨过鸭绿江。鸠山设宴和我交朋友，千杯万盏会应酬。哎哟妈妈，你可不要对我生气，年轻人就是这样相爱。莫斯科郊外的晚上。第七不许调戏妇女们。向前进向前进，战士的责任重，妇女的冤仇深……“唰”，电闸不知被谁拉了，水房里漆黑一片，短暂的静寂之后，那里又亮起了电筒的光柱。那气氛更加热烈而神秘，俨然一道道追光在舞台上闪烁——1978 年就是这样一个年代。你的耳畔还萦绕着八个样板戏震耳欲聋的鼓点子，从海峡彼岸却传来了邓丽君半喘着气绵绵软软可又挺中听的流行曲。你刚刚听到了一条大河波浪宽十八岁的哥哥呀细听我小英莲，又不能不迷恋上了梨花开遍天涯晨雾袅袅如纱峻峭的河岸上站着的喀秋莎。

恢复高考是新时期带给青年的第一个狂喜，而七七级的大学生是最先享受了这狂喜的幸运儿。他们中间，又有谁能没有命运转机的喜悦和自得？

看来，我唯一的办法只能是：躺在我的“包厢”里听。

听他们昏天黑地地唱。

生活中往往有这种事情发生，有一天你会忽然发现，你以为最原始、最粗鄙、最不值一顾的事物里，却蓬勃着激动人心的生命的律动。这道理是很久以后我才懂得的。

也许，回味那个年代，更值得叙说的，是思想解放的大潮如何涌入沉寂多年的未名湖，引起隆隆的回响。规模浩大的“五四”学术讨论会；日益开放、日益大胆的讲坛；活跃的学生社团；广泛的社会交流；熄灯后的宿舍，关于“凡是派”“实践派”的喁喁低语；大礼堂里，倾听新学科讲座的一幕幕……相比之下，水房里的歌声也许是1978年的北大校园里最无关紧要的声响。然而，又何尝不可以说，这声响恰恰也是那奔突汹涌的潮水的回声呢？

是的，当年躺在那张吱吱作响的双层床上，听着水房里送过来的歌声，仿佛真的可以感受到那潮头的喧闹，那潮头的迷人了。这歌声是我的同代人以情感的方式对一个新的开放的时代伸出的臂膀。这时代不再容忍专制和封闭，不再容忍僵死和愚昧，不再容忍压抑个性，不再容忍蔑视知识和才华。这歌声又是我的同代人对一种新人格的呼唤。这人格不再苟苟且且，无须仰人鼻息，只管让想象自由地飞翔，坦坦荡荡地唱自己的歌。

我知道，这感受并不只属于我一个人。

我曾经在这喧闹声中反省自己十八岁到二十八岁的时光。你可曾有过一次这样酣畅淋漓的歌唱？当你被怀疑为“反革命集团成员”而接受“审查”的同时，你还接受了审查你的那位书记的吩咐，为他拟定了学习“九大”文件的辅导报告。当你被取消当“工农兵学员”资格的同时，你发表了你的“处女作”，那恰恰是一首讴歌“工农兵上大学”的诗篇。其实，严格地说，你的“处女作”早在这之前已经发表了，不过那署的是别人的名字。那位“劳动模范”器宇轩昂地在劳动人民文化宫朗读了“他的”诗作《煤矿工人这双手》，然后他到北京饭店吃他的庆功宴。第二天，“他的”诗作就登在了《北京日报》

上。而你，老老实实地回到岩洞里开你的风钻……你可料到，会有这样一个时代终于到来？可曾知道，还有这样一种富于魅力的人生值得认同？

选择，一代人的选择，就是在这喧嚣与骚动中重新开始的。

## 我作哀章泪凄怆

朱光潜先生去世后，曾想写一篇文章。后来我没有写。因为我从来无缘向先生求教，甚至连一句话都没有说过。

只有两次，在燕南园的围墙边，呆呆地望着他。

他是在散步，还是在跑步？小臂弯曲，平端在身体的两侧，攥着双拳，努力把身板挺得平直，目光平视前方。他的两脚在草地上一蹭、一蹭，每一蹭挪动的距离，顶多一寸。

我在矿山的时候，曾经偷过一次书。那批书被当作“四旧”，准备送到造纸厂回收。我裹上一件棉大衣，装作和那位打捆装车的师傅闲聊，趁其不备，往腰里掖了几本。

其中就有一本1964年版的《西方美学史》。

上北大以后，我读了新版的《西方美学史》。朱先生那篇新版序言曾使我久久难眠。

这以后，就见到了燕南园里跑步的他。

望着他那瘦小的衰老的身影，我无法想象，正是这位老人，写了那么一篇风骨劲健的文章。

他的心里，该是多么有力气。

而在北大的校园里，每一位真正的大师，都平常得像贩夫走卒。

“惜哉斯文天已丧，我作哀章泪凄怆。”只能远望的朱光潜先生走了，给我们做过入学讲演的侯仁之先生走了，还有给我们讲过课的王力先生、王瑶先生、林庚先生，许许多多，包括给我的写作以具体指教的吴组缃先生，也走了。

我的老师孙玉石先生写文章说，吴组缃先生去世前，他赶到了医院去看望，当时组缃先生的喉管已因抢救而切开，期期不得语，他只能紧握着孙老师的手，紧紧地，紧紧地……读到这里，我已经忍不住泪水盈眶。

我没能像孙老师一样，和组缃先生紧紧地握一会儿，送他老人家上路。

我是在先生去世的前两天赶到北医三院去看他的，因为没有戴口罩，被护士小姐拦在了门外。我没有要求通融，我知道她是为了先生好。我站在病房的门外，透过那扇玻璃门，默默地给先生送去我的祝愿。

两天以后，接到了组缃先生去世的噩耗。

听先生讲课的时候，先生已逾古稀高龄。先生身材瘦削，朗目疏眉，穿着一身浅灰色的中山装，风骨岸然。每次先生步入化学北楼的大教室时，教室里早已人满为患，却静静地一片肃然。七七、七八届的同学中，和我年龄相仿遭遇相近者颇多，每以“皓首穷经”自嘲。我想，组缃先生——当然还有林庚先生、王力先生、王瑶先生、阴法鲁先生等等——他们被那个时代激扬起来的心一定和我辈相通了，不然，何以离别讲台十几年后，又都拼了老命，一个个步履蹒跚地重新走进了大教室，为我辈作一番绝唱？

于是，那课，肃然下面就潜藏着悲壮。

先生的课却讲得那么潇洒，讲的是“中国古代小说史”，话题连类古今，典故趣闻信手拈来，印象最深的是翻来覆去地讲到曹雪芹对宝黛的爱情描写之精妙，一会儿说起自己年轻时代的感受，一会儿又扯到对自家儿女的观察，教室里时时响起会心的笑声。先生却不笑。我知道，先生所讲，无意哗众取宠。先生的讲法，非小说大家不能。先生治史，不为史累，他调动了自己作为一个优秀小说家所具备的对生活的独特体验和观察，带领我们神游于中国古代小说的意境、人物、细节之间。

于是，悲壮的一幕又成了一种享受。

那时候，我写小说已经有一些时日了，1982 年出版了第一本小说集，分别送呈中文系的各位老师请教。走到组缃先生楼下，未免有些胆怯。到底还是没有胆量贸然造访，只好去找住在附近的陆颖华老师，请她转交。陆老师说：“没事儿，你去吧，吴先生可好了，谁都可以随时找他的！”我说：“还是让先生看了我的习作再说吧，先生很忙，给他的至交老舍先生的作品集写序的事，一直还拖着呢，我怎么敢送本书就打扰一次！等先生看了我的作品，我再找先生请教，岂不最实际？”

几天以后，先生的研究生见了我，说先生让我去。

我去了。先生坐在一个很旧式的沙发上，拉着我的手。除了鼓励一番，说说他喜欢我的哪一篇，没有更多地说我的小说。先生说的，是古人的小说和海外的小说，他谈话的主题，是叙事的张与弛。我明白，先生在教我。那时候，我的小说写得紧张有余，松弛不够。

先生的手并不宽大，也不温暖，凉凉的，很有一点嶙峋的感觉。这手，我在北京西郊田园庄饭店的大堂里又握过一次。那次先生出席北京作家协会的代表大会，我们在饭店的大堂里相遇，先生拉着我，坐到一个长沙发上。

也是，我们的手，一直也没有松开。

先生和我谈的主要话题，是小说的语言。

我和先生诀别的时候，怎么就因为没戴口罩而被阻隔在外了呢?

我应该像孙老师那样，握着他的手，送他老人家上路。

我翻箱倒柜，寻找先生给过我的唯一的信件。

越是要珍藏的某样东西，临到你想把它找出来时，你会忽然发现，唯独这一件，恰恰忘记把它藏到了什么地方。

我用了整整一个晚上，也没有把那封信找出来。

组缃先生的信，大约是三年前寄来的，他寄来了一本重印的旧作《山洪》，里面附着一封信。信里大意是说，年轻的时候，要趁着大好年华，多到生活中去见世面，不可一味待在家中苦写。到老了，譬如到了我这把年纪，走不动了，想出去都不行了。

我当即给先生回了信，我请先生放心，我会照先生的话去做。

先生去世前的最后一个生日，我曾和北京市文联、北京作家协会的领导一起，到朗润园为先生庆生。同去的，还有林斤澜、张洁，有严家炎老师、孙玉石老师、谢冕老师。

那是一个和暖的冬日，我们带去了鲜花和生日蛋糕。

先生高兴，我们更高兴。

只有一句话使我有点难过。先生说，过去他的工资是很够花的，可现在，不知怎么了，发工资没几天，发现已经花光了。

大家和先生一道笑。先生极达观，把尴尬当笑话说。

我们一起到一家四川馆子去吃晚饭。

闲话中提起了评职称的事。有位领导说，组缃先生是北京作家职称评定委员会的委员，先生坦率直言，给他们留下了极深的印象。原来评职称时有人反对给一些中青年作家评“一级作家”，理由是，“他们搞自由化”。组缃先生当即严肃地说，这帽子不是可以随便戴的。再说，我们是在评作家，不是评党员，只要人家没犯法，应当得按作家的标准评。组缃先生还以当年评教授为例，说评一级教授的时候，也有人要把某某教授拉下来，因为他不是党员。总理听了这件事，说：“这是评教授，又不是评党员！”在总理的干预下，某某教授评了一级，而组缃先生则反倒因为名额的原因被评了二级。饭桌上旧话又提，组缃先生微微一笑，说：“其实我不过说了一句大实话。要是评党员，开党支部会就行了，要我来做什么？”

今天看起来，说这样的“大实话”似乎不是难事。而组缃先生说这话的时候，正是许多人把新时期文学说得乌烟瘴气，说要“重新组织作家队伍”，恨不能再挖出一条“自由化”“黑线”的时候。

过最后一个生日那天，先生仍然心明如镜。

## 后“七七”岁月的惊喜

记不清是在1997年还是1998年了，那一年的那一天，我居然在纽约机场遇见了小查——查建英！

我们是在纽约飞往芝加哥航班的登机口相遇的，说实在的，那时我正在想，文学七七级的同学还有谁在美国。我努力在脑海里展开一幅美国地图，一会儿阿拉斯加一会儿洛杉矶，时而吴北玲时而徐启华，当然我也想到了查建英，因为几乎她每一次回国，都会找我神侃一通。我知道她住在美国的南部，自由撰稿为生，可惜我这次游美，没有南部的行程，否则是一定要杀上门去的。想着想着，真如梦境一般，查建英斜挎着一个双肩背的背包，顺着登机的人流朝我走来了。我忍不住大叫起来，大概我的叫声有些失态，以致旁边的人们都吃惊地看着我，随即无一不为我们的意外相逢报以欣悦的微笑。

我对查建英说，怎么回事？我正想到你，你怎么就神龙天降了！查建英告诉我，趁着婆婆来家的机会，她把小孩子扔给婆婆，飞到纽约找刘索拉玩来啦。她遗憾没有早一天遇见我，否则昨晚的“派对”可以一起疯。我说，这会儿见着最好，第一我是格外怕“疯”的主儿，我可受不了刘索拉的“疯”，别因为我去了，你们“疯”不起来，你岂不白白飞了来？第二，你昨天“疯”完了，咱们今儿就见着了，可以踏踏实实聊一路，正好。第三，本来还想给你打个致敬电的，这下连电话钱都省啦！……

就这样，带着异国重逢的快乐，聊了一路，直到飞机落在了芝加哥，查建英才消失在人流里，前去转乘飞往南方（新奥尔良抑或凤凰城）。

若以年齿计，在班里我是“老大哥”序列。而查建英们，当然包括了苏牧、梁左、李春、赵红等等，大约应该小我们十岁。1978年到北大报到时，一见查建英这名字我就怀疑她是不是我人大附中一个同学的妹妹，一问果然。

历史的错误和时代的机遇就这样把年龄参差、阅历各异的青年人放到了一起。在北大时，查建英、梁左、苏牧、李春们已是头角峥嵘，梁左以幽默见长，苏牧以俏皮取胜，李春以漂泊为指归，查建英则以语言的新鲜和灵动让大家瞠目结舌。我还记得她写的一个短篇名叫《最初的流星》，那语言感觉之新鲜，当时已经让我自愧老也，险些放弃写小说的打算啦。多少年后，梁左以相声和喜剧打出一片天地，惜天不假年，骤然辞世。苏牧教授更不应小觑——某次到友人家中，其孙女正备考电影学院，手捧一册中外影片分析的专著，沉迷其间。一看封面，苏牧教授专著《荣誉》是也。李春则一如北大时那般“草根”——我还记得他一人蹬着三轮车，从清华园火车站往回运《这一代》的身影。

后“七七”岁月的惊喜，也不光在我和查建英、李春们之间，比如我也曾在各类国家级文学奖的颁奖大会上与黄蓓佳相遇，在香港作联的聚会上与黄子平兄重逢，在国家图书奖的评委会上和一身素布唐装、越发儒雅的张鸣教授共事……还不止于此，在中国作家协会任上时，我主持过一个外国文学讲座，演讲者是社科院外文所的德国文学研究专家李永平，在电梯口迎候他时，一眼就认出这是北大七七级西语系的同学，曾经同住在32楼。后来举行的法国文学讲座上，我又发现讲座人、现任《世界文学》主编、法国文学翻译家余中先也是当年32楼的“楼友”。更有趣的是，到香港参加一个文学活动，中央驻香港特别行政区联络办公室主任高祀仁宴请代表团，同席的副主任彭清华，也是32楼西语系的楼友。彭主任笑道，当年趴在32楼对面的墙上，借着昏暗的路灯，看文学七七贴上墙的《早晨》，津津有味啊！几个月前，参加全国政协的文化考察，到了广西，又见到彭清华，他已经改任广西党委书记了，又谈起20世纪80年代墙报上的小说，仍然兴致勃勃。

七七、七八级共享的那一段北大岁月，或也可谓岁月难磨，铭心刻骨吧。

2018年3月改写

## 作者简介

陈建功，1949 年出生，广西北海人。1973 年开始发表作品，1977 年考入北京大学中文系文学专业，1982 年在北京市文联从事专业创作。1995 年调任中国作家协会创研部主任。曾任中国作协党组成员、书记处书记、中国现代文学馆馆长，第十、十一届全国政协委员，第十二届全国政协常委。现为中国作协副主席。主要作品有：小说集《迷乱的星空》《丹凤眼》《前科》等，散文随笔集《从实招来》《北京滋味》《嬉笑歌哭》《默默且当歌》等。作品曾多次获全国文学奖，并被译成英、法、日、捷克、韩等文字在海外出版。

# 我的海淀地理

川　妮

魏公村白石桥路34号。这是一个已经消失的地名，何时消失的，我没有认真去查证，它现在的名字是中关村南大街34号。

我保留的几十封书信，各式各样信封上的收信人地址一栏都写着魏公村白石桥路34号。蓝墨水写下的字，刚收到的时候水分还没干透，蓝颜色漂浮在纸面上，呈现出某种娇艳的状态。正如那个在34号院子里求学的收信人，心里执着的念头和脸上满满的胶原蛋白，都发散出青春的光芒。二十多年过去了，蓝墨水的水分彻底蒸发，信封上只留下干巴巴发黑的蓝。当年的收信人，也从青年步入了中年，脸上的胶原蛋白和心中的念头，逐年递减，已经含量不足。在时间面前，从来没有胜利者。不甘心的失败者，只能想方设法保留记忆。我翻箱倒柜找出这些信，闻着樟木箱子的气息，抚摸信封上的字迹。对于已经消失的魏公村白石桥路34号，这些信和信封上的深蓝色字迹是它存在过的证据。

一直以为只有研究上万年或者几千年之前的历史才需要证据，被时间河流无情淹没的人类往事，只能到沉入时间河底的泥沙里挖掘证据。陶瓷片上的鱼形花纹、殷墟遗址、兵马俑、三星堆、曾侯乙墓、海昏侯墓……考古学的每一次发现，都让历史研究者兴奋难抑，大量实物证据的出土，为历史研究提供了可以依凭的实据。

尤瓦尔·赫拉利的《未来简史》里有一个细节，令我记忆深刻：2013年，牛津大学的卡尔·弗瑞和迈克尔·奥斯本发表了《就业的未来》，根据他们的算法估计，到了2033年，各种职业失业的概率为：裁判员99%，收银员98%，厨师96%，服务员94%，公交司机89%……未来二十年，我们熟悉的这些行业，都有可能被人工智能取代。而人工智能能够取代考古学家的可能性只有0.7%，因为考古工作需要极精密的模式识别能力。

未来二十年，最不可能被人工智能取代的职业，居然是考古学。看来，人类到底还是不放心把考证自己历史的责任交给人工智能。

《未来简史》，我是在微信读书上听完的，每天晚上走路的时候戴着耳机听。脚下的塑胶走路道和耳朵里那个电子合成的非人声音，让我的感觉始终处于分裂状态。我的脚踏着现实的土地，身体的运动系统在现实空间里协调地行走，而我的脑子被电子合成的怪异声音带入了一个未来世界。在尤瓦尔·赫拉利描绘的未来世界里，人工智能将会代替人做出更明智的选择，以大数据、人工智能为代表的科学技术日益成熟，人类将面临进化为人以来最大的改变，大部分我们熟悉的工作将会被人工智能取代，人工智能的发展，将使绝大部分人沦为“没有价值的群体”，因为人工智能比人类有更强的学习和记忆能力。而且，人工智能没有情感，不会疼痛，不会被情绪左右，跟人工智能相比，人类的肉身和情感，都具有无法克服的弱点……

我在听书的同时心里盘旋着一个惊恐的疑问：人工智能一旦摆脱了人的控制，会不会反过来成为控制人类的主宰？

通过微信读书听《未来简史》的时候，我的心情跟八十年代末期读《第三次浪潮》已经截然不同。阿尔文·托夫勒的《第三次浪潮》是我们那代人的必读书目。托夫勒说，人类的发展，继“农业文明”“工业文明”之后，将会出现“第三次浪潮”，也就是依托大数据形成的“信息文明”。托夫勒是那个时代的预言家，在他预言的信息文明就要到来的时候，我还年轻，庆幸自己赶上了一个崭新的时代。在年轻人眼里，新就是好。我以年轻人的无知大胆推论，信息文明当然不会像农业文明那样经历缓慢的积累和发展，要以千年为时间单位发生变迁，但是，就算比工业文明快一倍，以五十年为时间单位，我们也无须惊慌。相对人生的长度，以五十年为时间单位，发生任何变迁都是舒缓从容的。然而我错了，信息文明是以十年五年三年一年甚至更短的时间作为时间单位的。

一切都发生得太快了，一切都消失得太快了。就像魏公村白石桥路 34 号，一个二十年前的存在，已经消失无踪，需要证据才能确认它存在过。

1995 年之前，信息时代只是作为一个概念，进入了我的认知领域，并没有对我的生活造成什么影响和改变，我的个人生活，依然沿袭了父母一代的模式：工资在财务室签字领取。书籍和一切生活用品都要去商店购买，一手交钱一手交货。写作要在稿子上一笔一画进行，中指的第一个关节处，被钢笔磨出了一个厚厚的茧。出行购票要提前去票务大厅排队。移动电话还是奢侈品，只有少数有钱人使用……

1995年的下半年，拥有一台数字传呼机，是我个人进入信息时代的标志。1996年上半年，我有了第一台台式电脑，下半年有了一部摩托罗拉手机，花三千多块钱买到了一个移动电话号码。尽管，1987年9月20日，钱天白教授通过拨号上网的方式，发出了我国的第一封电子邮件“越过长城，通向世界”，开启了中国互联网的序幕。但是，到了1998年，我才注册了一个网易免费邮箱，一直使用至今。电子邮件的快捷和方便，立马终结了我手写书信的历史。1999年，诺基亚3210手机可以收发短信，一毛钱发一条，短信拜年成为当年的时尚，短信段子手成为高收入的新职业。1999年，单位给我们办理了信用卡，工资直接发到卡里。2000年以后交付使用的房子，配备了电卡、水卡、煤气卡，上门抄水表、电表和煤气数字的职业不复存在。再后来，有了论坛，有了QQ，有了博客，有了微博，有了淘宝购物，有了支付宝，有了当当、亚马逊、京东，有了微信，有了微信支付功能，有了电子银行，有了百度外卖……网上订餐出现以后，一个人只要拥有一部智能手机，足不出户也完全可以生活下去了。

信息以越来越快的速度传播和转化，智能生活对传统生活的取代面越来越广泛。菜市场的卖菜摊位都可以进行扫码支付了，不会扫码支付的，基本是六七十岁不喜欢学习不进行知识系统更新的老年人，偶尔去一次银行，还在银行排队和哆哆嗦嗦掏出存折取钱的，也是同样一拨老年人。他们被关在信息时代的大门外面了，提供各种便捷服务的操作系统，被他们视为畏途。信息时代，对他们而言，一定是困扰和不便的。传统社会里，老人是社会和家庭的宝贵财富，他们积累的经验和知识，使他们成为最有智慧的人。信息时代的知识更新速度，让老年人一生积累的知识瞬间清零，一辈子积累的经验毫无用处。在信息社会，老年人最容易沦为“没有价值的群体”。信息时代不仅颠覆了传统社会的学习和生活模式，也颠覆了传统社会的伦理秩序。要想跟上时代，不被快速更新的信息和算法淘汰，尤瓦尔·赫拉利给出的解决之道是终身学习。

我们个人信息时代的开启，跟一个叫中关村的地方关系密切。20世纪80年代初期，当几个野心勃勃的年轻人开始在中关村的平房里组装电脑的时候，中关村还是一个破旧荒凉的地方。这个原本叫中官屯的地方，在明、清两代，因为远离皇城，而被太监们选作坟地。中官是用来称呼太监的，虽然比太监隐晦了不少，终究不是一个让人舒服的名字。1949年以后，中科院的地址选在了这里，中国的最强大脑聚集到了这里，中官屯被改名为中关村。关于改名，有几个不同版本的说法，有一个版本说因为误会将“官”写成了“关”，于是将错就错改成了中关村，还有一个版本说主导这个名字修改的人是北师大的校长陈垣……不管怎样，中官屯改成了中关村。那个时候，谁也想不到，中关村这个名字，会在八十年代之后成为熠熠生辉的名字。中关村的口述历史《中关村创业史话》里，有一个划分中关村历史阶段的提法：1978年到1988年，中关村是“海淀的中关村”；1988年到2008年，中关村是“北京的中关村”和“中国的中关村”；2008年以后，中关村是“世界的中关村”。这个阶段划分，是对中关村发展的一个准确概括。

1993年，我在魏公村白石桥路34号院子里上学的时候，中关村已经是“北京的中关村”和“中国的中关村”，中关村电子一条街成了气候，每天都在创造传奇与神话。中关村开始被称为“中国的硅谷”。硅谷这个洋气十足陌生感爆棚的词，刚接触到的时候，需要脑补很多知识才能看懂。自1971年开始，以“美国硅谷”为题目的系列文章刊登在名为《每周商业》的报纸上，撰写这系列文章的美国记者Don Hoefler创造了“硅谷”这个信息时代的热词。高纯度的“硅”是制造半导体和电脑的重要材料，“谷”是指圣塔克拉拉谷。这样的两个字组合到一起，相当于黑色西装上衣搭配土风舞草裙的混搭效果，要晕半天才能反应过来，这种混搭，是比时尚更加时尚的创新。直到硅谷这个词的使用越来越广泛，内涵和外延被我熟知，我才能够第一眼就把硅谷跟高新及尖端技术开发和应用研究基地进行准确对位。读出硅谷这个词的同时，我脑袋里会自动生成尖端技术人才密集、芯片、数据处理、高收入等关联词汇。根据一份2012年的统计数据，中关村共有5000人拥有博士学位、25000人拥有硕士学位、180000人拥有学士学位。中关村有超过8000家高科技公司，一半以上是IT产业公司。中关村示范区总收入2.5万亿元，企业实缴税费达到1500亿元，企业从业人员达到156万人，企业利润总额1730亿元，实现出口230亿美元，企业科技活动经费支出超过900亿元……这就是硅谷的优势，街边的树上随便掉下一片叶子，都会砸到一个博士或者硕士的头上。不足500平方公里的地方，一年创造的经济效益超过一个中西部的省份。不定哪一个大楼的某一个房间里，几个年轻人正在编写的程序，就会改变我们的生活方式……

我第一次去中关村，是1993年的秋天，一个天高云淡的日子。去中关村之前，脑补了很多科技知识，对中关村的想象，围绕着脑补的知识展开，高端、科技、前沿、引领、飞翔……从看过的科幻电影里生发出的想象，硅谷的大楼高耸入云奇形怪状，银色的外壳，闪着金属的光泽，没有一丝一毫尘世的烟火气息。周末约着同学一路逛过去，惊讶得无以言表。中关村的街上，飘满了泡面的味道。自行车乱窜，街边的大楼高高低低，颜色杂乱，墙体上挂满风格各异的招牌，招牌的颜色搭配更是混乱。中关村的建筑，什么颜色都有，唯独没有我想象中的银灰色。从楼顶垂直而下的大幅广告，一律大红底色配以巨大的白色美术字体，风一吹，就飘舞起来，哗哗作响。大楼里的摊位挤挤挨挨，各色人等川流不息，空气混沌污浊，电子产品和电子产品的配件摆放得凌乱不堪，看的人问东问西，讨价还价，卖的人拿着产品进行演示讲解，口若悬河天花乱坠，汉语词汇夹杂着英语词汇。中关村像一个升级版的农村大市场，热闹、喧哗、喜气洋洋、人声鼎沸中流淌着原始的生机和力量，看似混乱的局面其实蕴藏着自己的稳定和秩序。只是，买卖的产品从我们熟悉的萝卜土豆白菜豆角换成了很多连名字都叫不出的机器或者零件，卖产品的小伙子不是大学生就是硕士博士。熙熙攘攘的人流，其实是看的多，问的多，真正买的并不多。那些口若悬河的小伙子们，眼睛雪亮，他们一眼就看得出谁是真心要买产品的人，那样的人，大都紧紧搂着一个黑色的包，或者是小型的腰包，或者是大一些的提包，包里装着成千上万的现金。购买电脑的人，以全国各地做批发生意的居多，还有一些单位的采购者。单位的采购者不会带现金，他们使用支票。私人购买者，寥寥无几。1993年，以工薪阶层论，我的工资不算低，一个月三百多块钱，而一台台式电脑的价格，要五六千或者七八千。不吃不喝也要两年才买得起，不吃不喝哪能活得过两年呢？逛中关村，对着买不起的产品问东问西，心里是发虚的。好在他们非常热情，对所有人一视同仁，买或者不买，都是他们的客户，不是现在的客户就是将来的客户。信息时代，是要把大多数人卷入其中的，他们对此充满信心。他们对买或者不买的人，都极有耐心，耐心解答各种幼稚的问题，耐心演示操作系统的优势，耐心普及电脑的基本常识，免费提供输入法教材……我们一个摊位一个摊位逛过去，脑袋里装满了各种陌生的信息。走出中关村，回到魏公村白石桥路，街道安静了，脑袋里面却汹涌奔腾。在中关村逛了一天，泥沙一样滚进脑袋里面的各种信息，趁我没有能力处理和消化，在我的脑袋里攻城略地，撒泼打滚，害得我头疼欲裂。我体验的这种症候，后来有了一个准确的词语，叫作信息爆炸。

2016年的秋冬，我每天下午四点半，都要去中关村大街37号接放学的孩子。我一般是坐地铁到黄庄地铁站，从D出口出来，往南走七八十米，就到了学校门口。还没有从地铁站走出地面，李先生牛肉面的语音广告已经灌进了耳朵，那个循环播放的电子合成声音，极其聒噪，走上地面，麦当劳甜品的语音广告加入进来，两种广告的声音混合在一起，像在吵架，制造出无比喧闹的效果。位于二楼的李先生牛肉面和位于一楼的麦当劳，任何时候都人满为患。中关村大街和海淀南路—知春路交叉的十字路口，下午四点的时候也是人来人往。往南走上五十米，有一个书店，书店的外观是陈旧的，墙体上横挂着中国人民大学出版社读者服务部的招牌，金色的招牌也是陈旧的。从玻璃窗看进去，里面没有几个人。去得早了，或者遇到学校放学晚了，我就去书店里等。书店里的安静和街道上的喧闹，对比强烈。一道玻璃门窗，隔出了两个不一样的世界。书店面积不小，以社科类和文学类图书为主，书架之间的距离比一般书店要宽一些，给人开阔舒服的感觉。第一天进去，就在书架上找到了好几本喜欢的书：赫拉巴尔的《我曾经伺候过英国国王》、麦克尤恩的《儿童法案》……结账的时候，关注了书店的微信号，办了一张会员卡，享受了八五折优惠。微信号上显示书店的名字叫人大出版社明德书店。我喜欢这个书店的名字，明德，这两个字组合在一起，给人一种干净明朗、温柔敦厚的感觉。已经很久不在实体书店买书了，拿着沉甸甸的书，竟有些恍惚。

我喜欢过的实体书店，好多都已经消失了。2015年9月28日，各大媒体都报道了海淀高校周边书店倒闭的情况，从2010年到2015年的五年时间，海淀高校周边的书店消失了一半。曾经轰轰烈烈的第三极书店、曾经备受追捧的风入松、盛世情、光合作用、墨香书屋……都不在了。

我买书有一个习惯，每买一本书，都要在扉页上写下购买的城市、购书的书店和日期，有时候，还要随手写下当天的天气。当我在网上买书的时候，这个习惯消失了。我书房里的书，扉页上有文字的，是在实体书店购买的，扉页上空白的，就是网购的。我随便翻开一本《我的名字叫红》，扉页上写着2006年12月雪天购于中关村第三极书店。帕慕克的这本书，出版于2006年8月，刚出版的时候并不出名，帕慕克也是小众喜欢的作家。但是，10月

13日，帕慕克获得诺贝尔文学奖的消息公布，这本书随即在很多地方卖断了货。我找了很多家书店没有找到，才去了第三极书店，因为第三极书店2006年夏天开业的时候，非常轰动，号称最大最全拥有最先进的查找系统。果然，我在第三极书店买到了《我的名字叫红》，全店只有最后两本了。买完书，一层一层逛上去，四楼正在举办一场关于探险的讲座，坐下来听了一会儿，又一层一层走下去，我惊讶于它的阔大和明亮，跟书店的阔大和明亮不成比例的，是逛书店的人，少得令人心惊，转上好几排书架都碰不到一个。出了书店，站在雪中回望了一眼，阴沉沉的天空下，第三极书店真是一个明亮极了的地方。我心里充满不祥的预感，这个地段，这样阔大的地盘，就凭这几个零零星星的买书人，如何支撑得住？果然，到了2009年，第三极书店苦苦支撑了三年，再也支撑不住了。

实体书店消失了，那些在书店读书挑书的悠闲时光，成了落满灰尘的旧时光。

明德书店里有一个可以喝茶水和咖啡的小吧台，临着玻璃窗，也有几个可以阅读的位置，阅读台上放着阅读灯。我更喜欢在玻璃窗下的阅读台上读书。找一本闲书坐下来，读上几行，看看窗外。街边的几棵银杏，先是果实黄了，掉到地上，浆汁被踩得到处都是，发出一股沉闷的臭味。然后叶子黄了，被风吹落一地，时光也从秋天进入了冬天。光秃秃的银杏树站立在街边，有一种无法接近的高冷气质。

我每次进书店，都要买上一两本书，积攒起来，我在明德书店买了有三十多本书。结完账，坐到临窗的阅读台上，我会第一时间掏出笔，翻开书的扉页，工工整整地写：2016年某月某日购于海淀黄庄明德书店，天气晴好或者阴霾。微信公号删除了很多，明德书店的微信公号我一直留着，它更新很慢，每次更新，就是提前预告书店里举办讲座或者读书活动，这样的活动不多。每次路过海淀黄庄，我都要特意跑去明德书店的门口看一看，它还在，还是老样子，这让我十分安心。在明德书店买书读书的日子，仿佛穿越回到了旧时光，有一种做梦的感觉。如今翻开这些书的扉页，我才记起，2016年的下半年，有那么多阴霾的日子。

天气晴好的时候，我会刻意提前出发，到了黄庄地铁站，从D出口出来，并不往南走，而是经海淀南路往北，路过海淀医院，沿着中关村大街一路向北，走到四环边上，过街，从中关村大街的东面往南返回来。更多的时候，我只走到离十字路口最近的那座天桥上。站在天桥的中央，往北，往南，往东，往西，从各个方向都能看见密集而错落有致的高楼，午后的阳光，照在高楼的玻璃外墙上，耀眼炫目，楼间的树木，反而看不真切了。眼前这个高楼林立、高楼间花木稀疏的中关村，更符合我对硅谷的想象。

中关村，除了名字没有变，已经看不到二十年前的踪影。

考察一个城市的街道名，是一件十分有趣的事情。北京二环以里的街道名，有些差不多是皇朝时代那条街道的功能注解：王府井、钱粮胡同、珠市口大街、东棉花胡同、菜市口……有些干脆就是解读时代的标志性符码：五四大街、赵登禹路、张自忠路……一个城市的街道名，相当于一把解密城市历史的秘钥。二环以外的街道，没有那么长的城市历史，很多街道的名字里都有一个村或者庄，那个村或者庄，像一块泥土的胎记，记下了街道的前身，几十年前，甚至就是几年前，这条如今高楼林立的街道，还是一个传统的村庄，田地里种着蔬菜和粮食，果树上结满了水果，村口的大树下，乘凉的老人讲着前三皇后五帝的传奇。沧海桑田，那是一个多么缓慢的过程。北京村庄消失的速度，却快得几近魔幻。

1993 年，我在魏公村白石桥路 34 号的院子里读书，那个院子门口挂着解放军艺术学院的牌子，2017 年的冬天，学校门口的牌子改了名，现在牌子上的名字是国防大学军事文化学院。拆牌和更名之前，很多早已毕业的校友跑到门口跟解放军艺术学院的牌子合影，然后发朋友圈。这份保留记忆的努力，真是令人伤感。

2013 年，为纪念入学二十周年，我们解放军艺术学院第五届的同学在湖北大厦开同学会，专门有一天下午回母校。等我们回到母校，发现除了刚进校门的那条小路、我们住过的宿舍楼和楼前的几棵枣树、读书时候刚修好的图书馆还在，学校的其他地方，已经无迹可寻了。从学校出来，站在学校门口，眼睛里是全然陌生的一条街，脑袋里出现的却是 1993 年的魏公村白石桥路：街道很窄，街道两边的杨树高大密集，树荫下光影斑斑，窄窄的街上跑着黄色的面的和骑自行车的人。往北斜对面的百花鞋厂门市部，货架上放满了价廉物美样式朴实的皮鞋。正对面的超市卖一种乳白色瓷罐装的酸奶，八毛钱一罐。超市背后有一条窄窄的巷子，新疆馆子一家挨着一家，家家的窗口都摆放着一种叫馕的新疆大饼，家家餐馆里都有一个高鼻深目穿着艳丽的女主人和几个眼睛像黑葡萄一样的新疆小孩。往南斜对面的饭店叫京成海鲜饭店，饭店的霓虹灯炫目耀眼，透过巨大的玻璃窗户看进去，里面的桌子铺着白色桌布，每张桌子都坐满了人。有一次我跟曼玲从外面过，曼玲突然抓紧了我的手惊呼，王朔。我回头，果然看见王朔和几个人围着一张圆桌喝酒，王朔旁边坐着的那个人是陈道明。当年看过电视剧《围城》的人，谁不认识陈道明呢？但，那样的高档饭店，我们进不起。那个时候的我们喜欢骑了自行车，一路往南，去国家图书馆读书，或者看电影。国家图书馆是一个安安静静的地方，院子里有两棵元代的银杏树，七百多年了，依然枝繁叶茂，夏天一树碧绿，秋天一树金黄……

"照合影了，照合影了。"现实的声音刺进耳朵，脑袋里的往事纷纷逃逸。魏公村白石桥路已经不在了，现在这条街的名字叫中关村南大街。

## 作者简介

川妮，1995年毕业于解放军艺术学院文学系，2012年结业于鲁迅文学院十七届高研班，曾在部队话剧团任编剧。中国作家协会会员，中国戏剧文学学会会员。现居北京。出版有长篇小说《时尚动物》，中篇小说集《谁是谁的软肋》《我们如何变得陌生》，中短篇小说集《平安夜》入选2003年"二十一世纪文学之星"丛书。在《收获》《当代》等刊物发表中短篇小说百余万字。中篇小说《哪一种爱不疼》被泰国公主诗琳通翻译成泰文在泰国出版。小说被《小说选刊》《新华文摘》《小说月报》等刊物选载。小说曾获首届茅台杯《小说选刊》年度大奖、解放军文艺新作品奖。话剧剧本《回到拉萨》曾获中国戏剧文学奖。

# 最后的母校

高洪波

如果把自己所有就读过的学校都视为“母校”的话，我起码有一打以上的母校。

先说小学。我在故乡内蒙古的开鲁县读完小学并在初中刚开学时随父亲调往贵州的，故而开鲁城中极有时代特色的四所小学：民主、解放、胜利、和平，我读了民主小学与解放小学。我从解放小学升初中到开鲁一中，这所学校最著名的校友是中央党校副校长苏星和蒙古族老作家玛拉沁夫，只可惜我九月一号入学，三个月后离校，但毫无疑问，开鲁一中是我的母校。

在贵州居住了两年时光，我居然就读了三所中学，这都是沾父亲的光，他频频调动，我不断转学，所以贵州的毕节一中、黔西一中和都匀一中，都接纳过我，由于我的东北口音，贵州的同学们把我叫“小老广”，这个绰号一度使我十分恼火，现在看来把东北人叫“老广”是典型的南辕北辙和张冠李戴，误读到家了。

北京的十五中是我中学生涯的终结地，它也同时是我弟弟妹妹乃至侄子的母校，经济学家樊纲是我的邻居伙伴兼校友，歌唱家耿莲凤也是我十五中校友，不过她毕业得早。更有趣的是2003年中国文联与中国作协联合组团进藏，文联副主席李牧当团长，我当副团长，十五天的快乐采风中我俩同车旅行，一聊，才知道他也是十五中毕业生，校友变藏友，感情更深了几分。

1969年2月我从北京十五中入伍云南，在一处叫作“大荒田”的军营里度过近十年光景。解放军另有一个代称：毛泽东思想大学校。十年就读大学校，归来刻一闲章：“曾为十载滇云客”，感觉是相当的不错。

当然，军旅生涯尽管把我从一名中学生锤炼成一名炮兵排长，但没有人把军营当“母校”的，通称“老部队”。所以“毛泽东思想大学校”十年毕业生，认的还是老战友、老部队，说军营是“母校”，显然太过矫情。

军旅结束归京，赶上新时期来临，匆忙间大家补课求学，于是乎我就读了北京市东城区职工业大，有四年时光用于听课考试写论文，其间还被推荐上了文学讲习所，即后来的鲁迅文学院，由于鲁迅文学院的七期、八期合为北大作家班，我也以“老学生”的身份住进北大的燕园，这段经历被我戏称为出壳的小鸡塞回壳里重新孵了一回！

东城业大、鲁迅文学院和北京大学，三所母校读毕，便是中央党校和国防大学了。

1993 年和 2005 年，我两进中央党校，相隔十二年，分别进的是进修部与培训部，加起来一年半的时光。值得一提的是 2005 年培训部的学习，我详尽记录了每一天的学习与课余生活，毕业后出版了一本《中央党校日记》，受到母校学员的热烈欢迎，摆在书店的醒目位置，成为新学员的必读书之一。

国防大学是我最后的母校。

两个月的学习时光，在遥远而亲切的军号声中作息，使我几番梦里回军营。大家以班为单位吃饭、听课和列队，我感到无比开心。尽管我的班长、副班长全是将军，我的班集体里有部长、省长，甚至有金融界的重要干部，可大家像新兵一般认真，像老兵一般沉稳，如战友一般紧密团结，尤其在独特的课目演习时，真的目标一致、齐心协力，该迂回时迂回，该出手时出手，各司其职，圆满完成了我所有经历过的母校没有完成的作业，也让我这名老兵彻底回归了一次军旅。

这是真正的回炉。

毕业典礼上，大家列队从校长手中接过毕业证书，并认真地敬过军礼（金一南教授现场传授），随后是热闹的聚餐。分手时，我们班的同学逐一离校，大家齐声唱起电影《戴手铐的旅客》主题歌《驼铃》：“送战友，踏征程，默默无语两眼泪，耳畔响起驼铃声……”歌声回荡在国防大学的院内，响在我最后的母校的夜空。这一刻，每个人都仿佛回到青春岁月……

人生离不开母校，一如每个人的身影离不开躯体，一如每个人的初乳离不开母亲，如影随形，沁入肺腑。

母校伴你一生，祝福母校。

2012 年 7 月　北京

# 悠悠党校情

高洪波

我又踏进了中央党校的大门。一如十二年前一样，同样的兴奋、激动，同样的忐忑不安。十二年前（1993）我上的是进修部二班，记得入校第一天乔石校长做报告，他谈到刚刚发生在天津的禹作敏事件，当时各媒体未见报道，但从乔石校长对禹作敏仗势伤人的愤怒态度中，我感受到这一事件的分量。乔石校长还讲到四川的农民问题，他痛心疾首，说再不解决好农民问题，搞不好要出李自成！

党校第一课，振聋发聩，让我感受到党校坦诚的校风。自此之后，我和同学们度过了紧张而又愉快的四个半月，那联欢会上的笑语、结业典礼上的欢歌、研讨会上的争论、体育比赛场上的胜负……直至依依惜别的泪眼婆娑，我们 3 号楼的同学相约：两年后再相聚！

1994年的夏天，我们这一批学员果然如约而至，海南的、广东的、黑龙江的、上海的，天南地北的同学在组织员王雪玉老师的安排下，又住进了朝思暮想的 3 号楼，住进了各自的宿舍，在畅谈离愁别绪之际，大家还没忘了充一次电：请李忠杰老师讲一讲中国特色社会主义。

那真是很奇特的一幕：一群早已毕业的学员，像一群洄游的鱼儿一样，聚集在中央党校，重新聆听一次党课，大家真诚而不做作，由衷而不勉强，度过了难忘的两天。

事后李忠杰老师说，像 3 号楼的学员这样自动返校，他还是第一次碰到。

真的，1993 年上半年我的中央党校学习生涯，对未来几年中我的工作帮助极大，立场、观点、方法，潜移默化又润物无声，处理复杂问题时办法似乎也多了起来，学与不学大不一样。

十二年前的 3 号楼，生活条件比较艰苦，一层楼一个电话，同学们轮流守候当电话传呼员；一层楼一个卫生间，谁要是不小心闹肚子可就狼狈了；开水房在遥远的人工湖畔，打开水成为每天重要的功课。记得广东的一位同学从改革开放第一线来，做得最开放的一件事是买了一台洗衣机放在卫生间，这台洗衣机成为全楼的宠物，真帮了大家不少忙！如今这位同学早已是广东省的一位资深副省长，见面我还逗他：就凭那台洗衣机，你早该当副省长！

离开党校的最后一个月，天已大热，突然每个房间配置一台电扇，一问，才知道从中直管理局调来一位副校长分管后勤，魄力大，办法多，先配电扇，马上要给各个房间装电话。总之，中央党校的办公、学习条件要大改善。

真是个好消息，可惜我们马上毕业，赶不上鸟枪换炮了，但我记住了这位送电扇的副校长的名字：刘胜玉。

刘副校长现任天津市委副书记，恰巧又分管文教，我不止一次在天津的各种文学活动中见到他，也不止一次地向尊敬的刘校长表达我的感谢，我一味称他校长。那一个炎热的夏天，一台电扇，唤起人多么美好的回忆。

十二年后又上党校，由昔日的进修部改到培训部，半年班变为一年制。十二年前我是班上的小兄弟，而今成为老大哥；十二年前下班老师贾高健，如今以教务部主任的身份成为我的同学；十二年前文史部的年轻教员，我的文友李书磊，如今成为下去挂职的培训部主任；十二年前谈笑风生的杨春贵老师，已经从副校长的岗位上退休；十二年前苏星副校长的博士生梁言顺，已成为研究室主任，并在何建明的报告文学《永远的红树林》中成为主人公而名满天下……

十二年，短暂而又漫长的十二年，人世沧桑，世事沧桑。十二年前我进党校时，我的岳父、一位老红军战士拿出他珍藏多年的笔记本给我，上面记满了他在1962年上党校时的笔记，字迹遒劲有力，内容是“一分为二”还是“合二为一”的哲学笔记。岳父送笔记给我，送的也是当年党校老学员的一份情感，毕竟时代变迁，授课的内容大不一样，这笔记本至今我还珍藏。岳父早已去世，可他的女儿、我的妻子却没忘记中央党校，她讲起当年九岁时独自乘公共汽车来到中央党校看爸爸。在她的记忆里中央党校遥远又荒凉，被一片农村包围着，她转了几次车，最后来到大有庄，用粮票跟农民们换了一堆老玉米，背到爸爸宿舍，爸爸喊来不少同学共享，吃得香极了，都夸这小姑娘能干！年过半百的妻子谈起自己九岁时为党校学员所做的贡献，至今仍感到骄傲。

这就是两代人的党校情。

党校如今已大变化，这个大变化涵盖在改革开放的中国历史中，这是让人充满自豪的变化，也是让人感慨万千的变化。没有经历过的人，感受不到这种既日新月异又潜移默化的变化。

这种变化如春风化雨般浸润到每个角落，是综合国力的增强，是执政能力的显示，是历史向未来的证明，又是现实社会的折射。

重入党校，充满自豪。

3号楼依旧,在落雪的日子里我去踏访,屋外的雪松已无比高大,雪未融化，有喜鹊快乐地吟唱。喜鹊是中央党校资格最老的住户。它们执着，它们纯真，它们年复一年地盘旋在校园里，在高高的杨树上生儿育女。1962年的校园中有它们的身影，1993年的校园中它们给我恁多的灵感，如今是新世纪的2004年的春日，喜鹊迎接我们，它们认不得我，我却认得它们。毕竟，在北京这样一座热闹喧嚣的大城市里，喜鹊是久违的朋友了。

有一年的时间与喜鹊为伴，真好！

# 北大往事及两篇作业

高洪波

整理书房的资料时，突然有一个意外的发现：当年就读北大作家班时的两篇作业。

这两篇作业，之所以引发我意外的惊喜，是因为判作业的两位老师，还有作业本身的命题，涉及茅盾文学奖的得主莫言。

一位老师是袁行霈先生，负责教授古代诗词。袁先生讲课的风度儒雅有古风，一手漂亮的板书，让我们钦佩得不行，所以他的课大伙儿都极认真对待，对他留的作业当然同样认真。本文涉及的是鬼才李贺，我自选的，议论时感到左右逢源，得意得不行。

袁先生给予很高的评价，这也奠定了几十年来我们间良好的师生关系，可在作业第三页上，我写到“李贺死时为天帝所召”时，袁先生用红笔批注道：“贺死前的幻觉，是压抑多年形成的变态心理的表现。他时时盼着皇帝召见而不得，所以有这种幻觉。”一句话点破实质，名师就是名师。袁先生现在是国家文史馆馆长，在一些文化场合常常见到，每一次我都执弟子礼，不为别的，就为先生当年在我作业上的点睛朱批。

袁行霈先生说完了，该说乐黛云先生。

乐黛云先生为我们开的课是现代派小说分析。乐先生学识渊博，视野开阔，每一课都让作家班的才子们如醉如痴，因为从中可以学到许多小说技巧，“活学活用”。

更妙的是乐黛云先生布置的作业，不是什么国外的现代派大师，而是文名乍起的莫言。1986年的莫言，远非2012年尤其是获本届茅盾文学奖之后的莫言可比，大多数同学甚至不认识他。譬如我，就是作业过后才认识莫言的。

乐先生让大家分析的是《透明的红萝卜》，而且明确指示须用现代派的分析手段，于是我就写下了《红、白、黑三色调的象征环》，事后乐先生给了一个九十分的高分，让我很有几分得意。

见到莫言时我几次跟他提到乐黛云先生的课与她布置的作业，讲到分析“红萝卜”时的快乐，并建议他把这五十几名同学的作业找齐留念，莫言只是笑，因为我告诉他自己的这篇作业也找不见了。

莫言也许认为我跟他开玩笑。

事实上北大作家班同学们的作业已经永远找不全了。因为二十几年岁月荏苒，班长袁和平、支书秦文玉，还有向义光、尹俊卿、姜天民等已永远离开了我们。

北大往事已是地道的往事，我之所以现在把这些披露出来，不为别的，纯粹为了回忆，还有对那个文学年代的遥远的祭奠。

补充一句：当学生的感觉，真好。

2012年7月23日

## 北大作家班作业之一：我喜爱的“鬼才”——李贺

“黄尘草树徒纷披，几人探得神仙格？青友小儿下玉京，满天星斗两手摘。”这是前人郝经《长歌哀李长吉》中的四句诗，颇能概括李贺的气韵风骨。

唐诗人中，我最喜爱“三李”，即李白、李贺、李商隐。李白为“谪仙”下凡，飘逸可羡；李贺被人目为“鬼才”，二十七岁辞世，成就令人心折；李商隐别成一格，似与“二李”的风度甚远，但朦胧小诗，仍可把玩。

李贺在二十七年的生命历程中，颇多坎坷。他是落魄的王孙，又是早慧的神童，因其早慧，才名远播，引起了时人的妒忌。于是注定了要像一颗闪亮的流星般掠过唐诗的天空，而不能登庙堂展经纬之志。

但这种际遇又造就了李贺。

像李贺那样为同代著名诗人，如韩愈，如杜牧，如李商隐、陆龟蒙等盛赞的，在唐诗人中不是很多。尤其杜牧在《李长吉歌诗叙》中这样不吝褒词说：“云烟绵联，不足为其态也；水之迢迢，不足为其情也；春之盎盎，不足为其和也；秋之明洁，不足为其格也；风樯阵马，不足为其勇也；瓦棺篆鼎，不足为其古也；时花美女，不足为其色也；荒国陊殿，不足为其怨恨悲愁也；鲸呿鳌掷，牛鬼蛇神，不足为其虚荒诞幻也。”

实在是知人论诗，情溢于词表。

李商隐更绝。他觉得杜牧已把李贺的诗说绝了，自己索性为其作传，于是我们从这位大才子的笔下，看到了一个立体感的李贺形象。

李贺“细瘦”，可能因为心虑太过加之营养不良；“通眉，长指爪”，点出了李贺的外部特征。更妙的一点是他骑驴“背一古破锦囊，遇有所得，即书投囊中”。落落大方，磊磊豪气，尽在此间。

据说李贺死时为天帝所召，大概李商隐痛感李贺在人世间的蹭蹬，特意安排他到天庭上一展雄才吧！

于是，李贺与李白一样，都在自己的辞世时，留下了极为美丽的、富幻想色彩的故事。李白提鲸登月，李贺赤虬登天，可见天意独怜才。

当然，再向上追溯，他们二人的异姓祖宗屈原老夫子，何尝不是用自己的死为中华民族增添了一个绝妙的端午节呢？

李贺的写诗态度，写诗风度，以及他美丽奇妙的死亡，都让人不得不喜爱他。何况天纵其才，率性成诗，如“百家锦纳，五色眩曜，光夺眼目，使人不敢熟视”，陆放翁都这样甘拜下风，更甭说别人了。

我喜爱李贺的另一点，是他的诗中奇崛古朴的句子，掀雷决电的气势，以及新鲜得令人直揉眼睛的意象。

李贺诗中，十分注意色彩的搭配，故形成斑驳陆离、千奇百怪的氛围，出现错彩镂金的色调，这氛围和色调一下子泼向你的头顶，让你喘不过气来。待到浮出水面，发现又到了别一岛屿，有别一天地。

“黑云压城城欲摧，甲光向日金鳞开。”这是黑色与金黄色的搭配，加之以质感的描写，显得厚重有力。

“春营骑将如红玉，走马捎鞭上空绿。”公主出行，故披红戴绿，这里以“红玉”入“空绿”，好一幅贵妇人出游图。

“端州石工巧如神，踏天磨刀割紫云。”刀自雪亮，云自青紫，再附一“踏天”动作，形神兼备。

“昆山玉碎凤凰叫，芙蓉泣露香兰笑。”以颜色摹写声音，音与色皆产生了一种立体效果。

“黄尘清水三山下，更变千年如走马。遥望齐州九点烟，一泓海水杯中泻。”黄尘、清水、烟霞、碧涛，但成雄浑奇丽的“梦天”图。

够了，李贺把大千世界的色彩早装入骑背上的古锦囊中，随便点染几笔，便妙趣横生。

我喜爱李贺最重要的一点，是他英气勃勃、不甘人下的风骨。他把自己的少年意气化为骏马、宝剑，一一咏出，读了令人风骨开张，击节长叹。

“此马非凡马，房星本是星。向前敲瘦骨，犹自带铜声。”豪壮的自许。

“神血未凝身问谁？不须浪饮丁都护，世上英雄本无主。”“先辈匣中三尺水，曾入吴潭斩龙子。”对祖先业绩充满神往，不平之气愈炽。

“我有辞乡剑，玉锋堪截云。襄阳走马客，意气自生春。朝嫌剑花净，暮嫌剑火冷。能持剑向人，不解持照身。”(《走马引》)少年意气，慨当以慷！

“重围如燕尾，宝剑似鱼肠。欲求千里脚，先采眼中光。”剑马合一，天人合一，尤为触目惊心。

“人间无阿童，犹唱水中龙。……古书平黑石，神剑断青铜。”过王浚之墓，触景生情，遂有此豪句。诚如姚文燮的《昌谷集注》中所云，《王浚墓下作》“此必为唐之名将家世不振者发”。我以为更多的还是李贺自己感怀伤世，顾影自怜。

李贺的可爱之处，在于他的明知其不可为而一意为之的进取精神，一种“天生我材必有用”的自信心。尽管在现实面前碰得好苦，却仍不悔，托情骏马宝剑，亦能勉励自己及后人。

至于说到他的一些凄楚酸凉的“鬼诗”，使他得到“鬼才”之誉的依凭，我倒感到平平。二十余岁的年纪，写鬼写神太多，徒损了自己的精神，结果免不了早夭。当然，或许是李贺体质欠佳，总有鬼气袭人的预感，才写下了“秋坟鬼唱鲍家诗”一类的句子。就个人喜好而言，我更爱那驱驴驰驱、锦囊翻飞的李贺。当然，他剪去“长指爪”更好。

1987 年 5 月

## 北大作家班作业之二：红、白、黑三色调的象征环

——《透明的红萝卜》分析

小说家莫言，近来颇为高产，“红高粱”系列小说名震一时，而他的《透明的红萝卜》，则是一种“莫言热”的前奏曲。自发表以来，引起各界的关注。

《透明的红萝卜》(以下简称《红萝卜》)不同于一般现实主义特征十分明显的作品。相反，作者力图在大背景真实的基础上，用象征的表现手法，亦实亦虚、半真半假的描写，烘托出一种迷离恍惚的氛围。

大背景——十年动乱期间的中国农村，一处水利工地，一群修桥筑坝的青年农民。这无疑是真实的。

然而，介绍人物时，黑孩出现了。他的象征，饱含着中国农民的特点，高超的生命力和对艰苦的忍耐心，突然而来又飘然而去，被铁扦烫坏手而毫无知觉，处处显示出一种特异的禀赋。

黑孩假如是一个中心点的话，他的存在组成了一个三连环的模式。红环、白环、黑环，互相紧扣，紧密交织，形成一种情感和命运的网络。红环是女主人公菊子，她的存在和出场，处处透出红的色调。她有红的围巾、红的脸膛、红的头绳，以及红色的憧憬。黑环是小铁匠，一个独眼而怪脾气的青年，孤独且为世人所嘲讽者，连师父老铁匠都对他取一种防范态度。白环则是小石匠，一个干净利索且为姑娘喜爱的人物。

莫言在写这篇小说时，显然是注意并有意进行色调描绘的。而在色调的心理反映上，一般说来，红色象征明亮、欢快、温暖，也包含热烈、期待；同时还含有喜庆和婚姻的潜台词。女主人公菊子的存在和作用于小石匠与小铁匠，这种象征是一目了然的。

黑色则不同了，一般指孤独、忧郁、凶暴，又象征着厄运、黑暗和冷漠，是冷色调。小铁匠一旦为黑色所笼罩，似乎注定了他的命运结局。

白色的小石匠，有坚贞、洁净的一面，也有心地坦然、平和的性格特征，虽然白色同样有冷色调的含义，可由于白色与石头相关联，给人的感受如触汉白玉，触觉与感觉均很奇妙。

由菊子的红环、铁匠的黑环和石匠的白环结构而成的三连环，时有碰撞，这无疑是爱情和命运的碰撞。首先是“一黑一白”的暗争明斗，继而是公开厮打，“红环”置身这二者中间，显然受到了心灵和肉体的伤害（最后一只眼睛受伤），可是这三环结构给读者的感受却有一种迷离缤纷的光彩。三种颜色在各自分开时，是一种宁静的存在，可以自由自在地沿命运之轨滚动，小铁匠从容地打铁淬火，小石匠安静地开方取石，姑娘则与伙伴们劳动、嬉笑，同黑孩聊天，和老铁匠谈心。

可是黑孩出现了，他以一种超然却又天真的眼光，窥出了三个圆环之间必然的碰撞，他伸出手，使它们的碰撞加速、加剧。黑孩好像爱情的仲裁者，一个小天使！

值得注意的是黑孩与红萝卜的关系。这是红、黑、白三环之外的又一层结构。黑与红，人与物，孩子与萝卜，现实与理想，这都是对立统一的几组范畴。前面谈到过色彩作用于读者心理之后的直感，那么黑孩呢？也许作者本想将他作为小铁匠童年的一种影像来投射的，黑孩与黑铁匠之间，本应有一种必然联系，可是，作者加入了红萝卜，这种神奇透明金光闪闪的红萝卜，大自然中本不存在，可是莫言偏偏写出它的存在，又让黑孩去执意挖掘它的存在。我以为，莫言借红萝卜这一意象，把黑孩的一种未来可能遇到的、如同小铁匠般黑色的命运稀释了，冲淡了，也代表着作者一种理想的寄托。

对于红、黑、白及红与黑两组色调的调配和掌握上，红色是占绝大的比例的。不说标题突出“红萝卜”的意象，在小说中出现红色的地方，也有几十处之多，红锈斑斑的铁钟，红色的太阳，红色的杏树叶，红色的树根，鸭子有红色的嘴，小石匠有红润的唇，红色的河流，在紫红色方头巾的姑娘眼中流动；而在黑孩眼里，“看见的是一些由红线交叉成的方格”，指甲砸破后，“血丝又渗出来，像红线一样在水里抖动”……

总之，读莫言的《红萝卜》，能品出象外之旨、言外之意，以及弦外之音。小说技法在莫言手中，有了一种创新意识和突破趋向。他在形似与神似之间、似与不似及似是而非之间拉起一道看不见的钢丝，然而姿态优雅地走出许多花样。

莫言自己承认，在坚硬的、冰冷的特异心理成分外边，施放上虚幻的、温暖的感觉的烟雾，是否能使小说具有某种怪味呢？作者远远地躲进云里雾里，能否获得某种更大的表现自由呢？（见《文艺报》）我以为莫言是成功了，他以一种超然而洒脱的角度和语言，造成“云雾效应”。当然，也多亏他这种三色调的调配，不经意的涂抹，远距离才变为无距离，扑朔迷离却又清晰可见。否则一味超脱，一味远离，一味云山雾罩，留谜语给人猜，况且大多是无谜底的谜语，岂不误人子弟哉？

1986年11月12日

## 作者简介

高洪波，1951 年出生，内蒙古开鲁县人。1988 年毕业于北京大学中文系。1971 年开始发表作品。1978 年转业后历任《文艺报》新闻部副主任，中国作家协会办公厅副主任，《中国作家》副主编，《诗刊》主编，中国作家协会创联部主任，中国作家协会党组成员、副主席。现任中国作协副主席，中国作协儿童文学委员会主任。先后出版过《大象法官》《鹅鹅鹅》《吃石头的鳄鱼》《喊泉的秘密》等二十余部儿童诗集，《波斯猫》《醉界》《人生趣谈》等三十余部散文随笔集，《乌石的秘密》《渔灯》《遇见不不兔》等二十余部幼儿童话，以及诗集《心帆》《诗歌的荣光》《诗雨江南》等。作品曾获中国出版政府奖、“五个一工程”奖、国家图书奖、全国优秀儿童文学奖等。

# 丁酉秋过西山大觉寺

郭　艳

年轻时去过很多寺庙，大多带着观光客的浮泛，随喜的心境，景语情语皆无地行走着。印象里，似乎像是在看一件件物品，还是带着逼压感的器物，不可亲近，也有丝丝威严的神秘。心智的现代理性主义和行为的功利主义是坚硬的，烟火色浓厚的眼光很难停留在一炷香的缥缈上，也无法将自己“进步前行”的人生和叩拜、佛祖、斋戒与诵经联系在一起。人在某些时刻，勇而狭的盲目前行是合理的，也是让上天瞠目的。生命中的大多数时间里，我们一路狂奔，却全然无感。正如刻在巴黎圣母院石墙上的两句话：时间盲目，世人愚蠢。而中国古人出于护生的谨慎，早已告诫过：永言配命，自求多福。

年过不惑，又一次读六祖慧能那首著名的禅谒，竟然对寺庙也生出一丝陌生的亲切。那是一种智识与哲思混合的气息，披上受戒的袈裟是否就意味着超脱和顿悟？心性皈依的乌托邦在丛林中发出隐逸的光。尤其对于一个人的逃遁与归隐有着一种难以放下的执念：从李叔同到弘一法师，绝顶聪明的一个现代知识分子如何可以放下？弘一法师的悲欣交集关乎生命和超越之间，于我辈来说，又该如何自处？于是目光转向了这个汉字——寺。

“寺”源自小篆字形，形声字，从存，之声，下面的寸字则与法度有关，本义是古代官署的名称。在贫瘠的文化记忆中搜索第一次与这个词本义相遇的时间，刘兰芳说书《岳飞传》《杨家将》中频频出现的“大理寺判案”，似乎是最早对于“寺”的认知，这样的“寺”与我们所理解的出家居所可谓大相径庭了。后来读了点书，方才明白，距今两千两百多年的秦汉掌管刑狱的官员叫廷尉，官员任职之所通称为“寺”，古代掌刑曰理，汉景帝加大字，取天官贵人之牢曰“大理寺”，而至北齐才正式定制“大理寺”为官署名，大理寺卿为官名，正三品，位列九卿，审核各地刑狱重案，即如今天的最高法院。由此职掌审核刑狱案件的官衙为何叫大理寺也就了然了。父亲所在县城重点中学原名即为“伏虎寺”，该是民国毁庙建学风潮留下来的印迹，这里的“寺”即为现在最常用的寺庙之意。从俗世法度判案，到佛法流转的戒律法度，又是怎样从人事到佛事的兜转变换？从官署的“寺”到宗教活动场所的“寺”，一个汉字要走多远，才能从彼到此，延展物象与语词之间漫长的因缘关系？

中年岁月是安稳和宁静的，看花，看树，看风景，观二十四节气的风雨霜露成了和生活达成的某种默契，轮回往复的日常冥冥暗合着某种难言的意绪。考据过“寺”之后，即要在致知格物的维度上实践一番，京郊寺庙自然是首选。选择去大觉寺是因为那棵千年的古银杏树，据说千年之前，满树金色的银杏树就在这座曾经叫清水院的寺庙中经历着西山的清风明月。

深秋的阳光，清冷中透着淡淡的暖意。寺庙的空气中有着某种轻微的滞重感，近千年的佛法氤氲起肃穆的气场。穿过山门里面的石桥，仿佛是从俗世通向未知的法相庄严。据说那棵硕大的银杏树就在大雄宝殿的后面，未见到树，已经看到满地金黄的落叶，那些金色的小扇子在地面上随风飘零。抬起头，树上只剩下不多的几片叶子，我们来晚了，没有看到那灿然若金的一树芳华。然而，在飘舞凌乱的银杏叶中，我却看到了不一样的秋意。大觉寺的秋意是在一树芳华落尽之后的空寥，以及空寥中极丰饶的情思。几进院落中没有几个游人，如我这样的人，漫不经心地信步在千年古树下，倾听着时间流逝的声光影像：空灵阳光中，屋檐上蹲了一溜儿九百多岁的小兽，看着雍亲王在山门下落马，在大雄宝殿的香火缭绕中，叩拜佛祖。乾隆的身影印刻在寺庙的背影中，才子心性却依然显露着皇家的威仪。那个爱玉兰花的住持迦棱在无数个月朗星稀的夜晚，坐在花树下，对月品茗，清风拈香，是否在怀想着一个与花有关的人……目光落在古树上，有一片即将枯萎的银杏叶，那一抹金黄之后的颓败，带着繁华之后的满足，在阳光中眯着每一条细细的叶脉。它似乎静静地等待着融入大涅槃的境界，这片叶子对曾经的生满怀情义，也对即将的归心怀感恩。

对于庙宇和佛殿有着无名的敬畏，我从侧门漫步，看到大雄宝殿前面的匾额：无去来处，四个字霎时击中了我。盯着那四个字，直到我的视线有些恍惚。无去来处——诸法不动，无去来处。无高无下，无此无彼，何有去来坐卧？为什么无来去处如此让我如中魔咒，好像这几个字来自遥远的故乡，带着陌生的亲密和淡淡的忧伤，将我轻轻地击倒，或者说轻轻地点醒：流浪在尘世的浪荡子，失心疯的逃离者，心智童蒙的庸人……在一阵寺庙的晨钟声里，我陡然看到了自己的中年人生。人生中年似乎恰恰是知去来处，深陷在各类凡尘小事中，太清楚自己该何去何从，又实在明白自己无论如何没有资格任性而为，被钉在生活的原地，像一个苦力般实践着社会螺丝钉的价值，且不说置身于职场蝇营狗苟的算计，为稻粱谋的心酸，即便是一日三餐柴米油盐也是没完没了的俗世纠缠。然而，这些都是自己心甘情愿地画地为牢，偏安在地球的一隅，守着现世安稳，许自己一世的平安。在貌似看得见去处，也知晓来处的中年，如何度过我过去？这“无去来处”其实真正点醒了我，如何度过这人世的羁绊，还真要有几分“无去来处”的心，这种心兼有佛老出尘的淡定，又有着儒家入世的一份执着。在红尘滚滚中拈花微笑，又在明心见性的太上忘情中有不忍之心，甚至于某种难言的贪恋之心。我们来看银杏，就是贪恋那绵延千年的时光之履，沾染了辽、元、明、清的气息，千年的庙宇、银杏、古碑和朗日暖照，这些让我潸然泪下。老太太冷眼瞧了瞧嶙峋见骨的树干，指着满地的落叶，说了句：“毕竟太老，昨天的风又大，经不起折腾，树上竟然没剩下几片叶子！”十一月末，山寺中的银杏树叶便凋零了，几簇红色的枫叶还坚持在冷风中招摇着。然而，正如老太太所说：“明年早点来，趁着满树金黄色树叶的时候来，拍个照。”我们贪恋着俗世和她炫目惑人的美，才会身动、情动和心动。来到“无去来处”的来处，带着深深自知的哀伤，却也恢复了一丝对于命与运的信，期待着来年的繁花似锦。

归程中和老太太讨论着晚餐吃什么，我静静地开着车，听着老母亲慢悠悠地说着闲话。途中经过写有潭柘寺的路标，心里闪过一念，想驱车过去。然而想想老太太估计累了，也就往回走了。西山远远地落在后面，心中依然反复念着“无去来处”，那种无去来处的释怀和无挂碍是更阔大的贪恋吧，一种割舍之后的大无奈大寂寥大淡然。可能，了无挂碍的境界仍然离我辈太遥远，在“无去来处”的心态中，我依然贪恋着俗世的美和俗世的好……纳兰性德有一首咏大觉寺的词《浣溪沙·大觉寺》：“燕垒空梁画壁寒，诸天花雨散幽关，篆香清梵有无间。蛺蝶乍从帘影度，樱桃半是鸟衔残，此时相对一忘言。”一向喜欢纳兰的词，然而这首却写得过于雕琢，没有性德的味道。新近喜欢小吟，在此赋诗一首《丁酉冬过大觉寺》：

鹫峰山下花禅院，
迦棱门内因果缘。
无去来处有来去，
痴梦大觉且随愿。

除庙宇和银杏树之外，大觉寺还有几处可发思古之幽思。辽碑《阳台山清水院创造藏经记》碑——为建寺之年始立，为珍贵文物。寺内还有雍正做雍亲王时供奉的南碑。我们在寺中驻足的时候，就有导游带着两拨外国游客来大觉寺，在辽碑和南碑前讲解了许久，可见后人对这座小小寺庙与世俗权力之间的神秘联系依然充满了好奇。据说乾隆曾在此落发，然而毕竟是天子的命，做不了斩断红尘的和尚，所谓佛缘浅，俗缘深，又坐回龙庭了。寺庙曾经有个叫迦棱的住持种了一棵从四川移栽过来的玉兰，已经有三百多年，谷雨前后开放，一地落红的大觉寺该是另外一番风致了。迦棱和尚的玲珑舍利塔和北海公园的白塔相似，也为一可看处。大觉寺分南北，北方的就是这座西山大觉寺，南方则为宜兴大觉寺，那是星云法师的祖庭，也有着不一样的佛法因缘。

## 作者简介

郭艳，1971 年生于安徽舒城。中国社会科学院文学博士，北京师范大学博士后。从事中国现当代文学史研究与当代文学批评。已在《中国现当代文学丛刊》《南方文坛》《天涯》《小说评论》《当代文坛》《新文学史料》和《文艺报》等核心报刊上发表论文几十万字。发表书评、随笔和中短篇小说十几万字，出版长篇小说《小霓裳》。完成博士后出站报告《亚文化视域中的“80 后”青年写作》，主编《21 世纪中国文学大系——2007 年青春文学》卷等。现为鲁迅文学院副研究员，鲁迅文学奖评委。

# 放风筝

郝敬堂

我家住海淀世纪城，沿护城河可直达颐和园，那是一个修身养性锻炼身体的好去处，每到周日，总是和家人一起来这皇家园林里享受生活。

2003年的春天与往年不同，季节的主色调由绿色变成了白色：白口罩，白手套，白大褂……满街都是，满眼都是，白得炫目，白得妖娆，白得让人心寒和心悸。在“非典”肆虐的日子里，白色让人感到的不再是圣洁而是恐怖。人们太需要绿色了，需要在心里营造一片绿色，人们的心情太压抑了，压抑的心情需要在春天里放飞。

那是周末，一个“白色笼罩”的日子。颐和园的花开了，草青了，树绿了，满园春色，可游人却比往常少了许多。湖上轻舟孤帆，水边钓者寥寥，儿童乐园里冷冷清清，出人意料的是放风筝的人多了起来。

湖心岛，四面环水，八面来风，得天时地利，这里是放飞者的乐园。

举目望去，头顶的天空是一个奇妙的世界：蜻蜓、蝴蝶、燕子、金鱼……天上飞的，地上跑的，水里游的，花鸟鱼虫，无奇不有。各式各样的风筝上下翻飞，构筑成一座情趣盎然的空中乐园。最引人注目的是一位长者手里牵着的那架风筝，那风筝的造型是一个京剧脸谱，上面写着三个醒目的大字：精气神。长者神情专注，仰望蓝天，那神色，那风筝，那心情达到了和谐完美的统一。

人是要有一点精神的，特别是在大灾大难面前，最最重要的是要有一种临危而不惧、遇险而不惊的良好心态，要有战胜困难的勇气和信心。那长者放飞的不正是一种沉重的心情吗？他从大自然的平衡中寻找的不正是战胜困难的勇气和信心吗？

放风筝，是要有点闲情逸致的。我一直这么认为：没有空闲的人不能为之，没有好心情时不能为之，吃饱了有事干的人不能为之，缺乏耐心和毅力的人不能为之……恰恰是缺少了那么多“不能为之”的条件，我始终没有培养出放风筝的雅趣。

长者玩得投入，玩得忘我，那风筝越飞越远，越飞越高，看着看着，我那沉重而潮湿的心情随风摇曳起来。重要的是参与吗，我转身到附近的小摊上买了一只风筝，加入了放飞者的行列。

长长的丝线牵着一个长长梦想，长长的梦想放飞在高高的蓝天上，这是多么富有浪漫情调的一项娱乐活动啊！跃跃欲试的心情被放飞起来，可那手里的风筝却在原地打起转来。那是一次艰难的起飞，一次，两次，三次……面对一次次的失利，心情也变得急躁起来。急躁是没有用的，放风筝需要的是耐心。

好风凭借力，送我上青云。一阵风吹过，手里的风筝飘飘洒洒地飞了起来，旋转着，升腾着，带去的是那良久的期待和心中的窃喜。目不转睛地盯着天空中属于我的那份快乐，心情骤然变得轻松起来。放线，收线，收线，放线，风筝越飞越远，越飞越高，最后变成一个模糊的黑点，梦一般消失在我的视野中。手里的线绳在告诉我，它还需要力量，需要自由，需要高飞，可我手中的线绳已经穷尽。我知道到了该收线的时候了，这是一次成功的放飞。

放飞是一种期待，这回收同样是一种期待。感觉不同的是，放飞是一个轻松的过程，回收的过程就艰难了许多。一个要飞，一个要收，矛盾的双方将意志的力量凝聚在那根细细的丝线上，丝线的力量很大，每收一分一寸，都要付出很大的努力。回收的艰难是我始料不及的，一不留神，手指被丝线拉了一道血口，鲜血染红了丝线。血一直在流，可我手里转动的线盘始终没有停止。无比艰难的对抗中，远远飘逝的风筝重又回到我的视线里，像一只不甘服输的斗鸡，摇头摆尾地俯冲下来，很快地消失在那片茂密的树林中。手中的线盘再也无法转动了，望着远处的那片树林，我的心一片茫然。那风筝是挂在了树梢上，还是落在了草坪上？它还能再次飞起来吗？紧紧地拉住手中的丝线，我依然能感觉到它的存在，这就是人们所说的“一线希望”吗？只要有“一线希望”就不应该放弃，我在说服自己。

“没有希望了，不可能回来了。”“别再傻等了，把丝线剪断回家吧。”在一旁观战的妻子喋喋不休。

把丝线剪断不是彻底绝望了吗？那心中的梦想不是彻底破灭了吗？人一半生活在现实之中，一半生活在梦想之中，梦想能够变为现实，现实也能成为梦想。我痴痴地等待着奇迹出现，等待着梦想变为现实。

那是一次极富耐心的等待。一动不动地坐在太阳底下，感觉不到时间的流逝，只能感到脸上的汗水在流淌。身边的那位长者，手里拿着刚刚回收的“精气神”向我走来，指教说，线不要拉得太紧，拉得太紧了会被拉断的，放松了等。只要线不断，就有希望。这是长者的经验之谈，可谁能说这不是生活哲学？谁说放风筝仅仅是一项娱乐活动，它本身包含着那么多人生的理念。

也许是我心诚，也许是我幸运，我等待的奇迹终于出现了，当我看到迷失已久的风筝鬼使神差地出现在头顶的蓝天时，一种狂喜涌上心头。

“回来了！回来了！”身边的旁观的太太呐喊着，和我一起分享着这份成功的喜悦。

放飞的风筝收回来了，可放飞的心情却迟迟不归，激动、兴奋伴随着喜悦一直在心灵的天空飘荡。

放了一天的风筝，有一种释然的感觉。心情释然，筋骨释然，就连那头痛的颈椎病也似乎好了许多。放风筝既然能治病健体，何乐而不为？

走，相约下个周末，我们一起去颐和园放风筝。

## 作者简介

郝敬堂，原《武警》杂志总编，继任《中国作家》杂志编辑部主任，现《中国扶贫》杂志编审。中国作家协会会员，中国报告文学学会会员，中国电影文学学会会员，有四十余部作品结集出版，获全国各类文学奖多次。

# 卧佛寺的庙会：我的青春诗会

洪　烛

拥有青春是美丽的，自己却意识不到这种珍贵，因为渴望的是成熟、更加成熟……只有在回忆青春的时候，才能知道它究竟有多么美丽。青春的滋味经得起反刍，在反刍中实现全部的价值。实际的青春只不过是一切的开始，直到生命结束，我们对青春的回味才可能结束。诗使我在人生中任何阶段都不孤独。当我回首青年时代，总要想起 1992 年，在北京卧佛寺参加的诗刊社第十届青春诗会。香山脚下晨钟暮鼓的寺庙，成了我写作生涯中的标志性建筑。我当时写过一篇散文，发表在《朔方》上，将其戏称作“庙会”。我仍记得怎么坐地铁到苹果园，然后转乘公交车抵达卧佛寺，心情激动得就像赶一次稍纵即逝的庙会。青春诗会自创办至今已三十年了，不知道还有哪几届是在寺庙里举办的？我估计自己参加的是青春诗会中唯一的一届“庙会”。

1992 年，我刚刚二十五岁啊，却已有了十年诗龄（自发表处女作算起）。二十五岁的我，大清早背着旅行包在长长的石砌台阶上走着，有一个很像侠客的黑衣人，穿一双老北京布鞋，健步如飞地超过我，径奔寺庙一隅的卧佛寺饭店而去。我猜测他也是赶“庙会”的。报到时才知道：他是三十七岁的阿坚。他比我要着急，因为他赶的是青春的末班车。阿坚在北京胡同里长大，又徒步行走了大半个中国，是诗人中极富有传奇色彩的旅行者。他是为写诗而热爱旅行的，还是把旅行当成了行为艺术？他在青藏高原转了一大圈，回到起点，回到故乡，赶了一次“庙会”。后来他又继续行走，走得更远，至今也没停下来。他停不下来啊。他的诗都是写在路上的。他为路而活着。青春诗会使我和阿坚相识，并密切交往。我去他西单的胡同里喝过酒。他写的《流浪西藏》《流浪新疆》《流浪内蒙》等近十本旅行记由我所在的中国文联出版社推向市场，帮他挣了点买酒钱和买路钱。我们还合作写过一本《中国人的吃》，不仅在国内加印好几次，还被日本的青土社购买了海外版权，翻译成日文版全球发行。我说这点只为了证明：诗不是无用的、无能的、无价值的，以诗会友，诗人的互助还是能创造点社会效益与经济效益的。

那届诗会，年长的阿坚是班长，辅导老师是李小雨和邹静之。在我这个年龄阶段的诗人心中，李小雨是诗坛的大姐。是大姐姐，而不是大姐大。因为她从来没摆过一点居高临下的架子，总是像姐姐关心弟弟妹妹一样关怀着年轻诗人。其实，1992 年青春诗会，小雨本人也很年轻啊，却润物细无声地照顾着每一个人，使诗会洋溢着家庭般的温暖。她那么细心，能发现每位诗人创作风格上的些微变化，及时地加以肯定，或加以提醒。1992 年 12 月《诗刊》青春诗会专辑，她和邹静之合写的《侧记》，关于我那段，直到现在我还背得出来："虽然从广义上说，一切诗歌都是情诗，但荣荣与洪烛却从不同的侧面给爱情诗以不同的诠释……洪烛是位多方位、多角度创作的诗人。这位在茫茫都市里孤军奋战的勇士，可能由于学校与出版社构成了他生活的主要内容，他的诗便具有稳健的气质和文人式的浪漫，于工整晓畅的节奏和美的意象中融入了更具时代感的内容。鉴于现代人对爱情的把握往往处于不确定的状态，他的爱情诗的表露也更为复杂和迷茫。地址不详，下落不明，其模糊性给了爱情以更广阔的空间。洪烛对诗崇尚理性和操作，他的趣味性似较多地来源于书本或理念的智性，这些，构成了他的诗较浓的书卷气。熟能生巧，过熟则流，在这两者之间，洪烛似应注意把握尺度。"

我交的作业是爱情诗，组诗《失乐园》。那时候真年轻啊，短短的诗会期间一口气写出五首爱情诗。尤其在今天已很少写爱情诗甚至写不出爱情诗的自己看来，那时候的自己心里有一座火山。来自浙江宁波的女诗人荣荣，交的也是爱情诗。在讨论会上，李小雨特意把我和荣荣的爱情诗进行比较，使我们深受启发。诗会对我的影响，是我不满足于做一个爱情诗人，甚至不满足于仅仅写诗，还涉猎散文、评论、小说等其他文体进行更多方位，更多角度的创作。那届诗会，也使荣荣的诗不再局限于爱情，而面向更为广阔的生活。十年以后，她厚重而大气的诗集，获得了鲁迅文学奖。

参加诗会时，我们的诗正如我们的青春，还是青涩的。那年秋天在卧佛寺，不仅我们的诗，我们的思想也开始渴望成熟，经历了北京秋风的激发，终于像樱桃沟的柿子一样红了，像香山红叶一样红了。青春诗会是许多青年诗人梦寐以求的目标。一旦实现之后，马上又成为新的起点。譬如来自福建霞浦的汤养宗，这个红光满面、络腮胡子的退役水兵，写海洋抒情诗而成名，交的作业也是一组《蓝色幻象》。我当时想象不出汤养宗不写海洋诗会是什么样子。若干年后，我终于看到一个不写海洋诗的汤养宗，他像海军陆战队一样开始“反攻大陆了”，不仅写陆地上的事情，还写人心里的事情。他那一系列直面人性的现代诗，与早期的海洋诗判若两人。

蓝蓝也是这样。她从河南郑州赶来，穿蓝印花布衫，系红头绳，一副乡村女歌手的装扮。她的诗倾诉着对农村、土地、植物的细微感情，蒙着一层月光般淡淡的忧郁。我把她看作“女叶赛宁”。她后来也从乡村走向心灵，或者说不断开拓着新的边疆。

和我同住一间客房的是白连春。这个四川泸州的农民，正在四处流浪。青春诗会使他人生的旅途出现一次急转弯。他在卧佛寺感受到宁静，也感受到温暖。他爱上了北京，会议结束后不想离开北京了。我尤其记得分手那天，大家各回各的家，各自回各自来的地方，唯独白连春瘦弱的身体，背着个大旅行包，步履沉重。我问他怎么了？他说正在想该到哪里去。难怪他神情迷茫，原来还没想好该去什么地方。

来自江苏无锡的王学芯，一位脸上总是带着笑的诗人。十八年之后，也就是 2010 年，我参加四川罗江诗歌节，有位嘉宾拦住我问还认识吗？我认出了那熟悉的微笑：“你不就是王学芯吗？”他正代表自己的城市援建四川灾区。

来自青海阿尼玛卿雪山下的班果，在青春诗会上迟到了。也难怪，他的路太远了。当这位脸庞被高原紫外线晒红的藏族小伙子，在大家期盼中终于出现在卧佛寺，每个人内心都发出欢呼：“我们的人到齐了。”2007 年参加青海湖国际诗歌节，我又一次见到班果，还给他写了一首诗：藏族朋友班果，十五年前 / 和我同时参加青春诗会，在北京卧佛寺 / 我们唱走西口，他给我们唱青海的花儿 / 曲终人散，再没有他的消息 / 我偶尔会想：班果这些年在干什么 / 当酋长？保护藏羚羊？修青藏铁路？ / 还是继续唱歌？只是距离太远，我听不见 / 这次去青海，在塔尔寺碰见老朋友班果 / 已升任出版社老总 / 脸被紫外线晒得更黑，笑容一点没变 / “兄弟，拥抱一下吧。”就像卧佛寺拥抱塔尔寺 / 什刹海拥抱青海湖，说得更浪漫点 / 就当《诗经》在拥抱《格萨尔王传》 / 都有点老了，但我们仍然是两个老小伙子 / 用汉语和藏语写着各自理解的诗 / 它们居然惊人地一致 /“是啊，雪山需要翻译吗？眼神与青稞酒 / 需要翻译吗？那么诗同样不需要……” / “不是不需要诗，而是诗不需要翻译 / 也能读懂！”

那届青春诗会，阿坚是长兄，小弟弟是来自江西安义县的凌非，只有二十二岁，他也是大家公认的机灵鬼，写诗和说话都非常生动与敏捷。

还有浙江萧山县的陈涛，和来自浙江苍南县的刘德吾。他们带来了江南水天一色的澄澈。

尤其要写一下和李小雨共同辅导我们的另一位诗刊社老师邹静之。他后来转写《康熙微服私访记》《铁齿铜牙纪晓岚》等一系列电视剧，成了红透半边天的大名人。邹静之是个奇人，多才多艺，他还是正宗的男高音。诗会聚餐，每人表演个节目，邹静之用美声唱法唱了《祝酒歌》，绝对是歌剧院水平。

卧佛寺的青春诗会不仅是庙会，还因为热爱唱歌的邹静之而变成音乐会。岂止邹静之，我们中的“歌星”还多着呢。蓝蓝的打扮像陕北女子，唱起信天游来真是原汁原味。阿坚走南闯北，采集了各地的民歌，最推崇那首《走西口》。大家晚上去附近的樱桃沟散步，一路赛歌，《走西口》被公推为本届青春诗会的“会歌”。轮到给迟到的班果接风，大家没有罚酒，只罚他唱歌，唱青海的花儿和藏歌。班果也不推辞，大展歌喉。烟和酒是不分家的，诗和歌也是不分家的。

卧佛寺饭店是当时少见的平房式星级饭店，居于卧佛寺一侧，由一座座四合院连成。白天，我们不是在会议室里正襟危坐，而是坐在院落里的石凳子上，围着石头的圆桌，露天讨论。一边晒着太阳，一边谈论诗歌，真是双重的幸福。晚上，诗会就变成歌会了。大家打着手电筒，去寺庙后面爬山，在黑暗与空旷中尽可以放开嗓门，一首接一首地唱歌。唱的次数最多的还是那首《走西口》：“哥哥你走西口……”

《走西口》为什么成为那届青春诗会的主旋律，或者说主题歌？使诗会笼罩着一种既粗犷又不无悲壮的气氛。我想和当时的社会背景及诗歌的浮沉不无关系。我一直觉得 1992 年，是中国诗歌的一个分水岭，八十年代黄金时期的余光余热，到九十年代初才耗尽。经济大潮的浪头越来越大，作为精神制高点的诗歌在无法躲闪的物质压力面前，显现出江河日下的颓势。诗人们也普遍有一种失重感：“诗人何为？”从各自压抑的生活小圈子暂时走出来，在秋风席卷中相聚香山脚下，既为了切磋诗艺，更为了相互取暖。虽然谁都知道：温暖是暂时的，快乐是暂时的。盛宴结束，还得各自走各自的路，各自面对各自的难题。所以在饮尽杯中酒之前，都想痛快地吼一吼：“哥哥你走西口……”

为了纪念青春，纪念在卧佛寺召开的诗会，我后来又多次重访故地，并且专门为卧佛寺写过一篇随笔，转录如下：

每次去西山的卧佛寺烧香，看见那尊单手托腮侧躺着的卧佛，我总要下意识地放轻脚步，并且无端地猜测：神是睡着了，还是醒着？

其实这是一个古老的问题。

假如它醒着，应该能看见我，看见我鞋子上沾满的尘土，看见我双手合十的动作，看见我无声地嚅动的嘴唇。它应该明白我的来意，应该听得懂我沉默的祈祷。

假如它睡着了，是否说明：我来得不是时候？

它睡着了，能梦见我吗？梦见我的到来，以及离去？这一点，我想应该能做到的。毕竟，它是神嘛。神比人伟大之处，在于全方位的感知，甚至，未卜先知。

几乎所有人，都曾经很关心：是否有神——在人类之外？以及神是睡着了，还是醒着？在喜出望外的时候，在大祸临头的时候，在有忏悔的心事的时候——在很多很多时候，人会觉得自己很渺小。

卧佛寺始建于唐贞观二年（628）。至于这尊5.3米长、1.6米高的释迦牟尼卧像，则是元至治元年（1321）冶铜五十万斤铸成的——（总重量约五十四吨）——为我国现存最大的铜铸卧佛。算起来，它已经不变姿势地躺了七百余年。这一觉睡得可真够长的。

殿内的香案上陈列着许多双大鞋，皆是清代皇帝敬献的礼物。皇帝们考虑得很周到，连拖鞋都给预备好了。

假如神是睡着了，对这一切浑然不觉。那么，它什么时候才能醒来——起身穿上硕大的鞋子？对于睡者来说，鞋子仅仅是摆设。

说实话，神在我想象中，原本是不睡觉的。神先知先觉，时刻保持清醒的头脑。神的视力与听力是永远有效的。假如它视而不见、置若罔闻——多辜负那些善男信女的膜拜呀。假如不相信神的存在，他们怎么甘心面对一堆堆青铜、泥土、顽石念念有词呢？

然而卧佛寺，偏偏供奉着一尊慵懒的卧佛。是怕他老人家累着了吧？

卧佛之存在，是有典故的：纪念涅于拘尸那迦城外娑罗树下的释迦牟尼，这是无比漫长的最后的瞬间。一两千年过去了，神依然保持着当初入睡的姿势：头冲西、面朝南，微抬起上半身，以右手托腮，左手则平放在腿上……仿佛正在闭目养神，抑或考虑什么问题。

我觉得这尊卧佛比罗丹的《思想者》更为深沉，更为庄严，更具威慑力。

因为佛祖所沉浸于其中的，是一个更为博大的世界——人类对此顶多只能算一知半解。

娑罗树为释迦牟尼遮挡过阳光，由此而出名了，成为佛教徒公认的圣树。

卧佛寺原本有三棵古娑罗树："两棵在天王殿前，早已不存在了，另有一棵在三世佛殿前，1949 年 5 月 4 日被大风吹折，现存的一棵是 1954 年补种的，实际是和娑罗树近似的一种七叶树，并非印度产的娑罗树。"（赵迅语）我去卧佛寺，总要在这棵"中国特色"的娑罗树下绕三圈。算作问候吧，假如树能懂得我的意思的话。

所谓的卧佛寺，仅是约定俗成的称谓，老百姓叫顺嘴了。毕竟，卧佛是其最大特征。可寺庙的本名，反而被逐渐淡忘了。在三世佛殿前月台左侧，有雍正御制十方普觉寺碑；而山门殿悬挂的金匾，上面也写着"赐十方普觉寺"。这是雍正皇帝的赐名。

那么，在雍正之前，该怎么称呼呢？

卧佛寺的历史，简直就是不断改名换姓的过程：唐代叫兜率寺，元代叫昭孝寺，后改作洪庆寺；明代正统八年（1443），英宗赐名寿安禅寺；至崇祯年间，又改叫永安寺；据说英宗、宪宗、武宗、世宗、神宗等五位皇帝，都曾亲自来拜谒卧佛，并为寺庙的几度重修捐赠过财物——英宗送了一部大藏经，陈列在佛殿内；宪宗敕命于寺前盖了座高六丈九尺的如来舍利宝塔及其左右二殿，并额外赐地五百二十五亩，作为香火钱；神宗甚至拿出宫内的"私房钱"作为重新装修的费用，同时赐大藏经及锦被等物——他很细心，给卧佛送了床保暖的被子，以免着凉？

到了清代，帝王们来得更为频繁：三世佛殿的门额，悬挂着雍正御笔“双林邃境”木匾，两侧又有乾隆题写的对联：“翠竹黄花禅林空色相，宝幢珠络梵宇妙庄严”；院内那座四柱七楼式五彩琉璃牌坊，正面写着“同参密藏”，背面写着“具足精严”，均为乾隆的书法；与雍正御制十方普觉寺碑相对的，还有乾隆诗碑。至于作为本寺灵魂的卧佛殿，内悬乾隆题词“得大自在”之匾额；殿外的门匾“怯目恒明”，及楹联“发菩提心印诸法如意，现寿者相度一切众生”，均是慈禧太后的手迹。想不到慈禧也练过毛笔字，写得还挺“带劲”的。

卧佛寺，仿佛在举办帝王们的“书法比赛”，看得我眼花缭乱。不知道该夸谁的字好，不知道又会得罪了谁。他们一个接一个赶来舞文弄墨，难道不怕打扰了佛祖的清梦？或许，生怕佛祖不了解自己肚里有墨水，文化程度较高？我觉得这多多少少有点卖弄的意思。

尤其乾隆，来了后简直不想走了。三世佛殿因供奉木质漆金三世佛像（唐代遗物）而得名，“两壁列置清代泥塑彩绘十八罗汉像，所不同的是，十八罗汉中有十七位都是身着袈裟，出家人打扮，唯独东南角的那一尊却是穿靴戴盔，身披铠甲，一副武将装束。据说这是乾隆帝搞的名堂，奉他的旨意，取消一个真罗汉，换上自己的圣容。在中国佛寺建筑史上，恐怕是仅此一例。”（郁寿江语）乾隆也真是的，明明当着皇帝，还想搞“第二职业”，亲自出马来给佛爷做卫士。总算成了第十八条罗汉，满足了吧？过瘾了吧？

其实，佛爷哪需要你看大门呢？你能把自己的江山管好就不错了。

寺庙两侧，有三座以游廊连接的院落，系清代皇帝避暑的行宫。看来皇帝恨不得由紫禁城搬来这里来办公？或许会感到更踏实一些？这分明是找靠山来了。

而寺庙东侧相对称的院落，则是僧侣们的“集体宿舍”：大斋堂、大禅堂、霁月轩、清凉馆……以及为本寺开山祖师爷所虚设的祖师院。

卧佛寺，大抵由牌坊、山门殿、钟鼓楼、天王殿、三世佛寺、卧佛殿、藏经楼等构成，显现为坐北朝南的三组平列的院落。建筑大师梁思成说：这种讲究对称与平衡的布局方法，为唐宋时期伽兰七堂制度之遗范。

四大天王、哼哈二将、十八罗汉什么的，其实都是陪衬，那尊高枕无忧的卧佛，才是真正的主人。即使皇帝来了，它也懒得睁开眼瞧一瞧。再显赫的皇帝，也不过是历史甬道上的匆匆过客。郁寿江先生认为铜铸卧佛表现了元代高超的冶炼技术，卧佛殿是寺内的精华部分：“卧佛前有铜制‘五供八宝’，后面环立十二圆觉塑像、原为泥塑,采用高超的‘拨金花’法雕成,反映了我国古代卓越的技艺。殿中的全部造像，向人们描述了释迦牟尼涅槃前向弟子嘱托后事的情景。”传说殿内原先另有一尊檀香木雕的唐代卧佛像，明末清初兵荒马乱时遗失。

我来卧佛寺，是为了寻梦的，寻一个古老的梦。我的动机，估计比那些抱佛脚的皇帝要纯粹一些。

## 作者简介

洪烛，原名王军，1967年生于南京，现任中国文联出版社诗歌分社总监。中国作家协会会员。出有诗集《南方音乐》《你是一张旧照片》《我的西域》《仓央嘉措心史》，长篇小说《两栖人》，散文集《浪漫的骑士》《抚摸古典的中国》等四十多部。另有《中国美味礼赞》《千年一梦紫禁城》《北京AtoZ》《北京往事》等在日本、美国、新加坡、中国台湾出有日文版、英文版、繁体字版。获中国散文学会冰心散文奖、中国诗歌学会徐志摩诗歌奖、老舍文学奖散文奖、央视电视诗歌散文大赛一等奖，《萌芽》文学奖及《中国青年》《诗刊》《星星》等杂志奖项。

# 初雪圆明园

老　姜

在容易患流感的天气里，我们收到了一百五十七年前大清帝国发出的白色讣告。为祭悼死去的辉煌，我们五个军人行走在漫天的雪白之中。

雪下疯了，我们缄默不语地踏出一溜脚印。长长的脚印，一直伸向那个园子。

一百五十七年前那场雪，是黑色的。今年的初雪，白而轻盈，留在我们头上却是沉重的。尽管脚步很深很深，它却很快被雪收割了。大雪暂时覆盖了城市旷日已久的浮躁。

今天，是园子一年中最平静的一天。车开不到这里，以车代步的人谁愿意来这个荒凉的园子看冷冰冰微笑。

我们终于迈进了大清帝国的圣园，踏在了大地的伤口上。躺在地上被世人踏压的青砖，用百年的呻吟窥视我们的鞋底。圣园的辉煌呢？金瓦青砖上的九龙呢？

在圣园门口，首先迎望我们的是两个狮子——一个被咬掉了门牙，另一个瞎了双眼，掉了牙齿。一百五十七年前，它们一定是威风凛凛的。可它们却未能挡住“英吉利”和“法兰西”强盗的暴行，眼睁睁地看着强盗从身旁走进走出，搬走数不尽的宝物。它们成了圣园丧礼的“司仪”。

现在这里静悄悄，静得有些可怕，似乎什么都不曾发生过。雪下疯了，一个劲儿地往我们身上扑，大滴大滴掉泪。它什么也不说。

在荒凉的园子里踏雪，就如走在大出殡的队伍里，老天替我们为死去的圣园举幡旗撒灵纸。我们一同登上了祭灵台。

爬过一道山岗，无意之中我们与苍天达成了默契，皴染出一幅雪国图：红红绿绿的装饰材料，努力装饰着丑陋的商业小摊；一群白鹅船在湖边交颈叹息着；木亭旁停放着几顶“龙轿”——轿夫们在等候着喜欢温故“帝王”“皇妃”生活的浪漫游人。吹鼓手拎着的唢呐，像凋零的鸡冠花，随时准备奏出古老的“尊严”；冻僵的池子底下不知是否有观赏鱼的存在；凋零的秋菊像被揉碎的纸币，堆在一起……

飞走了。路边的垂柳真正垂下了头，叶眉纷纷。贸然闯进的红衣女，扔下几声甜润的笑，也没了踪迹。那笑声加重了我们的脚步。

五个绿音符在白琴盘上跳跃；五位军人的思索沉重而不再苍白。我终于在雪地上发现了什么。当我大把大把地捡起来，才发现，原来是一个个名词：绮春园、涵秋馆、迷宫、大水法……似乎名字都在流着血。

康熙的力没了，乾隆的雅没了，香妃的香没了，有的只是荒诞。

我知道，有的大商人又觊觎这个园子了，想在旧址上盖起摩天大厦；我知道，附近百姓的猪厩有的就是用这里的青砖砌成的。

一不留神，我险些滑倒。这时，我才发现地下躺着很多石头。石头沉默着，没有语言。我轻轻抚摸它，它们浑身都是凉的。经历了一百五十七场大雪的冷却，能不苍凉吗?

心头涌起一股无名的怨，拳头击在石头上。我听到了石头的哭泣。石头满脸是泪，湿透了我的心和手。雪舔着石头，雪舔着我们。

蓦然间，雪变成了白色火焰，燃烧着这寒冷的冬天。我眼里的那幅北中国画消失了。我看见的是一张方圆十里的裹尸席——

我们看到的是一副骨架。她的娇艳胜于“马王堆女人”千倍万倍，可她没有“马王堆女人”寿命长，她活了两千多年还不死。现代人仍能欣赏到她的青丝、红唇、冰肌、玉骨。——“我们的祖先真漂亮”。而圣园只剩下一具骷髅，没有青丝、没有皮肤、没有眼睛。

这个圣园，本是一个娇艳女人的名字。难怪强盗对她垂涎三尺，难怪现代人对她梦寐以求。她仅仅活了一百五十岁，一百五十七场初雪都未能把她的尸首保护好。

这里到处是耻辱的雕塑。望着她那萎缩的骨架，就想到她当年遭受凌辱和毁灭的情景。她的美把她害死了。

她太美丽了。她集全国姣美之大成；还效仿西方丽人的风度——圆明园是她的脊骨；福海是她的两汪明眸；万春园是她的脸颊；山边湖畔的树是她飘逸的秀发；海晏堂、远瀛观是她的红唇，她嘴里含着西洋花和中国葡萄。强盗无法把她背到西方，于是就地把她奸污：抠掉了她的双眼，撕裂了她的口唇，秀发采光了，处女地上那浓茂的丛林被烧光了。把她凌辱之后，强盗割下她两颗乳房，一个运到英国，一个运往法国，喂养他们淫荡的国王去了。我们的整个家族都被侮辱了。

第一百五十七场初雪，回放着丽人毁灭的过程。

就剩下这堆白骨了，历史的风扫荡她，无根的云浸淫她，现代都市的酸雨腐蚀着她。也许有一天，一切的痕迹都从这里消失，甚至连她的名字也丢了。

其实，我们每个人心里都有她的肖像，也许想象要比存在的还美好。这也就加剧了人们对美的毁灭的痛苦。有人想重塑她。我知道，没有同一个时间和空间，昨天登陆的地方，已不是今天的岸了。她只能属于她自己，她就是悲剧故事的主人公。

每年来这里的人很多，但各有各的想法。强盗的子孙也来，不知他们寻找祖先征服世界的野心，还是寻找祖先的历史“功绩”。我想，他们的风光照不仅仅是为了寻圣园的梦，或许有对前辈的向往。雨果的怒吼在西方已飘荡了一百年，不见强盗的子孙把先辈的“战利品”送还。

不该咒骂强盗了，谁让我们无能。我们更不应该把一切的一切罪过加在一个叶赫那拉氏头上。男人没有睾丸的时代，只有让疯狂女人把持着日子。她死后，不也照样发生悲剧，她的坚硬墓穴被炸开，盗走了“夜明珠”。圣园遭受强盗奸淫的时候，军人听到了哭喊，照样不慌不忙地梳理自己心爱的辫子。

男人的耻辱，军人的耻辱。我任凭雪的扑打。请雪打落我身上的柔气吧！

我拾起一个碎瓦片，不知它是从什么地方掉下来的。这个瓦片，后来被一位女孩发现了，她说瓦片像发青的指盖，圣园挣扎之时，随强盗的兽皮一起滑落的。

碎瓦片圆了女孩一个梦：我终于知道了什么叫耻辱。而我真怕圣园的尖叫，再次打破很多人温馨的梦。

第一百五十七场大雪，还在下。我整理着军装，向死去的圣园回眸：她披上了白纱。

## 作者简介

老姜，原名姜宝才。军旅作家、编剧。祖籍山东海阳姜各庄，出生于内蒙古宁城县巴林村。从军后历任文书、排长、干事、科长等职，1995 年毕业于解放军艺术学院文学系。长期从事文学和影视剧创作。创作长篇小说《头颅》《一只来自北方的狼》，文化随笔《英雄记忆》和传记文学《耶律楚材》《舞台》，出版史学作品《伯力大审判》《关东大屠杀》，长篇电视剧《中国特别旅》《中国虎》。曾获得中宣部“五个一工程”奖，全军文学作品奖和电视“金星奖”。1995 年起从事十四年抗战史的研究与创作。2004 年寻找并发现抗日名将赵尚志的头骨，2012 年被聘为国家图书馆“中国记忆”项目抗联口述工作组顾问。

# 海淀，我的第二故乡

李　矗

我当初说我来到了北京，我后来说我住在了北京，我从北京出发了，我又回到了北京，我说的其实都是海淀。

近四十年的落户与居住，近四十年的磨砺与滋养，近四十年的氤氲与浸润，海淀已经成为我生命驿站的第二故乡！

据史载，海淀最早见于商末西周，属蓟国。春秋战国时，地属燕国。至秦时，设蓟县，地属蓟县。魏晋时，分属蓟县、昌平县。唐建中二年，撤蓟县而置幽都县，地属幽都县、昌平县。辽开泰元年，幽都县改名宛平县，地属宛平县、昌平县。金、元因之。明正德元年，升昌平县为昌平州，地属宛平县、昌平州。清因之。民国时，分属北平市郊区和河北省宛平县、昌平县。共和国成立后，地属北京市，但区号几经变更，最初划为十八区，后又改为十六区、十三区，1952 年 9 月命名为海淀区，沿延至今。又据史载，海淀最初并不是一个人群聚落的地名，而是一个浅水湖。所以，在最初的史料中，海淀也称为“海甸”，或“海店”。由此，遥想海淀初时，湖泊浅水，草木葳蕤，那是一个多么荒芜而宁静的所在啊！及至后来，改朝换代，世事更替，沧海桑田，海淀又历经几多风云烟雨……

然而，无论从地属沿革还是从文史渊源说来，四十年前的海淀与我，或者说四十年前的我与海淀，却没有任何的关联与交集。因为我的祖籍和老家在广东省吴川县（1994 年后改市），地处祖国大陆最南端雷州半岛东北侧接连内陆的粤西南沿海边陲，地属西南百越地带，与地处燕京西北的海淀，相距遥遥五千余里。虽说明代弘治至万历年间，我家亲缘承接的华山李氏宗族曾涌现出“一门九举四进士”的盛事，其中李学曾、李一迪、李邦直、李日宣四位先祖，也曾赴京赶考，但其间除奉旨进入紫禁城皇宫的奉天殿或文华殿应试外，也多是在城南的法源寺及湖广会馆等南方人聚居地转悠，而高中后也多是在内阁及大理寺或远赴浙江、福建、江西等地供职，谁也没有涉足过海淀。其后，到了我父亲这一辈，虽说也有我父亲等人曾漂洋过海远赴南洋等地打工，但却无人北上燕北。即使是如我辈以往在为应考而恶补史地知识时，只是关联到北京市层级，也没有涉及海淀。

往事越千年，新事始开篇。直到四十年前的春天，从海淀区颐和园路5号北京大学校园发出的一张入学通知书，把我从五千里外的南海之滨，召唤到了北京大学所在地燕园。由此，我与我的学习与工作以及我的家庭与生活，才和海淀结下了不解之缘。

海淀是我在北京的第一个落脚点和居住地。我是文化大革命结束后恢复高考招收的第一批新生，也就是1977级新生。但是，因为各种原因，当年全国的高考招生工作往后推迟了半年，各高校直到1978年2月中下旬才陆续签发入学通知书。我是1978年2月23日才收到北大发来的入学通知书的。通知书要求2月28日之前入学报到，从我老家到北京，行程远达两千五百多公里，时间非常紧迫。我匆匆办理工作交接，简单收拾行装之后，于2月27日从我的出生地和原工作地出发，一路北上，穿越湴江、珠江、长江、黄河，历时四天三夜，于3月2日早上到达北京火车站。虽说北京站是我走下火车后脚踏的第一个地方，但那时行囊还背负在身上，人还在旅途中。接着，我又搭乘两次公交，由东南往西北，穿越北京城区，第一次走进了地处海淀区的北大校园。当天中午，在办完新生入学手续之后，我住进了燕南园学生宿舍楼32楼，这才得以歇脚和安顿下来，并由此开始了我全新的人生旅程。

海淀也是我对北大和海淀乃至整个北京城，从陌生到熟悉、从不适到习惯的转折点。初来不识路，两眼一抹黑。如今说来也许有点可笑，刚来的时候，我对于燕园，对于海淀，对于北京，完全是陌生的，真有点刘姥姥初进大观园，晕头转向，时而找不着北。也许因为心里怯生，也许因为学习紧张，或者是二者兼而有之，在头一个学期很长的一段时间内，我几乎每天都是以32楼为出发点和归宿地，往返和穿梭于大饭厅、图书馆和各个教室之间而早出晚归。当然，在周末和假期，也间或和同学们相约走出校园，去参观颐和园、圆明园、天安门、故宫、长城等名胜古迹，但是很少独自出门。在生活上，北方的面食，那时又全都是粗面，还有那些窝窝头和玉米粥，使我这个吃惯了大米饭大米粥的南方人大倒胃口，以致经常处于“吃不饱”的状态。初来时是初春，天气乍暖还寒，后来还下了一场大雪，北京的同学说那是好多年都没下过的大雪，但对于正值年轻气旺的我来说，这倒不是什么大问题。记得第一次和同学们在校园踏雪时，我没有穿棉鞋，也没有穿棉衣，只穿了一双胶底运动鞋，转了一圈之后，被冻得脸红耳赤，但心里却不觉得怎么冷，直看得北方同学啧啧称奇。后来，在北京住久了，反倒越来越怕冷了，穿得越来越厚了。

纵然如此，经过大半年的磨砺，我终于逐渐适应了北京的生活，也熟悉了海淀周边的环境。说来也是好玩，我最初与校园外的接触是从一家照相馆开始的。记得入学初时，为了办理借书证等证件，我第一次去海淀镇（对，那时还叫海淀镇）找照相馆拍照。从学校南门出去，走过马路，穿过一条叫“老虎洞”的小胡同，就看到临街贴着“红艺”两个字的照相馆。那就是海淀红艺照相馆，馆子不大，但名气不小，北大好多同学的证件照，都是到这里来拍的。当时给我拍照的照相师，也就三十多岁的样子，但堪称高手，等我坐好之后一看镜头，他就咔嚓那么一下，说：好了。过两天去取相片的时候，他拿出一个袋子装好的一寸照片说，这是你照的证件照。另外又拿出一张二寸照片说，我看你这张照片照得挺好的，给你做了一张二寸背景化白的，你看喜欢不喜欢？我看那做了背景化白处理的照片，头像显得更加精神醒目，自然十分喜欢，当即就让他再多晒五张。因为这是我在北京的照相馆里拍摄的第一张照片，我后来戏称之为“北京首相”。

由燕园而走向海淀，再由海淀而走向北京的其他地方，我这个原本习惯以前后左右来辨别方位的南方人，也逐渐熟悉了北京人以东南西北来指认方位的本事了。到了大二、大三的时候，每当有外地亲友或外校学友来找，我已俨然以北京人自居而充当他们的向导了。我带领着我的客人，从学校南门出发，骑车或乘坐 332 路公交，或往西北——前往颐和园、圆明园、香山，或往东南——前往动物园或西直门，再转往城里各处，去游览首都的名胜古迹，去串联首都的大街小巷。另外，为了帮家乡亲友寻找和采购北京名校的高考模拟试题、同仁堂的药品以及青椒种子等稀缺物品，我时而骑着自行车，时而搭乘各路公交，穿梭于北大附中、清华附中、王府井百货商店、前门大栅栏以及四季青人民公社等地方。

相较于地理气候环境，我感觉北京的人文氛围更容易为外来学子所熟悉和融入。正如我在《我入学后发表的第一首诗》（原载《北京文学》2015 年第 9 期）所写的那样，1978 年的春天，我第一次从南海之滨来到祖国的首都，第一次从农家小屋走进北大的校园，心情非常兴奋和激动，诗歌创作意兴也随之涌动，刚入学不久就写下了一百多行的诗稿《北大，我们向你报到》。但是初来乍到，人生地不熟，不知投给哪个刊物哪个编辑。我在北大图书馆中文期刊阅览室里抄下《北京文艺》（《北京文学》的前身）的地址，直接就寄给“编辑同志收”。没想到，《北京文艺》的“编辑同志”对我这个素昧平生的外地学子的初次来稿，却一点儿也不见外，随后就把诗稿编发在当年的 10 月号，还配发了题图。这种开放包容的人文氛围，使我倍感亲近而大受鼓舞。在未名湖畔，我先后写下了一百多首诗稿，还有文学评论、剧本等多种多篇作品。我来京后发表的第一篇诗歌评论《诗人，应该这样说——诗歌〈将军，不能这样做〉读后》、第一篇作家创作专论《努力反映时代的新潮热浪——试论刘心武的小说创作，兼与有关论者商榷》、第一部诗集《未名湖之恋》、第一部多幕历史剧本《曙色朦胧的早晨》、第一部文学论著《立体文学论》等，也都是在北大校园写作完成或写下初稿的。北大，或者说燕园和海淀，是我得以充分汲取知识素养和获得思想启迪的地方，也是我到京后文笔得以初试锋芒和崭露头角的地方。

海淀还是我结婚后第一个得以安家的地方。借用一句熟语，我生也晚，学也晚，成家更晚。1982 年大学毕业时，我尚未成家，最初被分配在位于东城的一家媒体工作，住的是单位的集体宿舍。一年多之后，我调到了新创办不久的法制日报社，住的也是集体宿舍，而且是住在报社临时租借的小旅馆里，因为报社那时还没有建成自家的办公楼和宿舍楼。1984 年我结婚的时候，报社就在城南临时租借的花椒树宾馆给了我一个单间。这也算是婚房了吧，但因为住的是宾馆，那也不算家。三个多月后，我爱人单位说可以分给我们一套住房，有两个地方可供选择，一个是在城南的刘家窑，另一个是在海淀的索家坟。我爱人让我做主，我毫不犹豫地选择了海淀的索家坟。由此，我们在海淀安下家来，从此有了一个可以称作家的地方。并且，由此住下之后，就再也没有离开过海淀。

后来，随着我爱人职务的提升，以及我所在单位照顾老职工改善住房条件，我们曾有过两次调房的机会，可供选择的房源，一个在西南边，一个在东北边，因为是新建小区，楼宇环境和住房面积都要比原住房好很多。但是，我们考虑再三，最后还是决定选择留在海淀，留在没有电梯和小区花园的原地不动，并申请在海淀附近补差。到了房市开发之后，看到身边的朋友都在疯狂地买房卖房，我们也打算买一套有电梯和小区花园的商品房，改善一下居住条件。

我跟着熟悉房市的朋友，先后看了城区的十多个楼盘。其间，还曾找过时任某房地产集团公司董事长兼总经理的好朋友，他让下属部门经理又带着我看了其公司开发的几个楼盘，还说可以在门市打折之后再给点优惠。但是最后，我还是选择在海淀原住房附近购买了一套没有任何打折优惠的住房。再后来，到我儿子结婚的时候，为了选购婚房，儿子和儿媳妇也先后看了十多个楼盘，最终还是听从我坚定不移的建议，选择了我们家附近的小区。之所以做出这样的选择，既考虑到当时正在上学的孩子以及他们今后也要上学的孩子所依恋的海淀教育环境，也感觉其他地方的氛围远非我已经熟悉了的海淀可比，这也就是“故土难离”吧。由此，无论是旧房还是新居，无论是公改房还是商品房，我都选择以海淀为家。也就是说，自从 1978 年 3 月初入学到如今，除了刚毕业工作那会儿在别处住了不到两年的时间，其余的三十多年我都住在海淀，不离不弃。

写到这里，我想起很多年以前的一件往事。有一次，我从外地乘机飞回北京。在万米高空中，飞往同一目的地而又相邻而坐的三位旅伴，说起了下机后或可合乘一辆出租回家的话题。于是，问起各自家住哪里。他们一个说住丰台，另一个说住朝阳，问我住哪里，我说住海淀。这时，三人不禁都“哎哟”起来：虽说我们飞行的目的地都是北京，但三人要到达的并不是一个地方，尽管也都挨着边儿，但还真不是一个地儿。这时，我忽然感悟和明白了一个概念——我当初说我来到了北京，我后来说我住在了北京，我从北京出发了，我又回到了北京，我说的其实都是海淀。

还又想起了一件往事。我夫人将要分娩的时候，因为双方老人都不在北京，她选择回四川省灌县（后改为都江堰市）老家分娩，以便得到父母的照顾。儿子出生后尚未满月，我们就带着他坐火车回到了海淀的家里。可是，孩子入户时，因为出生证明是四川省灌县医院开的，派出所依例把出生地登录为“四川省灌县”。我明知派出所的登录并无不当，而且非常规范，但是我却不愿意。我说，我的孩子明明是在北京海淀的家里孕育成长的，只是去了四川分娩，待的时间也只有一个多月，怎么能把出生地登录在四川呢？值勤户警不知道是抵不住我的软泡硬磨，还是被我对海淀的一片深情所感动，最后还是依我意愿改了回来。这本来是一件无关宏旨的小事，但是由此可见我对我居住的这个地方已经情感入怀，而且绵延到了孩子的身份认证上。

是的，近四十年的落户与居住，近四十年的磨砺与滋养，近四十年的氤氲与浸润，海淀已经成为我生命驿站的第二故乡。我当年择偶的时候，作为只身来京的外地大龄青年，很想找一个北京的姑娘成家，但是终未能如愿。等到儿子择偶的时候，却不由分说地找了一个老北京家的姑娘，而且亲家也住在海淀的同一个小区院内。由此，不但在感情上与海淀融合在了一起，在亲缘上也和海淀结合在了一起。都说老北京的亲戚裙带关系广，通常都有七大姑八大姨之谓。听儿媳妇道来，还真是这样。而且，亲家的好多家亲戚，也住在海淀。如今回头看来，也是蛮有意思的，四十年前初来海淀时，我孑然一身，可谓举目无亲，形单影只，现在环顾身边，儿孙绕膝，亲戚朋友一大群，单是在海淀居住的，就有文慧园的、魏公村的、万泉河的、西苑的、世纪城的……逢年过节，亲朋好友遥相呼应，海淀俨然我出生的那个故乡，到处都有熟悉而亲切的面孔，到处都有热情而温暖的问候。

我是海淀的老住户、老居民，我亲身见证了海淀的变化和发展。以我最初入住的索家坟小区为例，刚来那阵，只有中直机关新修起来的几栋楼房，周边多是低矮破旧的棚户区，还有成片的竹林和坟堆。新开出来的道路两边，还堆放着清理地基时挖出来的骨灰瓦缸。靠近西直门桥的西侧，是首钢一个废弃的工场，废弃的管道钢材，乱七八糟地堆放在坑坑洼洼的地上。再往北头，是京煤五厂生产煤球的场子，满地都是煤堆、煤球、煤渣，北风一来，黑乎乎的煤尘，吹得人都不敢张嘴睁眼。后来，首钢厂区整体改建，平地矗起一排排崭新的高楼。紧接着，春晖家园、远洋风景、今典花园、天兆家园等新建小区，替换了原来低矮杂乱的棚户区。原来的煤厂也搬迁别处，代之而起的是充满现代气息的北京市政建筑设计总院和枫蓝国际购物中心。由积水潭连接颐和园的河道，也得到了疏通和整治，沿岸修起了坚固的堤坝和漂亮的护栏。近几年，沿街道路的整治和绿化工程也在有序进行，整个索家坟地区面貌焕然一新。当然，索家坟只是海淀边沿的一个住宅小区，她的发展变化只是海淀的一个很小的缩影，中关村等核心地带及其他地方，更是日新月异，成就辉煌。

我是海淀的老住户、老居民，我对海淀的人文环境和自然风光耳濡目染，也心生爱恋。每当有朋自远方来，我都乐意充当海淀的义务讲解员，津津乐道而不惜赞美之词。以我的观察和体验，海淀有千般美景、万种风情，但也可以概括为“三大亮点”。

首先是高校云集而书香飘溢。从区域的视角看，北京各大城区，各有千秋而各具特色。如果说，东城有王府井、东方广场和东单等，可谓得商贸经济之繁华。西城有中南海及新华门，有人民大会堂和国家大剧院等，可谓得国家殿堂之气象。而海淀最大的亮点，则是高校云集，得人文书香之最！试看，从西直门北大街相接的学院路口开始，一路往北，然后再折返东西两翼——北大、清华、人大、北师大、政法大学（研究生部）、地质大、北交大、科技大、北航、北邮、林大、农大等等，约略七八十所高校，星罗棋布，蔚为壮观。其中，“211 工程”高校就有十四所，占了北京市总数的 70%。这不能不说是一个奇观！我曾远足英伦欧美，参观过牛津与剑桥所在地区，参观过哈佛和麻省理工所在地区，若从高校数量和密集程度来说，都无法与海淀相比。时下，人们热衷于谈论“学区”，从宏观意义上说，海淀就是北京乃至全国甚至全世界最大的“学区”。而高校，并非只是一座院落和一个校区之所在，她通常拥有相关学科最优秀的专家学者，拥有相关学科最丰富的藏书，也拥有相关学科最具青春活力的莘莘学子，而这“三个最”的汇聚与交集，又将产生怎样强大的生机和活力啊！试想，每年入学季，从全国各地通过高考选拔出来的多达二三十万数的后起之秀，满怀青春的理想与激情汇聚到这里，在这里孕育成长；而到了毕业季，又有二三十万之众的学有所成的青年才俊，从这里播撒到全国乃至世界各地——这样的汇聚与播撒，对于作为汇聚地和播撒地的海淀来说，又将产生怎样强大的联动与辐射效应啊！是的，密集的高校犹如璀璨夺目的明珠，点缀和照耀着海淀的魅力和美丽！

事实正是如此，海淀的许多建树也得益于高校的参与和支持。这也正是我要书写的第二个亮点，即海淀的高新科技。早在 20 世纪 80 年代，人们就从报告文学作家徐迟的笔下，领略了躬身于海淀的科学家的风采：《在湍流的涡漩中》的周培源，《地质之光》的李四光，《哥德巴赫猜想》的陈景润。共和国建立后，我国许多高新科研院所都布设在海淀。中关村，科研所，高数、高能、高物……哪个不是“高”字当头？北大方正、清华同方，双雄并起。如今，经过几十年的创新发展，中关村高新科技院区已成为国家自主创新示范区的核心区和全国科技创新中心核心区。作为中国互联网产业发展的策源地之一，海淀还凝聚了联想、百度、小米、滴滴出行等相关企业六千多家，覆盖了技术标准、网络设备及系统、网络运营、核心芯片、智能终端、应用服务等各个产业环节。海淀还拥有最为完整的北斗及信息空间产业链，聚集了航天五院、北斗星通、高德、合众思壮、四维图新等一批代表性企业。写到这里，我要特别为王选院士大书一笔。他和他的科研团队研发的“汉字激光照排系统”和“华光出版系统”，使我国报业和印刷出版业超前实现了“告别铅与火，走进光与电”的飞跃。王选堪称“当代毕昇”，堪称海淀的骄傲和荣誉。

海淀的风景名胜，也别具特色。海淀的“三山五园”，即香山、玉泉山、万寿山，以及坐落在三山之上的静宜园、静明园、颐和园，再加上畅春园和圆明园，是京郊文化带的明珠。海淀境内的河流和湖泊，诸如高粱河、清河、万泉河、南长河、小月河、南沙河、北沙河，以及昆明湖、玉渊潭、紫竹院湖、上庄水库等，多彩多姿。其中，香山是举世闻名的赏枫胜地。著名散文作家杨朔曾慕名而来，并写下了《香山红叶》美文。他写道：“独爱香山，独爱那一草一木的雅静，淡然，安详，纯洁。”我也多次来过香山，或三两好友相邀而来，或成群结队呼啸而来，每次登临眺望，所感却也各有不同。有时登上香炉主峰，居高临下，极目远眺，但见成色不同的黄栌秋叶，深红的、猩红的、粉红的、桃红的，各具层次，在瑟瑟秋风之中，犹如红霞火焰，扶摇晃荡，那场景气势，不禁令人也心旌摇荡！有时置身于密林浓荫之下，仿佛将尘世喧嚣置之度外，俯身捡起三两片掉落的红叶，捎带回家，或夹于书本，权当书签，或寄予亲友，亦可聊表相思。再说那万寿山和颐和园，更是游人向往的所在。沈从文曾写过一篇《春游颐和园》散文，备述游园之细节。我看了却以为过于程式化而不得要领。我说万寿山和颐和园，是一年四季都大有看头的去处。春天，先看梅花桃花和玉兰之争艳，再看牡丹芍药之怒放。夏天，泛舟昆明湖，看荷叶摇曳，湖光山色，披绿叠翠。秋天，拾级佛香阁，南眺昆明湖，北观智慧海，环顾亭台楼阁之错落，瞭望秋色之斑斓。冬天，看西堤芦荻摇曳之飘絮，看文昌阁下残荷枯叶之紊乱，看清晏舫亭亭玉立之于冰湖。即使是遭遇刮风下雨的天气，也可以置身于挡风避雨的长廊，看画栋雕梁描绘之传奇典故。诚然，相较于远处的皇家园林，我更喜欢近在咫尺而附属于社区之间的几个小公园，诸如紫竹院公园、玉渊潭公园、元大都遗址公园等。且不说它们全都免费开放，它们的近便与秀丽，更是令人倍感亲近和喜欢。周末或假日，或步行，或骑自行车，或独自前往，或举家出行，溜达溜达也就到了。那紫竹院的三湖两岛和满园的紫竹、茱萸，玉渊潭的樱花、鲁冰花，元大都遗址河畔的海棠、垂柳，都可以消解闹市的喧闹与烦恼。

我是海淀的老住户、老居民，我也乐意为海淀奉献自己的绵薄。我是个急性子、直心肠的人，平日看到社区有这样或那样的纰漏，诸如垃圾堆放与清运、拆违或违拆、车辆停放等问题，每当碰上了街坊管事儿的人，不管是街道办的官员，还是小区的片警，抑或居委会的大妈，我都要直言以陈。不是说“海淀建设靠大家”吗？我是海淀老居民，那我就直说啦。不仅如此，我还以我的方式，为海淀“招商引资”哩。我这个人喜欢交朋友，再加上原供职于眼观六路耳听八方的媒体，无论是来自家乡的故旧，还是工作上往来的各路朋友，抑或海外归来的远客，凡有与我联系的，无论是住宿宾馆、请客吃饭，还是相约出游，我都别无选择地说，请向我靠拢，请到海淀来！哈哈，从某种意义上说，我也为促进海淀的宾馆餐饮及旅游业做出了贡献哩。当然，我更乐意以我熟悉的写作，为海淀书写，为海淀点赞。这些年来，我以海淀为载体写的文章，就有《回眸北大师门——兼为中文系文学七七级授课老师画像》，写的是燕园当然也是海淀的人物风采；有《我家住在学院路口》，写的是我在海淀居所与在海淀各高校就读的家乡子弟交往的故事；有《高贵的人文精神研修院》，写的是我与位于蓟门桥附近的中国政法大学师生的情谊。我想，海淀的首长应该给我颁发一份“特殊贡献奖”哩——所谓特殊贡献，也就是并非通常意义的贡献，而是尽我所能，竭我所诚，还我本色的贡献。

我与海淀最为亲密的接触和交谊，要数今年5月在海淀小剧场举办的“梦回燕园”主题联欢会。今年是北大一百二十周年校庆，又是我这个年级77级和78级入学四十年。也许是因为离别太久，也许是因为相聚太少，不少校友在期待参与学校举办的校庆纪念盛典之余，还想筹组一个自娱自乐的文艺会演。但因为提议较晚，校内的礼堂已被预约占满。此前，我受朋友之邀，曾到海淀小剧场看过海淀作协举办的两次文艺演出。海淀小剧场虽小，但声光电舞美设施齐全，而且近邻北大，我想如果能与海淀作协合作，在此组织一个北大校友与海淀作家的联谊联欢活动，岂不两全其美？为此，我与海淀作协秘书长王威先生相约一谈，素有文学情怀的王威先生与我一拍即合。

其时已是4月中旬，离约定聚会的日期只有短短两周时间，看似异想天开。但是，在微群和学情友谊的关联与互动下，原以为不可能的事情却就奇迹般发生了。联欢会启事发布后短短十多天，我们就收到了来自海内外多地校友报送的参演节目四十余个。报名与会的校友也是一呼百应，从开头的三五人、三五十人，迅速汇聚到三百余人。海淀作协方面更是齐心协力，很快就将灯光舞美、海报及签名展板等事项，准备就绪。5月5日下午，我们约定的“纪念北京大学一百二十周年校庆暨梦回燕园主题联欢会”，在海淀小剧场如期如愿举行。与会北大校友和海淀作协朋友以及特邀嘉宾等欢聚一堂，联袂登台。北大校友中，有来自天南海北的国内学子，也有不远万里从德国、美国等地归来的海外游子，有20世纪50年代入学的1950级老校友，有恢复高考后入学的“新三届”，也有去年刚入学的2017级的年轻校友，可谓跨世纪、跨时代、跨年级、跨院系、跨国籍的大联欢。联欢会通过视频播放、歌曲（京剧）演唱、舞蹈、诗文朗诵、旗袍秀、情景访谈等多种形式，表现了深厚的北大文化和燕园情怀，表现了校园与社区联袂的深情厚谊。与会北大校友深受感动，会后仍有多人停留在大厅签名展板前相拥诉说，依依不舍，久久不愿离去。

这也是北大校友与海淀作协朋友心领神会的一次跨界大联欢。在这次活动中，我结识了海淀更多的新老朋友以及他们的友好情谊。作协秘书长王威先生既是总策划，又是总勤务，从团队组建到盒饭订购，都亲力亲为。总导演王海滨，上午还在别处讲课，课后即刻赶回剧场，着手指导彩排和演出。舞台总监陈相国，是个诗书画艺兼备的多面手，幕前幕后，调度有方。朗诵团的侯志刚、李军、李士光等，利用工作间隙，赶排了诗文朗诵《校长就职演讲》《大海的追求者》《湘江评论·创刊词》等新节目。主持人李军、柏荷、张宇坤、隋源四人，训练有素，配合默契，多有妙语连珠而画龙点睛之作。剧务阮芳、王利宇、如始，摄影超侠、王慧，以及其他多个不知名的朋友，恪尽职守，不辞劳苦。

所有这些，让我深受感动，也深有体会——我们说，我们回到了母校的怀抱，其实也是回到了熟悉的海淀社区——燕园与海淀，是如此密不可分，你中有我，我中有你，情景交融，息息相关。这种校园与社区紧密相连的情义，也融入了我和王威先生联手拟稿的《开幕串词》和《闭幕串词》——

开幕串词

北京的五月，
是鲜花盛开的季节！
北大和海淀的五月，
是花团锦簇的“蜜月”！

1898—2018，
恰逢北大华诞双甲子——

我们从天南地北回来了，
我们从世界各地回来了！

我们又回到了博大的母校怀抱，
我们又回到了熟悉的海淀社区！
今天的我们，通过微群相邀而来，
今天的我们，携手学情友谊而聚——
……

## 闭幕串词

今天，
我们共同开创和见证了——
通过校友微群相邀以聚的历史，
携手校园社区联袂登台的团聚！

今天，
我们共同分享和见证了——
未名湖水溢四海的学情，
海淀社区接万里的友谊！

梦回燕园双甲子，
百年不遇相与聚；
欢歌笑语有你我，
犹忆青春风华意！
……

诚然，我生活在海淀，我也读到了有关北京的科幻小说《北京折叠》，读到了生活随笔《北京，有两千万人假装在生活》。小说和随笔写的是北京，当然也包括了海淀，作者运笔幽默而混带黑色，嘲讽诙谐而颇多忧患与怨艾，但并无恶意和恶搞。我读过之后，也仿佛出入其间，但也穿越其间，但也超越其间；我也时觉真实，我也时觉假装，但真假虚实，皆为我所经历。有道是“梦里不知身是客，直把他乡作故乡”；我是“梦里不认身是客，直把他乡作故乡”。因为北京和海淀是我摸爬滚打了四十年的地方，这里有我留下的深深浅浅的脚印，有我挥洒的点点滴滴的汗渍，这里有我的家人，有我的朋友，有我的记忆和惦念，也有我的梦想和希望！

我爱海淀，她是我的第二故乡！

2018 年 5 月 26 日于北京文慧园

## 作者简介

李矗，广东吴川人。1977 年考入北京大学中文系文学专业，1982 年获文学学士学位，后又在中国政法大学进修法律专业。曾任《法制日报》高级编辑、高级记者，中国政法大学、西南政法大学、四川大学文新学院兼职教授。中国作家协会会员，中国法学会会员。人民网“传媒智库”专家。

已出版有诗集《未名湖之恋》、多幕历史剧《曙色曚昽的早晨》、文学论著《立体文学论》、新闻传播学论著《法制新闻报道概说》《两难选择与自由应对》、小说与纪实文集《中央门银行抢劫案》《当代法案大观》；合著有《二十一世纪大眺望——中国记者十人谈》《未来一百年大眺望——中国作家院士十人谈》；主编有大型辞书《中国文学之最》《中国新闻学之最》《中外法学之最》，大型丛书《中国普法之歌》系列六卷、《人与法》系列九卷等。

其中，《立体文学论》曾受到文坛热议和多家媒体转载；《当代法案大观》多篇作品曾在全国产生轰动效应；《法制新闻报道概说》被中国政法大学指定为 2005 年法制新闻专业硕士研究生复试参考书，全国多家媒体指定为采编人员业务参考书。

# 我周围的园子们

李美皆

高晓松的母亲真了不起，不动声色地说了句：“生活不只是眼前的轻易，还有诗和远方的田野”，就把高晓松的《生活不止眼前的苟且》催生到了大众视野，这首歌的传唱度又几乎引起了一场生活态度的革命，“眼前的苟且”与“诗和远方”似乎成了大众生活的两个维度，并且，前者向后者倾斜。由此也强化了一个大众观念的误区：眼前的就是苟且的，诗总在远方。人们很容易忽略眼前的美好和日常的活色生香，而“为找到那片海不顾一切”。当我看到“我们都想去远方旅行，却对几公里以内的一草一木毫不在意”这句话时，顿时感到一种纠偏的快意。诚然，我们不必住在“海淀”就不去欣赏“朝阳”，但“几公里以内的一草一木”，确实是更需要我们在意的，因为它构成了我们生活的背景和底色，关乎我们生活的基本质地。何况，每一个人的“眼前”，其实都是另一些人的“远方”。珍惜“眼前景”，实在是与珍惜“眼前人”一样重要的。

我对自己的“几公里以内”十分满意，满意到了给我更好的房子我也不愿搬离的程度。根据高德地图，我家离金源和华联万柳购物中心都一公里多，离颐和园、船营公园、中坞公园、北坞公园、海淀公园、巴沟山水园差不多都是几百米到两公里的距离。这都在我认可的步行范围内。购物中心保证了我享受生活的商业需求，公园则保证了我享受自然的身心需求。仅凭两条腿，进可红尘，退可自然，这两者加起来，简单易行，几乎满足了我全部的生活欲望。

略远一点，香山公园、北京植物园、玉泉郊野公园、西山公园、八大处公园、丹青圃公园，都不过几站公交或半小时以内的自行车程，西郊线有轨电车的开通，更拉近了这些园子与我的心理距离。北大、清华、人大都在三四公里以内，有文脉熏染，文化氛围不会差；人大附小、一〇一中学等，或近在家门口，或不出四公里，教育环境也不差。居于此间，就算不会盲目乐观地感觉“名校离我并不遥远”，至少也不会对名校产生什么神秘感甚或名校迷信了。

“软件”配套如此齐全的地方，不仅在海淀、在北京，就是在全国，可能都不会太多吧？然而，在这所有的优势中，我最看重的，其实是周围的那些园子们。

电商的发达，网购的便利，使逛街购物这件事大大失去了诱惑力，只要你不是太落后于时代的人。购物中心对于我来说，基本是个信步走去溜达休闲吃喝的地方了，时间经常是晚上。但是，偶尔当我宅了很久，好不容易晚饭后出门走到金源，却听《回家》的乐曲已在楼宇内循环不已了。连它的厕所我都没来得及上一个，它就让我回家了？幸好还有温暖的星巴克，能让我夜间坐坐，看看玻璃墙外的夜色和行人。北京的夜生活很不够意思，说句玩笑话，简直是让你想堕落都难。广州夜里两点还可以出门吃消夜，成都有的店是专门在晚上十点才开始营业的，这点北京没法比。当然，我也向往在阳光宜人的下午，在星巴克、原麦山丘的店外木廊上，露天或伞下，享受下午茶的美好时光。然而从未有过，我找不到与我对坐的那个人，而我一个人，就太像发呆了。虽然许多风情街的文艺咖啡馆都把发呆当作招牌，但除了店主本人，大概很少有人这么做吧？即便店主这么做，大概也是因为无人光顾忙不起来罢了。大家都在忙着，这不是巴黎街头，中国人没有街头坐享时光的习惯，就是我自己，也觉得大好时光闲坐街头而不去干“正事”是一种罪孽。偶尔我还会或乘车或骑车或步行去离我三公里远的金四季购物中心。我刻意步行是为了让身体运动一下，作为对坐得太久的调剂。若是单纯运动，我会觉得没意思；若是在做某件事的同时达到了运动目的，才会是充实美好的体验。我去金四季通常是为了买花或修缮首饰，已经有了固定的店家。金四季更富平民气息，有一点集市感，走在那里我更觉气定神闲。它对我还有一点匪夷所思的重要：三公里远。三公里，对我来说，就有了“彼岸”或“远方”的感觉，更像不轻易的值得铭记的外出，特别是骑车时。因太久不骑车技退化，当车轮滚滚向前时，会伴随着惊魂未定的刺激感，反而是种特别的喜悦。每次骑行归来，我都会有超出日常的、做了一件大事的成就感。

这差不多就是我平常日子所有的消费生活了。所以你看，商业场所对于我不是那么重要，虽然它也是不可或缺。对我最重要的，还是自然环境。虽然我并不是每天徜徉于自然，甚至我出门享受自然的次数还不如消费多，但那些园子的存在对于我却是无比重要。那是一种精神上的快慰，想到它们就在那里，我随时抬腿可去，心里就感到放松而宽裕。这种感觉对我很重要。

每一次到城中心的稠密地段，那密密麻麻的店铺，那乌泱乌泱的人群，总给我极大的压迫感，简直透不过气来。直到回家，走在院子里笔直的大道上，看到大道尽头紧邻四环的大院北门，内心才得到疏解。北门外，过了四环，向右是颐和园，向左是挨在一起的船营公园、中坞公园、北坞公园，北门几乎就是面向自然而开的。在我的感觉中，北门是院子向自然张开的口，它大口地呼吸着野外的空气，并把自然之气传递给院内的我们。如此，大自然的舒朗感缓解了我的密集恐惧症，焦虑症和压迫感也烟消云散了。活在面向自然的地方，我身心都感觉透气，好像屋子有了一面大窗。在我感觉的坐标中，我的身影始终是面向郊野而背对生活区的，我喜欢这样的内心方位。

春天第一次去颐和园，似乎是一年的首秀，有种标志性的隆重意义。作家等于“坐家”，尤其在天南海北长时间旅行之后，回到北京就更是“坐家”了。那么，最爽的，就是在长时间“坐家”完成一个大项写作之后，来上一场晴天暴走。

换上春装，一个人在颐和园大步流星，感受着一切。有朋友说，春字下面，有两只小虫在拱。是的，春机到了，春心总会萌动的。看这园子里，再丑的女孩，都有男孩牵着她的手；再矮的男孩，也有女孩靠着他的肩。我不禁感叹：上帝真仁慈！每有一张绿色的空椅子，我就惋惜地想：它怎么能空着呢？应该有两个并肩的人坐在上面的。草不长，莺不飞，只有蜜虫儿扰人，有黄色的黏虫板，但它才不去呢。我很理解它的不服：你是春天，我也是春天，凭什么！蜜虫儿也有春天啊。摄友的激情我不懂，据说他们在蹲守两只鸭子——这是我的印象派叫法，科学的叫法是鸳鸯。我喜欢闲荡在春光里的人们，给人一种生活全然美好的感觉，即便是假象。来点儿雨水就更好了，已经厌倦了北京自作多情的艳阳高照。

有朋友说我的帽子很春天，我答：必须春天，必须热泪盈眶！当然，我是挪用了“永远年轻，永远热泪盈眶”的激情咏叹调。我还想说：活着，必须强大，必须美好，无论春夏秋冬。

心情太好，在颐和园西堤的一座桥上，听到一位老先生放一首温柔曼妙的歌曲，美得简直叫人想起舞。忍不住问是什么歌，老先生说，我也不知道，马上给你查查。他举着手机给我看：云飞的《吻你》，云飞的歌都好听！我是第一次知道这个人这首歌，就在那时那处，真不是一般的好听！而且，我仿佛听过，也许，是那种相似的欣喜感曾经有过罢。托尔斯泰说：音乐就是一个并不存在的回忆。——居然有这样的妙悟！无比恰当地说出我此时的感受。

我也在阳光大好的初春的午后到过颐和园。湖面尚未破冰，春风吹拂柳条，天蓝冰白，柳自风流，美得人情不自禁地搜肠刮肚寻觅诗句，然而又没有一句诗比眼前之景更美。大雪初歇的颐和园，却莫名让我有点伤感，想起一些爱情悲剧，想起贾宝玉的“白茫茫大地真干净”。唯坚持冬泳的老同志，在向人提醒着顽强的生命活力。据说冬泳可以提高荷尔蒙水平，有次和女伴行至颐和园如意门，一个骚老头儿正换着泳裤，朝我们高咳一声，大概是提醒：爷在这儿呢。女伴说，看看，冬泳起作用了。我们俩哈哈大笑，夸他骚得可爱。回想起来，这些花絮都是珍贵的，丰富了我们对于这座园子的记忆。

在“坐家”写作的过程中，我就对颐和园的暴走期待已久了。憋着一股劲儿总算爽了爽，无疑是格外的爽。可是，爽完之后，我发现自己迷路了，意气风发地朝南门走，到了却是东门。难道，散个步都回不了家了吗？懊悔自己胆大妄为没开手机导航，看来，以后即便熟得不能再熟的地方，也不能纵容自己有半点自信了，必须坚定不移地认为：一只乳猪的方向感都比我强！东门外一切陌生，已是中午，饥饿感早已抵达，只好在外面吃饭了，幸好不用留宿。饿是最没商量的动力，肚子咕咕脚步不停，终于找到一条美食街，用手机仅余的一点电召唤小儿速来，然后就坐等娃和美食了。我是随喜且乐的人，猪都不如的方向感经常把我带到莫名的地方，然后我就停下来，安心享受那个地儿。无论生活把我带到怎样的岸边，我都微笑着上岸。对于方位的无知，倒往往使我收获意外的惊喜。

走在这座人民的皇家园林，偶尔也会想起一些历史。这以前是只有皇家能来的地方，1924 年才对游人开放，成了人民的公园。——这也是民国的历史进步之一吧。林伯渠的女儿林利在《往事琐忆》中写道，1946 年 11 月她去颐和园参观时，发现它竟已成野园。“颐和园在那时像是根本无人管理，无人卖票，径直走进去，园内杳无人迹，竟似是一所荒园。由此可以想出那时北京人的心情。国民党政府腐败不堪，温饱没有保障，老百姓谁还有心思逛公园。”乱世之中，这人民的皇家园林竟被朝野同时遗忘了。

毛泽东极为关注颐和园的安危。解放军在对北平发起总攻之前，就派一支快速部队开向颐和园。当时是国民党军驻守在颐和园，这昔日的皇家园林已成一座军营，即将变成战场。毛泽东命令：“要留下这一片安全的绿洲。”

先遣部队遂改攻颐和园西北的红山口，红山口攻下后，国民党军就从颐和园撤了，颐和园总算免于战火。颐和园成了中共中央领导人进驻北平的第一个歇脚点，1949 年 3 月 25 日凌晨，毛泽东等人乘火车抵达清华园站后，改乘吉普在晨曦中来到颐和园。从安全角度考虑，李克农提前派人封了园，毛泽东不高兴地说："公园不是私园，没有游人像什么样子？"他是喜欢接近群众拉拉家常的。1949 年 4 月 23 日，解放军攻占南京，住在香山双清别墅的毛泽东一时兴起，邀柳亚子同游颐和园。柳亚子感叹：慈禧太后腐败无能，把中国人民的血汗搜刮起来，奉献给帝国主义，建造她的乐园，真可耻！毛泽东说："她用建设海军的钱，建了一个颐和园，当时来说，这也是犯罪。现在看来，就是建立了海军，也还是要送给帝国主义的，建了颐和园，帝国主义拿不走，今天人民也可以享受，总比他们挥霍了好吧！"毛泽东看问题很辩证，我们今天能够享受这座园林，确实是出于这个道理。颐和园就像一个经历了多次改朝换代的老人，他的阅历太深了！当我们行走在这座园子，脚下的每一步，踩中的也是层层叠叠的历史。

船营公园、中坞公园、北坞公园由一条北京绿道相连接。船营村在清代是颐和园水师的南方兵士家属的聚集地，也就是海军家属住地。因为近处有圆明园、颐和园等皇家园林，我所居的火器营一带在清代就是屯兵的地方，是八旗官兵专门操演火器的军营，担负着京师的警戒任务。船营和火器营，相当于今天的卫戍部队。船营公园和中坞公园之间，夹着南水北调工程的团城湖调节池。实际上，船营公园很大一部分就是团城湖的保护区。团城湖调节池是北京市饮用水的蓄水点之一，饮用水关乎市民的健康命脉，必定要建在自然条件非常之好的地方，其周围环境可想而知了。

秋天去中坞公园和北坞公园最合适，收获的果实，最能彰显这两座园子的田园牧歌主题。那稻穗金黄的梯田，会让你感到丰收在望的喜悦。陶渊明写：结庐在人境，而无车马喧。问君何能尔？心远地自偏。可是这里，心无须远，地也不偏，你就能领略到孟浩然"绿树村边合，青山郭外斜。开轩面场圃，把酒话桑麻"的"田家"美意了。朋友们每每惊讶，就在离我们不远的地方，竟有这样别开生面的去处。但你若知道这里以前是皇家稻田，就不会感到奇怪了。我曾和闺蜜在登上梯田最高处的亭子时，回望西山落日。当时暮色苍茫，我转头之间蓦然瞥见西山顶上半个暗红的圆球，就对她说，我们停下来看着它落吧，很快的。我们驻足凝望，比想象的还要快，红球以肉眼可见的速度，由半个到小半个再到不存在，只余下一片空蒙。顿时暮色四合，似大幕落下。我想，我们会记住这落日的一瞬，再在我们一同苍老时记起。

我曾在夏天去植物园，专门为行走樱桃沟。樱桃沟的妙处在于其天然的石头台阶，不像一般规整的人工的长条石台阶。天然的石头，本身让人踏上去就更接地气，何况，每一块石头都是不同的，每一级台阶，往往不止一块石头，那么，你的每一步都是不同的，都可以选择脚落在哪一块石头上。每一次落脚，都带给你新异的感觉，就避免了雷同带来的审美疲劳，走路的兴致因此大增，仿佛在探索某种未知，仿佛童话里的小红帽，为森林里各种各样的小花所吸引，不断往前。樱桃沟保持了难得的原始样貌，无论沟底的石头，还是两侧的土石与树，都没有人为的修整，避免了旅游景点路径的同质化，行走起来有野趣和历史感。

我更喜欢冬天去植物园，为的是曹雪芹故居黄叶村。樱桃沟与黄叶村是相连的，曹雪芹常住的是黄叶村，常走的是樱桃沟。曾经有一位学者同仁，跟我详细地描述过他如何按照自己的理解，踏寻了一遍曹雪芹足迹。黄叶村和樱桃沟之于曹雪芹的关系，迄今还是有争议的，可是，一个人能找出自己的黄叶村和樱桃沟，不也是一大雅趣吗？正如“有一千个读者就有一千个哈姆雷特”，每个人都可以有自己心中的黄叶村和樱桃沟。树的美，就在于不必剪去旁逸斜出的枝条，一切听凭自然。思想的自由生长也是一样的。

黄叶村的美在于黄叶而非绿叶，所以要冬天去。初冬叶黄，可以预见的即将凋落的凄美，反而使它们愈加灿然，有种不遗余力直击人心的炫目的美感，仿佛生命最后的怒放。在黄叶簇拥中的曹雪芹故居院落，有一种高华，又有一点苍凉，你仿佛看见了他的心境。深冬叶落，院落愈发凸显出来。北京的冬天是不缺阳光的，但那金黄阳光，越发照出了院子的荒疏，土黄的屋山墙上，光影摇曳，写满流年碎影与地老天荒。想象着曹雪芹是该在屋子里围炉猫冬了，正好写他的《红楼梦》。院子里有一间书屋，小小的平房，亮亮的窗，温暖的茶具，高低错落的书，阳光洒在书上，光影和谐，似一幅幅静物画。无论从屋内看屋外，还是从屋外看屋内，这小房子都美得像一个令人迷醉的童话。不用担心曹雪芹如何受到阴冷的桎梏了，这温暖的盛满阳光的屋子，已经被我看成他写作《红楼梦》时的温馨场景，这让我颇感安慰，似乎补偿了他大年夜泪尽而逝的心碎。我想着，以后我要带电脑来这里写作，让店家煮上一壶茶……在这里写，文气多足呀，还有这么牛的写作场所吗？——但我一次都没这么做过。我也曾设想拿本书到某个公园去，在长椅上临水读书，在亭子下沐风读书，或者，在水边的咖啡馆写作，耳边响着《水边的阿狄丽娜》的音乐……也是同样一次都没实践过。真正要读书写作，当然还是在自己熟习的书房最为沉着自在，风花雪月的文艺情调反而是一种干扰。

西山以前是林徽因们疗养肺病的地方。那时候，在西山疗养就等于离京隐居山野了，徐志摩们来看她一次殊为不便，还时不时需要鱼雁传书或传诗。可是现在，西山已经是人群扰攘不折不扣的北京市区了，而且属于富贵地段。梁启超和家人的墓在北京植物园，由梁思成设计，其实植物园也属于西山脚下。有时候，亲友故交的生生死死，不过就在很小的范围内交织。我曾在党团活动时集体来过西山，在无名英雄纪念碑祭奠英灵。我也曾在碧云寺前为它红墙黄瓦的敦朴大气而驻足，感受到宗教镇定与安抚人心的力量。孙中山先生的衣冠冢就在碧云寺。名胜之所以是名胜，是因为它汇集了多种历史文化，矛盾对立而又成于一统，后人各取所重，并不犯冲。

我还要提一提丹青圃，这个年轻的园子。它真是纯情少年一派天然，花成海，树成林，而又各成主题板块婉转相连，行走其间时有曲径通幽或柳暗花明又一村之感。林间满地二月兰，路边没有任何藩篱，你可以径直走进去，打个滚儿都没关系。望着这毫不吝啬铺天盖地的二月兰，我的朋友简直瞠目结舌，疑惑地问：以前好像没见过这紫色花，怎么突然就有了这么多？是不是外星生物入侵？因此，你可以想象它给人带来的美的震撼了。丹青圃原是苗圃，只与自然有关，所以，走在这里，你不必产生任何对于脚下历史无知的愧疚和负担了，你只需尽情享受自然。

我喜欢带朋友走在这些园子里，仿佛在骄傲地向他们展示自家的花园。

## 作者简介

李美皆，自由评论家、成都文学院特邀作家。现居北京。著有评论集《容易被搅浑的是我们的心》、散文随笔集《说吧，女人》、长篇小说《说吧，身体》等。

# 千年回望——卧佛寺

李明新

北京的灵性全在西山那一抹晚霞。

她静静卧在那里，七百年的人间轮转，就在她一呼一吸间过去了。只是五十万斤赤铜铸造的躯体上彩绘的袈裟，被岁月打磨得有些旧了。她曾被西山的晚霞照耀，她也曾发出光芒，成为西山那抹最耀眼的红色晚霞。

“乾坤呼吸老，世事展翻频”，三百多年前，晚明兵部尚书，被后世称为“唯一有可能挽救明朝的人”王在晋，在北京西山卧佛寺这尊佛前虔诚跪拜，他双手举过头顶然后俯身用额头触碰翻转过来的手心，如此三回，一首五言诗的腹稿就打好了。他拜谒的卧佛，已经在这里静卧三百多年。起身站立，王在晋轻轻读出后两句：“万态双眸外，千秋一息臻”。几乎还有未尽之意，他谦恭地后退了两步，接着又咏诵“嗟尔浮沉辈，蘧然未寤人”。不自觉地提高的声调，让这句警言在高大的殿堂内回响着，吓了他自己一跳。大明朝廷财政的捉襟见肘，庙堂内的残酷倾轧，风雨飘摇的时政，不禁让他想起“南坡之变”。这“万态”虽在佛的双眸之外，却在王在晋的心里，在这三百多年人世的轮回间、无数在卧佛前跪拜的读书人心里翻转着。王在晋感觉最后这句，不是出自他的口，而是这尊巨大的铜质卧佛借了他的口警示世人的。

从王在晋拜谒卧佛寺再往前推三百多年，“南坡之变”的受害者，就是卧佛寺这尊铜卧佛的铸造者。他和他的祖先一样有着一张圆圆的、高颧骨的脸，只是他圆圆的脸上还有与年龄不符的刚毅与坚忍，他就是刚刚登上皇位的十七岁的年轻帝王——元英宗孛儿只斤·硕德八剌。他是元朝的第五位皇帝，蒙古帝国第九位大汗，元仁宗嫡子，庙号英宗。硕德八剌出生于大德七年（1303），延祐三年（1316）立为皇太子，延祐七年（1320）三月即位，时年十七岁，次年改元“至治”。“至治”这个年号只在这个世上存在了三年就流星般逝去，因为“南坡之变”。

英宗是从元大都乘着他的御驾来的。他沿着山坡下缓缓上升的御道大步地向上走着。两侧“老柏百许森立，寒威逼人”，后人又称“大松两行拥之，香翠扑人衣裙”的古柏夹护着英宗走的御道。年轻帝王坚定地踏在有大块的石头铺就的路面上，每一步脚踏在石头上发出的砰砰声都令他心潮澎湃，一个帝国将在他的手里腾飞，他要做一个明君，做一个给百姓带来福祉的帝王。他的身后，是他所倚重的、后来被他封为丞相的二十二岁臣子拜柱。父王拨巨资令拜柱督造寿安山寺（元代卧佛寺名几经更改，早期叫寿安山寺，中期称作“大昭孝寺”，元末则改称“洪庆寺”），今父王薨逝，英宗是来视察工程进度的。

卧佛寺是这座建于唐贞观年间古寺的俗称，这寺的正名叫“兜率寺”，在佛经里，兜率宫是天宫的最高层，是菩萨们往生的地方。

“兜率寺”的名字，首先要从唐太宗征高丽谈起。高丽是隋唐时代兴起于我国东北部的强大民族政权，因其骁勇善战，对中原王朝造成了强大的威胁。为解除边患，安定国家，隋炀帝先后三征高丽，民生凋敝，并引发了隋末农民战争，以致隋朝灭亡。

唐朝建立后，强大的高丽政权依然威胁着唐朝的边境安全。不时被高丽欺负的朝鲜半岛上的蕞尔小国新罗屡向唐朝求援。为了彻底解决边患，扶植新罗，唐太宗于贞观十八年（644），出兵征高丽。唐军势如破竹屡战屡捷。至次年 9 月，天气转冷，太宗皇帝下令班师。途经幽州时，为了悼念东征阵亡的将士，太宗皇帝于城内建悯忠寺（今法源寺），而于西郊建兜率寺。兜率宫“如是福聚、如是端正、如是微妙、如是庄严”，唐太宗希冀这些与他并肩作战的死难将士，能成为菩萨，得以往生，得享兜率天。

唐太宗修兜率寺时，正值玄奘法师刚从天竺回到中土。他从天竺带回梵文佛经六百五十七部，和各种佛造像。卧佛寺的主尊“丈六金身旃檀卧佛”，就是根据玄奘带回的图纸塑造的。卧佛的造型是佛“涅槃”时的情态，涅槃就是新生，是佛的最高境界，选择这样的佛造像作为寺里的主尊，唐太宗是倾注了深厚情感的。“卧佛寺”的称呼就由此而来，此名一直沿用至元代延祐七年元英宗重新扩建之前。

此时，年轻的帝王硕德八剌就走在唐太宗走过的路上。他从小被元仁宗带在身边，自幼受儒学熏陶。他仰慕唐太宗，他希望他自己统治下的帝国也能像唐太宗一样政治清明，经济恢复和发展，国力增强。而且还要像唐太宗一样虚心纳谏，用人唯贤。减轻百姓的劳役负担，将刑法化重为轻。他也要实现一个“盛世”的梦想。

其实他本不想做这个皇帝，父皇想要立他为皇太子，硕德八剌知道后去拜见皇太后，坚决推辞说：“我年纪太小而且能力不足，况且我兄长还在，应该立我的兄长，让我来辅佐他。”皇太后不允许。这个武则天一样的女人，看着儿子仁宗的圣体日见羸弱，便把宝押在了孙子身上。十三岁的硕德八剌被立为皇太子，十六岁时仁宗下诏命，让所有机构的事务都要先交给硕德八剌，然后再向自己奏报。无法选择命运的硕德八剌感受到自己肩上担子的沉重，他曾对中书省的大臣说：“皇上把天下的事务都交给了我，我日夜战战兢兢，唯恐哪里做不好。你们一定不要有所顾忌，一定要恪勤乃职，不要有懈怠的地方，以免达不到为君父解忧之忧。”

三十五岁的父皇并没有给他更多的历练时间，一年后就撒手人寰了。登基后，他继续推行从太祖忽必烈即开始的“以儒治国，以佛治心”政策。目前高丽的边境威胁已经不存在了，因为在他的太祖忽必烈时，能屈能伸的高丽王，让自己的儿子娶了忽必烈的女儿，改善了两国关系。高丽王摸清楚元朝上流社会喜欢美女，为了“背靠大树乘凉”，就不停地向元朝廷和贵族进贡美女，美女们就用她们的姿色和才华，助力了一国的平安。

硕德八剌想把已经臣服的高丽郡县化，使其完全和元朝的其他行省一个待遇。这时候大学士王约站了出来，他说：“高丽去京师四千里，地瘠民贫，夷俗杂尚，非中原比，万一梗化，疲力治之，非幸事也，不如守祖宗旧制。”正是这一番话，让“高丽国祚”得以存续。他岂不知就是这一念之差，给后来人找了多少事，添了多少麻烦！据说高丽人知道后，为王约画了像带回国内，为之立生祠，并说“不绝国祀者，王公也”。

硕德八剌穿过山门殿，在天王殿院内，他看到了七叶的“佛树”正在开着一树白色的花。那花的形状好特别，像是一座座象牙的小佛塔，铺满树冠。拜柱告诉他，这树叫娑罗树，是当年玄奘大师从西土带回的种子，兜率寺始建时种下的，已经有快七百年的树龄了。拜柱还指着院内两棵高大的松柏说，这也是唐太宗初建兜率寺时种的。抚摸着遒劲的树干，仰望遮天蔽日的苍翠，年轻的帝王心里对唐太宗的敬仰再次油然而生。

终于，硕德八剌看到了那尊根据玄奘带回的图纸塑造的“丈六金身旃檀卧佛”。虔诚的膜拜过后，他又详细地向拜柱了解了兜率寺的历史。有元一代，皇帝为自己和家人祈福祝寿，都要广建寺院。正是这尊檀香木的卧佛，引发了新帝王一个奇想，他要做件开天辟地的事，他也要铸造一尊卧佛，天下最大的卧佛，用铜，用最好的铜，用最好的工匠。他要用这样的行动向佛祖表示虔诚，让这尊佛引领父皇的兜率宫，让巨大的佛体保佑他的帝国和臣民，他暗自还在心里跟自己说，他还祈求佛保佑他，让那些阻碍他的力量削弱，受到惩罚。他为自己的这个想法激动起来，那天他和拜柱在这座唐代古寺彻夜深谈，那尊唐代的古佛默默倾听和见证了这两位年轻人高昂的激情。

元代时铸铜已经非常普遍，但大多是形体较小的日用品：鼎、簋、爵、盘、罐、碗、盆、鼓、铃、笔架等，虽然小巧，但七零八碎的。此时藏传佛教出现了以铜为主料的佛造像，有的加入金、银、锡、铅、石墨、汞等多种金属铸造，并采用雕刻、磨光、鎏金、包嵌、铆接等多种技法处理。在英宗的宫殿里，就有镶嵌着宝玉石、豪华绚丽的铜佛像。而他想做一个举世无双的事，于是他调动全国最好的工匠，出巨资，不惜功力，铸造铜卧佛。

1321 年，就在硕德八剌视察卧佛寺工程一年后，铜卧佛礼成。在拜柱的督造下，经过堆砌土台，在台上制坯、翻模、浇铸、整修，基本工作完成后，在佛身上装饰髹彩，整个过程环环相扣，一气呵成，不能出现丝毫差错。之后，根据佛的体量，加盖了卧佛殿。现在长 5.3 米，高 1.6 米，重约 50 万斤，耗银 500 万两，体积巨大，熠熠散发着光芒的铜佛静卧在了汉白玉的莲花台座上。佛像头西面南，倒身侧卧状。双腿平伸，右手曲肱托首，左手自然平舒放在腿上。佛像面部安详，体态自如，浑朴精致，高超的冶炼铸造技术无以复加地呈现了佛教艺术净化、肃穆的风格，堪称绝世精品。

硕德八剌完成了他的心愿。现在卧佛寺内一尊是唐贞观年间的香檀木卧佛；一尊是他主持下铸造的巨大的铜卧佛共存一寺。一尊古朴，一尊辉煌；一尊木质，一尊铜铸。可以想象这位蒙古族入主中原的年轻王者在膜拜两尊佛时内心里与唐太宗皇帝一较上下时心理上的自得！这尊巨大的卧佛，无比增添了他施展宏图的信心，他要做一位千古明君，他要实现治国的梦想，但是，这又何其难也！

太皇太后答己和右丞相铁木迭儿等人扶持他登上王位，却处处掣肘，杀伐异己。父皇过世第三天，硕德八剌尚在“素服寝于地，日歠一粥”时，答己太后便以太皇太后之尊制出中宫，把被罢了相的铁木迭儿重新调入中书省，出任右丞相。铁木迭儿恢复官位后，“睚眦必报”，对从前弹劾过他的人肆意打击。而小皇帝身后却没有一个既有声望又可以信赖的侍臣班子。他孤立无援、“孑然宫中”的境地让他对佛教更加重了心理上的寄托。现在他所能托付者，就是身后这个与他同样迂阔而不谙世故的年轻的拜柱。即便这样，他也要一搏，他要成为唐太宗那样的英明帝王。

也许真的是卧佛助他，至治二年（1322）初秋，铁木迭儿、太皇太后相继去世，顿时，英宗感受到解缚的轻松。英宗任命拜柱为中书右丞相，并且不设左丞相，以拜柱为唯一的丞相。他励精图治、锐意于改革，召集了德高望重而颇有治国经验的前朝老臣，用优厚的待遇起用汉族官员和儒士。一时，朝廷因改革的举措接连出台，一派欣欣向荣：推行助役法；颁行《大元通制》，加强法制；革除以往的政令不一、罪同异罚的混乱现象；发布《振举台纲制》，要求推举贤能，选拔人才；裁撤冗职，节省浮费，减免赋役，以舒农力。清除铁木迭儿余党，查处他们的贪赃枉法事件。当时天下为之风动，政治为之一新。

英宗性刚明，处处以明君的标准要求自己，“尝以地震减膳、彻乐、避正殿”。他身边的臣子认为皇帝的自我约束精神值得称赞，便“称觞以贺”，没想到英宗愠怒说：“朕方修德不暇，汝为大臣，不能匡辅，反为谄耶？”将这位拍马屁的大臣斥责了出去。他曾经毫不留情面地训诫大臣：“卿等居高位，食厚禄，当勉力图报。苟或贫乏，朕不惜赐汝；若为不法，则必刑无赦。”

新政使得元朝国势大有起色。但新政却触及了蒙古保守贵族的利益，必然遭到利益集团——保守的蒙古贵族反对，对这一点，年轻的君臣似乎缺乏预料。政治需要老辣和沉稳，一艘巨大的船体，遇到狂风恶浪袭击时，最怕乱打方向。毕竟年轻，毕竟缺乏政治斗争的经验。二十四岁的丞相拜柱不停地将铁木迭儿的“过恶”反复陈奏，让英宗对这个死去已近一年的权臣的憎恶急剧加深而不能自抑。他的怒火开始发泄到被视为铁木迭儿“奸党”的那些朝臣身上，包括先已宣布赦免不究的铁木迭儿的义子铁失身上。

1323年，在上都（城址在今内蒙古自治区锡林郭勒盟正蓝旗草原）视察的二十岁的英宗被几年来宫廷内外的繁杂搞得心烦意乱，夜不能寐。那些害怕被诛的旧贵族揣摩着帝王的心理，唆使番僧向宰相拜柱建言做佛事以禳灾，希冀用这样的行动讨得皇帝的欢心而获得大赦。也许这就算是一种委婉的投降吧！没有想到的是，拜柱声色俱厉地责备番僧说：“尔等不过图得金帛而已，又欲庇有罪邪？”本来风雨欲来，听到帝王专宠宰相的话，让感觉失势的铁失等人理解为英宗又要惩治“有罪”的暗示。“闻之益惧，乃生异谋”，促使铁失下决心跟皇帝拼个鱼死网破。他拟定在至治三年八月初四（1323 年 9 月 4 日）刺杀英宗。

可悲的是，敌人的阴谋正在实施，而年轻的帝王和他同样年轻的宰相却浑然不觉。上都是保守派蒙古贵族势力盘踞的据点，英宗从上都出发，在准备返大都的路上，夜宿上都以南三十里的南坡店。他毫无戒备，不仅“左右内使回避太远，后妃亦不在寝处”。铁失纠集了一批心怀怨恨的守旧贵族，其中就有铁木迭儿的儿子锁南发动兵变。他们冲进硕德八剌的住宿地，先杀掉宰相拜柱，接着铁失亲自闯进皇帝的幄殿，杀害了英宗，史称“南坡之变”。那晚的南坡在汩汩血流中沉寂，即便是得了手的阴谋偷袭者铁失也没有发出胜利者的欢呼。

长期受太皇太后的压抑，这位年轻的天子比任何一位皇帝都热衷于表现天子的威严，比任何帝王都想快速地实现他的理想。而年轻的宰相想“速助他成事，也促其陨也”。清末民初史学家屠寄在《蒙兀儿史记》中这样评价英宗：“汗性刚明，励精图治，承延祐宽政之后，思济之以猛，御下甚严……然过信喇嘛，大起山寺，不受忠谏，饮酒逾量，有时至失常度云”。这“山寺”便是卧佛寺。为修山寺，他曾杀过上章极谏他的大臣，流放过大臣，这尊在血色中“耗财病民”铸造的巨大铜佛，最终并没有护佑他。

南坡之变，使得刚刚启动的“至治新政”戛然而止，从此以后，大元帝国再没有出现有所作为的君主。假如历史可以假设，假如英宗、拜柱手段更加老辣，假如他们对保守的政敌严加打击与防范，假如没有“南坡之变”……但是，历史没有假如，那么年轻，天资聪慧，雄才大略，思想开明，体恤人民的君臣就和他们打造的、刚刚掀开序幕的“至治盛世”一起如流星般陨落了！

年少君臣千古恨。在位四年，元英宗去世时年仅二十岁，后从葬诸帝陵，庙号英宗，谥号睿圣文孝皇帝，蒙古语称号格坚皇帝。

明代朝廷曾五次拨款修缮卧佛寺，并在寺前建起了光耀百里的佛骨舍利塔。明代英宗、宪宗、武宗、世宗、神宗五个皇帝，都曾驾临该寺，其中十岁继位，在位四十年，励精图治、有勤勉明君之风范，开创了“万历中兴”局面的明神宗朱翊钧来过两次。他为社稷祈福而来，作为成功者，他也是为祭奠那位和他一样年轻即得皇位却壮志未酬的英宗帝而来。

而文人墨客在王在晋之后，明代万历二十三年科举状元、大书画家朱之蕃来过，他在拜谒过两尊卧佛后写道：茫茫尘世甘长醉，可解间参梦境禅。

写过“滚滚长江东逝水”的杨慎来过。在这里，他没有高歌“是非成败转头空，青山依旧在，几度夕阳红，古今多少事，都付笑谈中”，而是宕开一笔说“二谛评谁解，松风与水声”。

好学能诗，奋迹词坛，有《贝叶斋稿》《青莲阁集》留世的李言恭来过。他放达地说：卧佛知何岁，空山掩寂寥。浮生俱是幻，尊酒日须邀。

以豪杰自命、性格豪爽的公安派代表人物袁中道和他的儿子袁祈年都来过。老子说：“山深双佛榻，铃塔影斜阳。”儿子来时遇到一位老僧人，“僧腊逾八十，头白如树苍。语罢各叹息，晨风吹烟翔。”

那位年轻帝王的死似乎已经被人们被淡忘，或者被人们忌惮，而这两尊卧佛共存一寺的真相不再被提及，或者故意不提及。

改朝换代，由明而清，卧佛寺香灯久断以呈“饥僧二三人，踏落叶、守败椽”的破落景象。之后朱彝尊来过，贰臣孙承泽来过，王士祯、宋荦来过，再之后卧佛寺遇到了改变它命运的又一位笃信佛教的帝王——清帝雍正。

从 1321 年铜卧佛铸成，到雍正八年（1730）大修，两尊卧佛已经静静地在这座山寺里静卧了四百一十年，接受过历朝帝王的膜拜和众多文人墨客的礼赞，以及无数平民百姓的笃诚的香火。但是，这种局面被改变了。

清代雍正八年，怡亲王允祥出资对卧佛寺进行修缮，不久亲王身没，其子弘皎、弘晓继之，将寺内所存的东、中两路建筑全部进行翻建，对原有佛像进行修复、重塑，原供奉在三世佛殿的香檀木卧佛被移走，至此结束了两尊卧佛共存一寺的局面。

工程一直延续到雍正十二年（1734）末，方才竣工。基于对释迦牟尼佛卧游的理解，雍正皇帝赐名“十方普觉寺”。“十方”指东、南、西、北、东南、西南、西北、东北、上、下十个方位。雍正皇帝认为佛有大法力，能够普知宇宙所有的事情。一佛独卧，十方普觉。从此，“十方普觉寺”成为卧佛寺的正名，并一直沿用至今。雍正皇帝在《御制十方普觉寺碑》中，完全隐去了英宗铸佛的历史事实，关于寺内两尊卧佛他用“其一相传贞观中造；其一则后人范铜为之，皆作偃卧相，横安宝床，俗称卧佛，见于记载诗歌者屡矣”。尽管执政仅四年，毕竟是一代帝王，元英宗竟被雍正用“后人”一词带过！雍正帝有意而为之地把卧佛定义为“卧游”而不是“涅槃”。这种经过重新阐释的卧佛的定义，解释不了那环绕着铜卧佛的十二圆觉低头垂首，略有悲戚的表情和场景。帝王金口玉言，之后无论帝王还是士子的诗文中，关于卧佛寺再无半点真相。

修葺后的十方普觉寺，“琳官梵宇，丹雘焕然，遂为西山兰若之冠”。高宗弘历曾在乾隆四十八年（1783），又对十方普觉寺进行了一次扩建，拆除了已经支撑三百多年的舍利塔，代以华美富丽的琉璃牌坊，新建了西路幽静的行宫院。乾隆皇帝喜作诗，一生有四万多首诗留世，他的诗有很重要的史料价值。他在卧佛寺留有诗作二十多首，他对卧佛寺有“两峰辟仙路，其背众岭环，兰若百年余，胜境非尘寰”的赞誉。乾隆六年，御制望西山诗中写道：

迤逦西峰翠霭侵，纱幮闲凭散幽襟。
无心最喜云生岫，得句多因座对岑。
黛色烟光相罨画，卧游静赏当登临。
晚来兰若僧方定，遥想疏钟度远林。

完全是一派帝王澄心散怀的山林之乐。很有趣的是，雍正乾隆这对父子在卧佛寺里留下了两通御制碑。就像玩文字游戏一样，父子俩都提到了寺中的两尊卧佛，而对其中一尊被雍正八年大修移走的香檀木卧佛被移往何处只字未提。兴许是下场过于惨烈，元英宗的名字被他们父子避之不及。

乾隆还给卧佛殿题写了匾额：“得大自在”。自在，是一种修行的境界。修佛就是要达到“自在无碍”。“得大自在”是说佛已达到最高境界，不受任何实物的影响，得到了最大的自在。这块匾又过了两个世纪后的今天，依然悬挂在卧佛殿内。

有一点这对父子是相同的，就是这座寺庙的住持都是他们钦点的大德高僧，而这些高僧都与帝王有着密集的交往，最著名的就是雍正朝的超盛、乾隆朝的青崖。

超盛，生于康熙三十四年（1695），年少时，坠车被救，悟生死梦幻之理，遂登西山出家。尝诵唐人“春眠不觉晓”一绝，遂悟禅理。他的佛学造诣和为人受到雍正皇帝的认可，颁赐了他禅师的封号及银印。超盛与雍正皇帝的交往时间不长，不过三年，但是，受到的肯定最多。不仅受敕命、银印，雍正十二年还被任命为卧佛寺住持。

雍正皇帝逝世于圆明园。原来与雍正皇帝接触的僧人众多，新继位的弘历只命“见地明通，修持精进，深蒙皇考嘉奖”的超盛、元日二人来京，瞻仰梓宫。超盛卒于乾隆二十二年（1755），享年六十一岁。

元日，字青崖，俗姓丁，名淮安盐城人。生于康熙十九年（1680），卒于乾隆十一年（1746）。青崖自幼聪颖机敏，七岁即有出家的想法，他的父母便送他到永宁寺出家。其后，游历各寺，拜访名师，寻求佛理。

青崖仪观修伟，戒行精严，潇洒出尘，不堕色相，得到雍正、乾隆两朝皇帝的欣赏。雍正十三年八月，雍正皇帝薨逝，四皇子宝亲王弘历即位，令苏州织造海保将南游的卧佛寺住持超盛禅师及青崖一起送到京城，令青崖继任卧佛寺住持。

乾隆皇帝非常敬重青崖禅师，与他来往甚多，《日下旧闻考》称其屡受皇帝赐示诗章。郑板桥说他“紫衣郑重君恩在，御墨淋漓象教崇”。乾隆八年，乾隆皇帝御驾幸临卧佛寺，作《御制香山示青崖和尚》诗：两个人对坐，却欣触目皆无滓，皇上有了：坐久兰烟消篆字，禽声树色总天真。

青崖与当朝官员、文人骚客也多有往来。乾隆元年，著名书画家郑板桥来京应试，得中进士。闲暇之际，曾到卧佛寺游赏，与青崖禅师相识。

当看到寺庙墙壁上的题诗后，郑板桥和其原韵，作《访青崖和尚，和壁间晴岚学士、虚亭侍读原韵》，云：

西山肯结万山缘，吹破浓云作冷烟。
匹马寻径黄叶寺，雨晴稻熟早秋天。

渴疾由来亦易消，山前酒旆望非遥。
夜深更饮秋潭水，带月连星舀一瓢。

一位是才子，一位是世外高僧，那映入清潭里的星星和月亮被他们一并舀起，变作了香茗一盏。两个人在山寺的夜空下，煮茶论道，天机融畅，美妙无比。只是历史是会被遗忘的，是会被掩饰的！

乾隆十一年（1746）春，青崖禅师圆寂，享年六十七岁。乾隆皇帝发内帑银一百两，和硕怡亲王弘晓赠银五十两，交卧佛寺住持僧成煜，会同内务府官员一起办理青崖禅师丧葬事宜。京郊诸山的僧俗官员都亲赴葬仪，堪称盛典。

卧佛寺所在的小西山水源充沛，溪流穿谷，独特的自然地理环境，形成了春天鸟语花香、夏季晴云碧树、秋天树叶如丹、冬季积雪凝素的景观，因此受到帝王和士大夫的喜爱。历代王朝在此营建行宫别院，鼎盛时几十个寺观遍布山左的沟谷和山前的台地，成为游览胜地，帝王的銮舆经常光临，文人墨客也多来踏青郊游，百姓进香祈福络绎不绝。这种兴盛随朝代更迭起落，一直延续到清朝末期，经过千余年的流变，形成了深厚的人文积淀。

慈禧皇太后和光绪皇帝曾有驾幸卧佛寺的记录，只是末世的气象总免有些凄凉。晚清时，卧佛寺樱桃沟一带曾为清宫的部分太监管理。为支撑开支，民国初年，北京青年基督教会与卧佛寺方丈签订了租房合同，每年以一百银圆的租金，租借了卧佛寺的大部分房屋，且一租二十年。1932 年，著名建筑学家梁思成偕林徽因骑着小毛驴经过半天的颠簸，来到卧佛寺考察。他们在卧佛寺看到了北京唯一保持完好的唐代寺庙“伽蓝七堂”的寺庙格局感到珍贵，同时不知是出于这位才子还是才女之手，后来在《中国营造学社汇刊》发表的“卧佛寺平面”一文极尽嘲讽的语调调侃了一番卧佛寺的败落景象。

1960 年，卧佛寺最后一任方丈智宽和尚去世，工作人员在整理其遗物时，发现一字条，上写“卧佛寺志，光绪庚子年（1900）散失”。八国联军的烧杀抢掠，让寺僧们很是仓皇，毕竟他们也是血肉之躯啊！但是寺志之后再没有续写过，这一点似乎不可原谅，毕竟当一天和尚，要撞一天钟啊！

中华人民共和国成立后，卧佛寺得到了很好的保护和修缮。1957 年，卧佛寺被列为北京市第一批重点文物保护单位。十年“文革”，“破四旧”运动波及卧佛寺，寺内五十余尊佛像被推倒砸碎，三世佛殿前的石碑被拉倒，雍正御制的十方普觉寺碑被用火烧后，又冷水淬激，以致断裂。千年古寺，面目全非。此时恰值周恩来总理到碧云寺视察，见到寺内惨状，当即指示封闭了卧佛殿，停止对外开放，才使这座古寺逃脱了完全被毁的厄运。

1983 年，卧佛寺进行了大规模修缮。这次修缮，使卧佛寺堂院整洁，佛殿肃穆，古木扶疏，恢复了古寺风貌。

有人说西山是文人养精蓄锐的“加油站”，在古寺或谈禅品茗、或静听泉水潺潺。民国时胡适、徐志摩、丁玲，但凡名流，从雍正之后，没有人再理会历史的真相，只有住在离卧佛寺二里地的正白旗村的曹雪芹把这纷纷繁繁、色色空空的世界写入了他的《红楼梦》。

距离兜率寺初建一千三百多年了，英宗看到的七百岁娑罗树死了，那尊铜卧佛在王在晋拜谒之后，又静静地躺了三百多年，如今也七百岁了。“万态双眸外，千秋一息臻”。她还要这样静静地躺下去。

清风流水，钟鼓晨昏，由唐而元，再由明而清，一路劫火烽烟走到今天。这尊铜铸的卧佛，这尊静卧了几个世纪的古佛，以“无缘大慈，同体大悲”之心，包容了苍苍莽莽的万物众生。

西山沉寂在清幽与空灵中，现在你还喜欢徐志摩那句诗吗？

阿弥陀佛，怎样的人生况味才能读懂西山那抹充满灵性的血红色的绚丽晚霞！

## 参考文献


·泰定元年（1324）十二月十四日，元泰定帝命翰林国史院修纂《英宗实录》《显宗实录》。

·至顺元年（1330）五月十七日，翰林国史院修《英宗实录》成，进呈元文宗。《英宗实录》，包括《英宗皇帝实录》四十卷、《事目》八卷、《制诏录》二卷，总计五十卷。明朝初年史官修《元史》，参照实录修成《英宗本纪》二卷，《英宗实录》今已失传，其主干内容保存在《英宗本纪》中。

·《大元圣政国朝典章》，简称《元典章》。

·《元史·英宗本纪》，明朝官修正史。

·《续资治通鉴》，清朝史学家毕沅撰写。

·《元史类编》，清朝史学家邵远平撰写。

·《元史新编》，清朝史学家魏源撰写。

·《元书》，清朝史学家曾廉撰写。

·《蒙兀儿史记》，清末民初史学家屠寄撰写。

·《新元史·英宗本纪》，民国官修正史。


## 作者简介

李明新，原曹雪芹纪念馆馆长，原北京曹雪芹学会秘书长。中国红学会理事，中国博物馆学会文学专业委员会常务理事，中国作家协会会员，海淀区作协副主席。策划主持“大师与经典国际论坛”（参会者为莎士比亚、托尔斯泰、巴尔扎克、曹雪芹博物馆馆长、基金会主席、著名研究者、传播者）。出版作品：散文集《神会乾隆》《再读秋天》。发表报告文学、文化散文等五十余万字。专业著作：《北京植物园志》《曹雪芹纪念馆》。

# 有个公园叫温泉

梁大智

从尚峰尚水出来步行五分钟，便来到温泉公园。这是个名不见经传的小公园。这里没有颐和园的皇家楼阁，没有圆明园的万亩荷塘，没有玉渊潭的樱花节，也没有地坛的银杏大道。但这里有遮天蔽日的树和四季不败的花，更主要的是这里比较安静，你可以天马行空地想，也可以毫无杂念地思；可以看看高高的毛白杨树干上一双双睁大的眼睛，听听那树的眼睛上永不疲倦的蝉声。

东南门进去是个不大的藕香泊，点缀着几株或十几株荷花或莲花，旁边是个木亭子，木亭子两侧柱子上有副木刻对联：四面有山皆如画，一年无日不看花。我知道这对联并不是公园的原创，但它用在这里确实非常贴切。公园里的树木花草种类繁多，紫叶李、栾树、毛白杨、连翘、黄栌、天目琼花、丁香、国槐、沙地柏、玉兰、碧桃、垂柳、木槿、玉簪、金银木、八宝景天、牡丹、芍药、海棠等等，一年四季不断花开花落。那树高的直钻云天，不高不矮的大多是亭亭玉立，而矮的就基本上是匍匐在地了。

公园里曲径通幽，弯弯的石板小路拂过垂柳长长的柔丝。拾级小山坡，走过小小牡丹园，看到一处“汤池”。温泉原名石窝村，早年的石窝村有一片水塘，明武宗年间，御膳房李姓总管来此，见塘中泉水涌溢不息，水温宜人，便出钱找人在泉眼周围打下柏木桩子，桩上砌就白条石，这就形成了最早的温泉池。温泉池又名圣水堂，深约丈余，中心泉眼处温水不断涌出，周围气泡升腾，有如溅玉喷珠，池面热气缭绕弥漫，泛起朵朵水花，别有情趣。现在温水不见了，池子的旁边有三座亭子，每座亭子都有一副木制对联，其中一联是“行到水尽处，坐看云起时”。亭子下经常聚集着一伙老人，有下棋的，有吹笛子的，有坐在那里看流云的。偶然会有位老人拉京胡，声音虽不在调上，但拉得还是非常起劲的。至于“指云际千峰兴怀蜀道，听松间万籁顿入焚天”和“红树青山斜阳古道，桃花流水福地洞天”，或许就是从三山五园的某个地方移植来的。不过“指云际千峰兴怀蜀道”中的“云”字不知为啥刻成“去”了，是不是一不小心多刻了一竖呢？

公园内点缀着许多石碑，刻着一些名胜的图文，妙峰山古道、马刨泉、金山泉……站在石碑前看看这些文字，你会受益匪浅的：妙山古道是从前人们去妙峰山进香的主要道路，这条香道是清朝大太监安德海和刘成印等人，为了慈禧太后到妙峰山进香修建的，最宽的地方有三四米，用石块铺成，据说每一块石头要耗银一两，因此也称为金阶。读着读着，仿佛看见一队人马抬着“老佛爷”走在古道上。

海淀的西山确实是个上风上水的好地方，沿西山到万泉河一带的玉泉山、香山、万寿山、颐和园、静明园、静宜园、畅和园、圆明园等，统称“三山五园”的皇家园林，都集中在这里。到这些地方转转，感受一下皇家文化，领略老祖宗留下的那些值得关注的东西，再看看被洋鬼子烧毁的园林遗址……总会让你“胡思乱想”半天，而温泉公园更多的是给你静谧的享受。

公园的小广场北侧有两棵玉兰树，一棵是开白色花，一棵是开紫色花，树虽不大，却是满枝的繁花，像飘舞的绸缎。早晚的时候，在公园小广场上也有广场舞，偶尔还有歌舞比赛，平时就是孩子们的天堂，滑滑旱冰，练练踏板车，跑跑闹闹都是孩子们的天性。广场的西面隔一条公路还是公园的一部分，这里经常活跃着一些太极拳和抖空竹的队伍。

抖空竹在北京还是比较流行的民间游艺活动，他们还能抖出许多花样来。只见他们舞动着空竹，一会像龙飞翻滚，一会又像凤舞翩跹，变化的姿势，使绳索翻花，做出“过桥”“对扔”“串绕”“抢高”等动作。他们动作灵敏、协调，赢得观赏者的阵阵掌声。在场子的旁边还放着大小不同的各种空竹，单轴的，双轴的，有的甚至有几公斤重。

碧桃花和迎春花总是相伴而开，鲜红的桃花在黄灿灿的迎春花衬托下，显得美丽多娇。

海棠花开的时候你会发现，公园里一株株雪白的西府海棠，而靠近公路的地方却是一片木瓜海棠，粉嫩粉嫩的可爱。那斜垂的花枝像花溪，似瀑布。

温泉公园这里因为离山不远，所以黄昏总是来得早，到了冬天的时候下午四点多太阳就落山了。每当这时，公园就是一片金色，树叶是金色的，石板小路是金色的，人的笑脸也成金色的了……

# 探访书法体验馆

梁大智

从尚峰尚水出发到上庄也就是二十分钟车程。正值秋末冬初季节，路边的树上还挂着五彩斑斓的叶子，天空飘着几朵白云，让人心旷神怡。导航把我带到上庄路115号，一幢古朴典雅的门楼展现在我面前，门楼上的“北京翰沐书法院”的鎏金大字放着金光。主人庞先生和丁女士早已在门口等候着。

前几天听一位国画朋友说海淀区有个书法体验馆，里面有二十多种体验项目，这引起了我的好奇。于是，我相约去体验馆探访。

在主人的热情引导下，我们一起走进馆内。一条长长的走廊里悬挂着《中国书法历代碑帖及人物通览》，详细介绍了从商以来的历代书法发展和代表作品。走在走廊里，仿佛徜徉在中国文化的长河里。

中国书法是一门古老的汉字书写艺术，从甲骨文、石鼓文、金文（钟鼎文）演变而为大篆、小篆、隶书，至定型于东汉至魏晋的草书、楷书、行书等，书法一直散发着艺术的魅力。中国书法是一种很独特的视觉艺术，汉字是中国书法中的重要因素，因为中国书法是在中国文化里产生、发展起来的，而汉字是中国文化的基本要素之一。以汉字为依托，是中国书法区别于其他种类书法的主要标志。

领略了中国书法发展的历史，我深深感受到了中国书法的魅力。

我们开始参观每个体验室。结绳记事、刻画符号、龟甲兽骨、帛书竹简……原始的记录方式一一展示。

这时，走进一群外国青年，庞先生告诉我是一个留学生组织来参观的。看着他们一双双好奇的眼睛，庞先生对我说：“书法是中国及深受中国文化影响过的周边国家和地区特有的一种文字美的艺术表现形式。中国书法是中国汉字特有的一种传统艺术。”这就不奇怪外国朋友为什么这么好奇。

是啊，从广义上讲，书法是指文字符号的书写法则。换言之，书法是指按照文字特点及其含义，以其书体笔法、结构和章法书写，使之成为富有美感的艺术作品。汉字书法为汉族独创的表现艺术，被誉为：无言的诗，无行的舞；无图的画，无声的乐……

大家都知道，和书法艺术形影不离的就是文房四宝了。

我们来到造纸体验区。宣纸是中国传统的古典书画用纸，是中国传统造纸工艺之一。宣纸“始于唐代、产于泾县”，因唐代泾县隶属宣州管辖，故因地得名宣纸，迄今已有一千五百余年历史了。

由于宣纸有易于保存、经久不脆、不会褪色等特点，故有“纸寿千年”之誉。宣纸的原材料有青檀树皮和稻草，杨腾桃汁作为分张剂必不可少。庞先生拿起一段青檀让大家看，我突然想起了鲁南冠世榴园的青檀树，我曾三次去那里看青檀，写过一篇《青檀生命赞》。那千姿百态、龙飞凤舞的青檀，不就是一幅幅书法作品吗？记忆最深的是那棵傲视群雄枝繁叶茂的千年古檀，其根部镶嵌在石崖中，裸露在石崖外的根枝，像一条腾空的飞龙，又似狂草的“龙”字，被称为“龙檀”，树旁的石壁上，刻着一个巨大的狂草“龙”字。望着这些威武不屈的青檀树，仿佛是一个个坚不可摧的战士。

几个小朋友在纸浆池里兴趣十足地捞着纸，指导他们制纸的师傅是安徽泾县人，小伙子的父母就是在当地以做宣纸为生，而他常年居住北京卖宣纸。庞先生从宣纸的制作工艺到宣纸的种类，给大家讲解着……

宣纸按加工方法分为原纸和加工纸。按纸张洇墨程度分为生宣、半熟宣和熟宣。按原料配比分为棉料、净皮、特种净皮三大类。规格按大小有四尺、五尺、六尺、七尺金榜、尺八屏、八尺、丈二、丈六等等；按纸面纹理分有单丝路、双丝路、罗纹、龟纹等。宣纸制品有素白册页、印谱、信笺和仿古对联等等。

看来，孩子们对制纸工艺非常感兴趣。

“啊，calligraphy！”一位漂亮的金发姑娘在毛笔制作体验区摸着桌子上的毛笔，用不太熟悉的语调高兴地说着，“毛——笔？”

“是的，毛笔。”丁女士也笑着说，“毛笔是一种源于中国的传统书写工具，也逐渐成为传统绘画工具。毛笔是古代中国人民在生产实践中发明的，是用兽毛制成的笔。最初用兔毛，后亦用羊、鼬、狼、鸡、鼠等动物毛。笔管以竹或其他质料制成，头圆而尖，用于传统的书写和图画。笔分硬毫、兼毫、软毫。如今实物发现，最早的为战国时期。”

在这个体验区将告诉你拣豪采笔的流程……

来到制墨体验区，我也是第一次看到制作墨的工艺，知道了油烟取墨的过程。墨是中国古代书写和绘画用到的墨锭，墨的主要原料是炭黑、松烟、胶等，是碳元素以非晶质形态的存在。通过砚用水研磨可以产生用于毛笔书写的墨汁，在水中以胶体的溶液存在。

砚是文房四宝的重要组成部分。这个体验区可以看到砚的原石和锻打工具。

外国朋友对刻板印刷很感兴趣。这里还展示着活字印刷和现代印刷的一些实物。

拓碑是南朝时出现的一种印刷技术。拓碑是将纸覆在石碑上，然后刷墨揭下，就在纸上显现与石碑上同样的字形。拓碑求帖让海外朋友乐此不疲……

西方人的动手能力更强，不用过多讲解，他们已经跃跃欲试了……把做好的墨块写上名字，把喜欢的诗句印刷出来，中文好的学生还能朗朗上口地读出诗句，朱拓、墨拓、手工毛笔、古法造纸……书法历史和中国的传统文化，对西方人来说更是神秘和有趣的体验。

一组青铜铭文让大家了解到中国的古文明。古代青铜器上的文字，也称金文、钟鼎文。今存最早的铜器铭文属于商代。西周时随着青铜器制作技术的改进和改良，铜器铭文步入全盛时代。大约从战国中期开始，传统形式的铜器铭文已很少见。六朝以后，铜器铭文不再流行。商、周铜器铭文，尤其是内容比较丰富的周代铭文，是研究当时语言文字的重要资料，有一定的文学价值。

接下来是装订体验区，介绍了古今的几种装订方式：经折装、蝴蝶装、旋风装、包背装、线装本……

我被墙上的甲骨姓氏所吸引，这里收集整理了四百三十八种姓氏的甲骨文字，让人看到姓氏的渊源……

参观完体验馆，主人热情地邀我到二楼喝茶。闲聊中，庞先生有个书法师兄弟竟然是我要好的朋友，现在真是地球村，世界真的不大。

一个人能做自己喜欢的事业是幸福的，而能为自己喜欢的事业做出奉献又何尝不是一种精神呢？这种精神值得敬佩。我再次感受到了青檀的生命力。我想，什么是文化自信？从我们文明古老的书法艺术上，从我们一代代为文化事业而努力的文化人身上，无处不体现着中华民族的文化自信。

武夷山大红袍香味弥漫了整个房间，我仿佛置身于中国文化的浓郁气息之中……

# 我写“三山五园”

梁大智

住在海淀区,经常可以听到“三山五园”的提法。起初我并不知道它的含义,直到海淀图书北馆的朋友提议说应该写写“三山五园”,我才详细了解到它的内涵。

其实,“三山五园”是北京西郊沿西山到万泉河一带皇家园林的总称。这一带皇家园林包括香山静宜园、玉泉山静明园、万寿山清漪园(今颐和园)、畅春园和圆明园,自辽、金以来,北京西郊即为风景名胜之区,西山以东层峦叠嶂,湖泊罗列,泉水充沛,山水衬映,具有江南水乡的山水自然景观。因此,历代王朝皆在此地营建行宫别苑。特别是从康熙朝至乾隆朝,陆续修建了大量的园林。历史上统称为“三山五园”,即“三山”所指香山、万寿山、玉泉山;“五园”是指颐和园、静宜园、静明园、畅春园、圆明园。

我开始寻找“三山五园”的踪迹。在图书馆和网上查阅资料,走访现存的园林和遗迹。在寻访中,形成了咏“三山五园”的八首七律。

让我们走进“三山五园”,静静品味它的风韵——

## 香山

峰峦叠翠碧云深,幽谷霜天古树荫。
瑶阁香炉凌紫雾,琼松塔影掩禅音。
晓风起处添红叶,寒露来时绚彩林。
且待烟霞皆退尽,西山晴雪鉴忠心。

## 万寿山

石瓮曾探宝物来,云辉玉宇倚山开。

宫门佛阁连智慧，谐趣亭堂粘榭台。
星拱瑶枢金碧缀，月临景福木樨栽。
亦真亦假江南韵，水岸摇舟梦里猜。

## 玉泉山

碧水清音起玉虹，土纹隐约见苍龙。
犁云香径延缘厚，峡雪琴廊试墨浓。
三岛亭台随塔影，千秋趵突照芙蓉。
今朝不遇乾隆帝，素壁溪田共晚钟。

## 颐和园

昆明湖里荡清漪，花影月波摇靓姿。
碧涌长廊含紫气，翠凝佛阁绕香丝。
妙留万寿莲须雨，巧借江南竹岭诗。
舒卷烟霞图画外，山河破碎有谁知。

## 静宜园

古松掩映醉双清，翠叠三垣锦绣城。
扯片绿云栖皓月，寻枝璎珞鉴光明。
正凝怪石嶙峋处，旷览芙蓉香雾坪。
待到深秋皆灿烂，红枫一袭舞峥嵘。

## 静明园

镜影虚涵一水通，湖光裂帛绿苔融。
玉泉趵突晨飞鹭，大塔檐玲暮落鸿。
楼榭圣缘东岳庙，亭台禅窟北行宫。

幽篁云翠清凉处，醉掩裙纱碧树丛。

## 畅春园

清华水脉造离宫，雅集湖亭聚苑中。
古树老藤花茂盛，新枝嫩叶草葱茏。
镂云开月凝春在，叠岭平泉赛画工。
强盗当年狂洗劫，任凭荒野诉时空。

## 圆明园

遥想当年月下琴，歌台舞榭拔弦音。
湖漂锦阁镶珠玉，水映仙楼缀紫金。
宫列琉璃雕琢景，树排秀色筑成林。
秋风诉说江山事，万殿残垣论古今。

### 作者简介

梁大智，男，汉族，1963年4月生，山西文水人。1984年12月加入中国共产党，1983年8月参加工作，法律研究生学历。作家、诗人、摄影家，系山西省作家协会会员、中国民俗摄影协会会员。现任吕梁市农机局、局长。先后发表理论、文学、摄影、新闻等各类作品千余件，多篇论文和小说获奖并被选载与收入各种选集。著有《残雪消融》《清河流淌》《相约远方》《轻风追影》《闲情偶拾》《诗词选》《清韵雅赋》《踏月寻梦》《柳树下的童话》《武则天故事新说》《社会主义政治文明初论》《刑法分则名词诠释》等。

系中国作家协会会员、中华诗词学会会员、山西诗词学会理事、吕梁市作家协会副主席。

# 华　彩

烈　娃

二十多年前我来北京，在鲁迅文学院读研究生课程班。一天，我大姐托同事从长沙给我捎来一些土特产，那位先生说实在太忙，要我到公主坟这边来取包裹。

那就是我第一次从北京的东头（当时鲁院还在东八里庄）跑到西头。记得当时还在修建西客站，我出了地铁一看，倒吸一口凉气。那叫一个大工地啊！感觉一片荒凉，杂乱无章。我心想：北京还有这样的地方？或许是因为北京实在是太大了，大到没有办法让她统一繁荣，统一有序，统一漂亮。

没想到毕业后我从新疆军区调到北京，我的单位就在公主坟不远的地方。我眼看着北京的西边一点一点规整起来，美丽起来。甚至可以说，那变化是日新月异的。可笑的是经常埋头在家写作的我，很久不出去逛街，偶尔出门，会非常疑惑走错了地方。

有一次我写一位科学家，要去采访了解他的另外一个人，这个人说他住在金沟河。当我找到金沟河时，心里又想：想不到离复兴路如此近的地方竟然这么脏乱差。

更想不到的是，好像上天故意这样安排：多年后军队分配给我的房子就盖在金沟河。起初我心情并不大好，主要是当年对那里有不好的印象。

过了几年，房子盖好了。排队、选号、取钥匙，正式成为北京海淀区公民。当然，这个时候的海淀乃至整个北京早已今非昔比。

海淀区意味着什么呢？

如果我去外地，有人问我是北京哪个区的，我说“海淀”，人们第一反应就会说：“太好了！高校资源区。”

可不吗？在我们海淀区“境内”，有北京大学、清华大学、人民大学、北京师范大学、北京理工大学、北京外国语学院、中关村……

不好意思一一列举了。但这充分说明，海淀区是北京风水最好的地方！

软实力最强的地方!

更开心的是，这个时候的金沟河已经彻底旧貌变新颜。首先是五棵松的奥运会篮球馆，已成为年青一代趋之若鹜的地方。这里不仅有球赛及各类运动比赛，还经常有歌星演唱会。每当此时，很晚很晚了，还有成群结队的男孩女孩兴奋地举着荧光棒什么的在街上晃荡。

在篮球馆的西边，是一座休闲公园。说实话我觉得公园太小，主要是窄长的园区还被拦腰截断成三个板块。但是这比起过去，环境已经好多了。公园的绿化很好,特别是春天的桃花樱花迎春花,为单调的西四环平添不少色彩。特别是花园里的花卉咖啡屋，非常有情调，每次走进去都会感到心情很放松。我有时候会点一款咖啡，然后和小店主人聊天。我常常会说：“有时间我来跟你们学习做咖啡。”但是忙碌的我却从来没有时间去完成这小小心愿，我对自己很不满意。

居住在这个地方，我自然就非常关注周围的人文环境和生活便利情况。原先我一直埋怨篮球馆前面那大片的广场没有利用起来，可是当大型挖掘机、推土机什么的又在这广场上轰响，大家便好奇，不知会在这片空地上创造什么奇迹。

某一天，女儿说：“妈妈，我们去华熙吃饭吧。”

“华熙在哪里呀？”

“你没事吧？就是我们对面那个大广场啊！”

啊！我才发现，那个叫作“华熙 LIVE”的广场，都已经营业半年多了。什么叫“北京速度”呢？或许，五棵松东北角这片大广场的轰然崛起就是最好的诠释。

我惊讶地绕华熙走了一圈。天哪！想不到这里已经成为北京西部最丰富的商业美食“巨无霸”。这个占地面积七万多平方米的文体综合广场，有着世界上最大的四季冰场。据说这个美丽的冰雪世界来自荷兰，有“冰上迪士尼”之称；这里还经常举办飞鸽复古盛会、儿童体育、演出等时尚娱乐活动。每年的六一，你能听到一片咿呀的童音和熟悉的儿童歌曲，堪称孩子们快乐的天堂!

过去，五棵松这一片地，只有一座孤零零的奥运篮球馆，后来又配套了HI-UP。西临西四环，南接复兴路，直通一号线地铁五棵松站，交通十分便利。原先，这是奥运会棒球场，分为三层：地下二层和三层为公共停车场，竟然有停车位二千八百多个。我认为如此庞大的停车场，应该可以满足停车的需要了。

地下一层，就是群落式建筑，结合近两万平方米的下沉广场，形成一片繁华的商业区。这便是统称为“华熙 LIVE”（华熙生活）的全部写照。

值得一提的是，华熙不仅有全国各地乃至世界各地的美食，还有著名的宜家家居、言几又书店、小剧场、同或画馆等。

说到华熙的吃，我经常光顾的竟然是“洛阳牛三哥”，比较了解我的朋友一定会奇怪。是啊！我生长在长沙，爱吃米饭和辣椒；在新疆工作多年，爱吃羊肉；这都与洛阳不沾边呀！且慢，我还真与洛阳沾边。我女儿上军校，就是在洛阳（解放军外国语学院），我当时为了多陪陪她，没事就住过去了，我喜欢上了那个文化底蕴丰厚民风淳朴的好地方。有意思的是，每次我去洛阳，大街小巷见我面熟的人都会亲切地说：“刘姐回来啦！”好像我去洛阳是回家，而来北京却是出差。洛阳于我是如此有感情，但是女儿一毕业，我就再也没有回过洛阳。

但从此我就怀念上了洛阳。那个安静的古城，那些真诚的朋友，还有丽景门里书画一条街。我在那里拜了一位老师学画牡丹花，留下了美好的回忆。

扯远了，还是回到美食这个命题。其实我是想说，所有的美食，留在人们心中的那个“美”，必然是与你曾经的经历，甚至曾经的喜怒哀乐紧密相连的。所以，我来华熙爱到“牛三哥”吃饭，吃的是那份情感。话又说回来了，后来再想吃“牛三哥”可没那么容易了，每到饭点，排很长的队，可见人家还是不简单。其实大多数人都是来喝那一口牛肉汤，更有那酥皮烤饼泡汤吃，也有各色小菜，每道小菜都做得非常讲究。当然，华熙还有更多好吃的，比如大董和小大董，都是北京新派烤鸭；还有云南菜、越南菜、川菜、湘菜、俄罗斯餐厅等等。据说最受年轻人欢迎的还是那些音乐酒吧，尤以“胡桃里”酒吧更为大家喜爱。这家在北京东边开得非常火爆的酒吧，在西边同样了得，从早到晚都生意兴隆。因为它的人性化？因为它的中西餐饮物美价廉？因为它美轮美奂的装修风格？

说到酒吧，不得不提的是，我本人并不喜欢去这样的地方，太吵了！所以关于酒吧的话题，也是道听途说而已。总之，每到夜晚，整个“华熙 LIVE”人声鼎沸，熙熙攘攘，加上五颜六色的彩灯，轰然响起的音乐、广场上定时飞瀑的喷泉、路边的歌手、人像画家，好不热闹！

华熙有这么多好吃的，我固然开心。但是我最欢喜的，还是这家叫“同或”的画馆。

记得我第一次走近这座画馆时，居然感到久违的怦然心动。似乎是和遥远的好朋友通信已久，终于在此刻见面了。那种感受，多么微妙。

当时天都暗了，可是我鬼使神差地坐下，拿起画笔，画出了我平生第一张油画（丙烯画）。

那张画面上，是我最喜爱凝视的海上夕阳：当地平线上那一轮金红色的夕阳渐渐沉下时，海面平静而又躁动的褶皱里，潜伏着成熟的金黄的愉悦；天空中奇诡的浅蓝、深蓝，逐渐幻化为紫罗兰的忧郁；而那一抹金红，则是一组交响曲收尾时，那指挥棒最后一点的奇迹。

一幅画，竟然带给我如此丰富的感受，人生的美丽秘密，尽在不言中。

哦，同或！画馆的名字似乎不够响亮，但却已成为我精神生活中不可或缺的重要部分。华熙，也成为海淀区一道绚烂的风景。而海淀呢？如果把北京比作一部交响曲，海淀就是最华彩的部分。那就是我们理解的“第四乐章”。这是整个乐曲最后一个部分，专业术语说是“回旋式奏鸣曲式”，每逢此时，乐曲的节奏会急促起来、明亮起来，使人产生无限的丰富联想。在类似的想象画面中，我们仿佛看见万马奔腾，英雄凯旋！

## 作者简介

烈娃，女，生于湖南长沙市，祖籍陕西扶风县。毕业于新疆大学、鲁迅文学院、上海音乐学院、中央党校经济管理研究生班等。国家一级作家，全军艺术系列高评委。主要作品：小说《金蝴蝶结儿》获解放军八一大奖及夏衍电影文学奖、国际儿童电影奖优秀奖；《渡江》获上海文学奖；散文集《在雪地上跳舞》获冰心散文奖；执导的纪录片《帕米尔女兵日记》获中国人口文化奖。

# 海淀逐梦记

卢一萍

海淀这个在元代初年还是一片浅湖水淀的地方，无疑是我身处过的最伟大的城区。这既因其历史、文化、风景，也因其现实的活力；而最主要的，是我对它怀有深情。我曾在魏公村求学三年，它是我的精神故乡之一。我的人生，甚至灵魂里精神世界的建立无疑是在它的哺育下完成的。

但追忆与自己生命关联密切的事物总是不知从何说起，那万般思绪、千种情意混杂在记忆的河流里，你只能掬出一瓢。而现在似乎还不是追忆的年龄，回忆过去的岁月应该是在人生来日不多、独对晚景之时。那时候面对往昔也许会因无比珍贵而格外清晰。现在追忆它，反而显得混乱、模糊。但我在海淀度过的日子也许对我过于重要，似乎每一天都能记起。

对于出生在20世纪70年代初的我来说，我在还不知道自己属于哪个人民公社、哪个县人民政府、哪个专区的时候，就知道了北京，知道了北京天安门。我后来想，那是因为北京是中国的心脏，天安门是中国的灵魂。我的生养之地似乎跟我无关，也很少有人告诉我，甚至父母都极少跟我说我生活在哪里，似乎我生来就知道了。我后来想，生养之地可能属于宿命的一部分，它就在那里，我只能接受；而后者，却是我们每人每天必须念叨、牵挂的所在，它关系到我们的肉体和精神、现在和未来。北京这个地名无处不在，课本、报纸、黑板报、帆布提包、书包，甚至背心上，都有闪着光芒的天安门城楼和毛体“北京”两个字。上学之后，我知道了圆明园、颐和园、北京大学、清华大学。但我很久以后才知道海淀。好像我们知道了名声显赫的儿女，而不知其养育者一样。后来我知道了海淀，但不知道圆明园、颐和园、北京大学、清华大学属于它，就像我们见了某个母亲，却不知道这个母亲养育了哪些有出息的孩子。

后来，因为文学，我跟海淀的缘分越来越深。

我读初中时就开始有意识地“写作”。当时正是80年代中期，爱好文学的人就跟现在混迹于虚拟媒体的人一样多。那时中国天空最闪亮的星辰是作家和诗人。一个人只要会把文字分行，就是诗人，就可以往来于江湖；你只要有一本油印刊物，就可以啸聚起一方文友，打造自己文学的梁山水泊。

很多作家都认为那是中国文学的黄金时代，我深以为然。

那时的中国文学没有官气、暮气、陈腐气，只有青春朝气。面对文学时，很多人都怀着一颗圣徒般的心。

我出生在大巴山深处，穷僻落后，但很多老师都订有《世界文学》《收获》《当代文艺思潮》等杂志，很多人都在读小说。读高中的时候，我和同学曾和平办了一家文学社，出版了《清流》文学报，当时是四川第一份铅印的中学文学报。1989年暑假期间，《中国校园文学》杂志要在北京举办一个“全国中学文学社团经验交流会”，邀请我们参加。8月，我第一次乘火车，第一次来到北京。会议期间，主办方带我们参观了天安门广场，登了八达岭长城。我当时学习成绩很差，我所在的乡镇中学已连续四年剃了光头，连考入专科院校的也没有一个，所以，我从来没有梦到过能考入大学，清华、北大自然连想也没有想过。一个那样的学生去神往那样的大学，像是在抽自己的脸。但不知为何，我当时非常想去北京大学看看，但最后会议主办方只安排我们游览了颐和园和北京动物园。

我对颐和园的印象尤深。那天天气炎热，但进入颐和园后，感觉一下凉快了许多。昆明湖碧波荡漾，万寿山金碧辉煌。当时游人不多，整个皇家御苑颇为寂静，带着热气的风掠过水面、回廊、飞檐、精心种植的花草，昆明湖显得尤其辽阔，波浪拍击湖岸的声音很响，想起导游讲的乾隆曾给它取“清漪”这个名字，的确是很形象的。导游讲了颐和园建造的历史，说清漪园在咸丰十年被英法联军焚毁后，又被光绪重建，改称颐和园。1900年，又被八国联军破坏，珍宝尽被劫掠。这和历史书中讲述的差不多。从故宫到圆明园再到这里，总与腐败的清王朝有关，心情总难以轻松。只有在北京动物园，看到那些动物时，历史的阴影才消散一些。

离开颐和园乘车返回时，有人说，那就是北大。我赶紧从车窗往外望，只看见了简陋的围墙、不多的几个人影、几栋楼房和一些树。

这是我第一次来到北京海淀。

1992年年初，我写了我人生第二部中篇小说《如歌军旅》，斗胆投给了当时在全国都很有名的大型文学杂志《昆仑》，副主编海波老师把我从遥远的新疆军区一个高炮团调去改稿，其实这是从80年代延续到90年代中期的一个做法，就是以改稿的方式给文学爱好者，甚至一些已经出名的作家一个学习写作、提升文学素养的机会。当时一些杂志为此还专门给作者准备了房间。即使没有，在编辑部都会准备一张折叠床。昆仑杂志社当时在西什库茅屋胡同，我的作品没有做多少修改就决定发表，心中的喜悦可想而知。其余的时间就是帮着收发邮件，编辑一些稿件。海波老师曾把一篇十五万字的小说给我，让我把它编辑修改成一篇三万字左右的中篇小说。他说，这篇小说他已看过，有些可取之处，但语言、结构都有问题。这可能是我人生遇到的第一件难做的工作。那么厚的一摞稿纸，要减掉五分之四。我开始舍不得，减成了五万字。他看后，先表扬我删改得不错，然后要我再删掉一半。删时忍着痛，删完之后再读那篇小说，一下觉得好了许多。这件事使我获益匪浅，可以说是我接受的最有用的文学教育。

周末无事，我常去北大、清华、北师大的校园里闲逛。我乘坐公交车，有时很早就赶过去，一栋楼一栋楼地看，一棵树一棵树地数，一个人一个人地打量，好些楼、好些树、好些花后来肯定不在了，但我至今还记得。还有那些教授和学生——我想，他们是何等幸福的人！我最喜欢窥探的是那些图书馆和教学楼。我坐在路边，看那些富有才华的和我一样年轻的面孔。我开始以为他们都穿着五四时期的服饰，留着那时的发型。我觉得那些教授无不学富五车，那些学子每天接受的都是人类的知识财富。那种羡慕之情，可想而知。

在《如歌军旅》发表之前，我已在《西北军事文学》发表过一部中篇小说《远望故乡》，我当时才十九岁，有人夸我有文学才华。但我觉得自己是个无知之徒，我很自卑。直到我在北京的街边、公园、大学看到无处不在的高高的白杨，我的自信才增强了一些。那时的北京有很多白杨树，海淀尤多。它们春天萌发，杨絮飘飞；夏季葳蕤，提供绿荫；秋日泛黄，随风飘落；冬日被人清扫，化为泥尘。我和这种树有一种天然的亲近感。看到它，我心里就格外踏实。

我在昆仑杂志社一直待到年底，作为义务兵，三年服役期满，部队要我复员。海波老师珍惜我那一点点所谓的文学才华，特意给新疆军区政治部文艺创作室主任、著名诗人周涛打电话，请他想办法，帮忙留下我这棵“文学苗子”。周涛老师答应了。回到新疆后不久，大概是 1993 年春节后，周涛把我借调到创作室帮助工作，使我从此有了周涛这位老师——从他身上，我学到了很多东西。

到了 90 年代初，作家纷纷“下海”，冰冷的海水洗去了文学的热情。但文学内在的梦想还在残延。由于部队作家除非离开军队，无海可下，军队文学创作在海波、袁厚春、陈步涛、贺晓风等作家兼编辑的热心扶持和推动下，还保持了 80 年代延续下来的活力。

后来得知，就是在那个背景下，在时任总政文艺局副局长袁厚春老师的努力下，解放军艺术学院文学系决定招收一批战士学员。1993 年 6 月初，我得知这个消息后，便决定一试。由于我高中三年有两年“追求”文学梦去了，课程自然没怎么学。翻开数理化和英语课本，基本看不懂，所以到了部队，再没摸过。就是要补习，时间也来不及了。7 月 2 日到 4 日，连考三天，基本靠蒙。除了语文和政治，其余四门都只做了选择题，ABCD 四个字母，每门试卷上填一个，一到考试规定的三十分钟时间一到，立马交卷，成绩公布后，计得 162.5 分，记得全军区比此分数低的没有几个。周涛问我成绩，的确不好意思给他说。追问之下告知，他只说了一句，“准备回你老家大巴山种地吧！”

但到最后，我还是以曾发表过两部中篇小说的优势，以较高的专业成绩被解放军艺术学院文学系录取了。

军艺位于魏公村，就在海淀区白石桥路，它当时无疑是军旅作者心目中的圣地。我内心的激动可想而知。我没想到正是对文学的爱好，使我这个出身贫寒的农家子弟得以摆脱面朝黄土背朝天的命运。

到了军艺，才知道我们那批战士学员一共只招了九人，是带有特招性质的。按当时文学系主任黄献国教授的说法，“天上下了九滴雨，我们每个人头上刚好落了一滴。”

那时候的军艺，朴素、秀气，像一座颇有年头的中学。但可以明显地感受到浓厚的艺术气氛。虽然在部队我因为是新闻报道员，来之前又待在创作室，散漫惯了，没有怎么感受到部队生活的紧张。但军艺给人的感觉更加轻松——可称之为自由。散漫是行为上的，而自由却关乎心灵。当时学校的领导、系里的老师，学员队队长、政委的心都是朝着文学和艺术的。他们是授业者也是服务者，是带着小鸡觅食的母鸡。只要是有益于文学创作的，就会尽力去做。

最主要的一点，就是学院的宽容大度。记得开学不久，系里组织一次文学座谈，邀请了学院院长傅庚辰少将、政委乔佩娟少将来参加。同学李玉谦上台后，画了一头种猪，后面跟着一位妖娆的裸体女郎，他意在讽刺当时文学开始堕落的现状。当时虽有些愕然，但却把讨论推上了高潮。

我故地重游，去了之前去过的大学校园以及圆明园、颐和园，还去了之前没有去过的香山、八大处、潭柘寺、十渡等京西名胜。印象最深的是入学当年冬天，北京夜雪，我和几个同学乘兴去圆明园夜游，我们顶着雪，在圆明园里走了一夜，直到天亮，我们才回到学校。后来，我经常骑车在海淀的街巷间穿行，使我对它的样貌有了一个较为清晰的印象。而我印象尤深的，是中关村联想集团“如果人类失去联想，世界将会怎样？”的广告，每次看到它，我都会盯着那句话看，每次都会被感动。我至今还认为，那是我看过的最好的广告语。它表达了一种梦想的无限性——我们都知道，正是在这句话的鼓舞下，联想从 1984 年靠二十万元人民币起家，成为后来全球最大的个人计算机生产厂商。

穿行在街巷之间，去逐渐熟悉那些商场、书店、楼房、门面、饭馆、摊贩，是认识一个城区最好的方式。二十多年过去了，那时那个海淀的样貌还留在我的记忆里。

当时军艺文学系主要采用外请老师办讲座的方式教学，绝大多数讲座都是精心选择后开设的，质量很高。阶梯教室很多时候都有外系的学员蹭课。记得周涛老师的讲座，走廊里都挤满了人。

那时来授课的老师多是来自北大、北师大的名教授，中国社会科学院的研究员，部分军队的作家、评论家。每个人都怀抱着传道、启蒙的精神，精心准备，把一生最重要的研究成果和创作体验浓缩在一两场最多三五场讲座之中。这对一个作家观念的冲击是不言而喻的。

从莫言开始，海淀区魏公村 81 号，就在不断成就一个个军人的作家梦。我是逐梦者之一，但过于稚嫩，过于浅薄。为了这个梦想，我除了珍惜每一堂课，还经常到北大、清华、北师大和人大去旁听蹭课，到风入松、海淀书城买书，到北京图书馆借书。我当时感觉，整个海淀就是一所大学，只要你想学，每一间教室都是开放的。

通过课堂上老师对我们创作观念的冲击，通过我们的学习和吸纳，我感觉世界文学的背景就在那里，它的轮廓是如此清晰，这会挑起一个初学者过高的创作欲望。正是在那种欲望的推动下，在海淀的天空下，在军艺的夜晚里，我在学员宿舍里创作了我的第一部长篇小说《黑白》。我一直被创作的激情所推动。我是用一首诗结束这部小说的："……在一把尘土里 / 你看到了恐惧 / 而光明的中心 / 一片寂静"，当写完最后这几行诗，已是深夜，天地真是一片寂然；我在最后写下"1994 年 7 月 7 日一稿于北京魏公村"时，禁不住泪流满面。

让我创作《黑白》这部小说的动因其实是因为一种深沉的爱，以及一种无法摆脱的忧思。为了写作它，我一直被梦魇折磨，当我写完它，却不知道它是个什么玩意儿。我把它在抽屉里放了好长时间，才惴惴不安地拿给了几个要好的同学看，他们看完后，都给予了好的评价。这无疑给了我很大的鼓励。当《芙蓉》杂志的颜家文老师偕陈新文、曾玉立两位编辑来军艺约稿时，同学们大力推荐——那个时候，因为文学，无论老师还是同学，都可以成为兄弟姐妹。《黑白》在 1995 年《芙蓉》第 2 期以"长篇未定稿"的形式发表了。之后，小说家蔡测海先生和张方博士写了评论。虽然这部小说颇为幼稚，但它确立了我写作的信心和创作的方向。

时隔多年以后，《黑白》还颇具争议。批评家李建军先生在《时代及其文学的敌人》里列举一批西部作家，"以刚健、清新的风格写作"，我是被罗列者之一；但另一位批评家项阳先生就在《话语霸权与伪道德主义》一文中说我不是这类作家，他以《激情王国》（湖南文艺出版社 1998 年 8 月出版单行本时更为此名）为例，说"这本长达五十个章节的小说……让读者如堕云雾的晦涩行文，这种比《怀念狼》的'性景恋'和《尘埃落定》的'恋乳癖'要有过之而无不及的非道德叙事"不能"担之以'刚健、清新''积极、健康'之美誉"。我承认项阳先生的评价是准确的。因为它本身就是一个混杂了各种西方文学理念、极端形式主义、希望哗众取宠的实验文本。这些其实都不重要，他只是说明了我当时所具有的雄心，以及在这种雄心之下心态的浮躁——那时，我们每个人都是想象中的大师，都想写出惊世骇俗的作品。

虽然很多东西当时根本来不及消化，但我知道了什么是真正的文学，找到了如何表达这个奇妙世界的路径，也知道了怎么才能成为一名真正意义上的作家。

我毕业后是有机会留在北京的，但正是因为我在海淀的生活，使我有勇气离开这里，走向远方。我决心做一名作家，我因此回到了新疆。我要完成一个学生向写作者的蜕变。后来的经历告诉我，把学到的文学观念转化为自己对文学的认识是艰难的，对文学的理解是一个缓慢的过程，我差不多有六七年时间写不出自己希望写的东西，这对于一个把文学作为自己梦想的人来说，会感到格外空虚和害怕，但因为有在军艺文学系三年的学习，我从未丧失信心。我相信在某个瞬间，那一切都会如期而至，迎刃而解。

那个时刻充满了亮光，甚至是一种光明。

我的这个时刻产生于帕米尔高原上的塔合曼草原。不知道为什么，2006年，我回了一趟母校后，非常想上高原去。

我在塔合曼边防营营部驻扎下来。7月的高原颇为宜人，深蓝的天空有不断变幻的云彩，冰河早已解冻，流淌着雪山上的融水，绿色的草原上充满生机，头顶的慕士塔格峰充满神性。很多时间我都是骑着营部的军马，到草原上闲逛，到塔吉克人的蓝盖力（一种简易的土坯居所）里喝奶茶，到柯尔克孜人的帐篷里用他们说汉语的音调——这已差不多是他们意识里的自己的语言——闲聊。我知道了他们祖先的传奇——他们的先辈要么来自撒马尔罕、费尔干纳，要么来自塔什干、斋桑，祖先的故乡通过传说遗存在他们的记忆里，被他们携带。我问一个柯尔克孜老人为什么来到这里时，他淡淡地说，“是追逐最高的雪山（慕士塔格）的光”。这句话一下打动了我。我在海淀、在乌鲁木齐、在帕米尔高原的生活猛然以一种诗意的方式呈现在我面前。如果把“最高的雪山的光”比喻成文学，我不也是一直在追逐它吗？我突然发现有了一个属于自己的文学的场域，那就是雪域高原。

我的小说写作从那个时刻重新开始了。

军艺毕业后，每次去北京，我都会抽空到海淀看看。虽然它已发生了巨变，已很难找到过去的样貌，但我心中的海淀依然在那里，一点也没改变。

写作这么多年，我虽然很少写到海淀，但我的写作一直有海淀这个底色、这个标高。没有这两点，我的表达会缺乏精神和魂灵，就只会在低处徘徊。

2018年6月10日

## 作者简介

卢一萍，小说家。四川南江人。《青年作家》杂志副主编。已出版长篇小说《白山》《激情王国》《我的绝代佳人》，小说集《帕米尔情歌》《天堂湾》《父亲的荒原》《银绳般的雪》等二十余部，有作品获解放军文艺奖、中国报告文学大奖、上海文学奖等。新作《白山》先后入选“文艺好书榜”“名人堂——2017 年度十大好书”“《亚洲周刊》2017 年十大小说”“2017《收获》文学排行榜”“南方周末 2017 文化创意榜年度图书”，被评为“名人堂 2017 年度作家”等。

# 保福寺不是一座桥

陆　波

京城保福寺原本就是一座寺，与桥搭不上关系。但它在灰飞烟灭六十年后又还魂附体，成了一座桥——北四环路上的保福寺桥。这不禁让人感激给这座桥起名的文化人，讲究。他不让一座古老寺院轻易离开古都的文明记录。

保福寺桥位于北四环中关村三桥与展春桥之间，与展春桥之间还有一架京包线铁路桥高悬起来，如果是清晨向东而行，晨光会迸射在飞驰而过的火车车身上，光线一瞬间凌乱破碎，被动感的车厢拉拽。很快，朝阳复出，毫不吝啬地用最新鲜的阳光点亮中关村的蓬勃朝气。这一段路的两侧，有 20 世纪 50 年代建造的典雅建筑，虽然老旧但被粉刷成灰色，庄重依然。也有现代化的装饰玻璃幕墙大厦，如银谷大厦、融科资讯中心、长城大厦、世纪科贸大厦，稍微向西一点，便是中关村电子商贸圈，云集着海龙、鼎好、中关村科贸、四通、中关村广场这些象征着“中国硅谷”“国家级人才特区”“中国第一高科技发展与自主创新示范区”，现代化高科技活力四射，生机勃勃。而这片热土也正是六十年前一个破败的村庄——保福寺村以及保福寺的旧址。

回忆保福寺村旧事，难免让人想起一件如鲠在喉的事，那就是鲁迅的原配夫人朱安死后即葬于此地，没有墓碑，没有任何标志，一掬孤坟泯灭在岁月的灰土里。那是 1947 年夏天的事情。这位一生凄苦的女人最终也没有魂归南方，而是葬在千里之外的京城异乡。她临终前曾委托一直对她多有关照的宋琳（即宋紫佩，鲁迅早期学生）给许广平捎信，希望死后葬骨上海，守在“大先生”（鲁迅）身边。当然这个愿望没有实现。1947 年的条件，又是夏天，将其身后运至上海，这简直是一件不可完成的任务。而那时，火化非常少有，一般实行土葬。所以，她没有可能身后再回南方，上海也好，绍兴也好。一般传说出于鲁迅那句名言：“她是我母亲的太太，不是我的太太。”认为朱安必是陪伴鲁迅母亲鲁老太太而去，葬于鲁老太太墓旁，所以有说朱安死后葬到保福寺鲁老太太墓地的说法最广泛，这种说法在网络搜索上几乎是众口一词。但事实是，鲁老太太没有葬在保福寺，而是葬在海淀四季青板井村（当然，今天也没村子了，但板井路是有的），于是又出来另一个小众的说法，说鲁老太太葬于板井村周家墓园，然后也想当然地认为朱安亦葬于此地。这种说法见于《海淀文史资料汇编》中“鲁瑞墓地”，我查阅了，但无图无真相，没有拿出朱安墓地的直接证据。真实的情况是，许广平希望朱安陪伴鲁老太太，本来已经陪伴一生了，最好下葬板井村。但不知出于什么缘故，周作人大儿子周丰一与宋琳（鲁迅学生，对朱安晚年多有照应）商洽的结果是把朱安下葬在西直门外保福寺，友人给许广平的信里提及“棺材还好”但没有墓碑更没有墓志铭之事。（参见乔丽华《朱安传》）朱安希望魂守“大先生”，众人希望她继续陪着鲁老太太。但这些都没有实现，朱安只是一个人孤苦伶仃地埋葬在保福寺村的周边荒野。

保福寺村消失于1952年至1959年之间。新中国成立后，中央政府对中关村地区重新规划。1952年，中国科学院确定了以中关村作为院址建设的规划，中关村自然村被划进了中国科学院的建设蓝图中。但这个规划后来进行了微调，是因为燕京大学与北京大学合并形成新的北京大学，1952年年底，中关村自然村北部的土地从中国科学院原有的建设蓝图中划出，划给了北大建成中关园。中国科学院在中关村自然村剩下的范围里及其保福寺村、蓝旗营和三才堂村征地进行建设。到1959年，中关村地区各个自然村已经被中国科学院的研究所、厂区、宿舍全部覆盖。而今天我们可以在地图坐标找到的中国科学院微生物研究所就坐落在保福寺村原址之上。

50年代的征地、拆迁、平坟，在新中国建设社会主义科学城的高涨热情中进行，一切应该推进得很顺利。毕竟，那时候这里人口不多，中关村自然村只是七十户二百七十六口人的自然小村，紧挨着其南部的保福寺村人口也多不到哪里去。贫穷、荒凉，三分之一的土地是坟场。据最早搬来住的中科院的家属回忆说，1952年搬来时还有破旧的民房待拆，位置在中关村通往海淀镇的路口，民房外墙上竟有用白灰画的圆圈——“狼圈”，防狼用的，也就是说，50年代初还有西山的野狼会蹿至海淀镇中关村一带，白毛风一刮，昏天黑地，荒坟野地，这就是今天中关村高科技园的前身。

中关村自然村在民国时期隶属于保福寺行政村。而行政公署就设在保福寺村的寺庙里——保福寺。根据1947—1948年北平警察局的户口调查表显示，无论中关村的、保福寺村的、蓝旗营的、三才堂村的，都在“住户地址”一栏，填写的“中关村”或者“中官”，那时这一区域属于北平行政区的第十八区十八保，保长刘长禄是中关村人。既然保福寺村是行政村，保长就在保福寺村里的那座寺院——保福寺里公干。

无论如何，中关村是一块福地，今天更是一片热土。其从零散的自然小村庄，发展到明清之后太监来此购买“义地”，普通人也愿意埋葬在这片抬眼即可看到西山的土地上。这里寺庙众多，各种烧香拜佛，各种积善培德，各种修行往生的魂魄，说不定聚足了一股气，倒成就了今生善地，聚来了中国科技研究的顶级单位，中国科学的精英人才，一举将其从农业社会推送到科技研究的前沿领域，真像坐上土火箭一举升天。今天的中关村更是中国“高科技”“自主创新”“顶尖高校科研院所”的代名词。

保福寺是保福寺村里的寺庙，也是最后拆掉的寺庙，因为这座寺庙还坚持发挥了几年余热。新中国成立初年，在这座寺庙里成立了一所公立小学——保福寺小学。这所小学主要是解决陆续搬到此地的中科院子弟及周边农民子弟的上学问题。寺院已经很破旧了，但毕竟还算是这一带较好的建筑。大殿门槛很高，有弱小的小童几乎是手脚并用爬过门槛到大殿里上课，而那时大殿还有泥塑佛像、金刚大士的雕塑，小小学童在金刚怒目下琅琅读书也真是生动的一景。这所小学校一直坚持到 1958 年，中国科学院终于在它相邻的西面建好了一所小学，就是今天闻名京城，拉动周边房价一平方米破十万元的著名学校——中关村一小。而名气同样响当当的中关村二小、中关村三小，都是相继从中关村一小分离出来的。可以说，这三所著名小学都是缘起于一所庙里的学校——保福寺小学。保福寺小学搬迁至新址后，保福寺也就结束了它的历史使命。寺院大概也破到没有啥实用价值的地步，而且“封、资、修”的东西，名声也不好，这座自明朝始建的寺院就此寿终正寝。有人说 80 年代保福寺还有孤零零的大殿存在，但我穷其所能，也查阅了海淀区文物部门的资料，以及印顺大法师主编彭兴林编写的《北京佛寺遗迹考》，都没有找到印证的资料。说它 50 年代末废弃，最多熬不过文化大革命，希望这个判断可以成立。

从明朝起，在中关村这块永定河故道的低洼地区，就开始兴建寺庙，有皇家出资为纪念有功之人而修建的类似悯忠寺的庙宇，如陈府村有广惠宫，建于明嘉靖十三年（1534），又称刚炳庙，是为纪念在“靖难”之役中立有战功的太监刚炳而建。后来民间募集建庙开始兴起，特别是明、清两朝太监偏爱在这一带购买“义地”，修建寺庙。寺庙在一定程度上是这些“义地”主人的精神祠堂，是他们能够平复此生的憾恨而寄希望修得来生的皈依。此外，这个地区也是兵营，如蓝旗营等，村庄的发展程度不高。直到乾隆年间，中关村这个地方并没有确切的地名，在《日下旧闻考》里被指为“南海淀东二里许”，当时的南海淀（后来的海淀镇一带）与皇庄（今天的“黄庄”）相对已是繁华的聚居地。

据载，“南海淀之东二里许有保福寺，东柳村有长寿寺、观音庵。”东柳村后来未见记录，民国时期有“东大院”，不知是否由其演变而来。“南海淀之东有正蓝旗护军营房”“陈府村有内务府包衣三旗营房”“陈府村有紫竹林、碧霞宫、太平庵”。陈府村，即民国时期的“成府村”，现在中关村北部有“成府路”。上述就是乾隆年间对今天中关村这一带有名号的建筑的记录。（《日下旧闻考》卷九十九郊垌西九）

保福寺建于正德十一年（1516），“内经厂提督僧录司左善世”鼐公驻锡于此，圆寂后建“灵塔”，有碑一座，立于正德十一年。[①]“左善事”是明朝管理宗教事务的僧官。也就是说这座寺庙的缘起于一位僧官——鼐公禅师，他于此修佛并于此圆寂，然后于此建了灵塔。过了将近一百年，万历三十九年（1611）重修寺院时铸铁钟一部。到清道光年、光绪三十一年都进行过重建。民国时期进行寺院统计，做记录如是：“此寺位于保福寺村六十四号，占地二亩零四厘，有九间瓦房，土房两间，附属瓦房一间。泥像九尊，铁五供一堂，另有石碑两座，井一眼，楸柳四棵。属合村公建。被村公所及小学占用。原有鼐公禅师灵塔，三十年代塌了一半，但仍有香火。”[②]这个记录说明民国时期这所寺院基本等于公共财产，合村共建，附近各村都是出了资的。同时说明那时候条件多么窘迫，没钱建村务办公及学校的房子，一间明朝留下来的寺庙既当村公所，又当学校，老百姓还要进来对塌了一半的灵塔烧香拜拜。

至此，我以为我已将保福寺的情况了解清楚了，但这时候我又偶然发现了一个叫西保福寺的遗事，真是跌掉眼镜都不愿相信，一个超不过几十户人家的小村子，要修几座庙有完没完啊。但西保福寺确实存在。我是从一片碑文拓片中发现这一线索的。拓片所属的石碑据称原放置于保福寺，所以也被称为保福寺碑文拓片。[③]其行文内容看是一类似敕碑格式，如下：

经筵讲官太子太保礼部尚书镶蓝旗满洲都统谥恪勤公德明碑文

朕惟礼乐自天子出，实资习掌故之臣；笾豆则有司存，允赖骏奔走之职。缅旧劳之可念，礼□变崇；昭令闻于弗谖，义存奖劝。爰稽彝典，式表嘉名。尔原任太子少保、礼部尚书德明，奉上惟勤，执事有恪，早由司库迁职奉常，掌六祝而辞修，七祀而靡忒。遂□妙□□秩，清卿洊贰，春官升华宗伯。诏相小礼，玉帛钟鼓之间；赞导法仪，进退周旋之习。经筵侍讲，胪句传声。历三衙统制之司，摄四译会同之馆。偶回翔于铨部，实终始于容台。

惟先朝之任遇良，专属在疚，而犄毗尤切，靖共尔位。襄大礼以告虔，夙夜惟寅；赞明禋于登侑，宫衔特晋。嘉乃成劳，遗疏俄闻，深予轸恤。综生平之行谊，锡美谥以恪勤。考典易名，镌辞崇实。于戏！国之大事在祀，汝既宣惇典之勤；人惟求旧有言，朕岂靳酬庸之礼？贻诸奕叶，视此丰碑。

嘉庆六年岁次辛酉月

这幅碑文除个别字词，基本保持完整。从内容上看是以嘉庆皇帝语气写就的类似今天的悼文。悼念的是一位叫德明的礼部尚书。“经筵讲官太子太保礼部尚书镶蓝旗满洲都统谥恪勤”——这一大串都是荣誉性的虚职加死后谥号，他实际上是一位在宫内长期服务的“从一品”官吏——礼部尚书。嘉庆帝与这位礼部尚书有怎样的关系不得而知，但就一位九品官阶中列第二位的“从一品”官员（不是正一品哦），皇帝都要亲下敕文，没有特别关系应该不至于此。嘉庆期间，仅礼部这一层级的官员有满人二十四位、汉人十四位，汉尚书包括大名鼎鼎的纪晓岚。当然，相当一部分是从乾隆朝延续下来的官员，这位德明应该也是。因为看立碑时间他为皇室服务多年，进入嘉庆朝的第六年便过世了。

这段文字对于今人而言，比较艰涩。说是悼文吧，德明的生卒年月不详，更像是皇帝对德明一生功劳的基本评价，就是盖棺定论之词。全文讲述的都是德明的工作事迹，说他主要是负责朝廷祭祀方面的礼官，经筵侍讲，在皇帝身边上传下达。还负责过禁军的统领以及接待外邦朝贡来访的部门——四译会同之馆。短时间还在吏部负责过选拔官员工作，但大部分时间在礼部（容台）尽心尽责服务。赞美他敬业勤恳，日夜辛劳，成绩斐然，极少疏漏。皇帝也非常珍惜这位臣子，纵观其一生功劳，应以“恪勤”作为赞美他的谥号。祭祀是国家大事，德明生平笃厚忠诚，勤勉尽职，皇帝怎么能够吝啬对他的酬劳？故而将这些赞誉评价给予其后代子孙，特立此丰碑纪念。

这座碑放置的保福寺并非《日下旧闻考》和《民国寺院调查》记录的那个保福寺，而是建于嘉庆年间位于村西的一家募集寺院。我甚至怀疑这是嘉庆年间礼部尚书德明的家庙，因为敕碑在此，寺庙的名称也未见记录。在民国时期寺院调查的资料里将其因坐落村西而称为“西保福寺”，这不是其名，只是说明它坐落于保福寺村西边而已，而且特别提到“另有石碑一座”（即指此碑）。但见描述该寺院更像一份殷厚的家产：

西保福寺坐落于北郊第一分署保福寺村六十一号，清嘉庆年建立，本庙面积四亩余，房共二十五间，附产土地三十二亩。管理及使用状况为自行管理，附产出租。庙内法物有木佛像二十九尊，泥佛像三十七尊，大铁钟一架，

铁磬三个，瓦供器两堂，另有石碑一座，水井一眼，柏树一棵，楸树六棵，槐树五棵。④

结合民国时期对保福寺与西保福寺的记录进行比较，西保福寺显得更阔绰，占地大，佛菩萨塑像多，法器多，有三十几亩庙产出租，有水井，甚至树木都有十二棵。但它似乎不对外开放，未见其功用。没有提及住持法师讲法授经，大约也不接受民众烧香拜佛。且建于嘉庆，有石碑一座，我们可以大胆推定所谓今天保留的“保福寺碑文拓片”应该就是这座西保福寺里的石碑拓片，就是那幅《经筵讲官太子太保礼部尚书镶蓝旗满洲都统谥恪勤公德明碑文》的拓片。

而保福寺民国期间就是由村公所和小学使用，是个对公众开放的公共地方。即使肅公禅师灵塔历经四百多年，栉风沐雨岁月沧桑，以及经历了雍正年间的西山大地震，民国时还能撑住一半残躯，接受民众烧香叩首，这于百姓而言就是了不起的大有神通的灵塔。

一座公庙，一座私庙；一个村东，一个村西。公庙保福寺就在现今中关村三桥之南，融科资讯中心大厦所在地。私庙西保福寺门牌号与公庙的差三

个号，应该向西不会很远，而西边就是中关村一小、二小、三小及科学城的一些 50 年代宿舍楼。有当地老人说，西保福寺在五六十年代被征用做过一个中学的办公用房。可见，新中国成立之初，这些寺庙都算是比较有使用价值的好建筑。

我曾见过一张声称是保福寺的老照片，照片上是一位年轻女子，50 年代的妆容打扮，笑意盈盈，目光纯净，从今天这个时代看过去，温婉质朴洋溢。但我还是以“美丽”来概括那活脱脱的生动面容。这位美丽女子站在寺院里，身后大殿虽然老旧但齐整尚好，最震撼的是我注意到了照片照到的院子里两棵大树！一棵像是老病不堪布满树瘤，不能判断树种，而另一棵是槐树无疑。从树径估量，一二百年的树也说得过去，但推到明朝正德年间四百多年不到五百年是不大可能的。而且，从民国调查的记录看，保福寺里的树和乾隆年代记录的一致，只有楸树和柳树，而西保福寺里是有槐树的。据此我判断这位年轻姑娘是站在西保福寺里拍下了这张照片。她是年轻的老师，抑或女中学生都不好说，但应该是与老人说的这里做过中学的用房有关系。

这张照片很珍稀，为今天的我们多少留下了一间寺院最后的影像，可惜它是西保福寺，或者其他，但就是不是保福寺。保福寺作为从明朝正德年延续到 20 世纪 50 年代末的寺院，其存在了四百四十二年（1516—1958），曾经慰藉了众多痛苦的灵魂，给苦难的人间生活点燃哪怕一点点微弱温暖的光亮。但没有留下一张照片，遂成憾事。

明清、民国，保福寺村是在一条缓慢的时间带里踽踽而行，其缓慢程度接近静止。那时这里就是几百年的郊野，寺院、农户、农田，还有包围着它们的大约三分之一占地的坟场。有一位“从一品”朝廷官员在此立碑树传，炫耀着嘉庆帝对他的恩宠，更有一位苦命凄凉的叫朱安的浙江绍兴女子在此孤魂难归。

对于这位女子，给予她多少同情怜悯都不会为过。因为她不识字，她的精神世界一片荒芜；因为她缠足，三寸金莲走不到京城的东南西北；似乎她也不信佛，没有信仰依止。啥也没有，就剩下数着指头苦挨残生了。她一生围着鲁老太太尽媳妇的本色侍候着，她的人格降到了只求苟且活着的地步。鲁老太太死了，她也成了六旬老人，捧着她那一生羞辱的名分。是的，那个年代被男人休弃且还不得不依赖那个男人活命，还有比这个更羞辱她的吗？许广平给她的信几乎每一封都是在谈论钱，因为她没有依靠，在鲁老太太去世后周作人家自然也不再供养她了，而且周作人在抗日胜利后被国民政府抓去坐牢判刑，已经成了泥菩萨过河自身难保了。在 1947 年 3 月许广平给朱安的信中可以得知，朱安的心脏出了毛病，估计是贫困忧郁生命开始衰竭。许广平提到可以请宋先生（也就是宋琳）、阮太太这些好心人帮帮她，并祝她吉人天相，天气暖和身体会好起来。可是到了 6 月，她就不行了。她去世的前一天见到的最后一个人就是宋琳，她已经衰弱得不能下床，并哀求宋琳转达许广平将来葬在上海“大先生”身边的心愿。关于这件事，宋琳特别致信许广平，这是一封令人动容的信，朱安嘱托了两件事：（一）灵柩拟回南葬在大先生之旁；（二）每七须供水饭，至“五七”日给她念一点经。宋琳写道：“（一）可由先生（指许广平）从长酌核。（二）所费不多，希望顺其意以慰其灵，念她病时一无亲切可靠之人，情实可怜，一见琳终是泪流满面，她念大先生，念先生又念海婴，在这种情形之下，琳唯有劝慰而已。言念及此，琳亦为之酸心。”⑤这封信是宋琳写于 1947 年的 7 月 9 日，也就是朱安死后的第十一天，朱安之临终孤苦，跃然纸上。这个女人的头脑清醒到最后一刻，也被苦难折磨到最后一刻。宋琳走后第二天，6 月 29 日她被发现一个人孤独死去。这是个生于 6 月死于 6 月，名字叫“安”而一生没有安宁的女人。但死后的这份清净也没维持多久，一年后，因为保福寺这块坟地属于周作人家私产，1948 年国民党政府对于这个文化汉奸的私产予以没收。新中国成立后，民国的资产当然归属新中国政府，而这还或许让周作人减少了个地主罪名因祸得福了呢。从 1951 年中关村地区就已确定规划建设中国科学院，继而北京大学建设中关园，可以想象大规模的平坟拆迁使 50 年代初期的中关村地区灰土漫天，遍地工地。虽然出了民国政府监狱的周作人进入新中国，文化汉奸之罪名已不光是他关心的什么斯文颜面的事，他整天惴惴不安的是自己八道湾的房产会不会被国家征收的事，有没有心思去保福寺村迁坟就不得而知了。如果要解开朱安坟是否迁移之谜，还有一个线索就是有朝一日可以从周作人日记中寻找。周作人一生写日记，一直坚持到 1966 年他去世。但现在公开发表的只是截止到他 30 年代的日记。另一种说法是朱安坟毁于“文革”“破四旧”。（见乔丽华《朱安传》）总之，一切都过去了，坟墓又能代表什么？一个女人走过悲惨委屈的一生，她生不逢时，被旧制度扭曲。她不见爱于鲁迅，也没被周家人好好安置，及至于死也是被孤零零地抛在一个曾经叫保福寺的村庄，在异乡与异乡人长眠相伴。

保福寺在今天只代表京城北四环路上的一座桥，车鸣轰隆，不舍昼夜。中关村是创业者的大舞台，是野心勃勃者筑梦的起点。人们怀揣的都是当下的各种不安，为各种不确定的未知未来焦虑，也为肆意蔓生的贪念烦恼。作为当代人，我们活在互联网的虚幻里，拘泥活在当下，删除了历史记忆，被各种现代化的电子科技硬件软件绑架着，并视为满足欲望的喧嚣的资粮，失去了内心安宁。甚嚣尘上的北四环通衢大道覆盖的是一段并不遥远的岁月，长亭外，古道边，古刹钟声，荒坟野岭，西山在夕阳西下之时，注视旧岁也注视今生。那也让我在本文的刹那里回望一下消逝的寺院，消逝的村庄，还有那些曾经飘荡于此未获安宁的灵魂。

注释：

①②④参见彭兴林著《北京佛寺遗迹考》

③《北京图书馆藏中国历代石刻拓本汇编》（第 61 册—70 册）

⑤《鲁迅研究资料》第 16 辑第 107—108 页

2015 年 12 月 19 日于万柳

# 公主坟，真假公主之谜

陆　波

北京西三环上有一处爆款的堵点：新兴桥。开着车听交通广播的人经常会听到这个地名，怎么说呢？西三环本身就比较拥堵，而这里又是交叉立交桥的一个节点。新兴桥名字源自桥旁的一座老宾馆——新兴宾馆，隶属于军方背景的中国新兴集团公司，大约是80年代建成，当时高档时髦就成了地标，立交桥也因此得名，今天看来其外表就是个普通三星宾馆。

新兴宾馆在新兴桥的西北角，门前立着一尊石雕，近前一看着实吓人一跳：是现代石雕——“和硕公主像”，雕像女子表情倔强，咬着嘴唇，目光坚毅，坐西朝东，静观前方。最吓人的是，雕像底座标注：还珠格格原型。别说还有点小燕子成年版的沧桑。这位和硕公主是民间传说里一段凄美爱情的主人公：汉人金泰从小就被满族人收养，因立下战功被封为元帅。在游园时与和硕公主相遇，一见钟情，朝中老臣从中作梗，令乾隆皇帝流放了金泰，贫病交加的金泰上书公主，说，见信时我已不在人世了，望公主珍重。公主见信后从容服下毒酒，追随爱人而去。乾隆无奈，将金泰草草葬于香山，而将公主远远地埋在了今天的“公主坟”。

这段民间爱情故事的确动人，但只是掬一把热泪而已，获封号的公主都是出嫁了的皇帝女儿，怎可能与一位武将游园会上另生情愫？“金泰元帅”更是查无此人。“元帅”一职只有在清朝末期才出现过，那是为建立现代军队设立军衔制，有“陆海军大元帅”之职，由皇帝担任，皇帝未亲政前由监国摄政王代理。之前，清朝武将最高级别：正一品，称“领侍卫内大臣”；从一品，将军、都统、提督。如果这座雕像在此处再坐地五百年，后人还要将其作为文物考察，包括金泰、和硕公主，以及和硕公主原型——一位叫还珠格格的20世纪90年代电视剧里的小燕子……不嫌乱吗？

确切地说，新兴桥正是坐落于当年“公主坟”的准确位置，只是当年修桥将“公主坟”十字劈开，以桥为轴心方圆十几亩土地都是当年“公主坟”的坟场范围。其原始样貌及遗存从嘉庆年间一直存续到1965年。当然，这个过程是一个逐步损坏、缺失、被盗墓、荒草杂物、破败荒凉的过程。譬如，1939年冀东保安队殷汝耕手下持枪来此地，公然盗墓，有人告发，被当时的政府制止，但墓地还是遭到破坏。后来，日伪政府又要建所谓“新北京”，修一条马路直达石景山，又是要平掉此墓，当时坟墓主人的后人花了一大笔钱疏通关系，才把修路的规划改了一下，保留了坟场。

直到1965年修地铁1号线之前，这里还有坟场围墙，俗称“坟圈子”，里面有部分遗留建筑，有两座宝顶，分东、西两个院落，因为占地面积大，附近又是海军大院、空军大院、军事博物馆等军事单位，喜欢放电影，坟场东院就做了露天电影院，军队同志们无所谓，没忌讳，在一片大空场坟地看电影竟是众多“50后”大院子弟的记忆。而西边那块地方被一个叫苑家村的公社占着，开了一个豆腐坊，每天吱吱呀呀豆香四溢，雪白的大豆腐被推车拉走。东院放电影，西院磨豆腐，埋在地下的公主也算不寂寞了。

坊间关于公主坟到底是哪个公主的坟有众多传言。公主肯定是公主，不过清朝国祚二百七十六年，从固伦到和硕到没有受封的皇帝女儿以及皇室收留的义女，过几百人总是有的，越到后来没了碑石考证，没有文字可查，传言便更是五花八门。其中有说是孝庄皇后的义女孔四贞的，这个传言很盛。但孔四贞这个女人的命运比较坎坷，父亲孔有德是明朝的降将，清朝国号还是“金”的时候就投降了，封“定南王”，后来为顺治朝与南明作战死在广西，可怜孔四贞孤苦一人不知如何千辛万苦跑回京城，孝庄太后悯之，收为义女。之后下嫁给她父亲原来手下将领的儿子。孔四贞性格跋扈，夫妻关系不睦。后来其夫也是叛降且被杀，她又一个人孤独回到京城，这时太后早死了。据说她晚境很是凄凉落魄，在朝中无人认领，最后大约葬在父亲的墓地，这就是阜成门外一带定王坟（现外交学院一带）。

还有传言说是乾隆帝的养女。首先，乾隆自己就有十个女儿，活到成年的有五个，有没有收养女儿不见正史。乾隆六十五岁时惇妃诞下十公主，这位老十公主算是乾隆老年得女，掌上明珠，非常受宠，加之娇憨可人，聪明活泼，常在乾隆膝下环绕，长大了还跟着皇家狩猎坝上，会骑马射箭，这在当时皇室年轻女子中醒目出挑。后来乾隆给她择了一位佳婿，嫁给了和珅的长子丰绅殷德，受封固伦和孝公主，“固伦”指国家之意，如同男性皇室的亲王级，只有皇后诞下的女儿才可获此封号，以她生母妃位品级而被封固伦公主，足见乾隆帝疼爱。

作家琼瑶在20世纪的某个时间盘桓京城，某日路过这个叫“公主坟”的地点，便生出无限遐想，所谓“金泰之妻”、乾隆养女、十公主的故事，便成了后来《还珠格格》的创作缘起。里面的还珠格格小燕子就被假想为乾隆帝在民间私生女紫薇的好朋友，跟着混进宫里闹出一团故事。不过小燕子的活泼不羁，对皇上没大没小，多少沾了点十公主的影子。只不过十公主死后是葬在今天海淀东北部与昌平交界的一个地方，后来看坟户形成一个小村子，原来村名也叫“公主坟”，属于东玉河村管辖，但今天遗址基本无存。而坊间传言，传来传去，还真搞出来前文提及新兴宾馆前那尊“和硕公主”（还珠格格原型）的石头雕像了。孔四贞至少还是真人真事，还珠格格完全是琼瑶女士文学创作出来的女孩儿啊。

到了1965年要修地铁1号线了，图纸规划线路正是要东西贯穿公主坟，当时修地铁是没有盾构机的，只有开膛从地面打开，两位公主的坟墓只得作为文物发掘。虽然被盗过墓，可当时还是出土了不少陪葬品，有兵器、蒙古刀、丝绸珠宝等物，唯独没有墓志。鉴于坟墓在乱世中已被盗墓，历史学家对这些陪葬品及对墓主人后代的调查，再结合《清史稿》记载，终于搞清了两位公主的身份，揭开了历史面纱，民间传说亦不攻自破。陵墓埋葬的公主是清嘉庆皇帝的两位公主，分别排行第三和第四。据《清史稿》中“公主表”记载，仁宗皇帝共有九女，其中排行一、二、六、七、八这些女儿均未长到成年，未受封。五女追封为慧安和硕公主、九女追封为慧愍固伦公主，这两位公主也没超过十岁而夭折，但不知什么缘故被嘉庆皇帝厚爱，不仅获得追封封号，还下葬在位于河北易县清西陵之崇陵的西南方，名为慧安及慧愍公主园寝。嘉庆皇帝的三女和四女，是九位公主里硕果仅存长到成年且婚嫁出去的姑娘，老三受封庄敬和硕公主，老四受封庄静固伦公主。按照祖制，作为出嫁的皇帝女儿不能归附皇陵，也不能下葬夫家墓园，只能另外择吉地建造寝园，而巧合的是，老三、老四又都是同一年去世的，相隔仅两个月，所以当年皇室便决定将两位姐妹身后安置在一起，这便是公主坟宝顶的来历。

这座公主坟，现在是著名的交通枢纽，地下地铁，地上立交桥，北京人口中所称“公主坟”，则专指此处。它也被称为“复兴门外公主坟”“新兴桥公主坟”，或者如今天政府文物部门立起的标牌——“羊坊店公主坟”，都是此处嘉庆帝老三老四姑娘的坟茔，以区别北京东南西北还有好多叫公主坟的地方，不光是清朝公主，香山地区还有一个叫公主坟的村子，相传是元朝某位公主的茔地，房山还有明朝朱棣皇帝女儿的公主坟。

三公主是和硕公主，没有妹妹也就是四公主固伦公主的品级高。因为三公主的母亲是和裕皇贵妃钮祜禄氏，而四公主则母亲高贵，是孝淑睿皇后喜塔腊氏，四公主也是后来的道光皇帝的同父同母妹妹。她们的封号是严格按照母亲的地位所出。

三公主的坟墓位置在今公主坟地铁站西北角出口处，四公主的坟墓位置在地铁站东北角出口处。两座地宫均是砖石结构，构筑牢固。两座宝顶后各有一圈白皮松，宝顶之前，均有享殿一座，悬山顶，面阔三间。和硕公主的享殿为绿色琉璃瓦顶，固伦公主的享殿为黄色琉璃瓦顶。这琉璃瓦的颜色便代表着品级，黄色最为尊贵。享殿前方两侧有两排朝房，是供后人祭奠时休息的地方。现今保留的遗迹是三公主墓前的享殿，不是原样了，是后人翻建，已不再覆绿色琉璃瓦，只是普通灰色砖瓦，看那个样子是不是 1992 年被海淀区人民政府立为“区级文物保护单位”时才复建的呢？存疑。2012 年海淀区文物普查时，登记为“羊坊店公主坟门殿”。

说来奇怪，嘉庆帝的女儿缘分好差，九个女儿，七个早夭，老三老四倒是长大成人，风风光光招了额驸，却在同一年，嘉庆十六年（1811），以二十八岁和三十岁的大好芳华辞世而去，老皇帝竟在有生之年眼睁睁看着自己九个女儿全部病殁。公元 1811 年 3 月 25 日和 4 月 11 日，法国天文学家分别见证了天穹上大彗星的出现，三公主恰巧去世于 3 月 12 日，四公主去世于 5 月 7 日，正是大彗星天象出现之际，不知道当时的清朝钦天监有没观测到并记录这一天象。在中国传统寓意里，彗星在大多数时候不是祥瑞而是凶兆，而巧合的是每每彗星出现，人间必有不测。皇帝们一定是很迷信的，所以 1811 年 3 月至 5 月，两位芳龄女子被这“扫把星”扫走，一定令嘉庆帝内心隐痛不已。

这两姐妹的宿命蹊跷之处还挺多。三公主庄敬和硕公主，四公主庄静固伦公主，“庄敬”“庄静”，一字之差，读音一样。三公主二十岁出嫁，额驸为蒙古科尔沁部博尔济吉特氏的索特纳木多布济郡王，十年婚姻，无后嗣，无奈，收虽为贵族出身但家境贫寒的僧格林沁为嗣子，继承家业。僧格林沁承袭科尔沁左翼后旗扎萨克郡王，成为道光、咸丰两帝及慈禧太后所青睐的大臣，大名鼎鼎的武将，不枉庄敬和硕公主高贵的出身门第。四公主庄静固伦公主十八岁出嫁，下嫁的额驸也是蒙古贵族——博尔济吉特氏的玛尼巴达喇，可见嘉庆皇帝笼络蒙古贵族的想法非常明确。

庄静公主府，就是今天被称为“棍贝子府花园”的地方，位于新街口东街，深藏于北京积水潭医院里面，尚有府邸花园基本保留，曲水古木，景致优美，而水是从西海引进的，尤见四公主府隆浴皇恩。玛尼巴达喇在嘉庆七年袭其父之贝子爵，道光十一年晋贝勒，庄静公主有后人，其子德勒克色楞袭贝子，咸丰七年卒。其孙索特那木色登袭贝子，光绪六年卒。其曾孙棍布札布袭贝子，一直居住在此公主府，故此府后被称为“棍贝子府”。棍贝子的后人叫林勤·多尔济，曾任雍和宫第一任管委会主任。1939 年殷汝耕手下盗墓，他作为坟主人后人来收拾、处理后事。这位老先生 1994 年 79 岁过世。专门写过《我所知道的公主坟》，为后人留下宝贵史料。

而与姐姐相同的是，庄静固伦公主也是差不多结婚十年后去世，卒年二十八岁，与姐姐相差两岁，不同生，却同死。

三公主庄敬和硕公主府在今天京城的炒豆胡同，僧格林沁及后人居住于此。僧格林沁于咸丰五年（1855）升为博多勒噶台亲王，同治四年（1865）战死于山东曹州吴家店，为了表彰其忠勇，慈禧太后准予修建显忠祠，位置在原宽街小学。1930 年前后僧格林沁孙子阿穆尔灵圭亡故，僧王一系逐渐败落。位于炒豆胡同与板厂胡同之间的一大片府邸房产被变卖，所剩无几。清史及文物专家朱家溍先生家也买了部分房屋，朱先生在此终老。民国时有个出租房子吃租金的房东叫吉勒泰，可能是三公主的五代孙，他的儿子叫铁鸽子（估计是个昵称），就是六代孙了。林勤先生回忆，解放后铁鸽子还有音讯，“文革”后不知去向。所以，今天三公主、僧格林沁这一脉后代便没有踪迹了。如果今人还想探寻这个府邸的遗踪，可以去南锣鼓巷南边的炒豆胡同，其 73、75、77 号在胡同西段北侧，坐北朝南，南北贯通炒豆胡同与板厂胡同，这个范围就是原僧格林沁王府，1986 年被列为东城区文物保护单位，2003 年升级为北京市文物保护单位。

两位公主的生平记录只是在《清史稿》“公主表”里有简单说明，无非就是生卒婚姻、所获封号，都是苍白到没有任何生动气息的直白记录，她们的喜怒哀乐，与额驸关系是否和睦，便不得而知。她们只是悲春叹秋中美好年华里的一缕风，看不到抓不住，无影无踪地飘过。好在发掘陵寝时考古人员看到两位公主都是与额驸同葬，额驸是受委屈的，不能归于祖陵，只得与公主生死相依了。

2018 年 3 月 24 日于万柳

## 作者简介

陆波，女，著名律师，文化学者，专栏作家。

# 海淀三章

马　拉

## 清华、北大和其他

前段时间，北大一百二十周年校庆。我朋友圈北大清华的朋友不少，有位朋友发了一条调侃的文字，内容大致如下：中国有三所大学，我清、隔壁和其他。朋友毕业于清华，隔壁自然是北大，至于其他，就不说了，说了伤心。话虽然是调侃，却也说明北大和清华在中国教育界的地位，泰山北斗一般。我读初中时，一直纠结于考清华还是北大。那会儿，我在一所乡村中学读书，教室外面便是铁路，时常有火车喘着粗气从教室边上经过。一到火车来，老师便得停下来，等火车过去。声音太大了，讲也是没人能听得见的。原谅一个乡村少年的轻狂吧，他觉得北大和清华他应该能任取一所。他成绩还不错，中考全市前三十名吧，发挥得不算好。进了高中他才知道，全市每年能考上清华北大的不过寥寥数人。这梦算是死掉了。高考果然，他没有考上清华北大。读不了清华北大，看看还是可以的。让人意外的是，即使是看，也是二十多年后的事情了。余华老师写过一篇小说《十八岁出门远行》，再加上二十一年，就等于我出门远行的年龄。这个年龄出门，总让人有些羞涩，孩子都有了。我到了“其他”中的人民大学读书。人大离北大不远，我去了。仅就面积而言，北大不大，它小巧精致。北大的故事就不谈了，稍微读过点书的都能讲几个北大的掌故。我想谈谈风物。北京作为首都，建筑胜在雄壮开阔，有庄严的气度，皇家气派使然。走在北大校园，雄壮是谈不上了，多了精致。做学问的地方，也不需要多么雄壮，心境到了自然就好。做学问急不得，适合慢性子，耐得磨。大学里的建筑如果有缓慢的时间感，柔和一些，少些格式的规范，多点历史的积淀，那就更好。北大的建筑是有这股气的。中国古代重文，北京大学虽是近代新式学堂，在初期的理念上，想必依然受到“文”的影响。

老建筑剩下的不多，大略的样子还在，文静雅气，像个读书的地方。我去北大是在初冬，枝叶微黄，有点冷气。由于不是节假日，学校里走动的人不多，偶尔看到有人走过来，尤其是上了年纪的老先生，我总在猜测，这会不会是某位大名鼎鼎的教授。北方缺水，北大有几处水景，这几乎有点奢侈了。人大有个一勺池，我看了有点心疼，太小了。在一个小池塘里，我看到了两对鸳鸯。池塘附近有红色和灰色的房子，不高，低低矮矮地掩藏在树林中。山丘平缓，道路弯曲。在未名湖边，我望着明信片上见过无数次的塔，抽了根烟。湖水清浅，风吹过来时，有细细的波纹。天空高远，我被巨大的敬意所充斥，我知道那种敬意有多么纯粹。人类总有些高尚的德行，那一刻，我的心干净，仿佛重新做回了孩童。去清华是在一两个月后了。背着双肩包的同学告诉我，参观的话，去清华园就够了。他用手指着清华园的方向，想是见多了我这样的旅客。清华和我曾就读的华科有点像，树多又大，建筑布局方正，带着理工科的严谨。那天我是和一个朋友一起去的，她学舞蹈，是个瑜伽老师。她拍了好多照片，我手机都没有电了。那天有点冷，水面结冰了。有位阿姨在洗白果，她的手冻得发红。清华的银杏也不少。和我同去的姑娘脱了外套，只为拍几张照片。在清华园逛了三个小时，我有点累了。姑娘却依然兴致勃勃的样子。她和我讲起，以前她有个朋友在清华，拍了很多照片给她。其中一张上有块石头，上面刻着“厚德载物”。她想找到那块石头，在那里拍张照。找啊找啊，找了好久，我们找到了那块石头，忘了是在哪个学院旁边了，其实离二校门“清华园”那里也近，只是我们走错了方向。给她拍完照片，我想，那个人应该爱过她。我看她的样子，像个傻瓜，她长得甜美。心满意足地拍完照片，她说要把照片发给她弟弟看，他在念初中，他是个聪明的男孩。从那里走出来，经过清华学堂、到了理学院楼群，我停下了脚步，我知道我想要的就在这里。

## 圆明园有什么

圆明园有故事，这个大家都知道。圆明园还有天鹅，这个知道的人怕是就没那么多了。去圆明园的那天，天气不太好，刮了风，细小的黄沙被吹起来，伤人眼睛。我第一次知道圆明园是从历史书上，英法联军火烧圆明园。这种知道带着耻辱和愤怒，那是一个孩子对爱和尊严的启蒙。多年后，我读过雨果的文字："一天，两个强盗走进了圆明园。两个胜利者一起彻底毁灭了圆明园。我们所有教堂的所有珍品加起来也抵不上这座神奇无比、光彩夺目的东方博物馆。多么伟大的功绩！多么丰硕的意外横财！在历史面前，这两个强盗分别叫作法兰西和英格兰。"从这段文字里，我读到了更博大的胸怀，对人类的爱，对文明的爱。去的那天，我穿了件夹克，戴着帽子，帽子上有耐克的标志，美国的品牌，也许产自中国广东的某个省份，上面写着"Made in China"。究竟是不是如此，我没有看，看不看都不重要，重要的是这个符号，它是一个象征。圆明园和我想象的不太一样，我以为它会有高低起伏，会有辽阔和沧桑。它是平的，山丘低矮，不值一提。从景区大门走进去，人们穿着漂亮的衣服，孩子们有着比天空更干净的脸和眼睛。卖糖葫芦的小贩表情悠闲，亭子似的小卖部里，有可乐和汽水。所有人都有着和我一样平静的面孔，我们享受着苦难之后的和平。连柳枝都自在地摇摆，鸟儿在天空飞翔。我看过不少地方的山水，有雄浑的，有秀美的，它们各有姿色，带着山川的光彩。圆明园坦荡无垠，似乎一眼看不到头。它是新的。历史的一页早就翻了过去。我来到圆明园，一百多年变得轻飘虚幻，几近不真实。我还是走到了历史课本上看到的那个地方，它和课本上一模一样，灰白色，壮大而残破，东倒西歪。这个伤痕被围了起来，我只能站在它的边上看着它，拍照，却不能走近抚摸它。大水法的十二生肖头像八个已经回国，蛇鸡狗羊下落不明。它们就像某一段历史，躲进了某个神秘的暗角，让人猜测，却无法知道答案。坐在西洋楼遗址边的一块石头上，那石头和里面的石头有着相近的肤色，但它们又是多么地不一样，一块刻着记忆，一块看尽春风秋月。两块石头，有着完全不同的命运。在那会儿，我想起了历史，看到更多的却是美，这么美的建筑，只留下了残墙断垣，依然美得触目惊心。从那里出来，我像是一个人在荒原上流浪，我从一个地方走到另一个地方，也有柳树和其他的树木，有水，有通往另一处的标记。我在圆明园里散步，像一个失去方向的人，每一个地方我都可以去，没有一个地方我不能到达，这是一种宽泛而没有限制的自由。我想象着，我走过的这个地方可能是古代皇宫的院墙，而另一处可能原本是一栋高楼，它上面有着我们熟悉的颜色。在圆明园全景沙盘里，看到的像是另一个世界，它的壮阔和雄伟让人难以想象。和眼前的这一切相比，前者过于阔大，一百多年时间，世界变了。我终于迷路了。太阳快落下去了，我站在一个陌生的地方，四野空阔，似乎是一个苗圃，路标都消失了。一个中年妇女过来问我，你知道最近的门在哪里吗？我摇了摇头。她看了看四周自言自语道，朝着树木茂盛的地方一直走下去，应该能走出去。她继续往前走，背影越来越小。那会儿，即使四野只有我一个人，我也没有一点慌张。我走到附近的山岭上，有水，有亭台，还是没有人。它太大了，一个人显得如此渺小。等我终于看到做清洁的工人，他们告诉我，你沿着这条路往前走，一直走，等看到别的人你再问。隐隐有了暮色，我再次看到了西洋楼遗址。顺着这条路走出去，我会找到进来的路。我看到了熟悉的杨柳，路边的小卖部，还有人在放风筝。等我走到圆明园外，地铁站近在咫尺，我重新回到了让我心安的世界。

## 玉渊潭的鸟和国博的宝

三月的某天，马亿说玉渊潭的樱花开了，我想去看看。樱花我很久没见了，广东也有，零零碎碎的，不成体统，树也长得细小，柔柔弱弱的样子。这些年，樱花很是受宠，不少地方都种起了樱花。樱花长得慢，对气候也挑剔，难得养好。玉渊潭的樱花据说出名，还有樱花节，想来值得看看。那天起床，看到好天气，天蓝得一无所有。才一个礼拜的工夫，屋外的香椿树上长出了新芽，银杏也有了嫩绿的叶子，小小的一个。从人大去玉渊潭并不远，坐地铁到军博，走几步就到了。人多，成群结队的，多的是老人和孩童，此外便是陪伴的大人，再不就是情侣。和我这样单独一人的，几不可见。有一大片的水，带着春绿，有几蓬睡莲出头了，荷叶还是枯枝败叶待在水里面，不见新的。樱花有一大片，花期略过了，盛开的不多，地上满是雪白和粉红的碎屑。马亿拍的照片我看了，开得茂盛，樱花花期短，鼎盛不过两三天，我来得有点晚了。玉渊潭的樱花成片，植株高大，很有些气势。说起我看过的最漂亮的樱花还是在武汉大学，树大花繁，风一吹过，雪似的落下来。看花的多是年轻人，他们长得那么好看，似乎他们不来看花，花都白开了一样。武大和华科据说是相爱相杀，作为华科人，我爱武大的樱花。樱花长在什么地方？长在树上，姑娘们长在眼睛里。玉渊潭的樱花算是好的了，樱花娇气，能在北京开成这样，很是不易，想来花了不少心血。樱花树下，不少地方围满了人，有人在表演传统的中国曲艺。我还看到有人在跳舞，六十出头的样子。男的牵着女的，跳着我不知道的舞，不是广场舞。我有点羡慕他们，我永远不会在公开场合跳舞。不要说跳舞，站在那里我都觉得难为情。这是我的问题，他们真开心啊。花开得让人欢喜，垂柳更是迷人，真是春雨如酒柳如烟的样子。它垂得那么漂亮，一点也不骄傲，就那么垂着，偶尔摆动一下。垂柳总是对着湖水，柳叶是丹凤眼，湖水那么大，大眼睛爱着无数的小眼睛。湖水是男的。来北京前，我听说过北京的柳树，到了四月，它们是要飘絮的。据说西湖的垂柳也很动人，我想恐怕是因为故事的原因。我记得小时候，垂柳抽出新叶时，孩子们喜欢折下柳条，把皮轻轻一拉，扎成一朵花，拿在手上甩。也有的扎成柳叶的环，戴在头上。很奇怪，每次想起小时候，总是闻到一股气味，土地的，水草的，花和叶子的。我无法精确地描述那种气味，后来我想，这大概是我对世界最初的嗅觉，它是命中的经验，无法解释。下午去的国博，本来可以直接坐地铁到天安门东站，那样近一些，也避免一些烦琐的麻烦。我更喜欢在西单出站，慢慢走过去。经过新华门、一六一中学和对面的北京音乐厅。再往前走，要安检，过了安检就到了天安门，穿过隧道，左手是国博。四楼的青铜器是我喜欢的。后母戊大方鼎在那里，我读书时，它还叫司母戊大方鼎。它挺大的，看起来挺沉。它的四个脚有两个还是三个脚下垫了东西。想起李清源和我逛潘家园时说过的话。他说，古代的工艺不是很发达，温度控制不可能像现在那么精确，所以瓷器脚很难做得那么平，那么稳。这个鼎大约是同样的道理吧。看到了不少课本上见过的东西，比如人面鱼纹彩陶盆还有四羊方尊那些。四羊方尊看起来太新了，太精致了，我怀疑它是假的。问了工作人员，才知道不是假的，只是修复得太多，显得有点假了。看了些古代名画的临摹本，有《洛神赋图》《步辇图》《夜宴图》等。正好有一个展览，展出法国国家造型艺术中心和巴黎国立高等美术学院的藏品。这是我第一次看到法国的油画真迹。有些意外，它和我想象的不太一样。画上的姑娘们有漂亮的乳房和小巧粉嫩的乳头。想起很久很久以前看过的一段话，忘记是谁说的，反正是个作家。他说，他喜欢法国姑娘，她们有着小巧粉嫩的乳头，和拉美的姑娘不一样，大而深沉的乳头显得太粗鲁了。我对这句话印象如此深刻，以致一看到这些画就想起来了。写到这儿发现，我忘了玉渊潭的鸟。那就补充一句，玉渊潭有鸟。铁狮子坟的乌鸦，人大的喜鹊，都是有名的。

## 作者简介

马拉，1978 年生，就读于中国人民大学创造性写作专业。中国作协会员，广东文学院签约作家。在《人民文学》《收获》《十月》《上海文学》等文学期刊发表大量作品，入选国内多种重要选本。主要作品有长篇小说《思南》《金芝》《东柯三录》《未完成的肖像》，中短篇小说集《生与十二月》，诗集《安静的先生》。

# 介寿堂

马 力

我在介寿堂住过一晚。它实际是一个院落，偎在万寿山下，推门可望昆明湖。我原先从长廊上走过多次，却从没留心过它。

同去的是京城几位画家。我先站在院门口独自端详了几眼，青藤绕架，紫薇吐红，半遮半掩着漆红木门，饶有画意，似将院外的风景隔远了。得闹中取静之美的宅堂，如今已不大容易找到。

“介寿堂”三字匾悬在正堂之额（颐和园里有些堂轩的名字不写在门外，让略识路径的人找起来也感觉费力），漆板金书。介，在这里读如“丐”，求也。《诗经》上说的“为此春酒，以介眉寿”，就是这个意思。主人则别有解释，且本诸西太后的圣意。院中长着一棵柏树，直溜溜的躯干在根部忽然劈为两杈，真是毫无道理。这样一株怪柏，不知怎么会被西太后那双老眼瞧出个“介”字来，一张嘴，赋堂名“介寿”。这也算是“御赐”，不可更改。细加推想，松柏之寿久矣，老佛爷出言，似乎也藏有几分巧妙。这棵古柏已活了二百年，老干皴皱如披龙鳞，但长势还颇顽健，挺绿的一片云冠撑上天，犹存生气，看样子，且活着呢。谁人手植，已经没有办法知道了。默立堂前的它仿佛是一尊刻满诠释的碑石。

院景经营得较为得体，甚至可以说有意境。地面砌了方正的灰砖，也留出地方栽植花草。映阶的青青草色看上去很柔。堂的左右各种了木瓜，枝叶间已坠绿色果实，长圆儿，但不能食之，纯供观赏。这种南国之木，在北方不易生长，而在介寿堂却一派葱茏。与木瓜相依的是弱竹（这名字我也是头一回听到），低矮的一丛，虽矮，却不失精神，也纷披弄碧，摇为窗前影。后院尚有海棠两株，经过修剪，枝条绝不疯长，颇有模样。同实生实长的花草松竹谐趣的，是绘于粉墙雕窗之上的古梅、香兰，红绿交映，以色彩胜。

草木之荣得诸自然披泽。主人说此处风水好，有龙之气（在遵化，当地人也指着清东陵背倚的昌瑞山，说同样的话），举身旁的实例，这里的几拨服务员，所生皆为男孩儿。当真，还是意在渲染？一听也就过去了，谁也没有深问。

院子的东南角有一眼井，圆口，水极清亮，静碧如一轮银月。推断水自玉泉山来。颐和园内多有水井，但不少早已干涸晾底儿，封之，唯有这一口水旺若初。据说久喝这水能益寿，寿之几何先不必管，我舀了一小杯，饮之很软，不冰嗓子。这样好的水，大约易于烹煮香茗。

院分两进，皆正堂两厢结构，由回廊连接前后两大块。厅堂的布置，原先是什么样子，现在估计也没有大变。桌椅背靠中堂，质料自然是极有讲究的红木，且嵌饰大理石面上去，图案天然，自成图画，所题“寒林晚霭”“寒谷烟岚”一类文字，多冷峭气。这使我想起滇西大理城中摆满街头的各色石玩。我疑心这里琴桌条案椅背上的装饰石画，悉出自苍山洱海一带。此室宜悬旧字画，宜陈古瓷瓶，宜置笔墨砚，宜焚芝兰之香，雅意才足，足到十分，才适于调养性情，于品饮盖碗茶时效竹林闲叟坐而论古。我最看好那幅《铁骝图》，工笔马，配以松荫下的牧者，风格摹宋人笔意，绘于绢帛上，精心做旧，挂在古典韵味的厅堂里，很合适。窗外一庭碧色，自是新绿来映衬古香。

室内依原样摆放了几把沙发，用时兴的眼光看，它们的样子已经很古旧了，却没有脱榫走形，坐上去还感觉很牢靠。虽不如何柔软，弹性似乎也差，但是制作却绝不马虎，精镂花纹，坐垫靠背上的黄色绸缎，都用金线绣出好些个“寿”字。凿进去的小钉，皆为镏金。这在当初和现代，都应被视为珍品，珍在附于其上的那一点古雅。

依我来看，介寿堂的妙处不在寤寐，却在独享夜园之静，古典的静。多少年，我对于颐和园的所得尽为白日里的闹热，夜之风景这次还是头一遭领略。我们踏着晃动的树影沿湖岸走，走得很随便，很舒心，脑子里什么也不去想，单纯得如同没有了内容，只顾在明暗的夜色中望，长望若醉。这一晚的月亮很圆，月边飘几缕云，略含美人之羞。月下的湖面，浮闪粼光，十七孔桥和龙王庙淡去了，仿佛遥远的岛屿。玉泉山的塔影早在暮色中远逝，化在苍茫里。佛香阁如一尊古佛，于浓墨般的林影间静憩。知春亭在水的微光里尚依稀显轮廓，风中柳轻曳，望之隐约一片。万木之中，独烟柳绝胜，我似乎体验到了一点意境。

我们一直遛到后山，才披着月光朝回转。其实，我是极想再去走夜之西堤的。睡意尚无，又在院中的月色下久伫，感受着湖风的清凉。圆月朝碧天深处升去，高悬湖空。古松浸在星月洒下的水一般的柔波里，松针隐隐发亮。连理之枝，浓可交荫，自然又大有联想。眼前景色可比苏东坡之于承天寺夜游之境，但我却写不出他那种精美的文字。他说“江山风月，本无常主，闲者便是主人”，人景自亲。迁谪飘零，难得他还有这样好的心境。

那几位画家同我一样不倦，在厅堂内相聚笑，介寿堂为之不夜。无端地觉得，这样皎好的月夜，应该有如歌的丝弦相伴。

黎明之风中的鸟鸣从山的深绿处传来，类于布谷之音。至户外闲眺。湖水在晨光里皱起微痕，流一片浅碧。撑船人执一根细长竹篙轻弄清漪，自远而近，拖一湾淡淡鳞波。遛早的翁叟从长林那边踏雾而来，伸腿甩臂，舒松筋骨，活泼着不老的心。福海（昆明湖的别称）映着寿山之绿，绿得无法望穿，却掩不尽楼脊阁檐的一片金琉璃。从这翠碧深处倏忽就会送来吊嗓者清亮的声响，音拖得很长，不伴以丝竹弦板也能风流。山水清音协宫商律吕，口中腔曲便这样一代代在票友间传唱。斯人唱歌兼唱情，精神也就如山之寿。

# 水木清华

马　力

过了中关村，未名塔就看得见了，青灰的影子披着湖光从燕园深处闪出来，在城市的天底下显出特别的样子，叫我想到“晴岚，乱峰似玉龛。看一片白云锁翠岩”的旧曲上去了。宗璞有一篇散文写到未名湖的风景，是留给燕园的好笔墨。这里斜对着的，就是清华大学。立在丁字路口的石坊式的校门，冲着圆明园，街上的车可以往里开，有一点随便。进出的人里，有学生，也有来逛景的。清华成了一个大公园。

秋深，清华园的水塘里，碧荷已残了，水面上，鲜活的气息已透不出一丝半缕。坡上的亭子在晨光中显出它的孤峭影子，少了茂绿丛树映衬的它，像是受了冷落，只有对着空阔的苍天叹息了。虽然荷塘此时无花，只留一片挂着半枯黄叶的细茎在那里无处可去，而在初披着柳影池波的我这里，心上浮着的感觉还是新鲜的。

听课的地方是一幢小楼，临着近春园遗址。近春园过去的繁盛早被英法联军劫掠得兵火焚尽（碑上数行记往的文字间尚留着模糊的史影），秃秃地剩下环着一汪水的土阜，像一个岛。白石拱桥的一端伸过去，可以踱到上面，一脚把沉眠的历史踏醒。桥边的芦苇黄了，尖梢染白，却还抬起头，不甘生命的衰朽。芦叶在水面漂了一层，竹丛却还留着一些绿意，半黄的是垂在岸边的眠柳。栽了一些树：山楂、紫荆、油松、玉兰、鹅掌楸。许是岛上散遗的刻着花纹的残额断础把心压得太重，铭证般地嵌入灵魂，屈辱的火又要在溯想中复燃起来，就要请来树和花，让自然的红翠给受过难的旧园添些生气。

目光闲缓地放出去，收拢着暮秋衰颓的光景。临漪榭的木栏上坐了几个享闲的老人，神情被一池静水映得愈显柔和了。题着“荷塘月色”横匾的那座小小亭子上，也有两三歇息的人，眼睛里的光落在从水面伸出的挂着白絮的芦苇上，和那片闪闪的金色融在一处了。转眼看，假山前平铺的一片浅草，绿色倒还养眼呢，略略感着些园林气味。

看风景的还有吴晗。这位清华学人是以雕像的面目静伫在近春园的绿丛中的。双臂抱在胸前，仿佛在讲史。吴浦星是吴晗先生的妹妹，我调到旅游报社时，她刚从领导的任上退位。我端详石像片时，想从容貌上看出他们兄妹一点相像的地方。

从这里往东去，又遇着一片塘，“水木清华”这个晋人传下的成语题在临波筑起的平屋的匾上。两侧柱上题着殷兆镛“槛外山光历春夏秋冬万千变幻皆非凡境，窗中云影任东西南北去来澹荡洵是仙居”的联语。青瓦檐的后面，刺桂、侧柏、西府海棠、君迁子的柔韧枝条正探出工字厅后院灰色的砖墙，静静地弯垂在天底下，和池畔的杂树一起，将薄荫遮在水上。春日里，慕“清华园之菊”盛名的朱自清，曾经一天三四趟到堂前花下徘徊，他有一节字句说：“我爱繁花老干的杏，临风婀娜的小红桃，贴梗累累如珠的紫荆；但最恋恋的是西府海棠。海棠的花繁得好，也淡得好；艳极了，却没有一丝荡意。疏疏的高干子，英气隐隐逼人。可惜没有趁月色看过。”水光浮上深黄浅绿的叶片，让我感到宁帖。我是寻到了清华园的根吗？把校园建在风景里，世间能有几家？这大约也是我要对清华偏一分心的理由。不消说它的学问，只这满坡的竹树、绕岸的芦苇、旧式的亭阁，就全是东方的、古典的。学子诵读于此，受教之益暂不去说，心神先已醉了。

朱自清石像在岸边，风神宛然。先生坐眺一池着了寒的秋水，四时之景的变化不改他安静的容颜。朱先生《细雨》：“东风里，掠过我脸边，星呀星的细雨，是春天的绒毛呢。”宗璞说未名湖“比清华的荷花池大多了。要不然怎么一个叫池，一个叫湖呢”。可是这水面不广的池，是和朱先生的《荷塘月色》连着的呀，篇中有“浓浓的颜色、清清的音响”在，谁又能把它的幽韵看浅了呢？清华人的心上，终年不离荷似的。到了春暖的日子，岸畔柳色鲜翠，绵绵的雨丝从枝叶间落了满池，也拂上他的颊，如见先生在风里舒心地笑着。一个江南人，进了这北国的天地，情也水似的柔。自清亭是为他而建的，斜斜地在池水的东面对着他。有个女学生坐在亭前一块平石上埋头看书，又抬眼朝漾动的微波凝视。小月河（一个在岸柳下遛狗的男人说，就叫校河）西岸。有一溜灰砖平屋。那一晚，夜月皎好，朱先生许是从这里踱步出来，走过雕着简单线纹的白石河栏，肩头满披着银霜般的月光到塘畔沐起清凉荷风的吧。我又怎能说得准？有一回，我从荷园餐厅出来，转悠到被“奠居”之主吴宓称作“藤影荷声之馆”的古月堂前。门闭着，更显出小院的幽静。后来知道梁启超、朱自清也在这里住过。《荷塘月色》盈动的静美之气，似乎只有在这种宁谧的地方才能捉到纸面上。

自清亭北面的坡头，孪生似的立着闻亭。还消说吗，它是因闻一多而在的。亭内悬钟无声，待发的颤音像哽在喉头的诗。青铜的钟身，刻上去的不外“皇图永固，帝道遐昌”一类祝颂的言辞。没有稽古癖的我，也要追它的源头，细看，是明嘉靖三十六年的钟！顺着石阶下到坡底，就到了闻先生的像前。朱自清像用汉白玉雕成，质感的细润仿佛应对着他清丽的文风。闻先生的这一尊，却是在一块赭石色的花岗岩落下錾凿的，况且刻痕的粗犷，直似从汉魏石雕那里来，和闻先生沉毅的性格融和到一处了。《清华周刊》上印着的闻先生的那些诗，勃勃的意气镌在他的目光里。我记牢了写在他笔下的“你可听见枝头颂春的梅花雀？朋友们，请你也揩干眼泪，和我高歌”这几句。

曾有梁思成在的清华园，建筑小品的好，还用我赘言吗？

遵课时的安排，我每近月末才来清华听课。待到又进了它的门，塘里的荷残得更深了，枯枯的一片，最后一丝生气也叫寒意收去。不待咏出伤荷的句子，“蒹葭苍苍”的古诗已催愁了心。初冬落下的碎叶，黄透了。未及挂雪的寒枝瑟缩在冷空里。可我以为，此季恰逢着故都最有意味的时节。只观物候，经了春的蓬勃、夏的热烈，一切都归于消歇了，也愈能体会不加外饰的真。旧京滋味怕只有到了这个时候才见深浓。课余，我又越过石桥，到荷塘去，就像迎着干燥的秋风独自往清冷的胡同深处走。堤径泻落树丛花花的碎斑，我踩着一大片影子走。冬至刚临了两日，塘里的冰冻实了几分。正午的太阳照下，反出光来。濒池的平台上，一块竖石上刻着“观荷台”，阳光移到这三个字上，诱着人非要在凳上坐歇。这石台不比子陵钓台高峭，浮想起朱自清先师临水的风姿，一样感受。

那桐，做过体仁阁大学士，他在宣统年间题额的二校门，是一座白石牌坊，成了校中的名景。后面衬着大礼堂前一片平阔的草坪，到了冬天，绿意也不肯消尽。望着草色，人会感到年轻。

园内多刻石，有些是校友捐赠的。“清华学堂”前的白石上所镌“自强不息，厚德载物”八字，是上世纪初叶梁启超在这里演讲时从《周易》中引述的。古训一经维新故人重提，清华的校训便是它了。西南联大纪念碑题下的是这几行字：“西山苍苍，南国荡荡，联合隽彦，大学泱泱”。气魄是大的。我生年也晚，没有赶上那个时候。去昆明，曾从西南联大旧址过身，便是在抗战的日子，八年间，这里还培养出学子三千。我生逢“文革”，无校可进，无书可读，至少对个人，可谓兹事体大，遑论国家。到了容颜衰皱的老年，抱憾的心仍在。可惜一切都晚了。在无法移易的个人史面前，只能一叹，再叹，三叹。

凝眸荷塘，我想起昆明的翠湖。

进了几次清华园，心上是漾着一片碧漪了。诸先师皆远远行去，只留下淡淡的背影。我只有谨遵前哲教诲，“见人嘉言善行，则敬慕而记录之”。梅贻琦曰：“大学者非有大楼之谓也，乃有大师之谓也。”这位清华校长的话，讲过去一个甲子了。

2006年1月26日

此文发表数日，我又回清华听课。仍是午饭后，闲踱到大操场西侧，小阜缓起，其前苍柏蒙茏，暗绿树影里有碑立焉。近睹刻字，不免一惊，却是“海宁王静安先生纪念碑”。立即就肃然了。抄录碑阴铭文：

海宁王先生自沉后二年，清华研究院同人咸怀思不能自已。其弟子受先生之陶冶煦育者有年，尤思有以永其念。佥曰，宜铭之贞珉，以昭示于无竟，因以刻石之辞命寅恪，数辞不获已，谨举先生之志事，以普告天下后世。其词曰：士之读书治学，盖将以脱心志于俗谛之桎梏，真理因得以发扬。思想而不自由，毋宁死耳。斯古今仁圣所同殉之精义，夫岂庸鄙之敢望。先生以一死见其独立自由之意志，非所论于一人之恩怨，一姓之兴亡。呜呼！树兹石于讲舍，系哀思而不忘。表哲人之奇节，诉真宰之茫茫。来世不可知者也，先生之著述，或有时而不章，先生之学说，或有时而可商。惟此独立之精神，自由之思想，历千万祀，与天壤而同久，共三光而永光。

义宁陈寅恪撰文　闽县林志钧书丹　鄞县马衡篆额

新会梁思成拟式　武进刘南策监工　北平李桂藻刻石

中华民国十八年六月三日二周年忌日

国立清华大学研究院师生敬立

陈氏碑文，与先师同一骨格。

我记起他在庐山花木深处的墓，黄永玉亲书在碑上的，还是那十个字：“独立之精神，自由之思想”。

2006年2月27日补记

## 作者简介

马力，1983年毕业于北京教育学院中文系。1969年赴黑龙江生产建设兵团四十三团参加工作，后历任北京第一五九中学教师，《中国旅游报》副刊部主任，主任编辑。1983年开始发表作品。1992年加入中国作家协会。散文《心中的街》获1989年首都产业报刊作品评比二等奖，《殉坑·古剑·寺塔》获1991年“百家”散文大赛优秀作品奖，《星湖心影》获2000年中国记者肇庆行征文一等奖，《凤凰》获第八届中国新闻奖报纸副刊作品复评暨2000年全国报纸副刊作品年赛评选银奖；散文诗《咪鲁依》获1993年繁荣杯世界散文诗大奖赛二等奖，《前门大栅栏》获2001年百首旅游散文诗评选二等奖；小说《电梯》获《北京晚报》“生活一页”征文优秀奖，特写《红·绿·蓝——多彩的奥运光影》获“澳大利亚——我们的体育生活”征文一等奖；文学评论《中国现代风景散文探美》获1999年全国报纸副刊作品年赛优秀奖等。

# 阳光照到星期八（外一篇）

宁新路

这个公园，也许是这个都市最小的一个园子了。说是公园，不如说它是个简易活动场，没有设施，只是围了墙，建了塘，栽了柳，植了草，就称为公园了。最早，这园没名字，很少有人光顾。后来，不知谁为它起了个响亮的名字——阳光星期八。也许是这园名有一种温暖、吉祥的“牵引力”吧，这园子自从挂起这个亮丽的名字，便来人多了起来，有时候还会显得有点拥挤呢。

阳光星期八，北京海淀区一个灿烂名称的园子。这个绝好的名字是谁想出来的？我问管理园子的老翁，这么个没景色的园子，为何叫“阳光星期八”？一周只有七天，哪有个星期八呀？老翁有点不高兴地说，过了星期日的那一天，不就是星期八吗！我故意辩解道，那一天分明是星期一，怎么就成了星期八了？老翁显得生气地说，你这人咋没有点浪漫的情怀和诗意的脑筋呢！阳光星期八，是寓意，兆示阳光日日有，生活天天都灿烂嘛。也就是说这个园子，不仅今天有阳光，而且明天也有阳光，天天会有阳光……这个老翁不简单，他哪里是管理园子的园丁，简直是个诗人。

其实，这园子由冷清到热闹，并不因这亮丽的园名有多大诱惑力，而正是由于这位花匠老翁的美的创造，才使一个普通园子不寻常起来。

老翁有诗意般的想象，也很会创造美。这园子虽小，虽没奇景异彩，但老翁选种的松柏、垂柳，风景树都很精致，草坪种得很浓厚，花儿侍弄得很艳丽。我每次走进园子，看他都在不停地打理、修剪园里的树草花，园里总是飘散着青草、树木被修剪后吐出的香甜味。老翁的手很巧，巧得有点独具匠心，使得这园里的树木花草虽普通，却有了一种创意之美、艺术之美、精巧之美。这个平常无奇的园子，如若没有老翁这双勤劳的手、艺术的手施美，想必就算有再好的取名，也不至于让很多人注意吧。

我对这园子和老翁，有了一种亲切和好感。这灿烂的名字让我心动，这普通中的精巧之美在吸引我。休息日，我时常放弃去其他地方消闲的念头，喜欢到这个园子里坐坐，散步，读书，感到这园里的阳光柔情明媚，空气沁人心肺。这被诗意化了的园子和花草树木，成了更多普通人的精神归宿。每天从早到晚，园子里聚集了一拨又一拨中老年人，他们有的来这里唱歌，有的练弹奏，有的练武，有的练书法，有的休息散步。休闲的人中甚至还有不少坐着轮椅的病人、老人，他们在花旁、树下沐浴阳光，读书聊天，脸上都洋溢着笑容。人们喜欢这园子，是因为人们去处太少，还是它的取名富有魅力，或景色迷人？在我来说，它让我越来越喜欢的原因，是这园子里普通的树木花草经过老翁的手，有了一种昂然美、色彩美、造型美，是这朴素的美在吸引我。这也许是更多的人同我一样喜欢这个园子的原因吧。

管园的老翁，每天乐呵呵的，如同辛勤的蜜蜂一样，不停地修啊剪啊，浑身是劲，一脸的阳光。老翁把一个其貌不扬的园子，经营成了一个有色彩、有诗意的花园，是他给我们创造了一个美的园地。我的目光，充满对他的敬意和感激。有一次，我对老翁说，你是个作家、诗人，还是个画家、艺术家呢？你把极普通的景物塑成美的组合、美的艺术，实在了不起。他说，这些“家”都与我不沾边，我只是个退休美术教师。我喜欢园林设计，我喜欢通过普通的树、普通的花、普通的泥土，表达一种事物的美、景色的美。你注意过没有，我们生活中最美的东西，大多是那些最普通的事物展现的，那些最普通的事物的美，才是让人能够满怀信心生活的阳光。每个人都可以创造这样的美，只要你有心去创造，你会感到在普通中创造出的美是很有趣味的。我已经“打理”过十多个园子了，我把我的美的发现、美的想象、美的构思，通过树木花草表现出来，展现给大地，呈现给人们，让人们徜徉在这普通美中，这是一种乐趣……我说，您是一个阳光的使者呢。老翁说，我只是个花匠。

老翁在普通中创造着明天的景色阳光。我每当想到那园子，想到那老翁，心里便暖暖的。阳光星期八，我非常喜爱这个园名，也渴望星期八的阳光。我知道，星期八的阳光一定很灿烂。

# 独舞者

宁新路

在这露天交际舞场上，在成双成对中老年舞者中，有一个独舞者，随着美妙的乐曲，兴高采烈地独舞，舞得有点自我陶醉。独舞者是个七十多岁的老人，在北京海淀区阳光星期八公园常年跳舞的老人。在跳舞的人群中，他昂着头，腰板挺得笔直笔直的，踩着音乐的节奏，双臂端着一个与舞伴相拥的文雅姿势，不论快慢舞曲，集中了全身的精气神，始终走着一种介于慢四和探戈的舞步，一副朝气蓬勃和憧憬美好的样子。这个老人在这里已独舞好几年了，好像八年前从这公园建起来，有了这露天舞场他就在这独舞了，几乎每天晚上都来，而且是从第一个舞曲起，到十点多最后一个舞曲终，大多曲子他都在舞，似乎越舞越精神，越舞越乐和。

人们在笑话他，他没有舞伴，却端着个彬彬有礼的架势，却舞得执着而热情，却一曲又一曲舞得乐不可支。他是在跟一个虚拟、无影的舞伴跳舞。他好像不在乎别人怎么讥笑他，他跳他的，而且从不改变他的舞姿和舞的热情。这舞者是谁？他为什么白天晚上走这种一样的舞步？很显然，这舞者是位失去老伴的老人，更是个没有亲人陪伴的单身老人。他那一成不变的舞姿，也许是往日他同所爱的人经常舞的一种步子吧。这让我注意起他来。

舞，成了他每天的快乐时光和精神支柱，也让他的身体历练得像年轻人一样，精神抖擞。我为老人而高兴，也为老人而庆幸，他是多么有毅力的一个老人啊，也幸亏他迷上了舞，在没有人陪伴的孤独中，几乎风雨无阻地不放过每一天的舞。他的每个夜晚，过得是多么快乐、充实啊，这个乐呵呵的老头。

偶尔也有年老的女人与他共舞一曲，好像这是别人给他的恩赐，他总是表现出一种感恩的神情，不仅特别高兴，而且会舞得特别聚精会神。可惜，不知为什么，他很难得到固定的舞伴，也很少有人与他共舞。是嫌他老了吗，是嫌他跳得不好吗，还是嫌他什么？也许是他不乐意邀请别人，或者这露天舞场不同于室内舞场，不兴与陌生人跳舞？唉，这可怜的老人。

我每当散步到此，看到这个独舞的老人，既有种快慰的感觉，也有种悲哀的伤感。人从一出生，由妈妈呵护陪伴，由兄弟姐妹等亲人陪伴，人老了，疼爱自己的母亲永远地走了，相爱的人也永远走了，身边的亲人和伙伴们有的走了，有的在忙着，很难有人再陪伴自己了，不知从何时起，自己就变成了一个独居者、独行者、独舞者，而且还要独到人生的最后。人生的路，真是一条越走越孤单、越走越孤寂的小道啊。在这小道上越往前走，亲人、熟人越少，陌生人越多，孤独是避也避不开的幽灵。

今晚月亮皎洁如银，却寒风凛冽，来这露天舞场舞的人寥寥无几。而在这仅有的几对舞者中，就有那位独舞的老人。他舞的劲头虽然没有前几日高，但仍然一曲不落地在风中跳舞。寒风把他那稀疏的头发吹得摇摆飘荡，把衣襟掀得老高，风如刀刮般难受，但他仍然在打起精神坚持跳舞。这寒冷的夜晚，对一个老人来说，可能更加孤寂了，他显然宁可忍受酷寒，也不放过这夜晚跳舞的机会，也不愿忍受夜晚的寂寞，也不放弃让自己运动的机会。

有位年过六十的大姐说，人过这个年龄，就好像生命呈倒计时，很快到终点了的感觉。倒计时的规律是对的，但感觉需要调整。你知道你会活多少岁吗？也许你会活到一百岁。如果是活到九十多岁，你才是人过中年，你还有三十多年的时光，着急什么！不管是否能活到九十多岁，或更长，那都得朝这个目标努力。需要做出每一天的努力，像这位独舞的老人，每天风雨无阻地努力。用一种有益的生活方式，去驱逐寂寞和孤独，这也许是一个人走向晚年的最佳选择，也是期望长寿的途径吧。

## 作者简介

宁新路，小说家、散文家。《财政文学》主编，中国作家协会会员、中国散文学会副秘书长。著有小说、散文作品十二部。著有长篇小说《财政局长》，发表数百篇中短篇小说。著有散文作品十一部：《别把阳光浪费了》《近处的风景》《人在西阳里》《朝着阳光走去》《空白一片》《阳光照到星期八》《来去无尘》《会笑的云》《相思树》《熟悉的陌生人》。长篇散文获第26届中国新闻奖一等奖、第五届“中国散文冰心奖”、第二届孙犁散文奖大赛一等奖、第二届中国报人散文奖等数十项文学作品奖。2014年获财政部“五一劳动奖章”。

# 海淀一瞥

邱华栋

## 海淀硅谷：中关村西区

我最近有一次在海淀中关村西区那些漂亮的新建筑群里面迷了路，怎么也抵达不了新浪网所在的大厦，最后跑到南边很远的地方花了四十分钟才掉头回来。

海淀中关村一带，号称中国的“硅谷”，四十年过去了，这里卖电脑的商店的确比餐厅还多，它的街景就是一家接一家的电脑公司和各类高科技公司的招牌，令人眼花缭乱。有人曾经惊呼什么“知识经济”时代来临了。所谓“知识经济”，也就是继农业社会、工业社会之后，在信息社会中的经济运作的主体方式，即钱生钱是由新知识主导的，而不是工业大机器生产和人的体力劳动。知识经济就是大脑经济，脑子一转，钱就应运而生。

中关村就是知识经济的代名词。那里密布着几十所国内重要的大学，中国科学院也在其中，可以称得上北京乃至全国的知识智慧库。不过，北京的知识产业化工作做得不算特好，南方如广州、深圳、珠海的一些公司就密切地注意着中国“硅谷”中关村的科技动向，一有风吹草动，马上北上出重金，诱以重利，将科技成果在南方落脚，生根开花，大赚其钱。二十多年前，北京的经济运作还在计划经济与市场经济体制之间的地方徘徊，高科技产业的当地化工作做得并不好，很多高科技成果都从北京流失了。当然，眼下由于北京人才济济，加之又是信息中心、教育科研中心，它的高科技产业始终是领先的。

为了确保这种领先，海淀区正式着手规划了一平方公里的“中关村西区”建设计划。这个计划是在现在的海淀新技术开发实验管委会所在地，也就是中关村的西部，北京大学的南面，兴建一批现代化的智慧型写字楼，用以吸引世界重要的以高科技为先导的跨国公司驻扎，2007年建成。虽然我在中关村西区迷路了，但是我想，“中关村西区”的计划实施是重要的，这里崛起的成片新的以高科技研究开发与生产的商务区，的确将让很多知识分子和小知识分子如鱼得水。

在“中关村西区”的对面，就是中国科学院，由于白颐路的扩建，打通了通向海淀北部的上地技术开发区。这里的交通环境大为改善，这一区域的街景正在日益现代化、明亮化。在四通桥东南角兴建的标志性建筑群北京科技会展中心，是海淀区的标志之一。它的主楼32层、130米高，加上酒店式公寓、蝶式公寓和会展中心，形成了这一地区科技的国际化交流的特征。欲求一地区的发展，先要建设硬件。中关村西区可以说正是这一地区硬件建设。从北京科技会展中心沿着海淀路向北，一路已有当代商场、燕山大酒店、中科大厦、联想、四通集团大厦等商业和科技大厦，中关村西区的建设将更集中、更具现代感。

我印象里面，过去白颐路——也就是如今的中关村大街上，有两排非常高大的遮天蔽日的大杨树，由于这条路被改造成了三上三下的城市主干道，把这些大杨树砍了。为此，当时很多市民都惋惜不止，并向有关部门提出了抗议，我当时也采访了专家，结果，专家说那种杨树的生长周期一般是三十年，实际上那些大杨树已到了该换新树的时候了。现在，沿白颐路一线已种上了银杏树这种名贵树种，靠人行道又种了一排大杨树苗，可是我感觉怎么老长不起来，到了夏天，一点树荫都没有。所以，我就是不爱去中关村，那里交通拥挤，又没有多少树，糟糕透了。但是过些年，这里的高科技产业也会像这些树苗一样，变得枝繁叶茂。虽然环保问题要听专家的，搞经济建设也要听专家的，在知识经济时代，把“中国硅谷”建起来才是知识经济化的必由之路。但是这路边，也应该尽快有点儿树荫啊。

## 海淀的大学区与科学城

大学刚毕业来到北京工作，我时常感到寂寞，就经常不远万里——这是形容我坐公交车的感觉，来到北京大学找我读研究生的同学解闷儿。所以，我很喜欢在那里的各个大学校园里面来回窜。一些流浪诗人、流浪艺术家也喜欢在那里乱窜，在大学食堂吃饭，在附近租房子，找女朋友结识男朋友。所以，我印象里，在地图上，很多大学都是一个连一个的，非常密集地成片连起来了。

北京的大学区，主要分布在北京的西北部海淀区内。北京市的七十多所大学，有一半都在海淀区中关村的东西南北四个方向的延伸地带，尤其是最重要的大学，如北京大学、清华大学、中国人民大学、北京师范大学、北京航空航天大学、中央民族大学、北京理工大学、中国林业大学、中国农业大学、北京语言大学等大学，形成了二十平方公里左右的核心大学区。教育力也是生产力，是一个城市的虚拟能量，它将持续地为一座城市提供知识与智力资源。在每十万人拥有大专以上文凭的比例中，北京为全国城市最高，达到30%，也就是说，北京有四百五十多万的大专以上文凭持有者。比上海的三百万、武汉的一百万人要多，这显示了这座城市文化教育力的强大。不仅如此，2009年的数字是，在国外学成回国的四十万名留学生中，有十六万人都留在了北京，八万人在上海，在深圳市只有一万人。北京目前七十多所大学的在校生总数有一百多万人，每年留在北京的大学毕业生人数超过十万人，北京的人才优势就是这样一年年累加起来的，从而成了全国教育力最强的城市。

在城市的布局中，大学区相对集中是必要的，大学作为教育场所，要求离闹市区远一些，要安静，利于读书。北大、清华都有一个多世纪的历史。对于城市来说，大学区现在多少有点儿像世外桃源，虽然越来越商业化的城市对大学的渗透已是无孔不入，但每一次走进北京任何一所大学的校园，我的心不禁就安静了下来，那种城市内部的躁动与喧嚣便渐渐从身上退去。而且，北京市还专门开辟了一条暑期大学旅游专线，这条旅游线是借大学生暑期放假，让来北京的游客按固定线路参观访问北大、清华两所国家顶尖大学。线路包括游北大未名湖、参观校舍、清华园、荷塘、圆明园等，把神秘而又清洁的大学向一般游人开放，让一般游客可以一睹两所名校的风采。大学校园在今天的城市中，校园环境大都按园林化的规划在建设。把大学园林化，是非常好的一种努力。因为学习知识的环境必须要安静幽雅，学生才可以在最利于学习的年龄打好基础，以期将来在社会上拼得一席位置。由于大学区的大学众多，如果每一所大学都将学校园林化、花园化，那么整个大学区的环境将会非常好，可以称得上一座花园连着一座花园了。

不过，给我印象最深的大学校园，还是现在的北师大分校、位于北京西城区老城区内的老辅仁大学旧址。这所建于新中国成立前的老大学是一座城墙式的小古堡建筑，它有一个小的后花园，亭台楼榭，假山青竹，非常幽静。那里每年有部分北师大刚入学的学生在学习和生活，我常常一个人躺到它的后花园一棵一个人抱不过来的百年槐树下看天，恍惚然间自己仿佛已是一个三四十年代的辅仁大学学生。有一次，我还在那里看见姜文在拍他的《阳光灿烂的日子》，一帮小孩儿在不远处的屋顶上飞跑。

中国科学院在中关村的核心地区，它的马路西边，就是已建成的“硅谷”商务区——中关村西区。中国科学院的主体建筑是临街的一百米高的中科大厦，向东则是它的研究、管理和住宅区。我看过在中国科学院所在地基础上兴建中国科学城的规划，它要把现在的中科院所在地建成世界一流的国家科学院总部的管理、科研、产业化和居住中心，主楼是百米高的中国科学院双扇门蝶形建筑，极具现代感，并将中科院所在的中关村科学城建成智能化、科技化、生态化、现代化的城中之城，区中之区。

大学区的园林化和作为国家智囊中的中国科学城现代化改造，是北京这座城市正在进行的努力。一个国家、一座城市的生命力全部寄托在这个国家和民族的教育和科技水平上，因而，“科技兴国”的体现不仅将表现在知识产业化和知识的价格上涨，还应表现在大学区和科学城的精心建设上。即使我在那里迷路了，我还是愿意去那里看看电脑和各种电子产品的价格的新变化。

## 作者简介

邱华栋，1969年生于新疆昌吉市，祖籍河南西峡县。十六岁开始发表作品，十八岁出版第一部小说集，被武汉大学中文系破格录取。1992年大学毕业，曾任《中华工商时报》文化版副主编、《青年文学》杂志主编、《人民文学》杂志副主编，现任中国作家协会书记处书记、鲁迅文学院常务副院长。

文学博士，研究员。主要作品有：长篇小说《夜晚的诺言》《白昼的躁动》《正午的供词》等，诗集《从水到火》《花朵与岩石》《世间最美的情诗》等。另有中短篇小说集、电影和建筑研究文集、文学评论集、散文随笔集等数十部。荣获庄重文文学奖、《上海文学》小说奖、《山花》小说奖、北京老舍长篇小说奖提名奖等奖项。多部作品被翻译成日、韩、俄、英、德、意、法等文字发表和出版。

# 海淀往事

石钟山

## 颐和园

1985年，我在东北某航空兵部队当排长。连队里有一个班长，他的弟弟因感情问题上吊自杀了，连队派我去这位班长家了解情况。这位班长老家在河北邯郸，在北京要换一次车，去时转车很顺利，两个小时后，便乘上了开往邯郸的火车。

回来时是一早到的北京，开往东北的火车是晚上。第一次到北京，我想无论如何要去北京的景点转转。

颐和园在我的印象里很著名，甚至超过了故宫、八达岭，我也搞不清这种印象从何而来。

北京站对面马路边上停着几辆中巴车，有几个司机撩起衣服，一边擦汗一边吆喝着：颐和园，每人五块。

一个中巴停在最前面，有几个和我一样的外地人正往车上上，我也走过去。司机三十出头的样子，圆脸，手里托着一个泡着花茶的玻璃杯，北京小哥一边吆喝一边指挥着人们上车，他的样子兴高采烈。人上得差不多了，北京小哥也上车了，把茶杯夹在两腿间，打火，车开了。

车一直向西。第一次来北京，分不清东南西北，我的判断完全依据太阳升起的地方。北京小哥背对着太阳开。那会儿北京大街上车还不多，出了长安街，路上还坑坑洼洼的，北京小哥就一路颠簸着载着我们向颐和园方向开去。我记得车票是五元一位，上车前北京小哥就收了钱。

这辆中巴车似乎患了哮喘病，不停地咳嗽着，嘶着嗓子一路开过去。

记得开到一个河边，再往前走就是颐和园了，车突然停下了。我看见车头冒出一缕蒸汽，热气蒸腾的样子，北京小哥咒了句，下了车。机器盖子掀开了，一股更浓烈的热气扑面而来。小哥捣鼓一会儿回来冲我们说：开锅了。

小哥对这一带似乎很熟，他转过身子冲我们说：前面就是蓝靛厂，我有个哥们儿在这儿，咱们到那里加点水，转个弯就到颐和园南门了。

小哥见我们犹豫和为难又道：这么着，我给你们每人退一块钱，算是补偿。不等我们同意，小哥过来，给每人手里塞了一块钱。事已至此我们只能听他的摆布了。

车开不成了，我们只好下车去推，歇了几次，又推了几程，车就停在那个叫蓝靛厂的地方。街边马路旁，有几栋红色的楼房，还有一个厂房似的建筑。

小哥就往那几栋楼跑去，我发现除了红砖楼房之外，其他地方都是庄稼地，正值盛夏，周围的庄稼正长得枝繁叶茂。

不一会儿，北京小哥从楼群里提出一桶水来，歪着身子急火火地向车这里走来，他身后跟着他的那个朋友。朋友也三十多岁的样子，趿一双拖鞋，嘴里叼着烟。北京小哥往车里加水，小哥的朋友坏笑地看着我们。

车终于加上水，小哥把水桶递给他朋友道：谢谢了哥们儿。小哥的朋友把烟头弹到路边的地上，很潇洒的样子。

车昂扬着再次打着了火，便一路开去。果然，没走多久，就到了颐和园的南门。

那一次，我不仅记住了颐和园的模样，还记住了蓝靛厂的名字。北京小哥给我们解释说：这地方是给宫里人染布的地方。当然，不仅给皇宫里染布，新中国成立后，又给老百姓染了许多年的布。在 1985 年，我不知道蓝靛厂是否还染布了。

二十年后，我居然搬到了蓝靛厂，此时这里被开发商开发了一个叫世纪城的地方。到处楼房林立，早已见不到昔日的庄稼地了。只有蓝靛厂这个地名还在，记录着一段历史。

现在我经常会散步，沿着运河边走到颐和园的南门。时常想起第一次来颐和园的情形。当年拍的几张照片已经遗失了，但记忆仍在。变化的大千世界，不变的颐和园。

## 魏公村

到了解放军艺术学院才知道魏公村这个地方。1989 年秋天，我来到了解放军艺术学院文学系上学。

那时魏公村路口有一个报刊亭，我经常去那里买杂志和报纸。报刊亭附近永远有两个新疆人在卖羊肉串，对面还有一个卖煎饼的。顺着胡同再往里走，有一家新疆人开的饭店，还有几家别的小馆。这是我们经常光顾的地方，有时夜都深了，饿了，就走过马路来到新疆饭馆，点两瓶啤酒，几个小菜。那会儿觉得吃什么都很香。久了我们认识了许多小店，再出来吃饭时，就多了几种选择。

那会儿，魏公村门前这条路叫白石桥路，路还不宽，向北走，过了理工大学，路旁的树就茂密起来，是梧桐树。夏天宽大的叶子遮去了日光，一片阴凉。秋天落叶，走在上面一片细碎之声。这是我们经常走的一条路，路是青石板铺成的，一直向颐和园方向铺展开去。有人跟我们说，白石桥路是一条皇路。从教室出发到动物园，再到颐和园，这是当年慈禧去颐和园度假必经的旱路。慈禧去颐和园一般不走旱路，一般坐船，从筒子河到动物园，再到颐和园。当年动物园也是皇家园林之一，有慈禧的驿站。这条路是官人骑马走的，给慈禧运送食物，传送奏折都要走这条路，旱路比水路快。路便有了皇家的气派，两旁是树，中间是青石板铺成的路。马鞭声碎，边关告急，不知慈禧当年是何种心境。顺着这路一直走下去，过了中关村，不远就是圆明园了。

从魏公村顺着白石桥向南走，有个紫竹院公园，再往南一点就是著名的白石桥了。一座石头桥，下面流着水，从动物园流向紫竹院，这就是当年慈禧走过的水路，还依稀能看到以前的模样。

紫竹院也是我们经常散步的地方，那会儿紫竹院还收门票，晚上六点之后就不再收了。一般我们都七点左右走进去，早晨有人到这里跑步。

偶尔也会去动物园，坐三站公共汽车，来动物园大抵是周末，不是为看动物，就是为了散散心。坐在一隅，望树，看天，看人，那是另一番情境了。

有人说，以前魏公村这里是一片坟场，军艺的校园就坐落在坟场上，有时能听到孤魂野鬼在哭泣。我在那住了六百多天，一次也没碰到过。

军艺的生活，让我的脚步走遍了魏公村一带的大街小巷，留下了青春的记忆。

后来白石桥路改成了中关村大街，让人生情的梧桐树没有了，石板路也不在了，变成了一条更加宽阔的马路。后来又通了地铁。再后来去魏公村时，昔日的胡同不见了，变成了一座座高楼。饭店依旧有，却是大馆子了。

我依旧怀恋八九十年代的魏公村，具有人间烟火的魏公村。

历史被现代辗轧，只剩下记忆。就像人生，回忆的是想当年……

## 中关村

1993 年我拥有了第一台电脑。电脑是 186 的 PC 机，最老的那种。

电脑在中关村购买的，一位稍懂电脑知识的朋友带我去的。那会儿的中关村就是一条街，没有楼房，只有几家门面房做着经营电脑的生意。卖我电脑的是三个大学生，刚毕业的样子，租了个门面。那会儿电脑都是攒的，三个大学生在一条胡同里某个房间把电脑攒好，在门面房里卖。

我和朋友跟他们其中的一位讲好价钱，大学生就走出门去，推一辆板车到对面马路胡同内的某间库房去取电脑，过了一会儿，三轮车和三个大学生出现了。车上拉着电脑，验货交钱，自此，我便拥有了平生以来第一台电脑。

每次开机时，主机都要发出巨大的轰鸣声，接着要输一串命令，才会进入系统。用这部电脑我学会了“五笔”打字。

写了一本书，大约写到三万多字时，文字突然消失了，不论怎么找也找不到。恨不能把电脑砸掉。后来只好又在稿纸上写。

一直过了很久，我才在电脑上写了第一部中篇小说。

后来又去中关村买过电子设备，中关村在大兴土木，一片工地的景象，卖我电脑的那个门脸不在了，那三个大学生也不见了踪影。后来中国有了 IT 产业，我就想，也许这三个刚毕业的大学生已经成了 IT 界的精英了。

许多年后，我仍能记得这三位大学生的模样，头发焦枯着，似乎没睡醒的样子，隔着马路费力地推着平板车向我走近的身影。若干年过去，他们的样子仍在我脑海里挥之不去。我在思考，这就是我们第一代 IT 人的缩影。

后来再去中关村，高楼大厦已经辨不出当年的模样了。许多中国著名科技公司在这里诞生了。

每次早高峰时，开车从西四环进到北四环，都会堵车，过了中关村入口路况才会好转。中关村在兴旺着，我也为此感慨。

# 西　山

女儿小学二年级寒假，在市场买了两只兔子。从那以后，她开始精心侍弄这两只宠物。两只兔子刚买来时很小，刚生下来不久的样子。院内有一个菜市场，女儿每天放学回来，第一件事就是去菜市场买青菜，进门就蹲在兔笼面前喂兔子。两只兔子在女儿精心侍弄下长得很快，其间又给两只兔子换过一次笼子，笼子很大，足以装下两只成年兔子了。

后来到了春天，草青草绿，女儿再放学回来时，总要在院里找些草或树叶，依旧是喂兔子。兔子长得很快，已长成成年模样了。有一天突然发现一只兔子怀孕了，腰身明显粗壮起来。当时买兔子时，卖兔人就告诉女儿，这是一公一母。当时，我也没当回事，以为卖兔子的人就那么一说，哄小孩的。没想到，此言不虚。

兔子怀孕了，看样子月份也不小了。兔子若生下来将是场灾难。两只兔子养养还可以，要是一窝兔子真成了灾。

我劝女儿把兔子放生，做了几次工作之后，女儿同意了。在一个周末，我拉着女儿和兔子向西山驶去。我想，放生兔子西山是最好的去处，一是离我住的地方不远，二来，兔子在草深林密的西山利于生存。

车驶到西山脚下，在一个平坦处停下车，我一手拎着兔笼，一手拉着女儿的手向西山爬去。在一处有草的地方停了下来，不能往前走了，前面都是树，枝杈纵横交错，人没法近身。我们把兔笼打开，兔子却不出来，哄了半晌，两只兔子才慢吞吞从笼子口出来，东张西望。女儿怕兔子没水喝，走前拿了瓶矿泉水，兔笼里有个碟子，此时拿了出来，女儿在碟子里面倒满了水，把开口的矿泉水又放在一边。也许兔子对大自然有些胆怯，竟不愿意远去，我拿着石子去哄兔子，兔子终于向前挪了挪身子。怀孕那只母兔很吃力的样子。

我拎着笼子，牵着女儿一步三回头地离开了树林。

一周后，女儿放不下兔子，还想去看看兔子，我又一次来到了西山放生兔子的地方。两只兔子不见了，那只盛水的青花瓷碟还在原地，里面多了些土，矿泉水瓶歪倒在一边，里面还有水。女儿把碟子清洗了，又倒了些清水，冲树林里呼唤两只兔子的名字，连个兔子影也没了。女儿眼里多了惆怅。我暗自在心里祈祷：千万别让人抓去吃了。

那次之后，过去几个月的样子，我带着女儿又去了一次西山兔子放生之地。

那只青花小碟还在，矿泉水瓶不知被风刮到何处去了。女儿一直放心不下那两只兔子的命运，装兔子的笼子至今还放在我家的库房里。

女儿小学毕业时，她又想起了那两只兔子，又要去看兔子。我带她又一次来到了西山。眼前的西山已经不是以前的西山了，通往西山建了一个大门，这里变成了国家森林公园。收门票。

我带女儿走进了森林公园，走进了西山，可惜，以前放生兔子的地方已经找不到了。我跟女儿说：兔子现在儿孙满堂了，在西山里享受着一家天伦之乐呢。女儿没说话，两眼痴迷地望着树木和周围过往的游人。

也许从那以后，女儿断了对那两只兔子的怀念。

## 作者简介

石钟山，1964年生，1981年入伍，先后在雷达兵、航空兵、解放军艺术学院、总后某院校、北京市广电局、北京电视台、武警总部等单位任职。1984年开始发表文学作品，其中长篇小说三十余部，中篇小说百余篇，短篇小说二百余篇，共计一千五百余万字。其中长中篇小说改编影视剧三十余部，一千余集。代表作品有《激情燃烧的岁月》《军歌嘹亮》《幸福像花儿一样》《大院子女》《天下兄弟》等。作品获中宣部“五个一工程”奖四次，飞天奖、金鹰奖五次。现为北京市海淀区作协主席。国务院政府特殊津贴获得者。

# 中关村的早晨

王宏甲

中关村闯进中国人的视野，是20世纪70年代末和80年代初的事。起初，人们知道有个陈景润，他是中国科学院的，并知道了中国科学院就在中关村。中关村是个什么地方？它为什么叫“村”？感觉好神秘。

那时，我刚从农村插队回来不久。我们还年轻，渴望知识，向往科学。我在南方家乡的县城里想象中关村，在家乡的报刊亭里寻找它的消息，我仍然不清楚它是个什么神秘的地方。

后来，中关村同电脑一起进入人们视野，还有“电子一条街”。再后，还有陈春先，还有王选……中关村是个什么地方？越来越感觉到它同我们都渴望了解的计算机时代关系密切。但我没有想到，有一天，我会与陈春先、王选面对面地坐着，向他们了解他们那不寻常的经历……我所感觉到的陌生与惊叹，不亚于我少年时阅读《普通一兵——马特洛索夫》，或者《海底两万里》。虽然这些故事好像彼此风马牛不相及，但里面有一种精神、一种探索是相似的。

## 一个伟大文明兴衰再造的历史见证

对北京市海淀区的人们来说，中关村的不同凡响，是伴随着新中国的诞生而到来的。

那以前，中关村只是北京海淀区一个约二三十户人分散居住的小村。在分散居住的房屋与房屋之间有不少墓地。有人曾描绘：“一片斜阳枯树绕暮鸦的坟场，孤寂冷漠中散落着几户看坟人家。”别看它如此荒凉，若有人据此画一幅油画，那一定是因为它今日辉煌，或者历史上有过相当的辉煌。

中关村所在的海淀镇，历史上确有辉煌。

远且不说，明代皇亲在此修有不少园林别墅。清康熙皇帝在明代建有“清华园”等园的环境里修了“畅春园”。雍正帝始修圆明园，到乾隆时完工，空前豪华，号称“万园之园”。这期间还在东起海淀镇西至香山的二十里区域建筑了许多园林殿阁，并建有八旗和包衣三旗营房，但1860年英法联军攻陷北京，海淀镇和圆明园都被焚毁。1900年八国联军攻陷北京，海淀再遭劫难。昔日驻守“中关”的蓝旗营随清朝覆灭而瓦解，“中关”一带就变成了乱坟岗。

人类的四大文明古国是埃及、巴比伦、印度和中国，这里面没有希腊，可见欧洲曾经是落后的。在四大文明古国中只有中国文明持续不断地发展到20世纪。可是到了近代，这一悠久的文明遭到英法联军野蛮地掠夺和欺凌，焚毁的圆明园可以为证，荒凉的中关村可以为证。

但是，这个悠久的文明并没有死去。

1952年，北京大学迁址中关村。1953年，共和国政府在中关村的荒凉空地上建设“中关村科学城”，此后一大批科研院所迁入，一大批大专院校也来海淀安营扎寨，从此形成了中关村科教文化人才汇集、智力密集的格局。

在中关村科学城建的第一座楼是“原子能楼”，就在那有坟地，也有参天松柏的地方耸立起了“原子能楼”。该楼因核科学研究的需要，耗资甚巨，时任中科院副院长的竺可桢曾在日记中写道：“由清华园至近代物理所建筑新址，系钢骨水泥17米 ×45米五层楼，估价一百二十亿……”中国“两弹一星”的功勋就出自这座原子能楼。吴有训、钱三强、彭桓武、王淦昌、肖健、邓稼先等一批中国科学巨匠永远值得后世景仰。站在中关村，你可以清晰地感受到中国悠久文明的兴衰和再造。

到20世纪最后二十年，中国生产力发展最大的进步是什么？我以为不是哪一项发明创造取得重大成功，而是科教知识分子直接登上产业的舞台，发展出中国的知识型经济，这个划时代的进步是从中关村开始的。由于中国辽阔地域上的传统型经济都亟待注入新兴的先进生产力，中关村的作为是必然对整个中国生产力发展产生深远影响的。

## 背负着一个民族的期望

在所有的进步中，人的观念与行动的突破性进步大约是最生动的。今天，不少人对陈春先是倡导在中关村建“中国硅谷”的“第一人”已不陌生，但你真的了解陈春先吗？

要了解新时期中关村的ABC，不能忽略陈春先。这些拓荒者胼手胝足造次颠沛的实践，无论成功还是失败，都是我们认识中关村的“向导”。而且，他那惊世骇俗的经历，活生生是传奇。

有人说，如果陈春先没有离开中国科学院，他今天应该是个科学院院士；但由于他离开了科学院，中关村才有了今日号称“中国硅谷”的景象。这个说法是否夸张？

1958年，陈春先二十四岁从莫斯科大学毕业回国，从事中国“可控核聚变能”研究。何谓“可控核聚变能”？核能，可分为核裂变能与核聚变能。核裂变的炸弹即原子弹。用核裂变的高温引爆氢的聚变，产生更大的爆炸能量就是氢弹。能不能使核聚变的巨大能量不爆炸，并利用那巨大能量？这就是“可控核聚变能”的研究任务，陈春先就是从事这项尖端研究的科学家。

他所在的研究所，还有一个许多人陌生的名字：等离子体物理研究所。什么叫“离子体”？把固体加热，变成液体；液体加热，变成气体；气体加热，就变成等离子体。所以等离子体也称“物质第四体”。陈春先是中国科学院等离子体物理研究所的首任所长。

似乎谁去办公司做生意都可以，陈春先怎么能去做生意呢？可偏偏是这个人，第一个走出中科院，破天荒地在中关村办起了第一个科技企业。这一切是怎么发生的呢？

许多人都记得，毛泽东主席在莫斯科对中国留学生说过那段著名的话：“世界是你们的，也是我们的，但归根结底是你们的。你们青年人朝气蓬勃，正在兴旺时期，好像早晨八九点钟的太阳。希望寄托在你们身上。”青年陈春先就在现场凝听了毛主席说的这段话。他告诉我：“那时，我坐在第二排，第一排是苏联的警卫战士。”

1978年夏天，陈春先是被派往美国考察的首批中国科学家之一。这一年，他已经四十四岁。很难用语言来描述这位曾经毕业于莫斯科大学的中国科学家眼里看到的硅谷。站在那些黄昏和早晨，看那太平洋薄雾轻轻裹着的那一片神奇的谷地上，他还会想起自己遥远的故乡四川，一定是身后的祖国赐予他激情，有一个想法在他的心中萌动……1979年，陈春先再次访美。这次飞回祖国他是那么按捺不住了，回国就提出应该效仿硅谷的“技术扩散模式”，在中关村建“中国硅谷”。

那是他一生中发生重大转折的季节，他听到有个声音在召唤他：“走吧，陈春先，到街上去，去办公司！”

可是，这声音在1980年的中国能被谁理解呢？一个科学家你不专心科研，你想去做公司，你算什么呢？谁会支持你，而且，你有资金吗？ 1980年中国的经济还是计划经济，一个企业的领导者难道可以不是政府任命的吗？难道是你想当就当的吗？ 1980年在中国你要去办公司比在硅谷办公司难一千倍。而且你毫无办企业的经验，你能成功吗？你完全可能身败名裂。在“科学的春天”到来时，作为一个首批访美的中国科学家，他有很好的地位和名气，需要跑到大街上去颠沛流离冒这个风险吗？你究竟应该在科学院里继续受到社会的尊敬，还是跑到大街上去做买卖？这年已经四十六岁的陈春先站在中科院和中关村的十字路口，阳光洒落肩头，你两手空空，马路上只有你和你的影子，该往哪儿走？陈春先遭遇抉择，那是他人生中最大的抉择。

20世纪将要结束时，人们讲中关村的优势，列举中关村周围有高等院校六十三所，有国家级科研院所和重点试验基地二百一十三家，智力资源密集度居世界第一。若同硅谷比较：硅谷周围有大学十六所。陈春先早在1980年10月就讲过：“中关村的人才密度绝不比硅谷低。”这是他认为可以在中关村建中国硅谷的理由。

从北大和清华始建于清末起算，中关村智力资源的形成已有百年历史，中关村最集中地汇聚了一个民族的科教文化精英，这里实际上背负着一个民族的期望！

“希望寄托在你们身上。”毛主席的声音还隆然在耳。他的莫斯科留学经历和他所看到的硅谷一碰撞，就裂变出大能量，这能量使他那么强烈地看到——中国应该在中关村办“中国硅谷”！什么是“硅谷”？“硅谷”就是产生芯片的地方，是拉开美国信息时代帷幕的地方。

硅谷经验，是面对市场，面对实际应用去研发。推而广之，陈春先把硅谷的成功归结为“技术扩散”，他所说的“技术扩散”，与把技术“束之高阁”和锁在“保险柜”里是背道而驰的。他要把束之高阁的技术“扩散”到企业中去，实际上就是毛主席说的科学实验要和生产实践相结合。他知道自己没有办企业的经验，但中国总得有人来做这件事！

一定是一个民族的前途赋予他激情。到底有人被他的激情打动，北京市科协借给他二百元钱，陈春先用这极有意义的二百元钱在银行开了个账户，联络了中科院“十五位同仁”于1980年12月23日办起了中关村第一个民营科技实体——先进技术发展服务部。

1980年冬，他的激情如同一把火将自己点着了……春先，春先，他确实是身体力行，要把知识变成经济的一个报春的先驱！

他与海淀区四个小厂建立了技术协作，帮助海淀区创建了新技术实验厂和三个技术服务机构。接着他的工作与海淀区以外、北京市以外的企业发生了联系，很受企业欢迎。他和他的中科院伙伴们起初都是“业余服务”，他用企业付给的服务费给他的中科院伙伴每人每月发了十五元补贴。他们和他们的服务对象都很高兴，工作很有进展。

可是，陈春先的实践遭到了非议，被认为是搞歪门邪道、不务正业、“自己给自己涨了两级工资”，腐蚀干部，纪检部门对陈春先的“服务部”进行了查账，陈春先的技术扩散工作被迫停止。

但陈春先的努力没有停止，他开始搞教育。

他与海淀区培训中心合作，办起了待业青年技术专修班，培养“为扩散新技术”所需的人才。前来报名的许多是插队归来的待业知青。他告诉他们好好学吧，不久一定会派上用场。

第一期电子技术培训班于1981年10月就开学了，学员六十人，学制一年半，全日制。第二期专修班于1982年10月开学，分电子计算机应用、科学仪器设备和工业与民用建筑三个班，每班五十余人，学制三年，也是全日制。教学由清华、北大和中科院各研究所的教师、科研人员担任。这些学员后来成为撒向中关村电子一条街的第一批社会力量。

陈春先是个科学家，从未搞过教育，在办科技企业遭到阻止后又呕心沥血培养中关村的第一批民间电子技术人才，你会不会为这个人感动？

## 中关村应该有一尊陈春先的雕像

在这困难的时日，新华社有个叫潘善棠的记者在1982年年底写了一份内参，题为《研究员陈春先搞“新技术扩散”试验初见成效》，内参写陈春先在做一件大有前景的好事，“却受到本部门一些领导人的反对”。这份内参和此后受派遣进入中关村的调查组写出的调查报告，引起了中央领导人的重视，做了批示，肯定调查报告中写的“陈春先带头开创的新局面，可能走出一条新路子”。由此再引起北京市领导及海淀区领导的重视，从而形势突转，中关村发展第一次获得良机。

1983年，陈春先继续发展他的“技术扩散”事业，此后成立了华夏硅谷集团，他任董事长。中关村不少人看到陈春先两年前就开始点燃的星星之火，同年5月，中科院技术局的钟琪和力学所的范良藻等人创办了“科海新技术开发公司”。7月，中科院计算所王洪德等人创办了“京海计算机机房技术开发公司”。1983年中关村的科技企业发展到了十一家。

1984年5月，四通公司成立。11月，信通电脑公司成立。不久人们讲中关村几乎言必“两通两海”。清华大学也于1984年4月和5月，先后创办了“海华新技术开发中心”和“华海新技术开发公司”。

为什么这些公司大部分都带个“海”字？因为这些知识分子要办公司没资金，几乎都是与海淀区的“乡里”合作，多是利用“农民”的资金办起了最初的公司。如“四通”与“方正”的名称虽不带“海”字，但“四通”利用了四季青乡的资金，“方正”利用了玉渊潭乡的资金。

1984年，中关村电子一条街的科技企业发展到四十家。由于这些高技术企业是国家没有直接投资的企业，所以也被戏称为“编外企业”。

“科海”“京海”“海华”“华海”……许多带“海”字的技术公司相继在“海淀”诞生，“下海”一词的出现并不是因为有“商海”一说，而是从中科院、北大、清华“下”海淀这个“海”，进而“下海”一词在全国逐渐成为走向市场的代称。

这个时期，中国能看懂发达国家高技术产品科技含量的主要是科研院所和高校的知识分子，他们直接投身产业和市场，犹如“投笔从戎”，在与西方挺进中国市场的企业集团“短兵相接”中开辟自己的科研和发展之路，犹如新时期的“野火春风斗古城”。

到1987年年底，电子一条街上的科技企业有148家，企业中保留全民所有制干部身份的有三百八十人。陈春先也不想离开他心中神圣的科学院，但由于科研和办公司很难兼顾，他不得不彻底离开中科院，完全走向市场。他的华夏硅谷公司规模最大时资产也做到几千万，但最后都赔掉了。

早于1978年，陈春先在中科院就和陈景润等不到十人从助理研究员被破格晋升为研究员。有人说：“你如果不去搞公司一定是院士。”陈春先用一个微笑向对方的惋惜表达感谢。不错，原先在他领导下的同事先后是院士了。今天的陈春先不但不是院士，由于离开科学院，他已没有任何工资和劳保福利。

他有心脏病、糖尿病等，医疗费完全自理。一次心脏病发作住院，我去看他，他住院不到一个星期就回家了。这位中国一流的科学家的档案，放在海淀区人才交流中心，每年按时去缴纳档案保管费。就连保管他档案的公务员也不知道这位老人曾经是中国研究“可控核聚变能”的科学家。

那天，我坐在他十分简陋的宿舍里，看到他还用很有限的钱支撑着一个关于中关村民营科技企业发展状况的网站，我没有问他的钱从哪里来，我猜想也许是子女提供给他生活用的。我问他，你心脏病住院怎么不到一个星期就回来了呢？他说没事，我还好。我望着他的微笑不禁泪下。

陈春先在中关村最先创办的企业失败了。但是，陈春先失败了吗？何谓英雄？英雄不必是成功者。古往今来的英雄，往往因悲壮的失败而成为令人无限感慨和赞叹的英雄。英雄是那敢以个人的渺小去做很难做到的事情的人，是那知其难仍一往无前地去做的人。

何况他当初激情满腔倡导的是要在中关村建中国硅谷。他以自己的渺小之力去呐喊，并第一个去实践。就办公司而言，虽然“一个陈春先倒下了”，但整个中关村起来了。

每个人的一生能做的事都是有限的。事实上，陈春先具深远意义的实践在 1984 年已经完成。人生能以自己对祖国的忠诚去倡导这样一件事并看到它后继有人日益光大，就是很值得满足的了。虽然他不是院士，并且永远不会是院士了，但他所倡导的这件事比任何一项具体的发明创造都重要。历史应该记住陈春先这位老科学家，他确实是倡导并投身在中关村建“中国硅谷”的先驱。我相信中关村一定会耸立起一座纪念馆，那里应该有一个陈春先的雕像。

## 星星之火，可以燎原

王选荣获了国家最高科技大奖。王选是中国科学院院士、工程院院士，还是第三世界科学院院士，但王选的成就并不只是在科技发明上，他的经历是中关村的又一个经典。

他在陈春先尚未办科技企业的 1977 年，就主动与企业合作。当时在京、津两市也没有找到他认为合适的合作企业，于是舍近求远，选择了山东潍坊电讯仪表厂。到 1979 年，他研究的“高倍率汉字信息压缩、还原、变倍技术”

已经搞出样机，但是就在这年，英国人搞的汉字激光照排系统已经来上海、北京争取用户。不久，日本人、美国人搞的汉字照排系统接踵而至。

从前，王选只想，努力研制出好设备就能为祖国、为社会服务，没想到，国门刚打开，一个陌生的世界突然就顶到你的鼻子前来了。就像一觉醒来，发现英国人、日本人都端着先进武器堵在你的房门口了。如果你的技术不能尽快变成产品，就会变成废物，根本无法进入应用。

这个时候，你可以有不同的选择：一是放弃科研开发，去卖美国人、英国人、日本人的产品，做一个新时期的买办，这是西方国家都欢迎的，并且会为你的名利双收创造各种条件。一是不得不比从前更加发奋地从事科研和开发应用。王选选择了后一种。

“1979 年，我一下子被打晕了。”王选说。

从前，他主要是在技术上努力，以为只要技术领先就能发挥作为。现在，他认识到，除了投身产业，把自己的先进技术尽快变成产品，没有别的出路。

1982 年王选为汉字照排搞的数字化技术在英国获得专利，由此成为中国大陆第一个获得欧洲专利的人。这项专利可证欧洲人在处理汉字照排技术方面还没有超过王选的。在许多人看来，王选有这样一项科技发明，也就功成名就了。

可是，拥有世界领先技术，仍然眼睁睁看外国系统在我国长驱直入，到 1984 年，中国几十家出版社、报社、印刷厂，购进了五种不同品牌的美、英、日照排系统……国内照排系统似乎大势已去。王选非常痛苦，并更加发奋地投身产业和市场，由此成为北大方正的创始人之一。终于在 1989 年年底，将他的先进技术变成了比发达国家的同类产品更有竞争力的市场化商品，并致使所有来华的西方同类产品全部退出中国市场。

这不只是先进技术的胜利，更活生生是投身产业和市场的胜利。如果没有投身产业和市场，王选当时绝对领先的数字化技术也会由于失去时机而成为废物。

由于我国铅字印刷产业是传统的工业技术，王选的成功就不只是他个人和北大方正的成功，全国新闻出版、印刷行业先后采用价廉质优的方正产品，由此使整个中国的传统出版印刷业实现了向知识型产业的革命性跨越。所以，像王选当年领导的北大方正这样的新兴高技术企业，不仅是知识经济的载体，更是“母体”，具改造传统产业的功能。

今天全世界都在从“工业化技术”向“数字化技术”转型，我国还有规模很大的传统型工业亟待改造，还有规模巨大的传统农业需要高新技术和产业化改造，发展新经济的历史性工程还十分艰巨。但是，星星之火，可以燎原。我们从王选的经历中已经看到“星火燎原”的曙光，这就是中关村与全国的关系。

我从王选的经历中看到，一个科技的新时代并不是哪项“科技成果”带来的，而是对新科技的发现发明和应用带来的。最了不起的科学家的努力，在于把尖端的复杂的技术简单化，简单到一个不识字的老太太捅一指头，电视机就开始唱戏了。王选正是这样一个科学家。

1988 年 5 月 10 日，经国务院批准，在中关村成立了中国第一个高新技术产业开发试验区。中关村发展进入一个新的时期。

## 依然任重道远　依然鲜如朝阳

“二战”结束后，美国斯坦福大学决定在校园划出二百六十五万平方米的土地出租给工厂，建起了斯坦福工业园区，这是世界上第一个科技园区。不久，就在斯坦福工业园区所在的圣克拉拉山谷崛起了硅谷。硅谷周围有十六所大学，但硅谷的出现并不因为它周围有十六所大学，而是这些大学的科研成果可以迅速从实验室转移到园区工厂，从而研发出高技术产品，并迅速进入市场和社会应用。晶体管、集成电路和我们现在所说的“芯片”，以及“微软”“英特尔”这些微电子时代的高技术公司，都是在硅谷模式中诞生的。

今年，美国制裁中兴事件，让世界都看到了，信息时代的中国，在芯片方面尚未能掌握足够先进的自主技术，这是个严重的缺陷。

回望过去，1998 年，即北京大学一百周年校庆时，有一篇《发展知识经济的关键和大学的使命》写道：“发达国家的高新技术成果转化率一般是 40% ~ 50%，而我国的转化率却只有 6% ~ 8%。”这包括坐落在中关村的高校和科研院所的高新技术成果转化状况。这篇文章的作者是时任北京大学党委书记的闵维方。该文曾作为国务院办公厅〔1998〕22 号《参阅文件》分送党和国家领导人，中央军委领导人，各省、自治区、直辖市人民政府，各民主党派中央等部门参阅。

从上述中国高校和科研院所的科技成果转化率可见，中关村虽“智力资源密集度居世界第一”，但这些智力资源的损失也是举世无双的。当然，也可以说，看到这个问题，也看到中关村存在很大潜力！

在中关村，从陈春先、王选等科学家开始的突破和创新，就在谋求解决这个问题，但科研院所和大学仍有大部分科技成果只是“盆景”，没有在开发应用中长成“大树”，更没有成为“森林”。所以，不要说陈春先和王选的故事已经老而又老，他们英勇卓绝的故事依然是中关村走向新时代的号角。

毕竟中关村最集中地汇聚了一个民族科技文化的英才，背负着一个民族的期望。今日中关村依然任重道远，依然如早晨八九点钟的太阳。

（本文最早发表于2003年《中关村》第一期，为《中关村》创刊号而作。本次收入时，作者做了修改。）

## 作者简介

王宏甲，国家一级作家，当代文学家，著名学者。福建建阳人。中国作家协会报告文学委员会副主任，中国报告文学学会副会长，国务院特殊津贴获得者。1991年毕业于北京师范大学研究生班文艺学专业。1976年后历任建阳县冷冻厂工人、县商业局干部，北京鲁迅文学院学员、西北大学中文系学生，北京师范大学、鲁迅文学院研究生，解放军总后勤部专业创作员。1979年开始发表作品。1990年加入中国作家协会。作品曾获中宣部“五个一工程”奖、鲁迅文学奖、徐迟报告文学奖、冰心散文奖、中国读书奖等，获中国文联表彰的“德艺双馨”艺术家荣誉，所著《智慧风暴》《新教育风暴》对中国新世纪教育转型产生重要影响。主要作品有《塘约道路》《无极之路》《人民观——一个民族的品质》《智慧风暴》《让自己诞生》《新教育风暴》等。1992年应邀出席意大利蒙德罗国际文学奖颁奖仪式。先后出访意大利、波兰、俄罗斯、法国、德国、奥地利、埃及、韩国。曾赴韩国出席首届韩日中文学论坛，做《我的中华文明观》演讲；赴法国参加首届中法文学论坛，做《世界需要良知——兼论文学的社会作用》演讲。

# 西山梦泉

王 宁

## 寻 泉

“西山泉脉随地涌现。”这是清乾隆五十三年（1788）英廉等人奉敕编纂的《钦定日下旧闻考》中的记载。不过，仅时隔二百多年，今人竟然有些难以想象。

北京西山虽称不上是中国名山，但北京人还是对它情有独钟，都说是上风上水的好地方，被誉为北京的西花园。

西山是北京西北部山地的总称，又称小清凉山，是太行山北端的一支余脉，谓“太行第八陉”。西山峰岭挹抱环回，延绵不断，如“京城之右臂”，环抱着北京城。

西山自古湖泊棋布、泉水丰沛，林木蓊郁、古树参天，兼有江南水乡的秀美和北方山林的粗犷。自辽金以来，历代王朝皆在西山一带大兴土木，营建各种皇家行宫、苑囿、寺庙等，其中金章宗修建的行宫“八大水院”颇负盛名。

金章宗（1168—1208）是金朝第六位皇帝，在北京建筑史上具有重要地位。他整修并命名了“燕京八景”，并在西山一带选八座寺庙，修建成融庙宇与山水园林为一体的行宫别院。因这八处行宫皆有清泉，俗称西山“八大水院”。

如今，西山“八大水院”经历了八百多个春秋，有的只存遗址，有的虽然还在，但已不复当年胜景。

西山“八大水院”有六处在海淀区，其中四处在北安河一带。大觉寺位于北安河乡的阳台山麓，是公认的金章宗“八大水院”之一的清水院，也是保存最完好、现存文史资料最丰富的金章宗行宫。

大觉寺始建于辽代咸雍四年（1068），距今有一千多年的历史，时称清水院。

金代沿袭清水院之名，被金章宗辟为离宫别苑。元代更名灵泉佛寺。明宣德三年（1428）重建时易名大觉寺，并一直沿用至今。

大觉寺的曾用名“清水院”和“灵泉佛寺”，皆因泉而得。

流经大觉寺的山泉为灵泉。在深冬一个清爽的中午，探访大觉寺，希望能找到灵泉。

冬日的大觉寺，没有游人如织的喧嚣，可以从容地走、静静地看、细细体味，就像跟大觉寺的一次单独约会。

去掉了春、夏、秋三季色彩的粉饰，繁花密叶的遮盖，冬天的大觉寺及阳台山，都呈现出清晰的轮廓。大觉寺的青砖黛瓦、屋脊房檐，都与圆润敦厚的阳台山协调契合，相得益彰。

大觉寺依山而建，坐西朝东，既顺应了山形地势，又体现了辽时契丹人崇拜太阳、以东方为尊的朝日习惯。

大觉寺的建筑格局分为三路，由中路寺庙、北路僧房、南路行宫组成。中路寺庙主要有弥勒殿、大雄宝殿、无量寿佛殿、大悲坛四进院落。北路僧房包括方丈院、玉兰院和香积厨。南路行宫有四宜堂、憩云轩两座庭院建筑，还有上方的领要亭。

中路大悲坛的上方，也是大觉寺的最高处，有布局精巧、优美可人的寺庙园林。它是大觉寺的精华所在，也是灵泉的入口处。于是穿过各进庭院，拾级而上，直接来到寺庙园林。

寺庙园林由白塔、古树、龙潭、龙王堂组成，形成一组典型的园林构图。

白塔建于乾隆十二年（1747），与北海永安寺的白塔形制相仿，为典型的藏传覆钵式白塔，砖石结构，下面是八角须弥座，中部是圆形塔肚，上方是细长的相轮，顶上饰有宝盖。

据百度百科介绍，白塔又称迦陵和尚塔，是清代雍正年间寺内住持迦陵禅师的墓塔。不过也有专家考证是性音和尚塔。

白塔两侧，曾有一松一柏，树龄均在五百年以上，松柏的枝条从两侧伸向白塔，像要把白塔环抱怀中，故称“松柏抱塔”，是大觉寺的“八绝”之一，但现在已经看不到这景观了。据说，白塔左侧的古松遭虫害，2003 年左右彻底枯死，后来寺院又补栽了棵小松树。

白塔后面有个方形小池，古称龙潭（即灵泉池）。龙潭四周设有白石栏板，上面雕刻着牡丹花卉，栏板柱头上雕有姿态活泼、神情各异的石狮子。潭内西侧有个石雕螭首，山上的泉水汇集到螭首，从口中流出，注入龙潭。

龙潭南、北、西侧的栏板被风化得古朴沧桑，很有历史感。而东侧的栏板为近年修补。

专家考证，龙潭的三面栏板和潭中的螭首都是金代清水院的珍贵遗存。

据载，龙潭之水十分神奇，无论泉水多少，始终不溢不涸，保持平满。乾隆帝还为之题诗一首："山畔涌天池，淙泉吐龙口，不溢复不涸，自是灵明守。"其实，这是池中设有机关，泉水丰沛时，会从龙潭两侧流出的缘故。

龙潭中还有一座呈笔架形状的小山石，在螭首不远的前方，泉水流量大时，从螭首口中喷射而出，穿过笔架形山石，激起浪花，形成"喷泉射窦"的景象。

而此时，龙潭里只有一汪墨绿的死水。螭首只是空空地张着大嘴，不见一丝泉水流出。

龙潭上方有龙王堂。龙王堂是座二层小楼。登上小楼，凭栏远眺，俯瞰大觉寺及辽阔的北京平原，视野开阔，心情疏朗。

古树参天，泉流淙淙，既可在龙潭前欣赏潭中龙王堂的倒影，也可在楼上俯瞰潭中的白塔，这古代的景致，应是别有情趣。如今，塔、潭、堂、古柏还在，只是潭中之水不再清澈，更难寻觅灵泉的踪影。

怅然。准备离开。突然听到一丝汩汩水声。惊诧地转身寻找，但潭面平静。屏气聆听，像是从螭首深处传出来的，但螭首处的潭水没有一丝波纹。很是疑惑。再侧耳细听，水声滴滴答答，虽然微弱，但确实存在，不是幻觉。怦然心动，精神振奋。灵泉，真的还在，没有断流！

## 梦　泉

山贵有脉，水贵有源。大觉寺的水源头在寺院西北李子峪。《钦定日下旧闻考》中对水源头有详尽记述：

> 水源头两山相夹，小径如线，乱水淙淙，深入数里，有石洞三，旁凿龙头，水喷其口。又数十武，土台突兀，石兽其钜，蹲踞台下，相传为金章宗清水院。章宗有八院，此其一也。

关于大觉寺的泉水，在诸多历史文献中不乏生动有趣的描述。

清代英和（满洲正白旗人）在著作《恩福堂笔记》中记述：大觉寺内到处都是泉水，潺潺淙淙地昼夜流个不停，与房檐上清脆的马蹄铃声相互呼应，悦耳动听。

清人完颜麟庆（1791—1846），官至河督，博学多才，见识深远。他利用为官在外宦游四方之便，将耳闻目睹的名山胜迹编成文字，绘成图画，付梓印行，这就是研究大觉寺的重要文献《鸿雪因缘图记》。在《鸿雪因缘图记·大觉卧游》中，他这样描述大觉寺的泉水：

大觉寺矮墙外有双泉，从凿开的墙洞中流入寺内，它们左右环绕着龙王堂，汇进堂前的龙潭中。潭中泉水沉碧泠然，还有许多鱼儿在欢快地游嬉、跳跃。

灵泉从龙潭南北两侧依山势顺流而下。北路泉水呈溪流状，潺潺流淌，经畅云轩、竹林、碧韵清池，汇入功德池。南路水线，依陡峭山势，呈三叠飞瀑状，汇于憩云轩后的石渠，经四宜堂等院落流入功德池。从山上望去，两股泉水犹如二龙戏珠，将大觉寺环抱其中。

现在，从随处可见的水渠，可以想见当年大觉寺飞瀑流泉的醉人情景。

大觉寺南路的建筑有憩云轩、四宜堂和领要亭，四宜堂和领要亭是雍亲王胤禛在康熙五十九年（1720）对大觉寺进行修建时增建的。

大觉寺南侧最高处是领要亭。领要亭的亭名源于乾隆帝的诗“山水之趣此领要，付与山僧阅小年”。领要亭的造型古朴雅致，站在此处，居高临下，尽览全寺风景。

领要亭旁边有尊辽代石狮，虽然面部被风化掉一大块，但仍不失唯我独尊的皇家风范。

在领要亭与憩云轩之间，有青石堆叠的假山，山势陡峭，东低西高，连贯起伏，因此，山泉顺势呈现出“三叠飞瀑”的景象。这是大觉寺最壮观的瀑布。

憩云轩是座具有园林风格的建筑。它依山傍水，曲径纵横，林木茂盛，翠竹丛生。轩前有青石铺就的台阶，两侧堆砌有山石。从山坡下向上看，憩云轩掩映在假山翠竹之中，显得清幽隐秘，含而不露，只有登上石阶，才能感受到它的气宇轩昂。

憩云轩匾额由乾隆帝御题，上有“乾隆御笔之宝”玺，轩名出自康熙帝的诗：

云岂解劳逸，而用憩息为。

我适来山轩，见彼写楹时。
我憩云也憩，此意谁能知。
回首语必刍，莫拟说禅诗。

终日为国事操劳的康熙帝，坐在憩云轩的竹林下，眺望空中自由自在的白云，羡慕不已。他多么希望像白云那样，忘掉世间烦忧，停下来休息一下。但这样的心意又有谁懂？怅然，只是回首与人讲花草，谈禅诗。

在《大觉卧游》里，完颜麟庆生动地描述了他与友人在憩云轩煮茶品茗的情景。

完颜麟庆一行人到了憩云轩，僧人化成已经准备好了粥饭。饭后，他们随手舀瓢身边的泉水煮茶。不久，贺焕文拄着拐杖去找僧人，陈郎齐倚栏作画，贻斋也有事先回了，完颜麟庆则掸去竹床上的浮尘，放好藤枕，躺下来休息。此时，淙淙铮铮的泉水更加喧闹，完颜麟庆的心里则更加寂寥沉静，不知不觉，渐渐进入梦乡，畅游到千里之外、安乐平和的华胥之境。此时，他的心无拘无束，轻松自在，没有任何顾忌、思虑和牵绊，就像到了世外桃源。

完颜麟庆是督修水利的官员，最担心的就是每年汛期的水情，以至于平时听到水声就紧张，只有到了大觉寺，听着大觉寺的泉声，才能酣然入睡。梦醒之后，他若有所悟："寺名大觉，吾觉矣。"

完颜麟庆是金世宗的后裔，他游大觉寺，会不会有种回家的感觉？他写大觉寺，也许感触更深，滋味更浓。至于"觉"到了什么，吾辈无从得知，不过，如果也希望能像古人一样有所觉悟，也许还需要有古人的情怀吧。

## 唤　泉

跌宕的山泉，从憩云轩双渠绕流而下，流进四宜堂院内。四宜堂俗称南玉兰院，雍正亲王胤禛以自己的斋号命名，并御书匾额、赋诗一首：

佛殿边旁经舍存，肃瞻圣藻勒楣轩。
四宜春夏秋冬景，了识色空生灭源。

丰沛的泉水，滋润了大觉寺的花草树木，现在大觉寺内的古树就有一百六十株，其中最著名的当数千年古银杏，还有四宜堂内的古玉兰树。

古玉兰树有三百多岁，树冠庞大。每年清明前后，玉兰盛开，花香袭人。其花瓣晶莹剔透、如冰似雪，宛若仙子。无论姿、色、香，均为北京之最，也是大觉寺的“八绝”之一：“古寺兰香”。

据说此花原生四川，乾隆年间，寺院住持迦陵亲手从四川移植而来。也有人说，迦陵在四川病逝，曾留下遗嘱，要将此花移植京师，之后随迦陵灵柩一起来京，种植于此。不管哪种说法，有两点相同，一是此树来自四川，二是都与迦陵有关。

大觉寺的玉兰，与法源寺的丁香、崇效寺的牡丹，并称为北京三大寺庙名花。

大觉寺也与许多文人墨客结下了不解之缘。1934 年，在玉兰花盛开时节，朱自清与友人同游大觉寺，之后特意为玉兰花赋新诗一首，诙谐有趣：“大觉寺里玉兰花，笔挺挺的一丈多。仰起头来帽子落，看见树顶真巍峨……”

更奇特的是，四宜堂内有棵古老遒劲、高耸挺拔的古柏，在一米多高的地方分成两大树干，分杈处寄生着一棵婀娜多姿、娇小妩媚的小叶鼠李树。它们刚柔相济，鼠柏不分，称“鼠李寄柏”，也是大觉寺的“八绝”之一。

四宜堂院落还有南、北两座厢房及耳房，院内有石水槽在各屋门前环绕。四宜堂房前的水槽，在西南、西北两个拐角处，各有一个方形浅池，池里卧着石雕青蛙；而四宜堂门前的两个水池内，各有两只青蛙，一大一小，小青蛙趴在大青蛙背上，模样俏皮可爱。四宜堂院门口有明慧井，本是用来汇集泉水，但现在已经干枯。

如今，四宜堂已成了京城著名的茶院——明慧茶院。自 1997 年起，每当三四月份玉兰花开放时节，明慧茶院都要举办玉兰花节。

明慧茶院的广告词说，到大觉寺：赏百年玉兰、品泉水香茗、听花间古乐、尝绍兴菜肴、观高僧炒茶，已成为一些北京人“踏青”的首选。若真是如此，也算是极其风雅了。但可以肯定的是，现在已不能像古人那样“挹泉煮茗”了。

资料记载，在大觉寺北路的玉兰院中，还有一个用整块天然大理石雕琢的水池，长约两米，宽一点三米，深约半米，池的两端各有一个凹口，一个进水，一个出水。池的西沿刻有“碧韵清”字样，这也是大觉寺“八绝”之一：“碧韵清池”。

当年取名“碧韵清池”，既充满诗意，又很写实。“碧”是形容泉水汇集池中碧绿的颜色；“韵”是山泉流入流出时的声响；“清”是指池子的功能，从山上流下来的泉水不免会夹杂些落叶泥沙，经过池子的沉淀，流出去的水变得清澈透明。

但此时北玉兰院朱门紧闭，无法一睹“芳容”。

“碧韵清池”旁，还有一座宽敞高大的建筑——香积厨，是僧侣们的食堂。在此建池，也是为了取水方便。

功德池在大觉寺前院的山门与天王殿之间，是两个方形水池，四周砌有半米高的棋盘式花栏，池中有石桥相连，池南北两侧正中各有一个石刻螭首。乾隆帝为功德池赋诗《石桥题》：

> 言至招提境，遂过功德池，石桥亘其中，缓步虹梁跻。
> 一水无分别，莲开两色奇，左白而右红，是谁与分移。

如今，一池白莲一池红莲的美景已经不复存在，而池中泉水也早已换成了自来水。据说在20世纪70年代，人们为了攫取更多泉水，放炮把泉脉崩断。只是每逢阴历四月初八“佛诞日”，还有许多人带着金鱼、乌龟在此放生。

午后，冬日的阳光照在功德池底薄薄的一层冰上，折射出刺眼的光。一只花猫正卧在螭首口中惬意地晒着太阳，见有人走来，它骨碌碌地转动着又圆又亮的眼珠，机敏地注视着来人。螭首距栏板和池底都有一定距离，想不出这猫是如何跳到螭首之上、再钻进螭首口中的。

在大觉寺没能找到泉水的踪影，西山一带也大致如此。即使寻遍整个北京城，也很难再找到清泉了。北京，早已是个严重缺水的都市。好在，南水北调工程已经成功将清澈甘甜的丹江水引入北京。从西山经过的京密引水渠，与黑龙潭路并肩而行，将这生命之水源源不断地输送到市内的千家万户。

碧水荡漾的渠水，以及引水渠两侧的依依垂柳，也算得上一道不错的风景。西山，也总算不枉这有山有水的好名声了。只是，“西山之水随地涌现”的景象永远无法再现了。

## 作者简介

王宁，女，1969年7月生，一级作家，辽宁本溪人，中央媒体工作，中国散文学会会员。

散文集《眉豆爬墙》（百花文艺出版社）获第八届冰心散文奖（2018年），书评刊载于《人民日报》《光明日报》《北京日报》《河南日报》和中国作家网等媒体。散文《眉豆爬墙，闺女仿娘》荣获第八届（2016年）“漂母杯”母爱·爱母主题散文大赛三等奖，并收录到《2015年中国散文排行榜》一书。散文《清官第一王贯三》收录到《2016年中国散文排行榜》。散文《山茶花开》收录到《2017年中国散文排行榜》。

# 我和海淀的不解之缘

王培静

## 一

1982年10月25日晚上，我们这些新兵在北京站下了火车，就坐上了接我们的大轿子车。一路上，我们好奇的目光一直看着窗外，忽然有人喊：那不是天安门吗？大家挤着向外看，坐在车子另一边的一位又说：你看，天安门广场。我们这帮山东平阴山里的孩子，一下子到了祖国的首都，一下子看到了这么多高楼大厦，简直激动得无以言表。那时正是华灯初上的时候，北京的夜晚是那样的美，北京又是那样的大。拉我们的车走了四五十分钟才到了目的地——基建工程兵教导队。那是北京四道口附近的一片平房，那时中关村可没有现在响亮，只是一个地名。我们那教导队就在首体向北三站地向东拐再向里走三站地的地方，从大街上向东拐以后，沿路的北京人都住的平房，路也是土路，下雨后还有些泥泞。我们那时给家里和亲戚朋友通信就写北京海淀区中关村基建工程兵教导大队。下了车按编的班排进了宿舍，洗洗手脸就开饭了。我记得特清楚，我们到部队后吃的头一顿饭就是肉丝面，一个班吃了五六桶都不止。大家全吃得满嘴流香，也许是一天都没好好吃一顿饭了，更因为这是吃的真正意义上的部队的第一顿饭，还因为这带肉丝、油水大的面条真是好吃，再有就是和我们一起参加新训的还有二十多个女兵，虽然和我们一样都没戴领章、帽徽，但一个比一个耐看，一下子见到这么多城市姑娘，对我们来说都还是第一次，心情好，胃口也出奇的好。

天还蒙蒙亮，起床号就响了，一骨碌爬起来，先整理内务卫生，然后草草地洗把脸，刷刷牙，集合出操。操场在营房南边，只是一块很大的平地，操场西边、南边、东边都是老百姓的白菜地。我们这批男兵共二百人，都是我们一个县的，剩下的二十五个女兵都是北京兵。出操时女兵们跑在最后，队伍跑稀一点的时候，首尾距离很近。所以女兵们永远跑不出我们的视线。训练时也是这样，虽然以班为单位，但练正步，练走方队四个方向来回转，总有看到女兵们身影的时候。平常里打水、打饭近距离碰上，我们总是发扬风格，让女士优先。真走近了，倒真的不敢看人家了，只是用眼偷瞄一下。

训练了一段，听班长说要搞紧急集合，大家就都有些紧张。熄灯后有的人悄悄起来把背包打起，只盖着大衣睡觉，怕紧急集合起不来。结果一夜过去，集合哨声也没响起，害得好几个人没睡好觉。几天后的一个晚上，半夜里真响起了急促的集合哨声，大家手忙脚乱摸黑起来穿衣服，打背包，有一位战友背起背包向外走却迈不开腿，你问怎么回事？是有人拿毛巾把搭毛巾的铁丝拉下来了，那位战友打在背包里边去了。出去跑一阵后，更是洋相百出，有的背包散架了，只能用手抱着，有的把裤子前面穿后面去了，有的上衣扣子错着眼扣着。天亮些，大家你看看我，我看看你，能把人笑得肚子疼。还有一次，也是晚上搞紧急集合，集合起来后值班领导讲，今天去圆明园捉特务，先用车把女兵送过去藏起来，让我们过去捉她们。路好长好长，跑到那儿，还要穿树林，过河沟。过河沟时由于天黑路滑，好几个人相继踏进水里去了。找到一个女兵，我们就欢呼一阵，有的女兵胆小，听到一点动静就尖叫着跑出来了。经过努力，把女兵们全捉出来了。她们又坐车走了，我们还得跑回来。那一次可把我们给累惨了。

记的当时黑板报上有这样一首诗，不知是哪位战友的杰作了，题目就叫《紧急集合》：

号声嘟嘟响，战友忙又忙，
赶紧打背包，手快心不慌。
背起了背包，还有崭新枪，
一切全带上，全副来武装。
全连集体齐，三分都到场，
紧张又迅速，苦练本领强。
为民站好岗，为国献力量，
敌人敢来犯，岂容他逞狂。

我们那时每天的生活费是六毛八分钱，一个月的津贴费是六块钱。除了买日用品外，还有剩钱买烟吸，买不起好的，当时我们买的是红灯牌香烟，每包两毛八分钱。刚到部队那几天，上厕所时老解不开部队发的那种腰带，越内急越解不开，幸亏身后跟着在县武装认识的头一晚上睡通腿儿的张方生。

有时晚上来几辆轿子车，拉我们去兵部看电影，记的看过的电影有《奴隶》《知音》等。我们的兵部就是现在解放军文艺出版社的所在地——白石桥42号。记得兵部的小礼堂是很漂亮的。临新训结束分配时，当时我们的排长向我透露，可能把我留在兵部站岗。当时我感到很高兴。没想到最后分配时，我却被分去山西一部队煤矿。

练射击时我的情况老过不了关，瞄准、稳枪、扣扳机，不是这不行，就是那不行。我的眼睛瞄准时合不上左眼，总是合右眼用左眼瞄准，但一般是合左眼用右眼瞄，没办法，只能用帽子把左眼遮起来瞄，为此挨了好几次训，觉得脸上火辣辣的。平常里抢着扫地、扫院子、打饭、刷饭桶，星期五开班委会能得到班长的表扬是最高兴的事。还好，新训一个月时我被嘉奖一次，并被安排担任团支部委员。最后实弹射击时，五发子弹我打了四十八环，得了个优秀。由于左眼闭不上，我还怕自己打个不及格哪。

去参加义务劳动，帮菜农到地里收白菜，比训练舒服多了，不但自由些，而且还可以打打闹闹。新训结束前，我们去参观了天安门、故宫、中山公园、北海公园，并在天安门照了相，还瞻仰了毛主席遗容。

我们最后参观了动物园。我还记得从动物园出来，我们在门口附近饭馆吃的羊肉馅水饺。

还有一件事也是吃的问题。我们刚到部队都吃不惯大米饭，所以早晨吃馒头时都要放起几个馒头来，留着中午饭时吃。打一桶馒头一人两个就没有了，所以去食堂打饭一贯都是跑着去，一顿饭要跑个五六趟。有时去了没饭了，女兵们剩回去的馒头或面条也要。在新兵连什么都会让你干一干，比如帮厨、站岗、出公差等。

## 二

我被分去了山西金沙滩附近的一个部队煤矿。当坐了一夜火车到了大同火车站，天气寒冷，温度很低。我们被安排分别爬上车厢很浅的翻头车，用大衣盖上头，相依着趴在前面战友的后背上。车不知颠簸了多长时间，我们的全身几乎被冻麻木了，有的人迷迷糊糊就要睡着了。当翻斗车把我们和行李一道拉向营地，迎着沙子打脸的狂风，望着路两边越来越荒凉的景象，我们真希望这是在做梦。

由于过度劳累，我曾晕倒在煤井里，由于熬夜，我趴在书桌上睡着了，燃尽的蜡烛烧毁了手稿和书籍，也差一点把自己葬身火海。那段艰苦的生活经历和创作积累，为我后来的文学创作铺下了牢固的基石。

在我离开煤矿之前的寂寞岁月里，最大的苦恼就是没书读。对我来说，那段生活给我留下来的只有几大本剪报和十几本沉甸甸的日记。剪报是我从澡堂里收集来的，我像个探宝的人，从那些濡湿的、别人包衣服鞋子的旧报纸上搜寻到有关文学、文化的文章后，如获至宝赶紧剪下来。那十几本日记里，更是记录了我那些年人生的艰难足迹和心路历程，那是一笔只属于我自己的无形资产。

## 三

六年后，我被调回到北京，我在总后派出所干上了民警的工作。下片熟悉情况，调解纠纷，处理案件，天天忙得不亦乐乎。

我家住在海淀和丰台交界的太平路东的一个小胡同里，晚上，儿子要看动画片，我要看足球比赛，两个人就抢夺遥控器。最后我想了个计策，儿子就不和我抢了，乖乖地回自己小屋去了。妻子下班回来，我听到儿子在院里小声跟他妈说，妈，我刚才和我爸抢遥控器，把他的脸抓破了，你快去看看吧。妻子进屋，说，脸让你儿子给抓破了，让我看看。停了下又说，你也真是的，和儿子抢电视看。我捂着脸不让她看，说，没事。她说要看电视剧。我说，这是我付出血的代价争来的遥控器，再说，足球比赛一会就完了。妻子看我的可怜样，没有再跟我争。足球比赛完后，我说，不看了，你看吧。妻子说，我给你上点药吧。我偷笑着说，不用了，你看，好了。

妻子上来看，我脸上果然没一点"伤"了。妻子说，到底怎么回事？我说，刚才和儿子抢遥控器时，我把你的口红抹脸上了一点。

我们住的胡同里，靠我院的北邻居是个老人，七十多岁，很胖。有一年北京夏天下暴雨，我正好在家休息。胡同的水快有齐腰深了。我让爱人在家守着屋门，因为我们门口低，门口是用板子和塑料布堵上的。看着雨下得太大，我到邻居家去看看有没有什么危险。到了北邻居家，一步步蹚着水进了老爷子住的西屋，屋里没有灯，很暗。我停了一会，才适应了屋内的光线，我说，大叔，是我，小王。他得到救星似的说道，是小王呀，你看看这水都到哪儿了，我以为这条老命这回就交待了。我的腿头两天摔骨折了，你快救救我吧。老爷子坐在床上不敢动了，水已经和床板几乎平了。我把他抱到了他大儿子的东屋里，因为东屋的地势高些。我安慰了他几句，又去了别的家。

下水道和厕所里的水都返上来了，几乎每家都进了水。一个外地妇女一边哭着一边从屋内向外泼水，我走上去接过脸盆就泼了起来。我身上出门时穿了件雨衣，一会全身就湿透了。

南邻居家住着方老太太，八十多岁了，平常也是一个人住。他小院里一棵树倒下后砸塌了一间房子，树倒下时堵了大门口。我从有空隙的地方爬进去，从漆黑的屋里抱出了吓得打着哆嗦的老太太。她嘴里喃喃自语道，小王，你可是个好人哪。

有一天，放学的儿子进家后对我说，爸，赵颖他叔家着火了。我忙去看。果然，赵永春家小院里传出啪啪的声音，小院上空冒出了浓烟。我使劲敲门，大喊，里边都没人答应。他家北屋住着一位租房子住的残疾人。我爬上房顶，跳进去开了外门，火是从他家搭的小厨房里着起来的，火势越来越旺，我跑回家用桶接了水提了过来，邻居们都从自己家向这里端水。火烤着他西房的窗户，玻璃啪啪地都炸了。见在底下泼水不太管用，我又爬上了房顶，让人们把一桶桶水递给我，一不小心，我一个趔趄差一点从房顶上掉下来。

上面的火势小了些，我又跳下来查看情况，我突然发现，快烧塌的小屋内有一个煤气罐，上面冒着热气。我想也没想，一边喊道：大家快让开，一边把煤气罐提到院外。接过大家提的水又向上泼了几桶，上面依然散发着白气。这会儿，赵永春回来了，他出去时忘记了炉子上烧着水，水壶烧干后引燃了边上的报纸。好险。火救下后，回家一看，我像刚从煤井下干活回来的样子。胳膊和腿上划了不少血道子。第二天，浑身才感觉到了酸痛。

胡同里南北各有一个公共厕所，北边的离马路近。经常有小偷把从公交车上偷的钱包扔在那儿。有一次，居委会委员周阿姨的丈夫上厕所时，从门口捡到一个南方某检察院的人的工作证交给了我。我打电话联系上后，用挂号寄给了主人。南边厕所外临时搭的小房里住着河北来的一对中年夫妻，他们早起去京翠饭店门前的车站卖早点，早晨天不明就出去。小偷趁天不明撬开他们家的挂锁，把家里翻了个底朝天。一个星期内连着撬了三次，最后一次终于被男主人早回来发现，他一大喊，邻居们都跑了出来。我也是刚起床，大家一起追到南头，那小子想跳墙时被我们拉了下来。有人陪我把那人弄到了派出所。

一个夏天的晚上，大概夜里一点多了。东邻居的女婿大喊，房顶上有人。他们家人忙来喊我。我刚出去，一个小伙子拼命从胡同里向北跑，邻居的女婿一边大喊站住，一边手拿一把铁锨在后面追，我穿着拖鞋跟着在后面追。我们追出胡同口，那人一直向东跑，我一边大喊着“站住，我是警察”一边追，几个人都被我甩在了后边，快到后勤学院门口时，那人终于趴在地上跑不动了。在这儿抓到他正好，对面就是我们派出所。

## 四

除了执行分局开会或传真安排的清查或协查任务及按照季节安排的任务外，平常的工作就是下管区巡逻，处理老百姓邻里之间的家长里短。婆媳矛盾、夫妻打架、邻里纠纷，到保卫干事和家委会那里去看看有什么事需要处理。

设计院有一个年轻干部，还是个画家，住在集体楼上，有一天晚上和几个喝醉酒的人发生了口角，被其中一个人用利器划破了脸。我们到现场后，那几个人都跑了。我先让单位用车送他去医院看伤，脸上整整缝了八针。查到了那几个打他的人，给他们做笔录，了解事情经过。等受害者伤好拆线后，让他去做了伤残评级，幸好伤口不深，只算轻微伤偏重。跟双方调解，告诉双方，大家今后还都在这一个院里待，抬头不见低头见的。真拘留两个人，出来后说不定还和他过不去。让那几个人给他赔礼道歉，赔了他五千元钱，这事就算过去了。

每到过年，事特别多，上边的电传和通知多，一会也不能离开的。就是不值班，接到电话，下面管区出了事，都得及时赶到现场。晚上刚过十一点，院里的鞭炮声就此起彼伏地响起来了，这个时候，得赶紧骑上自行车向管区跑。一怕着火，二怕伤着人。虽然后来禁放了，但老百姓有的是办法，偷偷从河北买回来各种鞭炮和二踢脚。有的雷子又大又响。虽然说不让放大炮，但喜庆的日子，你也不好意思去扫人家的兴。有时放炮时正好有风，看那儿草窝里冒烟了，赶紧上去踩灭。有一次房顶上着了火，赶紧组织人去灭火。要是出了事可就是大事。到一点回家时，嗓子被浓烟熏得都哑了。但心中还暗自庆幸，一切平安！向所里电话汇报后，才躺下休息。

经常有外地或别的分局来了解情况和抓人的，来了你就得积极配合人家。全国公安是一家嘛。

大家私下里说，据说，公安系统的人，平均寿命只有不到五十岁。

我的青春岁月就在这样的时光里悄悄流过。

通过自己的努力再努力，头一次立了个人三等功，我把喜报寄回家乡的民政局。信寄走后，就盼望着从家里传来消息：学生们敲锣打鼓去我家送喜报。可最后盼望变成了失望，不知道我那份喜报埋在哪位老乡办公桌上的公文堆里了，或是和一些废纸一起卖给收废品的了……

## 五

院里有个小伙子，快三十岁了，一直没成家，精神上有问题，家长说是从小受人欺负得的。犯病住院后，消停不长时间就又在家里又打又砸。家长说，这孩子我们不要了，你们愿弄哪儿去就弄哪儿去吧。那有这样做家长的？再有病也是你家孩子，国家也不能给你养着。他一闹，家长就给所里打电话，我们先去现场，让几个警察一起把人控制住，给分局有关部门请示，有关部门一级级请示后，有时让送温泉精神病院，有时让送五里坨精神病院。住几个月院，回来不久，又被送回去。家长也发愁，他父亲五十多岁的人，头发都白了。后来他离家出走后失踪了。

还有个女青年，也是三十多岁了，也是没结婚。春天一犯病，脱光了衣服在院里操场上跑。到现场，让女警带她去厕所给她穿上衣服。有这病的人劲都特大，两个普通人根本摁不住。家长说，高考时受了刺激，刚开始就是不爱说话，不愿见人，一不坚持吃药就犯病。这样的事情不定什么时间发生，出了这种情况，先控制住人，请示上级，看安排送哪个精神病院。有时晚上发生这样的情况，只能连夜送精神病院。有时送人回到所里时，天都明了，往往都是在回来的车里，迷迷糊糊就睡着了。一下车有人说，吃了早餐再睡吧。这个时候，再好的东西也不想吃，最想干的事就是睡觉。一躺下，一觉睡到吃中午饭。

我们办了一桩这样的案子，三招的保卫干部反映，有两个房间住了几个青年男女，很多人来此应聘，先是填表、交钱。说是招聘演员的。我到现场作了观察，汇报给所里，领导安排去查查。一查，他们果然没什么手续，说是什么什么剧组的。每人先目测，然后告诉你初试过关了，填表，交培训费，等通知上戏或参加表演培训。每个出来的人，脸上都是笑容。穿得差点的，让你交一千元，穿得光鲜点的，交一千八百元。

有模样好点的，但大部分都是普通人。年龄也是从十八岁到五十岁不等。有人听说是骗人的，一是要求退钱，二是打电话反映到了中央电视台，当时的《焦点访谈》节目组来了记者和摄像。

## 六

有一天刚吃完晚饭没一会，营房部办公室的主任打来了电话，电话里他的声音有些发抖，他说，培静，刚才有人给我家打电话，说放我们家门口一个炸药包，让给他准备五万块钱，不许报警，还说知道我姑娘在哪儿上学。这人肯定了解我家的情况，你给所长说说，看看怎么办，我等你电话。

放下电话，我赶紧向所长做了汇报。所长又叫了值班的同事一起到了营房部管理科长聂世新的办公室。保卫干事也来了。不一会，李主任又打来电话，对方问，钱准备得怎么样了？我说，大晚上的，真整不到这么多钱。对方说，你别要什么花招，当心你们全家人的性命，你想好了，是钱重要，还是你全家人的命重要。

所长接过电话说，你先稳住他，不要刺激他。我们想办法。放下那边的电话，所长又打电话向分局做了汇报，分局没说来人，只是说，处理事情要冷静，注意人身安全。

到了夜里三点，李主任又打来电话，对方说，再给你最后二十分钟，再不做决定，我可摁响炸药包的控制器了。整不够钱，让你媳妇把账务室的钥匙从门口扔出来也行。

再耗下去不行了。所长想了想说，走，我们去现场周围看看。到了幼儿园门口的那个楼门口，所长说，培静，我俩进去看看，剩下的人都离楼远点。楼道的灯是声控的，我们不敢闹动静，摸着黑前行。我们小心地一步步上到了二楼，所长轻咳了一声，楼道里的灯亮了一盏，但灯光微弱。又上了几级台阶，终于看到了三层西边的门口放着一个用胶带裹着的纸箱子，上面有天线顶在门口的防盗门上。我们的心提到了嗓子眼儿。四周看了看，从二楼的墙角看到了一个扫把，所长拿了过来。我接过来说，我来吧。

所长说，你慢慢地把那天线从铁门上挑开。我小心翼翼地向前迈了几步，探着身子去挑门口的天线。天线挑开了，没有一点反应，我索性用扫把推了推箱子，还是没有反应。我转头看了看站在二三层楼梯中间的所长，他小声说，要不，抱走吧。

我把扫把给了所长，上前抱着箱子就向楼下走。感觉手里的箱子有些重量，里边肯定有内容。我努力用两只胳膊向外撑着，让箱子尽量离开肚子一些。这样如果爆炸了，或许对我伤害小一些。

下了楼，所长示意我，抱开阔的操场上去。躲在楼下的人跟了上来，我说，你们离我远点。

他们有的慢下了脚步，有的向左方或右方挪去。从那主任家的门口到操场可能有一千米的距离，也许这一千米是我人生的最后一千米。手里的炸药包要爆炸了，我的一切也就结束了，可说不定上级会奖励我家一套房子，媳妇、儿子就能住上楼房了。到了操场中间，放下箱子后，我的全身都被汗水浸透了。

我稳了稳神，弯腰一点点把箱子上的黑胶带撕开，那箱子上的黑胶带横七竖八，费了好大劲，才把箱子打开。掀开箱子，月光下看不见里面的状况，我用手摸索着伸了进去。先拿出来两个小机油桶，弄得我两手都黏糊糊的，再向外掏，一共拿出了四块砖……

## 七

1996 年冬日的一天，我在所里值班。大概是晚上八点多的样子，电话响了。我拿起一听，里边传来一个熟悉的声音，他说，陈淑萍出事了，被人打了，很严重。快告诉所长，快来人。电话是陈淑萍大姐的爱人打来的。我问，你们在什么地方？他说，在复兴商业城门口被打的，那人已经打死了一个人，你大姐上去制止，他就拿铁棍子朝你大姐打来。人可能不行了，现在送复兴医院了。

那天下班时，他们两口子带着儿子有说有笑出了门，说是骑车去刚开业不久的复兴商业城逛逛。怎么说出事就出事了？

放下电话，我忙向所长、指导员做了汇报，所长带几个人先去了。不一会儿，所里的人全都回来了。从医院传回的消息是，那天他们逛完到商场门口时，他儿子突然要去厕所。他爸爸带他回商城上厕所。回来时发现她没在放自行车的地方，看到远处围了很多人。他们上去一看，她已经倒在了血泊中。原来，一个小伙子出门时被另一个小伙子撞了一下肩膀，两人先是对骂，后就动起了手。一方从拴围自行车的地方抽出一根铁棍向另一个打去。一下、两下，那人就倒在了血泊中。站在远处的陈淑萍大姐穿着便衣，谁也不知道她是警察。她看到了刚才发生的一幕，一边向那边跑一边喊，不许打人，我是警察。那打人的小伙子像发了疯，转身照陈大姐的头上就是几下。那天正好是奥委会考察团来北京考察，复兴路的主路边有很多警察执勤，警察上来就把那打人的小伙子抓住了。

有女同志留所里值班，我们几个第二批出发去了医院。当时陈大姐已经转院到北京急救中心。我们到时，正要给陈大姐做CT检查什么的，她的整个脑袋血肉模糊，头发剃光了，身上的衣服全被血染红，脱不下来，医生用剪刀全部剪开了。望着白天还在一起有说有笑的陈大姐，我们的心情都特别沉重。孩子还那么小，希望老天保佑她，能活过来。医生对我们几个说，别不好意思了，救命要紧，上手抬吧。我们小心翼翼地抬大姐去做各种检查。一切检查完后，医生决定，要给她做开颅手术。陈大姐的爱人齐大哥，眼含热泪，哆嗦着双手在手术单上签了字。我们焦急地等待手术结果。天都明了，手术还没有完。上午九点多吧，手术终于做完了。但结果怎么样，还很难说。从脖子上给她插了食管，几天后开始进一点流食。我们轮流去值班看护。看着她满头缠着纱布的样子，我们的心都是疼的。她一直处在昏迷中，一点反应都没有。整整昏迷了二十多天，陈大姐终于醒了过来。

由于大脑受损，她的半个身子恢复得很慢。一边的脚和手不太听使唤。那时在医院我对齐大哥说过，有一天，我一定要把大姐感人的事迹写出来。

陈大姐的体重也就八十多斤，她是在北京当兵进入公安队伍的。在我们看来，她是一个一阵风都能吹倒的人。就是这样一个人，竟干出了这么爷们儿的事情。最后，上级授予了她二级英模称号。

后来，那打人的小伙子交代，他是个四川民工，路过北京去东北找活干，在火车上丢了兜里仅有的五十块钱，心里很窝火。在漫无目的地逛完商场出门时，和一个小伙子撞了一下，那人用眼斜他、瞪他，嘴里好像还不干不净地骂着什么。他心里本来就有气，他感觉，走在这城里的任何地方，城里的人好像都不拿正眼看他。他跟着那小伙子的脚步前后出了门，到了广场，他从拴自行车绳的地方抽出一根铁棍，就向前面的小伙子打去。挨第一下后，那被打的小伙子回身想和他较劲，还没等对方说出一句话或做出一个动作来，他接连打了几下，那人就倒下了。这时一个女人上来制止，嘴里说自己是警察，他又不顾一切地向她打来。

那个伤害他的罪犯得到了应有的惩罚，崩了。

## 八

这天，所长说，市局刑警队来电话，了解3号楼一个名叫申万来的情况，好像这人没有案底。王培静，你去查一下。

我从所长办公室出来，直接进了户籍室。户口底簿上的情况是：申万来，男，汉，二十五岁，未婚，群众，中学毕业。再看照片，一张很英俊的脸。普查人口时见过他，我心里有些印象。

我骑车来到辖区居委会，和大家一一打过招呼，对也住3号楼的厉阿姨说，厉阿姨，3楼4门501的申万年家情况你说一说。

他家呀，他一个哥结婚后搬了出去，一个姐也出嫁了。只有他和父母在家住，父母都是退休工人。这阵子好像没看到这小子。小孩长得不错，一米七五的个，方脸，很白。上的什么艺校，听说参演过好几部电视剧，当然都是跑龙套。厉阿姨一边想一边说。

您打听一下，他最近在家住吗，回来过没有？

怎么，他出事了？

上面让了解下他的情况，具体有没有事没说。一定不要直接去问，间接了解下。我明天来听你话。

晚上厉阿姨就打给我电话说，我打听了，前段没在家住，好像昨天回来了一趟，带了个女孩，晚上又走了。

我收了电话，就向所长做了汇报。所长交代，你给市局刑警队回个电话，和他们说一下你了解的情况。

第二天早晨，刑警队一下来了六个便衣，四男二女。

通气会上，刑警队的人介绍说，这个申万来涉嫌一起枪案。最近可能要搬东西出去住，那院门口有没有有利的房子？我们蹲守抓他。

有，传达室旁是个交通办公室，可以借来用。我回答。

所长说，你赶紧落实一下那房子，这几天，只要市局的人在，你就在那边配合工作。

是。

坐刑警队的车来到3号楼大门口，我忙和交通办的人做了沟通。刑警队的人一进屋，看了看方位，笑着说，这地方太合适了，进出大门都能看得清清楚楚。

有人观察门口情况，有人看报，还有个小年轻用两手练习举枪射击的动作。后来听他们聊天，我才知道，他是市拳击队下来的，别看瘦小，身上有功夫。

我又给他们联系好了买饭的地方。

刑警队的人对我都很客气。

头一天人多。第二天剩了四个人，又待了两天，见门口没有任何动静，刑警队的人只来了三个。天天这样干耗着，大家都有些烦躁。刑警队的人可以换班，我却一直一个人在那儿陪着。

这天刚上班，我接到了一个电话。我收起电话，有些兴奋地对刑警队的人说，刚才我安排的治安积极分子对我说，申万来带了五个人进家了，可你们今天才来了两个人。

没事，我们带着枪哪。那个中年刑警说。

不一会，我的电话又响了。

收了电话，我说，他们一人拿一个大包出家门了。

好，我们做好准备。

两个刑警都掏出枪检查了一遍。

我没有任何武器。

我和两个便衣走出了屋子。我感觉到一丝紧张。

五分钟后，目标出现了。

我小声说，来了。走在中间穿红上衣的那个人就是他。

两个刑警和我交换了个眼神。

目标越来越近了，我这时反倒镇定了下来。

中年刑警和那个小刑警一人一个目标把人放倒在地上，两人几乎是同时掏出枪，嘴里吼道：我们是警察，不许动！

我不知从哪儿来的劲，上去一只手抓住一个人的脖领，把两个小子摁在了地上。剩下的一个跑了没几步，竟然自己瘫在了地上。

用三副手铐把五个人铐在了一起。我打电话让所里派车，把人带了回去。

经过突审，申万来交代了和人一起制造了春节前五里南铁道旁出租车司机被杀的事实，并让他带路，从他女朋友家取回一支五四手枪和三十发子弹。其余四个人都是和他参与其他不同抢劫案的同伙。

刑警队的人走时，对我说，我们会通过组织为你请功的。

没多久，电视、报纸都报道了本市破获的这起牵连到十八人的抢劫强奸绑架杀人犯罪团伙。参与破案的许多人立功受奖，戴了大红花。

那天从电视新闻上看到，十八人抢劫团伙的主犯申万来等五人被枪毙，剩下的分别判了刑。

事后没人再提给我请功的事。

我像往常一样，又骑上自行车下管区了。

对一个写作者来说，这就是财富。

## 九

岁月静静地流走。

2007 年 3 月 8 日，我到位于魏公村的解放军艺术学院讲课。我的开场白是这样说的：解放军艺术学院这个地方，是一方艺术的圣土，更是一方文学的圣地。从这个地方走出了很多全国乃至世界都很有名的艺术家和作家。据我所知，从这儿走出来的著名作家就有莫言、李存葆、徐贵祥、阎连科、柳建伟等，这儿被誉为“军队作家、艺术家的摇篮”。

我和军艺这个地方也算有缘。1982 年 10 月 25 日，那是我穿上军装的第二天，从山东老家的县城人武部坐汽车又倒火车来到了北京这个地方——海淀的魏公村，我们基建工程兵的教导大队就在这儿。

作为一名热爱文学的军人，年轻时也梦想过能上解放军艺术学院，但命运一直没有给我机会。今天能站在这儿和同学们一起交流文学创作，也算圆了我的一个梦……

## 十

海淀区科研院所林立，高等院校密集，经济发展迅猛，文化旅游资源丰厚，中央、军队机关众多，拥有首都政治和科技、教育、人才优势，以及文化、自然地理优势等明显的区位功能优势和资源优势，是国家高新技术产业基地之一。其中的中关村科技园区海淀园是推动科教兴国战略、实现两个根本转变的综合改革试验区，具有国际竞争力的国家科技创新示范基地，立足首都、面向全国的科技成果孵化和辐射基地，高素质人才的培养基地，是环渤海地区京津塘科技新干线发展的“龙头”和经济腾飞的“发动机”。

到国家图书馆看书，到北大、清华会朋友，到创业公司、学校采访，到海淀开会，从风华正茂到霜染两鬓，风风雨雨三十多年的生活，工作，都是在海淀这块土地上度过的。我和海淀结下了不解之缘。

### 作家简介

王培静，中国作家协会会员、北京小小说沙龙会长。曾在《小说选刊》《时代文学》《小说界》《北京文学》等报刊发表文学作品三百余万字，曾获冰心儿童图书奖、冰心散文奖，作品在军内外获奖七十多次。有百余篇作品被《小说选刊》《读者》《作家文摘》《青年博览》《中学生阅读》《小小说选刊》等报刊选载。出版《怎能不想你》《王培静小小说选》《谁不愿做只飞翔的鸟》《幸福的感觉》《寻找英雄》《编外女兵》《拾荒人的梦想》《军魂》等十九部。

# 寻找北京的秋天

王　童

北京的秋天是没有季节感的，已到中秋，气候仍旧是溽热难耐。立秋那天，熟肉店老板一个劲地喊着：天凉了，要贴秋膘了！可响应的人却寥寥。因艳阳下，树仍旧是深绿色的，墙壁仍旧被炙烤得发烫，汗珠不停地从过往行人的汗毛孔里蒸发出来。女人们露着玉臂嫩足展示着她们诱人的魅力。这不是秋季，是夏日的延伸，是地球变暖循环过长的暑天。楼越盖越高，楼越盖越多，路加宽了，车挤得多了，热浪则被淤积在城市的夹层中出不去。从郊区乘车回到城里，明显地感到那扑面而来的阵阵热风。城市的高楼阻挡住了凉爽气流的进入，城里消费的热气尾气废气已将秋高气爽变得气闷胸悸。

我一直在寻找着北京的秋色。

我一直在寻找着北京的绿荫。

那是二十年前；那是三十年前。北京的秋天是湛蓝的，北京的秋色是浅绿色的，北京的秋风是碧爽的。那时我在北京读书，那时我的脚步常徜徉在路上与秋风絮语。那条路从紫竹院到黄庄延至北大、清华，一直到颐和园、圆明园。这条路在葳蕤葱郁的绿荫里掩映着国家图书馆、解放军艺术学院、北京理工大学和农业科学院。在这路的两侧种着茂密如华盖伞样的绿色植物。有高大的法国梧桐、槐树和挺立的钻天白杨，还有临着水面的杨柳，杨柳的柳丝拂着湖水的绿波，在秋风中依依。在我的笔记本中，至今还收藏着一片从此地飘落下来的卵形的杨树叶，这叶子叶脉清晰，叶肉厚实，汁多味润。多年后，虽然它已变成一片干燥的阔叶标本，颜色也脱落而去，但仍然凸显着那沉郁的生机，真可谓一叶知秋了。那时，此处还种有塔形的雪松与形态各异的侧柏与龙柏；紫叶李和皂荚穿插其间；白榆、朴树、广玉兰环绕在侧。还有矮小的灌木与落叶乔木纠缠在一起，间或伴随着一些丁香的芳菲在马路两侧一直延伸至远远的玉泉山下。龚自珍曾描绘这京师景致：“草木有江东之玉兰，有苹婆，有巨松柏，杂华靡靡芬腴。”恰是这一对称的映照。诗韵深对浅，重对轻，有影对无声，蜂腰对蝶翅，也韵出了景深的远近。而红对紫、白对青、渔火对禅灯更是把这一幽处烘托了出来。自然，渔火与禅灯是不存在的，但枝叶中昏黄的路灯与禅音还是有的。在落黄缤纷的杨树下，萧瑟秋风吹起烟条雨叶，煞如泉泻水涌，而我的脚也常常蹚着这窸窸窣窣作响的叶溪，去寻找这路边的一爿小书店。这小书店出售艺术品书籍的店员，是一个穿着蓝色花格衬衣、露着雪颈的美丽少妇。她的头发高高绾起，衬着一张很有艺术品位的脸，诚如她出售的艺术书籍扉页中的女人画像那般。在秋色中写生的我，常常背着画板或挂着相机到这里买书，引起了她的注意。以后便常常相视一笑——伦勃朗的素描与卡许·洛蒂的摄影集就在她的微笑中，让我购得了。

女人是秋天中的女人。

女人的微笑与碧云天、黄满地的风情融为一体。

离开女人，投身到秋风把风衣掀起一角的路上，军艺那侧有学生吹起的长笛音传出，悠长的思古之音绵绵而来。在这冥想中，到邻近的国家图书馆去读一本海明威的《老人与海》："……这条路进入林间就凉爽了，因为潮湿，脚下的沙土也硬了。"脑子里记住这段文字的同时，脚步却又到了去燕园的路上。这路上的绿荫把阳光分割开来，错落有致地蔓延着树影，恍如深深的庭院。这燕园有许多名人的遗迹，但我却转到了一个不知名的地质学家的墓旁。在这墓旁有了我的爱情，在这墓旁秋蝉还在鸣叫的竹林里，细雨泣秋风，藕丝暮色染，黛眉三两点。我们从这竹林里又来到未名湖畔，蝴蝶与蜻蜓仍在残荷上无力地翻飞，秋水倒映着博雅塔把塔檐层层卷起而又随着水波拉长，恰似八大山人与雷诺阿的绘画。我把她的头发掀起，她的头发像瀑布般从秀脸前掠过，间隙处显露出眼睛的光泽与肉色的弹性。我凝望着这萧瑟的未名湖，想起用水了此残生的人物：王国维、丁则良、戈麦。诗人戈麦留下的诗句"如果种子不死，就会在土壤中留下"，让人无时无刻不在寻找着那粒生的种子。而另一位诗人郭小川在离此地百十里地的团泊洼吟着："秋风像一把柔韧的梳子，梳理着静静的团泊洼。"最终，他也在这秋风中刚盼到"文革"结束的天明时，便在烟雾的窒息中烟消云散了。想到此，我向这湖中扔进了一颗石子，溅起了一圈圈涟漪……

我和她又相跟着来到那条绿荫大道上，我们又相跟着成百上千的师生如踏青般进行了生命的狂欢，直到那股激情再次被窒息掉。随之，我们的爱情也被那阵秋风吹散遁去。

若干年后，这条绿荫大道两侧珍贵的树木已被无情地砍伐掉了。阒静的那条路已被开辟成了一条商业大街，那爿小书店同那个女店员也跟着消失了。路还在，但人们记住的名字却叫中关村、海龙大厦、北大方正、联想、电子一条街了。高大的法国梧桐和槐树已被一座旋转着，称为脱氧核糖核酸的抽象金属建筑物给替代了。这里秋风秋云秋光中的艺术学术研究氛围，也随着那绿荫的消失荡然无存了。路拓宽了，车挤多了，人们蜂拥而至，讨价还价的吵闹声鼎沸了起来。人们的行动也从从容有度变得紧张急躁了起来。

现今，北京的秋天来得如此短暂，进入九月中旬，才渐有了秋的感觉。人们便忙着去秋游、去看香山红叶，落叶尚未飘落，秋色就躲进了山坳间，让冬日接手而来。由此，在这秋冬混杂的季节里，浓淡深浅的绿色就常常在雪色中徘徊到春季，或许，这是气候变异的反应？在季节不甚分明的空间里，空气也越来越混浊，有层次的阳光已与烟尘扭成了一团，天际间也变得灰蒙蒙起来，铅色的云团下，阴冷、干凉的气温中研究所的教授开起了公司，北大方正的已故教授王选成了最著名的人物。燕园的学生们也投入到这商业流中，有促销维修电脑的，也有当家教和推销安利产品勤工俭学的，高墙内绿肥红瘦的北大被商业包围着、引诱着、熏染着。然而，这里渗透着的那令人难忘的秋色，那秋风落叶的自然色调、艺术和文化浓郁交融的往昔都让我的记忆挥之不去。

我在寻找着、寻找着树荫下那一片片阴凉，寻找着那些珍贵的树种，寻找着这树荫下从那些文化科研机构走出的男男女女，也在寻找着那小书店里端庄又美丽的女店员。同时，还在寻找着那已逝去的北京的秋天。

## 作者简介

王童，山东掖县人。1991年毕业于北京电影学院文学系。鲁迅文学院主编班学员。1976年在617厂工作。历任内蒙古《鸿雁》杂志社编辑，《戏剧电影》《信报》社长主编助理、评语版主编，主任记者，《北京文学》社长助理兼编辑。1979年开始发表作品。2008年加入中国作家协会。发表中短篇小说等八十多万字。中篇小说《缰绳下的云和海》获2004年最具阅读价值小说，《美国隐形眼镜》获2001年中国小说排行榜中篇第七名，散文《雨中的女人》获第二届冰心散文奖，评论《从〈北京文学〉的发展探索文学期刊的出路》获第二届北京文联理论创作二等奖。小小说《打呼》入收2006年小小说精选集。摄影作品《异化的人》入选2007年中日友好写真展赴日展出。有众多评论诗歌及摄影作品散见于多种报刊。

# 大院记忆

王贤根

20 世纪 70 年代末，我从千里之外的基层调入北京的工程兵司令部，由于工作关系，常常陪同领导到各国驻华使馆参加招待会之类的活动。那时，我感悉各国驻华使馆均设置在北京城东，而军队各军、兵种机关、总部的大多办公处，安顿在城西，以海淀为最。在海淀，一片是从公主坟沿复兴路到玉泉路，空军、海军、通信兵、总后、炮兵、装甲兵、工程兵、铁道兵、政治学院，一个挨一个的军事大院，延绵几十里；另一片是西山脚下，从红山口、厢红旗、正蓝旗、正白旗至厢黄旗，过去是清军八旗驻地，也许是民国的军队接管了八旗的营房，理所当然，我人民解放军就入住了原傅作义所统辖的营区，后经不断改建，一个个军队大院悄然形成某种气势。

工程兵大院地处海淀的西南角。与复兴路上的各个军队大院那样，营门朝北。我至今也没想通，20 世纪 50 年代初，这是一片空旷的城西农地，为什么这么多军、兵种和总后选择复兴路的南侧建机关大院，大门朝北？从风水学上应该是负阴抱阳，难道我军的意向仍是延续中华民族历朝历代的剑指北疆？

皇城，大院遍布，各呈特色。军队大院严肃、幽深，无形间增添几分神秘色彩。

## 一

我对工程兵大院的感觉，不是它威严缜密的军事氛围，而是浓重的文化色彩。

院内司政机关办公楼南侧是一片高大茂密的梧桐树，挺拔碧翠的柏树，其间铺展的迎春、月季、蔷薇、丁香等花卉，流光溢彩，芬芳四射。操场南是文工团的办公楼、练舞厅。我们早上上班，正聚精会神写材料时，相隔百来米的文工团楼顶，就传来歌唱演员的吊嗓声，还有萨克斯的吹奏声。机关干部有意见不好意思说。有回，司令员实在听烦了，就对我这个值班员说："给文工团打个电话，叫他们朝南吹，想想我们都在办公呢！"

文工团楼紧挨南墙，墙外是条小河，取名响水河。河是海淀区与丰台区的分界线，那时的河南茫茫的麦地、菜地，倒是我们春夏踏青漫步的好去处。如今的响水河旁，京九线高架桥从上经过，莲石路快速通道的声响比河水不知高出多少倍。工程兵西院门朝玉泉路，路西便是现在的石景山区。20世纪70年代至本世纪初，我们常常开玩笑说，工程兵大院在"陕甘宁边区"。

大院里有文工团、体工队、通信站、警卫连、汽车连等直属单位，每逢集合开会、看电影，拉歌声此起彼伏，吼声震得院墙都要掀倒似的。那时看得最多的电影是"老三战"：《地道战》《地雷战》《南征北战》。《地道战》《地雷战》正是以我军工程兵在抗日战争时期创造的神奇故事改编而成的。

我听《地道战》中扮演村武装委员会主任、民兵队长高传宝的工程兵文工团话剧队队长朱龙广说，20世纪60年代初，亚非拉国家放映我国电影《平原游击队》，他们对影片中有段地道画面所透视的情节很感兴趣，说我们可以学习中国挖地道开展革命斗争的经验。可国际法有规定，军事不能输出，我方就考虑拍军事教育故事片，以艺术的形式支援亚非拉人民的正义斗争。1963年，总参军训部、军务部联合发文给工程兵，拍摄《地道战》《地雷战》，工程兵提议将《地雷战》安排给济南军区工程兵，《地道战》由工程兵抽调徐国腾等人创作剧本，工程兵文工团演出，八一厂出导演并拍摄。

年轻帅气的朱龙广首先被定为男一号高传宝的扮演者，女一号党支部书记、妇救会主任林霞嫂的扮演者，导演提出由八一厂选派，工程兵坚持选用电影《女列车长》中的一号扮演者、工程兵文工团话剧演员刘秀杰。朱龙广说，别看刘秀杰年岁比较大，平时走路慢慢的，说话轻轻的，可一上台，她那双有神的眼睛立马放射出光彩，紧紧地吸引着观众。

整个演员班底聚结着一团人气，扮演牛娃的胡自和等一批话剧演员，还有文工团舞蹈队的演员纷纷加入，所有的小角色和群众演员都来自文工团的演职员和工程兵部队，八一厂的刘江等几位演员加盟为电影增彩。朱龙广对着竹筒向各个民兵小组发出的那几句振振有词的指令和刘江的"高，实在是高"等，成为电影的经典台词。《地道战》的观看人次在国内超28亿人次，发行拷贝8420个，创下电影史上的两项纪录。它与《柳堡的故事》《青春之歌》

等成为我国那时期的经典电影。

文化需要传承，写作有种氛围。工程兵文工团创作、编排的话剧《滚滚的黄河》和张千一创作的交响音画《北方森林》，在全国会演中双双获得一等奖。那年张千一只有二十一岁。

工程兵大院的体育活动也很活跃，体工队的男女篮球队、男女乒乓球队，经常组织表演赛和邀请赛，极大地激励了大院干部、战士、职工的打球兴趣。后来，在香山工程兵一个团队的院内划出一块，建了室内篮球馆、乒乓球馆，无论刮风下雨，均可训练。工程兵的女子篮球队一度成为全国的尖子球队，女子乒乓球队的戴丽丽、沈建萍代表国家队参加世乒赛，荣获女子双打冠军。

“文革”后的工程兵文化工作，由政治部宣传部的文化组主抓，陈淀国为组长，组员侯真曦、赵芳才，侯真曦主管文工团、部队的文娱生活，赵芳才主管工程兵体工队和部队的体育活动，人称他们是工程兵文化战线的哼哈二将。而陈淀国的心思着重放在文学创作上。

## 二

对大院的记忆，最深刻的还是与文学相关的一些事儿。

1978 年 5 月我走进这座大院时，工程兵政治部已有文化部编制，并设有创作组。由于对文学的爱好和对作家的崇敬，我隔三岔五去找常常在报纸杂志上发表散文的陈淀国。那时没有现在这么多礼数和敬重的称谓，看他年纪比我大，资历比我老，就叫老陈，他叫我小王。他那时在创作组当创作员，后来军区级大单位就通称创作室了。陈淀国对工程兵的文学创作功不可没。在那文化荒芜的年代，陈淀国是全军最早创意并主持在大军区一级单位举办文学创作学习班的。

早在 1971 年年初，身为政治部宣传部文化组组长的陈淀国，敏锐地感到毛主席在延安文艺座谈会上的讲话发表三十周年的纪念日即将来临，借此，抓一抓因“文革”而荒废的文学创作，是个难逢的机遇。他建议以工程兵政治部的名义给工程兵各直属部队、院校、科研单位下达通知，为纪念毛主席的这个重要讲话，各团级单位上交五件文艺作品。在此基础上，他从中选取并组织有希望的创作骨干办学习班。“文革”时期，最响亮最堂皇的方式是办学习班，那时没有开笔会这一说。

来自全国各地大山沟里的工程兵创作骨干会聚工程兵招待所。开办没几天，陈淀国让我的高中同学、同一团队的战士王耀成，介绍在大山深处工棚里写就的小说《柿子红了》的体会。这篇小说 1971 年 12 月在《浙江日报》首发，列入工程兵创作学习班成员的作品集正式出版，后编入《世界文学》，又以此为书名出版英文版作品集，编入上海、浙江小学语文课本。同时参加第一期学习班的叶文福说："耀成，我搞了那么多年，不如你一下子红了！"

相对于王耀成、韩作荣等一批学员，叶文福是位"文革"前中师毕业参军的老兵。

陈淀国一生勤奋，出版有十多部散文集和部分报告文学集。可在人们的心目中，他永远是位诚恳、和善、提携文学新人的"陈干事"。

那时，他每隔半月办一期创作学习班，时间为两月，连办数期，几位主要的创作骨干连续参加，写稿改稿，每期均请出版社的编辑坐镇，看稿提意见。学习班结果，一部作品集成稿。那两年工程兵连续出版了数部文学作品集，也推出了叶文福、韩作荣、王耀成、丹兵（王存玉）、刘增新、郭米克、江宛柳等一批诗人和作家。

一时间，工程兵的文学创作名声在外。

1972 年，为筹备《解放军文艺》复刊，诗歌组组长李瑛给工程兵陈淀国电话，让推荐一位诗歌作者来《解放军文艺》杂志帮助工作。李瑛已经看重叶文福的潜力，当陈淀国提议叶文福时，他满口说好。在陈淀国的心目中，已在《工程兵报》编辑文艺副刊的喻晓的诗歌，已经引起众多读者的关注，但他走不开，作为战士的叶文福到军文艺杂志，也是学习提高的极好机遇。后听文艺社的朋友说，叶文福这家伙看稿、编稿快。那时部队作者来稿都是手写邮寄，他收到的诗稿往抽屉一放，个把星期后，一抽屉稿子往地上哗啦啦倒，他一屁股坐地，认真地看起来。我听了哈哈一笑。叶文福是个大大咧咧、不修边幅、不拘细节、我行我素之人，他不会因外界环境的变化而改变自己的个性。我还听说，有天早上坐班车去文艺社上班，车已经开动了，他大喊一声，从房间的窗口里跳了出来，匆匆追上车，引起一车编辑的说笑。

叶文福离开文艺社是因为李瑛不喜欢他抽烟。那时的文艺社，人手紧缺，应李瑛要求，陈淀国又推荐了韩作荣。创作上路不久的韩作荣，连续参加两期学习班，回部队后因为他驾驭文字的能力而提升为排长，在师宣传科帮助工作。有天，师长到宣传科慰问，走进韩作荣房间，韩作荣仍埋头书写着什么，科长说师长来了，韩作荣抬头看看，没有起立。师长走后，科长批评韩作荣没有礼貌，韩作荣指间夹着烟，嘴里吐出几缕烟丝，微微一笑，没说一句话。在解放军文艺社，韩作荣还是因为李瑛不喜欢抽烟，将他推荐给《诗刊》当编辑。人所共知，韩作荣后来是由《诗刊》的副主编调任《人民文学》主编的。

伯乐与千里马间，我们感受到伯乐的分量。陈淀国这位东北汉子，在军校学习的是工程兵专业技术，兴趣和他的感性、悟性，驱使他走上文学创作之路，又以工程兵机关这项工作的领导、指导者，极富爱心地扶植、提携文学新苗，并盼望他们茁壮成长。1972 年 3 月，陈淀国分别推荐王耀成、丹兵到《解放军文艺》和《解放军报》帮助工作。王耀成与王中才、窦孝鹏一道深入国家体操队采访，撰写报告文学于 5 月的《解放军文艺》复刊号发表，以纪念毛泽东主席“发展体育运动，增强人民体质”题词发表二十周年。他完成任务回部队，陈淀国给王耀成所在师打电话，希望他们留用创作骨干，提为干部，如果你师不用，我们打算调到其他师。

师宣传科暂留王耀成让他了解、采写师学习毛主席著作积极分子代表的事迹材料。有天早餐，中央人民广播电台播放《柿子红了》，师政委听说这个作品是战士王耀成创作的，他追问，这是人才，为什么不提起来？正在这时，北京工程兵机关的陈淀国又一次给师政治部电话查询王耀成的近况。有人说他的未婚妻家庭有问题。在那个十分讲究政治的年代，师政委还是下了决心。1973 年元旦，已经当了四年班长的王耀成，成为师特务连二排的第二位排长。1973 年 5 月，陈淀国电话通知该师，让王耀成来北京到解放军文艺社报到，正式下命令，成为编辑。那时，散文组组长纪鹏，副组长王中才，编辑袁厚春和王耀成，雷抒雁刚由散文组调往诗歌组。为照顾家庭，王耀成于 1980 年初调往东海艇队政治部创作室。

前几天我与王耀成通话，说到他的起步小说就响彻大江南北、长城内外，他呵呵一笑道：“那是时代的产物！”

## 三

喻晓、陈淀国举荐，叶文福从某师跨入工程兵大院，到文工团创作室任创作员。

创作员的职责是创作歌词、剧本，叶文福痴迷的是诗歌。

不久，他的反映工程兵部队生活的诗集《山恋》出版，获得业内好评，但真正引起轰动效应的是1979年《诗刊》8月号上的《将军，不能这么做》，此作很快由《文汇报》《解放军报》等报纸转载。工程兵大院顿时沸腾起来，人们对叶文福褒贬不一，不论怎样说，此刻，叶文福成为人们的重要话题。

不少人不认识他，问叶文福是谁？

有人说，文工团创作员。

有人说，这人平时不写歌词，整天在他的房子里写破诗。

有人说，一个疯子！

有人说，这诗要载入史册，叶文福从此登上文学舞台。

听到这些，我想起培根的一句话，天才与疯子间，仅一纸之隔。又想起屠格涅夫的《门槛》。

当时，我是被这诗作中震撼心灵的语言与犀利的灼见所感动的。有天晨操，院内的大道上有位络腮胡脸、中等身材的人慢跑，他穿圆领衫，下着军裤，头发飘洒，两手低垂，宽厚的嘴上叽里咕噜地念叨着什么。我觉得这人奇怪，问旁人，说这就是叶文福。

一天，我慕名到文工团三楼找他。20世纪50年代建的房舍，窗小，室内白天也是暗沉沉的，桌上开着台灯，我想他白天就在这里写作。这是他的卧室，又是他的创作室。门旁朝西的一只双人沙发上方的白墙上，好像有黑笔涂写的诗句。我说："你经常在这里写？"

"不！"他眼睛一瞪，络腮胡子好像矗起，"岂止经常，天天写！"

"晚上写累了，在沙发上一躺，醒来再写。"

记得那天，他站书桌旁，颇有兴致地给我念了新近创作的几首诗，还给我看了摊在书桌上的一篇中篇小说的头两页。几十年后，我到他家，他在电脑屏幕上给我念他一篇长篇小说的开头。一位诗人，怎么悄悄地经营起小说呢？我不喜欢他长篇小说的开头，但我没有在他的兴头上说这句话。

一时，叶文福的诗作泉水般喷涌，各大报纸杂志刊发，北京师范大学中文系请他演讲。回来他告诉我："没准备讲稿，我在讲台上，来回走动，即兴讲我的创作感悟、体验。走廊上、门口都挤满了人。"

叶文福的表情有几分的得意。我相信他的激情。他是个人来疯，听讲的人越多越来劲。我是后来在总政编发的《宣传动态》上看到他演讲摘要的。摘录有其选择性，他散文诗般的语言，令我阵阵激动。

诗人，是以他的诗文延续生命的。

沉默数年后的叶文福，以《穿满弹洞的旗帜》获《人民文学》优秀作品奖。

叶文福搬到通州附近的煤炭部干部管理学院，我曾去定福庄看望，他叫读初中的女儿为我演奏几曲古筝，让我心动。现在，她中央音乐学院毕业，经常随团国内外演出。

时间不会撒谎。《将军，不能这么做》，至今吟之，仍有很强的感染力。我很欣赏他《地米菜》那样童真的人性化的富于美感的诗作，虽没有《将军》诗那样的震撼，却是润物无声的沁入心田。

## 四

工程兵礼堂在大院的西南角。20 世纪 50 年代盖起的是一所军队院校简易的学生大食堂，工程兵入驻，开国上将、司令员陈士榘避开不准盖楼堂馆所之规定，以改建为名，修筑为礼堂，上下两层，可容千余人。尤其是舞台，有纵深，多层布景可徐徐升降，是文艺团体演出的理想场所，在周边的诸多兵种大院，属独一无二。礼堂为工程兵大院、部队和周边民众的文化生活带来极大的方便与期待。

让陈士榘料想不及的是，“文革”期间他数次被批斗，就是站在或坐在自己下令改建的颇有气派的工程兵礼堂的舞台一角。一位戎马一生、身经百战的将军，在稳坐天下、统领几十万大军的司令部机关，竟然被熟悉的部属“揭发批判”。特殊的年代，特殊的境遇，让一批老一代的革命家和开国将领蒙受屈辱。我走进这座大院时，这样的批判已近尾声。批判大会，按常规，我们司令部办公室人员依次坐在前面，忘了不知为什么，我从办公楼出来赶到场时，队伍已鱼贯而入，我只好坐在后面。看到这么一位德高望重的司令员被台上声嘶力竭的话语指责，让我这个刚从基层连队来的军人，有不寒而栗之感。

就在这次大会上，我看邻座有位年岁稍长的机关干部在一个小本上记录，细瞧，是在写分行的短句。多年来，对诗人怀着的崇敬之情，驱使我与他搭上话，方悉他是《工程兵报》文化科的喻元吉编辑，笔名喻晓。他说他突然想起几句，顺手记下。我不知道喻晓，但我在陈淀国主抓的创作学习班学员的作品集中，多次拜读到喻晓的诗作，他没参加学习班，可作为工程兵的作品集，陈淀国多次将他作品编入，学员的诸多作品，是经他手在《工程兵文艺·副刊》上首发的。他与陈淀国配合默契。可以说，喻晓是叶文福、韩作荣、刘毅然等一批工程兵诗人的老师，青年诗人刘毅然是喻晓从基层部队选调到《工程兵报·文艺副刊》当编辑的。喻晓担任报社的文化科科长。

记得那时的《工程兵报》文化科办公室，夜夜灯火通明，我有次上去看，是刘毅然伏在案上写作，一页页用蓝墨水写的诗稿，依次迭在桌面的右上角。我轻轻地叫了一声，他抬起头，神情还在创作状态中。我不好意思打扰，没说两句就告辞。从此得知，他每晚都在办公室写到后半夜。

创作需要勤奋。天才加勤奋方能抵达远方。

那时，我写点小稿，经喻晓一改，便像小姑娘经过打扮那样，耐看多了，喻晓也是我的老师。一位优秀的编辑，他有一批作家朋友，作品如江河之水，不断涌来。编辑有他们的设想，在某个阶段，或许缺少某个方面题材的文章，就会向作家朋友或部队的创作骨干约稿。在那两年多时间里，刘毅然多次向我约稿，急就的文章大多用在他编辑的副刊左上角。

文学创作好像要有个氛围，如一批树木挤在一块向往阳光那样。我听吴泰昌说过，他们那批北大中文系研究生，毕业后出了不少作家、评论家，各地的创作军团也有这种现象。那时期，工程兵的诗歌创作队伍相对强盛，小说创作，有前涉（钱富民）的长篇小说《桐柏英雄》，后改编成电影《小花》，演员陈冲、刘晓庆、唐国强，成为我国演艺界的明星。后唐国强成了工程兵的女婿，穿着新式的呢料军装，在家人的陪伴下经常在大院散步，英俊的形象引起众人关注。马云鹏的长篇小说《最后一个冬天》也获得好评。散文由陈淀国主打，他那时的几部作品集，在新时期的军旅散文中，起步早，出手快，语言质朴，富有韵味。

电影《小花》全国上演，引起一片赞誉。作为小说作者、电影的改编者，前涉心潮翻腾，同伴的心花也怒放开来。创作的欲望与冲击力，弥漫在大院的诗人作家中。

可就在这时，有人告发他，说当年钱富民是由他们陪同，到桐柏革命老区收集、采访素材，并参与整理资料的。虽然，《桐柏英雄》的封面上明确地印着集体创作，前涉执笔，但他们仍然不依不饶，说先前不知，现我们享有著作权。在权力与艺术、善良与诡谋的较量中，领导的处置方法是割断，确定钱富民转业。在拉锯式的相持中，权力的判决，让军旅作家败退。

有人窃喜，有人惋惜。

大院是围着高墙的社会。

当年大院的权贵已经不在了，但作品还在。

百万大裁军的岁月里，地处玉泉路大军区级的铁道兵和在白石桥北的基建工程兵被撤，所属机关和部队转为地方建制；同样是大军区级的炮兵、装甲兵、工程兵，整编为总参的一个部，在大院上班的机关干部多数分流、转业。

那时的工程兵大院，热闹，纷乱，但又有条不紊。文工团三百多号人的话剧队、歌舞队、曲艺队、交响乐队，认认真真地准备告别演出，颇有几分留恋与悲壮。演出结束，早被驻京各文艺团体瞄上的人才，纷纷接走。江明、刘海波等到总政歌舞团，听说一米八身材的刘海波后赴美国，在舞台上演绎的是王子形象；赵明等五位到北京军区战友文工团，也成为著名舞蹈家、编导；程乃元、杨奇调入魏公村的军艺大院，任舞蹈系教员；扮演牛娃的胡自和等一批话剧演员和乐队调归武警文工团，有部分演职员调往二炮文工团和八一电影制片厂。送入上海音乐学院深造的张千一，毕业后去了武警文工团，后又到总政歌舞团。有部分安排到机关负责文化工作。年龄偏大的演职员编入善后机构管理，现都安顿在大院。工程兵乒乓球队的大多运动员并入八一队，空闲的场馆被王扶林看中，租借拍摄电视连续剧《红楼梦》。文学创作的陈淀国调往武警，喻晓到解放军报社，刘毅然先在总政帮助工作，后到军艺，协助徐怀中创办文学系，刘增新、郭米克、项小米、江宛柳已经调离，其中三位任解放军文艺出版社编辑室主任。

## 五

大院原本嘹亮的起床号声偃息，晨起各支队伍跑步、出操的场景，霎时零落。干部的调离、转业，带走千余家眷，虽然主楼是总参工程兵部，继是总参兵种部的办公机构，可几年时间里，原本近万人口的院落，明显感觉龙腾虎跃、热闹非凡的景象已经不再，仿佛注入了某种智慧，呈现别样的境地。

大院主楼发出的，已经不是代表全军五十多万工程兵将士和十六万余工程兵直属部队官兵的心声，而是业经总参领导批准，以总参谋部名义的指令，手中的兵少了，职能扩大了。话说回来，总参二级部的部长们，本质上是总参的大参谋。

院中的苹果园、桃园、葡萄园，春时繁花盛开，蜂飞蝶舞，秋日果实累累，鲜艳炫目，现在都辟建为新来机关干部的居住楼。军人减少，房子却越盖越多。二十世纪七八十年代院中草丛藤蔓间常见的刺猬、松鼠、小蛇，由于规范化的营院绿化，铲除了它们的生存环境，而被生生灭绝了。在国家经济腾飞、军改深化的进程中，大院高了、挤了，但人们发觉它永远失去了往昔的幽深与自然。

院在，人在，事在。

一天，在工程兵编研室工作的原文工团话剧队队长朱龙广找我，看他笑吟吟的模样，好像心中有什么喜事。

“贤根，我刚从湛江回来，在那里召开的全国征集援越抗美回忆录的会议上，在军科主持这项工作的三十八军一位政委表扬了你，说我们这项征集工作已经开展多时，至今不少单位还未把回忆录撰写好汇总，可工程兵的王贤根，他一个人采访、写作，出版了长篇纪实文学《援越抗美实录》，为我们三十二万援越抗美将士说了话。他这种精神，我们该学学。”

这部作品 1990 年 6 月出版后，我收到许多当年援越抗美将士的来信，他们伴着真诚的泪水倾吐澎湃的心曲，我仅仅是出于对他们的一种敬仰和对文学的一份挚爱，而他们却把心窝都坦然地端给了我，还热情地邀我到他们的家乡去，到他们历经那一场场浴血奋战的战友中去，有的还专程到北京，来工程兵大院找我。一段时间，我是沉浸在一种亢奋之中。就在这当儿，工程兵负责征集回忆录的一位老同志，用毛笔向工程兵部部长政委书写了一封信，说我违背中央军委精神，组织上负责的回忆录还未出版，他却抢先将援越抗美这一重大历史事件公之于世。随后，有人又写信到总参、总政。总参为慎重起见，通知工程兵部组织人员审查。在一个月的时间里，我一方面忙于工作，另一方面必须接受和配合审查。在我的感觉中，那一个月，是我在这座办公大楼三十八年中，最为忙碌、最为暗沉的日子。审查是公正的。没发现保密上大的问题，当然，更谈不上什么违背中央军委精神。有位副总长在总参的文化工作会议上表扬我，说了几句《援越抗美实录》的好话，同时也获得文学作品奖。

朱龙广的话勾起我这段回忆。他的热情支持，让我心里热乎乎的。

工程兵编研室原先审查我的同志，后来在编写有关文章时说：“老王，你书中的材料我选用一些，行吗？”我说：“行啊，你随时用！”原先向领导写信的那位有才华的老同志，有日见面，抱住我的肩膀说：“贤根，过去的事过去了，以后我们好好写！”我们成为好朋友，我依旧敬重他。

记不得是哪一天了，朱龙广说：“与我住在一个小院的原文工团曲艺队的孙常文，儿子孙涛想报考军艺，让我选段演说台词，教他练练，考试有这科目。”我将《援越抗美实录》给他。他选取书的开篇“呼唤”中小脚母亲每天步行到几里外的火车站企盼已经牺牲在越南战场的儿子回来的那段文字。后来孙涛考上军艺，在中央电视台“春晚”舞台上，几乎每年都能见到他精彩的表演。我跟朱龙广开玩笑：“现在孙涛好像比您‘高传宝’还热呢！”他哈哈一笑，说：“这小子演得好，比曲艺家的他爸还响亮啦！”

朱龙广有着艺术家的情缘。他妻子原是文工团舞蹈表演的领舞，撤销机构后到我们单位工作。前些年，朱龙广邀请七八对夫妇由他率领到拍摄《地道战》的冉庄参观游览，地道战纪念馆的朋友热情地接待我们，朱龙广说咱们就住高传宝小院，大伙说好。夜宿抗日战争时期冉庄民兵队长高传宝的院落，体味当年他们的生活、战斗情景，该是怎样的一种心境啊！

院子不大，和北方普通农家小院一样普通，一样温馨，可对于朱龙广来说，那份情感非同一般，虽然他的年岁比我们大，可他仍像当年队长那样热烈地招呼我们，仿佛真是到了他的家。晚上，我们男女分别入住东西两间的炕上，半夜，朱龙广的呼噜将我们吼醒，有位战友捅他：“队长，队长，不好啦，鬼子进庄了！”朱龙广呼地坐起，见大家没动静，他才觉醒：“谁这么操蛋，我还当真呢！”

在那棵千年老槐树下，游客们见是“高传宝”，纷纷围过去，问这问那，拉住他的胳膊照相。我说：“你们这些姑娘小伙，只认高传宝，别冷落了这位当年影片中那个穿蓝色对襟衣、头扎毛巾、挎只小篮、往街上丢手榴弹的小姑娘！”朱龙广说：“是我夫人。”

“让民兵队长给你们讲讲，他后来是怎样拐上这位漂亮姑娘的？或是请她说说你是怎样盯准这位帅哥的？”我这话引起在场人的一阵笑声。

工程兵大院的文化生活，有文工团老班底的一拨艺术家带动，与周边的大院和社区相比，显得更为活跃。由离退休军人和大院其他爱好者组成的京剧队、舞蹈队、合唱团，在海淀区的范围里，可说是风生水起，屡屡获奖。大院有片地，在响水河南岸，属丰台区域，但那里居住的工程兵机关人员及家人的户口落在办公大院，儿孙在附近的五一小学、太平路小学、十一学校上学。丰台区不放过我们大院的这支文化队伍。他们说："你们有个院在丰台地盘，我们的活动你们要参加。"于是，工程兵大院的文艺队伍经常活跃在海淀、丰台的舞台和各个社区间，有时也参加北京市主办的演出，应中央电视台之邀，合唱团多次参加全国、全军性的演唱活动，他们的精彩表现，赢得广大民众的赞誉。

工程兵的文学创作人才，自 1982 年整编起，大多奔向其他军队大院。由老作家陈淀国牵头，这批诗人、作家每年春节聚会，轮流在各家举行，这份浓浓的情谊持续了三十多年。

如今，院里的离休干部武际良，八十高龄仍笔耕不辍，他先后创作出版了《斯诺传奇》《海伦·斯诺与中国》等数部纪实文学。原人民工兵杂志社社长刘汉杰，出版了几部散文随笔集，退休后，他任大院诗社总编，编辑出版了三部工程兵诗歌集，他的《门里门外谈诗词》受到广泛赞赏。不少原先的机关工作人员，潜心研究某个领域，手执笔管，书写春秋，其中的王晓建，成为我军的军史专家，担任多部影视剧的编剧、军史顾问。赵玉亮饱含泥土芬芳的诗歌，在《人民日报》《解放军报》等十多家报纸上亮相；高红纯的长篇小说《牛家湾》、谭克明的纪实文学《深挖洞》、陈尔柏的诗集《柳营即事》，也受到业内好评。

诗社先后请叶文福、喻晓、韩作荣回院授课，其间，诗社的领导和战友让我这个外行作陪，诗人言谈举止中坦露的对工程兵、对工程兵大院及昔日战友的那种浓烈得难以化解的特殊情感，让听者动容，也深深地镶嵌在我的脑际。这与每年都来工程兵大院看望与会面的陈淀国一样，感同身受。

文人会面以诗书为礼。我书柜中珍藏着陈淀国、喻晓、刘增新、郭米克、项小米、刘毅然等的多部著作。他们赠书时，我时而会说："请在扉页上写句话！"叶文福在他的散文集《收割自己的光芒》上写就："海到无边天作岸，山登极顶我为峰。"《叶文福诗词选》上题写："诗者，寺也，语言之寺也；寺者，诗也，无言之诗也。"他的钢笔字，如同他的毛笔字，彰显的是他独具的个性。生活虽然给他带来曲折与苦难，他的身躯如布满弹洞的旗帜那样，依然在蓝天下屹立、飘扬。

大院，如一张巨大的口，吞吐着无尽的故事……

2018 年 5 月 29 日于白云乡

## 作者简介

王贤根，浙江义乌人。毕业于解放军艺术学院文学系、北京师范大学和鲁迅文学院合办的创作与文艺学研究生班。1990年6月出版长篇纪实文学《援越抗美实录》，年内发行30万册，《南方日报》、香港《文汇报》、新加坡《联合晚报》等十多家报纸连载选载。1991年4月加入中国作家协会，系中国报告学会理事、中国散文学会理事。著有《千古长城义乌兵》等报告文学十余部、散文集《山野漫笔》《用自己的头站起来》《又是烟雨迷蒙时》，获漂母杯散文奖、冰心散文奖、长城散文金砖奖。

# 一枝黑枣伸向长安街

王宗仁

准确地说，这里是北京长安街的延长线，万寿路口紧靠长街的一个小区大院。生活中一些司空见惯的事，有时反而不会轻而易举给人们留下印象。我说的是这棵黑枣树。在这条街上生活了五十多年，我也没有特意留心到它的存在。不就是春来发芽、盛夏挂果吗？这样的树举目可见。直到前不久，当我穿过长安街看到路口黑压压扎堆着一群人，近前一看好些人手里都捧着一束挂满黑枣的枝叶时，这才止步在长在围墙里面那一蓬伞状的黑枣树前。原来，旁边的楼房不日就要拆迁，依楼而长的黑枣树面临寿终正寝的命运，人们都最后一次享受这棵树上的果实。黑枣是一种药材，叶、茎、根都有治病疗效。其实，平心而讲，大家留恋难舍这棵黑枣树，更多的还是隐于它背后的故事，那是一个遥远的关于胡杨与人的故事。

故事的主人叫什么名字，已经很少有人知道了，大家只是称“胡杨老人”。五十多年前，他在西北某地一次原子弹实验中落下病根，双腿瘫痪，坐上了轮椅。也许会有人说，西北那个地方留给老人的是终生也悔之不完的积怨。他呢？绝不！“能为当年那声震响寰宇的一声爆破贡献自己的一份智慧，这不是每个人都能享受到的荣耀！”他说这话时，脸上自豪喜悦的笑容是那样晶莹剔透，给人的感觉那是凝固在眉宇间一辈子都不会散去的笑容。要知道正是那声响亮的爆炸趾高气扬响起的瞬间，将多少国人从梦中唤醒，一夜间中华夏大地上冒出了满眼蓬蓬勃勃的尖刀般的春笋，那是可以与核垄断者对抗的“春笋”！

离开实验场回京城安家时，他特地从实验场附近的胡杨林挖了一棵幼苗随身相伴。因了这棵胡杨，他背负的人生行囊那么充实、凝重！那个春天的早晨，他在京城的院子里栽下这棵胡杨以后，也不曾想到，今后可能会遇到比在西北实验场更艰难更严峻的考验。胡杨就是他的儿子，这话是他说的。在西北和女朋友分手后，他一直单身。他爱护胡杨无微不至，干旱时给它喂水，见瘦了给它施肥。冬有棉套护着，夏搭凉棚遮着。可想而知，坐在轮椅上的他，在做这些活路时是多么费劲、辛劳。他期待胡杨活得像在大西北一样坚强、壮美。有了这棵树的陪伴，他生活得充实、乐趣。他说，以前我是为他人活着，拼死拼活我也不后悔。现在也要换个生活方式，为自己活几天。我活得精彩了，少麻烦别人和组织，这也是贡献。

事情发生在意料之外，也在意料之中。终于有一天胡杨树永远地沉睡在了万寿路口。他站在胡杨前等待它醒来，可它就是不说话。离开西北荒漠戈壁以后，胡杨在喧闹、浮华的城里找不到它的家，便去了它应该去的地方。从离开它的那个春天开始，他的心情一直沉浸在寒冬里。每天他几乎总有一个小时站在胡杨树前默哀。它走了，起点，作为他人生的另一个起点，胡杨一直植入他生命中，已经穿透了他的身心。

他真的没有想到，仿佛做梦似的，有一天在胡杨死去的原址上，冷不防长起了一棵树苗。什么树？他辨认不出，更不清楚是谁栽的。那树在阳光和春风细雨里蹿节地长个头，到了第三年夏天，枝叶就闪过二层楼的窗沿。先是爆出米粒般的黄花，之后就挂上了蚕豆似的果果。他这才知道这是黑枣树。其间，有人曾告诉他，每晚总有一个人给枣树或浇水或施肥。他纳闷，会是谁？他连着窥看了一个星期，却什么也没发现。作罢，就让那美好的故事自生自长吧！直到1986年春节，已经四十二岁的他与一个叫春桃的女人组成家庭后，才知道这个栽树、护树的人就是春桃。这位住在小区地下室以收废品为生的外来打工妹，一直将多情的目光盯在了那个每日出出进进的轮椅上。为什么要栽黑枣树？她告诉新婚丈夫，黑枣治病是祖爷爷传下的秘方，开胃健脑，还能通脉活血。春桃对丈夫说：你像那棵胡杨一样，从西北来到城市缺了雪山风，又少了戈壁的雨，不过，不碍事，没有风我低头带你一程，少了雨我伸手扶你一把。就凭爱妻这番话，“胡杨老人”也要好好活着！

人不可抗拒的生老病死，在现实生活中谁都不曾逾越它的规律。“胡杨老人”的病并没有因为收获了爱情而转折得轻松。不幸的是顽疾的势头一天天强势，折磨得他越来越瘦弱，过早地衰老。他忍着、体悟着，悄悄吞下绞心的悲伤。春桃心照不宣地看在眼里，只是更加精心、温柔地照顾丈夫。当初，她就是因了深沉的同情和敬慕才勇敢地对他孕育了爱情。她和他一直在冷静地直面疾病，对生命始终积极地顽强地探索和追求。即使在他几次重病住院时，也未黯然。婚后第五年，她如愿以偿地怀上了孕。原以为他有了后代，就会把丈夫在西北实验场生长出来的那种死不掉的精神传承下去。她确实是用圣洁的目光一遍遍阅读这位轮椅上的汉子，才心甘情愿地投到了他的怀抱。然而，不幸的人总有不幸相随。小儿出生后竟是个死胎。那一刻，她和他抱头号哭，顷刻间，天塌地陷！

他比她先走了五年。那是2001年深冬的一个午夜，北京很凉，已经被病魔蹂躏得成了皮包骨头的他驾着白云远去。从此，他的人生，当然还有他们的故事，都变成一个传说。他留给她的最后一席话是："我这一生能得到你，我的爱情已经足够。我死后，今天天亮之前你就把我忘掉。把我和你对我的爱一同埋葬，开始你新的生活！"

如今，可以把枝叶伸向长安街的黑枣树，据说被有心人移栽到了"胡杨老人"夫妻俩合葬的坟地。那是一块虽然贫瘠但却不缺风雨和阳光的土地，黑枣树会扎下新根，强壮生长……

## 作者简介

王宗仁，笔名柳山，当代散文家，国家一级作家。陕西扶风人。中国作家协会会员，中国散文学会副会长兼秘书长。代表作有《雪山采春》《鲜花开在山那边》《荒原与人》。

# 低头便见水中天

魏淑文

如今就餐时，每当我看见碗里盛上用东北等地的稻米做出来的白米饭，心中总会感慨万千。白米饭依旧是白米饭，而此非彼。它不再是米粒圆润，光润透明，蒸出来的饭光滑洁白、软硬适度，略带黏性，吃起来细腻、清香，口感特别好的京西稻做出的米饭。“京西稻米香，炊味天知晌”几乎快成了生命中的记忆。

在北京，种植水稻的历史十分悠久，甚至可以追溯到“幽州”时期。而真正形成驰名中外的京西稻还是在清代。早年，康熙皇帝南巡时，便把南方的水稻带到京城来种植，但因北方地寒，未能结实。后来，康熙皇帝亲自培植出“御稻”。并借鉴南方稻田以山泉灌之，泉水寒凉，用此则禾苗茂盛，亦得早熟的做法。在玉泉山试种，用玉泉山泉水浇灌，果然成功，这就是京西稻种植的开始。

据说，新中国成立前的京西稻，主要分布在海淀山前地区，沿玉泉山水系周边种植。如六郎庄、巴沟等地。山后温泉种植仅九十亩。新中国成立后，随着水利设施建设的推进，海淀区水稻发展迅速。1963 年水稻由山前扩大到山后，到 1970 年全区发展到七万二千亩，亩产 398.5 公斤。后来又发展到近十万亩，亩产 490 公斤。记得那时家家户户的餐桌上少不了香喷喷的白米饭，即便就咸菜吃，也能吃两碗。

近些年来，京西稻随着城市建设的发展几乎销声匿迹，寻常百姓再也吃不到那么好吃的白米饭了。谁也不曾想到，过去每天出现在餐桌上的白米饭离我们渐行渐远了。

我的青春是和京西稻的插秧、薅草、收割、装车运稻、打稻子、扛麻袋捆绑在一起的，没有了京西稻，我的青春岁月几乎没有了载体。京西稻带给我多少难忘的回忆，甚至伴随了我的成长，在繁重的劳动中，我逐渐悟出一些做人的道理。说起京西稻，就像打开了我青春岁月的一道闸门；说起京西稻，我的心会是酸的；说起京西稻，我的心会是甜的；说起京西稻，我的心乃五味杂陈，如此娓娓道来。您说，心系京西稻的情感又怎能随着时间的流逝而被淹没呢?

种过水稻的人都知道，插秧之前稻地要平整土地。怎样平整土地呢? 先用牛等牲口犁地，犁地后，人便用铁锹铲下高处地方的土，扔到低洼处，找平。然后往稻田里放水，当翻松的土地浸足水后，人就要跳进初春冰冷的水中，用四齿耙、平耙等农具把地一点点儿剜开，继续找平，把高处的泥土往低处扔，把牲口没有犁到的生地，都要用四齿耙捯一遍。平好的稻地池子各个平整、细腻，上面浮着一层细细的泥土，如面粉似的，就像一个一个等待秧苗入寝的温床。

记得那是 1969 年初春的清晨，乍暖还寒，刚刚走出校门没几天的我，兴高采烈地扛着四齿耙，与伙伴们一起来到了白家疃村三队稻田。这时，看见队里的男劳力纷纷脱掉鞋袜，光着脚走在田埂上，不免有些诧异。我望望伙伴们，她们也在望着我，同样不知所措。原来，老弱病残的人都在大田组，稻田组的劳力过去都是清一色的男青年。今天破天荒来了我们七八个女中学生，不过也有例外，即四五十岁的妇女队长张淑清。我对她扑面而来的印象是开朗、坦荡，眉眼间流露着仁慈和孩童般的纯真，有点儿像电影中的李双双。她冲我们嚷了一句："愣着干什么，脱鞋呀！"我们连忙弯下腰脱下了鞋袜，光着脚丫走到田埂上，凉飕飕的，心里挺不是滋味，刚才路上的兴奋早已没了踪影。我拿着四齿耙小心翼翼地走在田埂上，生怕掉进结了一层薄冰的稻地池子里，一股寒风吹来，不由得浑身打了个寒噤。那些走在我们前面的男劳力个个精神抖擞，大步流星地穿行在星罗棋布的稻田埂上，一展雄风。与我们缩脖端肩的样子形成了强烈的对比。当我们站在需要平整的稻地前面，看到了一层薄冰结满了整个稻田池子，恐惧的心情已经充斥了我们的心间。心想，光脚下去不冻死才怪，即使不冻死也得冻出关节炎、妇科病来。我与伙伴们面面相觑，我们杵着四齿耙呆立在稻田埂上，任凭风儿将我们的头发吹散，就像被人安在那里许久的稻草人一样。我敢说，没有一个人想下去，都想找机会溜号。这时，随后赶来的张淑清见状，嗵的一声跳进了池子，说了一句："发昏当不了死，下来呀！"边说边举起四齿耙干起活儿来。容不得我们犹豫，容不得我们思考，榜样就在眼前。同样是女人，人家不怕，我们也不能怕。潜藏在我们身上的豪气被激发出来，一个个就像英雄一样扑通通全跳了进去。事实上我们这么一跳，就彻底告别了学生时代，开始了脸朝黄土背朝天、广阔天地大有作为的生活。

后来，我知道了张淑清是队里一名老共产党员。什么是共产党员？说别人离我都很远，而张淑清就在我的身边，我认定共产党员就是像张淑清这样以身作则、带头吃苦受累的人。几年后，我郑重地向党组织递交入党申请，并在自己的入党申请书上，清楚地记载了张淑清跳进冰冷的稻田池子，带给我心灵的震撼。

平好稻地后，就要开始插秧了。插秧可是个技术活，不简单。在农村，谁的秧插得又快又好，准会得到众人的夸奖，受到大家的尊重。我们三队的男劳力可是个顶个的棒。队长让我们这些新手先观摩一下男劳力是怎么插秧的，负责挑苗的小财头、里格儿楞（绰号）等早已将铲好的稻苗扔进池子里，小朱子、小根头、宝利等一下田就摆开了架势，只见他们腰一弯，左手托起一块长方形的稻苗，右手灵活地分开一小撮苗后，迅速将苗插到地里，稻苗要插实，不能让稻苗浮起来。每一排插六行，双脚分开摆在第二和第四行的空隙里，脚绝对不能放错位置，从某种意义上说，秧插得直不直，就靠它导航。不看不知道，一看吓一跳。那些男青年他们腰肢灵活，手脚配合默契，插秧速度飞快。他们的秧插得笔直，真是横看一条线，竖看也是一条线，那些被他们插入泥中的秧苗，立马昂首挺胸，鲜灵灵地望着我们，好像在说，你们行吗？来啊，试试啊！

看着男劳力充满美感的插秧，同样流淌着青春热血的我们跃跃欲试，纷纷跳进早已为我们准备好的稻地池子。

插秧真是个富有激情的农活儿，是一个不由自主地你追我赶的劳动。倘若你的动作一慢，左右的同伴就插到了你的前头，把你一个人留在中间，被包了饺子，那不仅仅是丢面子的事情，而且他们留给你的地方已经确定，留得宽，你就要插得疏些。留得窄，你就要插得密一些，难度更大，速度会减慢。正因为如此，插秧时，需要整个团队铆足了劲才行。

刚开始插秧的前三天，手脚不听使唤，为了赶速度，连腰都不敢直一下，插完一个池子，迈过稻埂，就进入下一个池子，开始秧插得歪歪扭扭，后来越插越直，越插越棒。再后来，我们竟敢和早已获得插秧能手的男青年一比高下。我曾赞美过自己的小腰，太灵活，太给劲了，从来不知腰疼，插秧时很少“架鹰”。“架鹰”就是把托苗的左胳膊放置在大腿上，使人略显轻松些。

插秧人都知道，只要一架鹰，稻秧保证插歪，比写的还准。

当我们和男劳力并肩插秧的时候，彼此都感受到了“男女搭配，干活不累”这一俚语暗藏的玄机，男劳力由于我们的存在，活儿更好，话儿更多。我们由于有男劳力的存在，更活泼可爱。当水蛭，土名蚂屁，悄悄爬上我们的小腿吸血的时候，我们会大惊失色拼命叫嚷：“蚂屁！”然后用手去揪，一揪，它就使劲往肉里钻，越揪吸得越紧。见到我们慌张的模样，总会有男劳力或大声提醒“拍它”，或用手直接去拍，蚂屁随声而落。除了蚂屁外，还有一种叫将米虫的家伙，白色的，咬人特别疼。我们被它咬疼后“哎哟”的叫声，在寂静的田野里不时响起，此起彼伏，就像一首不知名字的歌曲。而那些男劳力总是交换着眼神，露出滑稽的笑脸。

清晨，我们五点半就上工了，家里人也赶紧起床为我们做饭。七点半饭挑子就来了。吃早饭的时候，是我们年轻人坐在一起交流的最好时段。白米饭家家都有，我们的眼睛盯的通常是谁家带的菜最好？如果是肉炒蒜苗、鸡蛋炒韭菜，那么大家都要尝尝鲜。你一口，我一口，不分大小，不分男女，更没有后来知识多了滋生的这么不卫生，那么不干净的想法。当时的我们太单纯了，我们所在的环境快乐温暖，更没有什么尔虞我诈。我们席地而坐，吃罢了早饭就会天南海北胡侃一会儿。记得唐代布袋和尚的《插秧歌》就是那时候学会的。“手把青秧插满田，低头便见水中天。心底清净方为稻道，退步原来是向前。”那时年纪尚小，不能完全了解诗中的含意。只是觉得“低头便见水中天”说得可不是吗？一低下脑袋，不就看见水中天了。最感兴趣的莫过“退步原来是向前”一句，是啊，干别的活儿，都是往前干，干得越快越在前面。而插秧恰恰相反，是退后，插得越快退得越快。当我们闲得无聊的时候，常常大声嚷着：退步原来是向前，然后互相调皮地看一眼，咯咯地乐起来，好不惬意。

随着年龄的增长，知识的增多，对这首《插秧歌》加深了理解，“手把青秧插满田”，说的是我们插秧的时候，随着手中秧苗的挥舞会将稻田很快插满。“低头便见水中天”，低头插秧会看到倒映在水中的天空。“心底清净方为道”，当我们身心不再被外界的物质欲望引诱，才能与大道契合。“退步原来是向前”，我们插秧是边插边退的，正因为我们退后，才能把秧插好。所以，插秧时的退步，正是为了前进。退中求进。

这首诗告诉我们一个哲理，不光是登高能望远，从近处也能看到远处。

不能说退步就是落后，某种意义上的退步也可以当作进步。我们不能看高不看低，求远不求近。我们要低下头来，真正认识自己，认识社会，认识世界。古人说，以退为进。是啊，回首自己的前半生，每当遇到难以逾越的困难时，每当需要自己退一步时，自己大多情况下该退就退了。在名利面前，让一让；在是是非非面前忍一忍，其结果必然是海阔天空。反之，效果不佳。这首诗看似浅白平易，却富含哲理，饱蕴禅机，且生动活泼，饶有情趣。让我们既体会到了插秧时节农民辛勤劳作的苦与累，也让人感悟到了“退后与向前”人生哲学中包含的“透”与“彻”。

尽管年轻时连续多年的插秧劳动，给我的晚年生活带来了麻烦，即比较严重的腰腿病困扰。双腿由于长期在冰冷的稻地里浸泡，得上了关节炎，犯病时原本走路如飞的我，连爬山、上楼都很困难。过去骄傲的腰再也骄傲不起来了，照片子腰椎节节骨刺，最后两节还是腰椎间盘突出，如果挺直腰板走路，腰疼得就像针扎一样。尽管如此，我仍然一点儿也不恨插秧，反而从内心深处感谢插秧，因为它带给我太多的欢乐，太多的青春回忆。我发自内心地感谢插秧，它让我从一个中学生，成长为一个插秧能手，它让我从艰苦的劳动中，开始树立自己的人生理想。它让我在“低头便见水中天”中，体会到人生的真谛。

说来好笑，在不经意的时候，关于插秧的记忆元素，总会夸张地聚集在我的脑海中，好像时间并没有流动，白家疃如山水画似的美景，与乡亲们插秧时节的快乐，甚至春风拂面、燕子低喃、阵阵蛙鸣都会拥来。它融入了我几十年来对亲人、父老乡亲的依恋，他们中的很多人相继离开了这个世界，但温暖的爱不仅渗透在我的灵魂深处，还在无形中充满了等待……

# 重返故里

魏淑文

靠在床上，往事悠悠……

断断续续对故乡的回忆，使得我如醉如痴，以往那琐碎的、平淡的、枯燥的一切，似乎都笼罩上一层朦胧的柔雾，令我缠绵悱恻、思绪绵绵，一往情深地品味着事实属于我，可似乎并不完全属于我的往昔。

羁鸟恋旧林，池鱼思故渊。

当我退休后，成为一个自由人的时候，对家乡山川、亲人故友的思念日甚，重返故里便成了我的企盼。

翻检过去的记忆碎片，一张十二人的合影照片吸引了我的眼球。照片里的我，一双眼睛又大又亮，充满对未来的渴望，两条长长的辫子似乎张扬着自己曾经拥有的青春岁月。那是白家疃大队团总支全体委员 1976 年的合影，至今已经过去三十四年了。当时的我们年轻气盛，精力充沛，干了很多可歌可泣的事。比如，为了搞好农业生产，我们在严冬早晨五点半集合全村的共青团员，端着或拎着家中的尿盆、尿桶，走向村里的小麦试验田，将新鲜的尿洒向冬眠的麦苗，乐此不疲，不可思议的是我们竟坚持了整整一个冬天。为了与封建买卖婚姻决裂，我们组织女共青团员开展结婚坚决不要彩礼的活动，还到周围的乡村做现身说法的宣传，一时震惊四野。弹指一挥间，当年和我一起并肩战斗的那些总支委员至今是否健在？是否安康？晚年生活如何？一个聚会联络工作紧锣密鼓地开始了，那是发自我（团总支书记）心底的呼唤。

再次集合的那天终于来了，数了数，到场九个人，缺席三人。问原因，有一个人因孙子刚刚出生未能来，还有两个人早已驾鹤西归了，这太出乎我的意料，我心中陡然涌出了一股酸楚的情感，什么叫岁月流淌？什么叫转眼即是百年？曾和我一起在小山村叱咤风云、挥斥方遒的少年郎，他们俊美的身影还留在我的脑海里，他们清脆的声音还回响在我的耳畔，可他们在人世间却消失得无影无踪，早已长眠在这块留下他们青春汗水的土地，静静地等待着与我们在天堂重逢。参加聚会的九个人还好，除一人因伤病拄上拐棍一瘸一拐外，其他八人大致健康。只是让人感到岁月的无情，原来帅气的小伙子、漂亮的姑娘全部被白发、皱纹改变了原有的模样。餐桌上，我们互相祝福着、安慰着，聊着过去与现在，只是没有人再谈将来。望着眼前这些熟悉的却又变化如此之大的故友，我细想之下，百味杂陈，只能莫名地发声长长的感叹，感叹人生的温馨和苍凉，感叹岁月的匆迫和绵长。

接着，我回到了白家疃，来到了让我魂牵梦绕的地方。她不仅青山似黛，泉甘木茂，植被丰沛，寂静和谐，而且还拥有悠久的历史。康熙皇帝十三子怡贤亲王的祠堂，至今完好地保存在村西。贤王祠对面还有一座高三米、面阔三间、进深两间的古戏台。据说，《红楼梦》的作者曹雪芹，人生最后的五年也是在白家疃度过的，他每天往返走过的小石桥静静地躺在了一边，也许只有小石桥还能记起当年曹雪芹踱步深思的身影。

白家疃有名的三里长街依旧是原来的样子，只不过比过去干净整洁了许多。走进连接村中街幽深的胡同，两边高高耸立的围墙竟没有留下风雨冲刷的痕迹，依然威风、挺拔，透着不屈的傲骨。胡同尽头即是建国初成立的合作社（商店），也有六十多年的历史了。年轻人都叫商店，上了年纪的人张口叫的都是合作社，几乎全村的老人都持有股份。合作社坐北朝南，高高的台阶上，不管什么季节，什么年代，这里总坐着一拨又一拨老人，悠闲地晒着太阳。我的妈妈过去也曾经和她的老姐妹坐在这里，东拉西扯，说不完的心里话。可如今物是人非，妈妈早已作古，她的姐妹们也不见了，代之而起的是又一拨人了。我习惯性地看了一眼坐在台阶上的人，清一色全换成了男人，其中熟悉的有邻居家的李大哥，东头的三叔、四叔等等，还有一个人背对着我不知是谁。我大声地叫着：“大哥！三叔、四叔！”他们用力睁大眼睛，忙不迭地边答应着边望着我这不速之客。随后，我转身离去。这时，我听到背后一个声音问：“是不是魏淑文？”“是啊！”有人答道。我连忙转身看见了一个熟悉的身影——曹大叔，我们三队原来特能干的生产队长。我张嘴叫着：“大叔！”

“哎！还真是你，见到我就躲着走，连个招呼都不打啊！”大叔还是原来当队长的样子命令味十足，可在他浓浓的乡音和带有责备的眼光里，流露出来的是一种让人熨帖的关爱。

“瞧您说的，跟谁不打招呼都行，唯独不能不跟您打招呼啊！”

曹大叔扑哧一声笑了：“这丫头还像从前一样，就是会说招人待见的话儿。”接着，他向坐在这里晒太阳的人说：“小菊子（我的小名）可能干了，一般男的都不是个儿，割麦子，插秧样样行。”受到队长的夸奖，已过知天命年龄的我竟开心地笑着说：“您都记得呢？我们那会儿还有谁能干？”“还有小月头、小华子、连英……”他如数家珍。过去的岁月在他的诉说中活灵活现了，一望无际随风摇荡的千亩麦田，哗哗流淌着冰冷刺骨河水的千亩稻田，一伙小青年争先恐后进行的一场场割麦子、插秧比赛。他不断地眨着快要眯成一条缝的双眼，只是那两道浓浓的眉毛依然忠实记录着他曾经年轻有为的时代。

路在脚下，情在人间。

穿过热闹的街道，我径直一人，朝村南走去。

我走在故乡弯弯曲曲的小道上，思绪飘忽不定。寂静之中，我分明听到了生命的钟声，那是一种过去的峥嵘岁月从高处落下的声音，我静静地聆听着这种来自神秘地方的声音。看到从我眼前蹒跚掠过似曾相识的苍老身影，那些可曾是我青少年时的伙伴？还有曾经给过我启迪、帮助的上辈人多数已成故人。自己的心中除有点悚然外还陡然生出酸溜溜的情感。不知是为他人，还是为自己。时间和生命这个话题鲜灵灵地摆在了我的面前，的确是“黄昏故人稀”。

我离开故乡已经三十多年了，可故乡的山山水水就像从来没有离开过我一样，总出现在我的梦中。原以为故人也会像这儿的山山水水一样，总是生机盎然，不会皱纹纵横，不会两鬓染霜，更不会失掉生命，成为故乡南山上的一抔抔黄土。可是一切徒然。

我费尽力气，终于登上了三炷香山。站在故乡海拔最高的三炷香上极目远眺，一切尽收眼底。

我似乎望见了无忧无虑的童年生活，每天放学后和小伙伴一起结伴到田野里挖野菜，那些我熟悉的苦苦菜、曲麻菜、苋菜、马齿苋，被我们手中飞舞的九连子从泥土中挖出来，放进我们的菜篮。蓝天、白云；青山，绿地；鲜灵灵的野菜；五颜六色的野花；活泼可爱的儿童，如同水墨画一样宁静和悠然。

突然，父亲的影子在我的视线中显现，脸依旧红润，一双不大的眼睛仍然富有神采，让人顿生怜惜之心的莫过于他驼背的身影。父亲是被在城里做生意的祖父派回来守家的，我的姐姐们都生在城里，而我是家中第一个生在农村的孩子。换句话说，我是土生土长的白家疃人，对这里的一山一水都怀有特殊的感情。父亲从小读私塾，一肚子四书五经，《大学》《论语》背得滚瓜烂熟，算盘打得滴溜溜转。可对庄稼活儿一窍不通。过重的劳作压弯了他的脊背，过多的儿女使他失去自己的追求和理想。他的农活儿的确不行，他失去了学农活的最佳年龄。可每当他侃侃而谈，说起自己的见识学问时，便会引发农民一阵阵不解的笑声，我想拥有一肚子学问却被别人耻笑的父亲，一生都不会舒坦。唯一让他欣慰的是七个儿女的学习成绩都不错，可能是他优秀的遗传基因发挥了作用。除了喜欢喝花茶、吃烙饼、炖猪下水外，儿女们爱学习，为他增光长脸，这是他人生最惬意的事情，由此推断父亲也没有虚度人生。

从山上下来，我走在故乡曲曲弯弯的小道上，细细琢磨，爸爸妈妈相继走了，甚至连同辈人也走了不少，真是人生无常。谁知我留在世上的时间还有多少？我是否还有将来？我想：美丽的山村养育了我，甘甜的山泉滋润了我，我虽然到了知天命之年，不应该混吃等死，还应该养精蓄锐，学点什么、做点什么。为家庭，为社会，更为生我养我的故乡。是啊，不管我在世上留存多少时间，尊重自己，尊重生命，都是至关重要的。

故乡的小道匍匐在故园深处，默默涂抹四季的风情，记录着我匆匆走过的时光。我走过，春天的绿韵与播种；我走过，夏天的灼热与成长；我走过，秋天的金黄与成熟；我走过，冬天的飘逸与静寂。我走过，咿呀学语、蹒跚走路的童年；我走过，风华正茂、活力四射的青年。她还会像记录我的童年、青年一样，忠实记录我的将来、我的耄耋之年吗？

走在故乡曲曲弯弯的小道上，想想过去很有意思，无论生活多么艰苦，我印象中没有度日如年的感觉，也许记忆的筛子里只留下了美好的时光，以及伴随这些时光的愉悦。是啊，怎能忘记村落里飘浮着炊烟的气味，四周回荡着狗吠鸟鸣的声音，回家啦！吃饭啦！母亲的亲切呼唤依然在夕阳的深处回响……

## 作者简介

魏淑文，笔名舒文。中国散文学会会员，北京作家协会会员，海淀区作家协会监事长。从20世纪90年代开始在《北京晚报·五色土副刊》《中国文化报》《中国教育报》《中国建材报》《北京作家》《海淀文艺》等报刊上发表作品。出版散文集、小说集《心缘如梦》《非常对话》《上善若水》。散文《北京大格格》刊登在2017年《北京文学》第12期，散文《桂林山水感怀》，被山东教育出版社选进2001年出版的《小学生语文阅读文选》第11册。散文《在朝鲜偶遇志愿军老兵》，2009年获北京市庆祝建国60周年文学作品佳作奖。

# 寻　芳

吴纪学

## 先驱者之歌

这是艳阳朗照的午后。我走在前去瞻仰李大钊烈士陵园的路上，微凉清爽的秋风，送来阵阵花香和树叶的沙沙声，掀动着我心海中的感情波涛。春华秋实，月光日辉，在中华民族光荣而曲折的历史进程中，有多少先驱者献出了殷红的热血，甚至宝贵的生命，李大钊同志可以说是其中的佼佼者。我从戴红领巾时起，就听讲过他悲壮的革命故事，以后又读过他激扬的诗文，记述他壮烈生涯的传记，也有幸聆听前辈亲受李大钊教诲的情景，因此，他那“去国徒深屈子恨”的悲愤吟哦，他那“冲决历史之桎梏，涤荡历史之积秽，新造民族之生命，挽回民族之青春”的带血呼喊，他那在绞刑架前的“共产主义在世界，在中国，必然要得到光荣的胜利”的高声预言，都时时响在我的耳边，响在我的心头，照亮着我应该前往的路。今天我来了，作为晚生后辈，我知道自己从他那里得到了什么，也知道敬献在他灵前的该是什么。

一步步地走近前。我看见茂密、苍劲的青松翠柏，深情地环护着这高洁的忠魂，铮铮的英骨。斜阳透过参差的枝叶，洒下缕缕金光。整个陵园朴实而庄严，明丽而肃穆，如同大钊同志的情操和品格。向西远眺，似能看到西山红叶染出片片丹霞，朝东遥望，玉泉山顶凌空的玉峰塔如柱擎天。感谢北京人民，早在半个世纪之前，就为我们的骄子选择了一个这样的长眠之处。

走进陵园大门，迎面就是大钊同志汉白玉的全身雕像。他巍巍屹立，凛然而平易，庄重而可亲。这是先驱者的形象，这是马克思主义者的形象。他仿佛还活着，正不倦地讲述着共产主义的美妙理想。我仰望着塑像，心想，在新年思潮活跃的北大红楼图书馆里，在最先介绍马列主义的《新青年》杂志编辑部里，在以振作民族精神为宗旨的“少年中国学会”成立会上，在痛斥旧世界的天安门演讲会讲台，他大概就是这样的吧。还有他的洋溢朝气的《青春》、牵来新世纪曙光的《庶民的胜利》、燧石一样的《我的马克思主义观》等文章。他用自己的心血和生命，在中国大地上艰难地催绽着马列主义之花！像神话中的普罗米修斯，把光明和温暖送给人间，而独自肩起痛苦和灾难。

他的这种坚定信仰和执着信念，影响和引导了许许多多忧国忧民、追求振兴中华真理的热血青年。这中间有党的早期著名活动家，如邓中夏、高君宇等。毛泽东和周恩来也都受过他的影响。想到这里，我仿佛看到在北大红楼图书馆里，毛泽东和李大钊在一起的身影；看到周恩来在陶然亭聚会上静听李大钊讲演时的灼灼目光。大钊同志是辛勤的播种者，他撒下的是马列主义的种子，收获的是国家、民族和党的栋梁之材。

雕像的后面，并排坐落着李大钊和他夫人赵纫兰同志的墓。这墓，也有着不同寻常的由来。1927 年 4 月 28 日，大钊同志被军阀政府杀害后，灵柩一直寄放在宣武门外妙光阁浙寺里。1933 年春，党在北方的地下组织以“河北革命互济会”的名义发表《为公葬无产阶级导师李大钊同志宣言》。4 月 23 日那天，人们不顾林立的反动军警，手持花圈，胸佩素花，臂缠黑纱，从大街两旁的胡同拥出，自动加入送葬的行列，汇成浩浩荡荡的洪流，高呼“李大钊先烈精神不死”“共产党万岁”等口号。反动派害怕了，出动军警镇压，逮捕和杀害了四五百人。北平各革命团体集资镌刻的有镰刀和斧头的纪念碑，也只得和大钊同志的灵柩同埋地下，五十多年后才重见天日。为人民开路的先驱，人民是不会忘记他的，他永远活在人民的心中！这烈士陵园，不正是我们党和人民的真挚心意吗？

紧靠墓的北边，竖着一座宽四米、高两米的青色花岗石纪念碑。正面镌刻着邓小平同志的手书题词：“共产主义运动的先驱伟大的马克思主义者李大钊烈士永垂不朽”。背面是落款中国共产党中央委员会的碑文，它详叙了李大钊同志的生平道路和斗争业绩。阳光照在这些金色的字上，熠熠生辉，映着这位先驱者三十八年壮丽的人生。

陵园里，还建有李大钊烈士革命事迹陈列馆，陈放着烈士生前的照片、文物和著作。我走进室内，又看到那帧熟悉的“铁肩担道义，妙手著文章”的条幅。联系到读过的大钊同志的诗文，我想得很多。他是一位优秀的共产党员，又是一位杰出的学者、作家和诗人。他进行了卓越的革命活动，又有着沉雄的文章。真可谓“血性文章血写成”！从他身上，我们能受到这样的启迪：对于一个共产党员来说，首先是共产党员，然后才是学者、作家和诗人。在这方面，他不正是我们的楷模吗？

拜别先驱，走出陵园。呵！大钊同志，我虽然来也匆匆，回也匆匆，但我明白：我从你这里带走了什么，我应该去干什么……

## 保留废墟更有价值

一个花红柳绿的季节，我来到了圆明园。呈现在我眼前的，是一片废墟。斜阳朗照，微风拂面，却唤不醒这毁于外国侵略者炮火的“万园之园”。

穿行在荒芜废墟之中，还能寻到不少遗迹。残碑断石，不完整的拱形石桥，以及零星的石基、破砖和碎瓦，隐约可以想见当年这里是楼阁宫殿，曲桥塔影，灯红酒绿，笙歌管弦。仅从眼前这“廓然大公”的遗址，就可以想见由千百块太湖石堆成的小山，其间洞中套洞，天外有天，该有着怎样的盎然奇趣。

在“西洋楼”前，我驻足凝视。说是楼，其实只是“大水法”的正面与“远瀛观”的巨大汉白玉石门屹立着，其他的都毁掉了。仔细看去，雕工确实很精细，那些石柱、石座上面，都有玲珑剔透的图案，旁边的石围屏上，分别刻有军旗、甲胄、刀剑、火炮的图案。“海宴堂”前仅存的一座贝壳形浪花石雕，生动形象，技艺高超。

看着这些废墟残迹，我的眼前又出现了那场浓烟滚滚、烈焰冲天的大火。英法联军占领这里之后，抢劫珍宝，拍卖出售，在他们的营帐里，充满了五光十色的宝物，以致兵士们的帐篷里，也是一个绸缎和刺绣品的世界。他们又用马队分头同时放火，烧毁了整个建筑。1900年，八国联军又一次洗劫这里，将殿座亭榭及宫门铜狮等一齐拆下来拍卖，连砖瓦石料也不肯放过，使这座园林成为今天这个样子。想到此，我心中涌起一种难以名状的滋味。

走进圆明园管理处举办的展室，我看到了它的兴衰演变。特别是那张圆明园鸟瞰图，使我看到了它的全盛时期。它确实太美了，精美的宫殿楼台，人工开凿的湖沼园囿，相互辉映。大园中套有许多小园，形成了园中有园的胜景，而且每座建筑中都陈设着绘画、文物和艺术品，使这里不但是一座大型园林，又是集中我国古代文化的瑰丽宫苑。据史书记载，这里从康熙开始兴建，一直到被焚毁的一百五十多年间，一直在扩建、增修，花费了多少人力、财力和物力啊！

管理处的同志告诉我，将在这片废墟上按照全盛时的样子重新修复圆明园。当时我也没在意，以为只是说说而已。果然，后来就听到不少这样的消息，开座谈会、研讨会，甚至还提出募捐，筹集修复的款子。对此举，我总是抱着不以为然的态度。

也许，这样做是有道理的。经过几年十几年，在北京的西北郊矗立起一群光彩耀眼的建筑，亭台楼阁，红花绿树，古色古香，巍哉皇哉，一定会吸引更多的中外游人前来观瞻。接待人员可以骄傲地说："这座园林建于几百年前，联军两次洗劫，如今我们又修复起来了！"多带劲啊！

可是我也总认为，修复不如不修的好。精心保护现在这个样子，让人们来到这里，看到这一片废墟，几堆残石，回味我们中华民族受到的耻辱，具体地看到被侵略被劫掠的真实情景，不是更能激发起爱国振奋的感情吗？它是形象的爱国主义教材呀！如果修复到原来的样子，让来到这里的人们看什么呢？不是还得要费好多口舌去讲解吗？特别是几十年几百年之后，没有看到过现在"兽蹄鸟迹走荒苔"的人，还会以为圆明园一直是这样的呢。

离开圆明园遗址，我想了很多，想了很久，却始终改变不了我自己的看法：对这废墟，修比不修更有价值。

## 未解开的谜

北京西北郊有座大钟寺，因我国最大的古钟存在这里而得名。

这口钟可真大！它悬挂在那里，左右有八根立柱倾斜支撑着，上面有三层横竖过渡梁，合理分散大钟的重量，从而增强了大木架的稳定性。人走近赫然大钟，相比之下，如同土堆边的蚂蚁。

引我参观的小伙子，是个自学成才的青年。他完全靠着刻苦钻研，在大钟研究上取得了新的成果。他熟练地告诉我，这大钟通高 6.75 米，最大外径 3.3 米，重 6.5 吨。随他的手指处，我看到钟身内外壁上，铸有整齐的汉、梵文经咒，据说有 23 万楷书字，相传是明代书法家沈度的手笔，字体工整，排列合理、准确、巧妙，令人惊叹。年轻人还敲了大钟，发出浑厚洪亮的声音。有关专家曾鉴定，钟声振动的频率，与音乐上标准频率相同或相似，可以定为 A 调。另经测定，钟声最远可达四十五公里，持续七十秒以上。

看着大钟，听着讲解，我非常想知道这大钟是怎样铸造出来的。小伙子可能从我的目光中看出了我的心思，说："这口大钟造于明朝永乐年间，至今已经五百多年，地点就在北海后门的汉经厂，遗址已经湮没。"说着，他把我领进一间展室，讲述了我国古代的铸造方法，特别讲了"地坑造型陶范法"，说是造钟时先在地面挖坑造模，然后几十座熔炉同时开炉，将溶液沿泥做的槽同时注入陶范，一次铸成。顿时，我的眼前仿佛出现了这样的场面：炉火熊熊，焰光冲天，金花飞溅，铜汁涌流，一个个湿漉漉的身影，在奔忙，在劳作，造出了这名闻中外的大钟。正如一位外国专家说的那样："永乐大钟的铸造成功，是世界铸造史上的奇迹，就是科学发达的今天，也难以实现。"

我惊绝于这大钟的技艺，也怀疑它是不是用这种方法造出来的。一问，果然是从古代的铸造法上分析出来的。特别是关于这些字是如何铸上去的，青年人说："这还是个谜，现在解不开。"

蓦然间，我又想起在临潼参观秦始皇陵兵马俑时遇到的谜。从俑坑中挖掘出来的青铜剑，在地下沉埋了两千多年，不但没有锈蚀，出土后还锋利无比，能划透 12 层报纸。经金相检验，电子探针和质子 X 光荧光分析，发现铜剑表层有 0.01 ~ 0.015 毫米厚的氧化膜，这层膜极为致密，起着十分良好的保护作用。一位大学考古系毕业的负责人说，这是将剑放在重铬酸钾盐溶液中浸煮，使之不再起化学作用。我问："真的是这样的吗？"他说："这只是分析。"

呵！谜。分析！分析！

固然，我们是一个古老文明的国家，前代人留下一些后代人解不开的谜是可以理解的。但是，像这样科学技术方面的问题，后代人是应该能够弄清前代人的做法的。可是却不能，不少还是未解开的谜。类似这大钟上的字，青铜剑表层的膜的谜团，恐怕还有不少。

由此我想到一个问题，我们说起勤劳智慧的祖先时，总喜欢用光荣和骄傲这样的字眼。这当然是对的。可是，仅仅这样说，那光荣和骄傲就会成为巨大的包袱，沉重地压在背上，以至于压得气喘吁吁，步履缓慢，前进维艰。所以，我认为在光荣和骄傲之后，还需加上惭愧，祖先在很早时就能干得到的事，我们今天应该干得更多呀！仅仅满足于祖先留下的谜，而以解不开为荣，不能算是有志气的后代！

站在大钟寺里，我感到心中沉甸甸的：应该解开所有类似的谜。

## 发现的与未发现的

来鹫峰游览的人真多！

大车、小车、自行车，喇叭和铃声相呼应：穿西装革履的小伙子，着登山裤纱裙的姑娘，还有黄头发、蓝眼睛、高鼻梁的外国人，络绎不绝。这里，奇迹般地成了人们向往和蜂拥的地方。

正是初秋时节，我也兴冲冲前来。太阳刚刚升起，一层薄薄的乳白色的纱幕，轻轻地笼罩着鹫峰，她犹如一位含羞的少女，朦朦胧胧，若隐若现，别具姿色。遥望峰顶，可见两棵青松相向而立，仿佛两只振翅欲飞的鹫鸟。这峰原来叫秀峰，后因松似鹫而易名为鹫峰。是金口玉言，还是众口铄金，就无可查考了。

寻径而上，沿途果树夹道，筛下斑驳秋阳。硕果飘香，野花芬芳，沁人心脾。一路上，人们攀登说笑，拍照留念，争先恐后。半山上，有一椭圆形蓄水池，如高悬的明镜，倒映长空，使人想起“上下天光，一碧万顷”的妙境。再往上，两边是高耸的山崖，长着苍劲的松柏，褐色的石壁，深绿的树木，色调分明，对比强烈，似涂抹上浓浓的油彩，苍郁而凝重。我欣赏品味这幅巨大的油画，这首生机蓬勃的诗篇，流连驻步，久久不愿离去。多么雄伟而和谐的大自然的美呵！

攀过奇突的巨石，登上峰巅。我站在枝繁叶茂的大松树下，向东方眺望。平畴千顷，村舍点点，林带蜿蜒，道路逶迤，苍茫的天空和大地，浑然成为一体。峰顶平地上，一群外国男女，摆着各种姿势，咔嚓咔嚓地照着相，想把它带回遥远的故乡。还有几个大学生模样的青年，弹着吉他，唱着喜爱的歌曲。吉他声伴着歌声，在蔚蓝的天空中飘荡，把这鹫峰打扮得更加年轻，更加明丽。啊，热闹的鹫峰，热闹的游人。

此时此景，使我不禁想到了鹫峰的过去。

据说，在很长的时间里，这山这峰，都是默默无闻，鲜为人知。虽然这里曾是辽人屯兵的七十二营寨之一，峰上也有一座小小的寺庙消债寺，更有绿树野花，奇峰曲径，但并不被人青睐，谁也不来光顾，至多不过有樵夫山女，或打柴或采撷。因为它虽然有着美，却未被人发现。连民国初年在此建山庄的林行规，写《鹫峰精舍记》时也说：“兹山在昔，近接天子之都，仍荒芜幽废，其名不见于《旧闻考》《顺天府志》《畿辅通志》诸书。”寥寥数语，说出了他心中的埋怨和愤愤不平。

的确，常常有这样的情形，虽然有着香花翠草和奇峰怪石的佳境，在未被人发现或未被人承认的时候，仍然是荒山野岭，无人问津。可是一旦被人发现了，公认为是美的地方，就会游人不绝，慕名者不远千里而来，以一睹芳容为快。而这佳境从此也就身价百倍，谁见了都赞不绝口："真美啊！"眼前的鹫峰不就是这样的吗？其实，何止鹫峰，桂林的芦笛岩，四川的九寨沟，不都交过此运吗？扩而广之，凡名山佳水，以至人类社会，大概都经历过未被发现的冷落到发现之后的热闹两种境界吧？

然而，佳境的美又是客观存在的，它不会因未被发现而唉声叹气，姿容尽褪，仍然以它的美装点着大千世界；也不会因其被发现被景仰而沾沾自喜，以为自己天下第一，再没有比它更好的所在了。由此，我又想到，那些发现美的人，是值得尊敬、值得感谢的，但也不要忘记了，未发现的美比已经发现的美，可能还要多得多，美得多。在我们这伟大的幅员辽阔的国度里，谁能说不是这样？

站立在鹫峰顶上，刚劲的山风从四面八方吹来，扯着我的衣襟，撩动我的头发，我感到心情舒畅了，胸怀开阔了，有一种过去很少体验过的心境。

## 作者简介

吴纪学，江苏邳州人。中共党员。1961年毕业于江苏铜山县高等师范学校。1961年应征入伍，历任连云港守备部队战士、班长、排长、代指导员，济南军区宣传部摄影记者，新疆陆军第五师政治部干事，《解放军报》编辑、副主编、部主任。1963年开始发表作品。1984年加入中国作家协会。代表作有《把目光投向明天》《东欧·东欧》《窗口风景》等。

# 永远的校园

谢　冕

一颗蒲公英小小的种子，被草地上那个小女孩轻轻一吹，神奇地落在这里便不再动了——这也许竟是夙缘。已经变得十分遥远的那个八月末的午夜，车子在黑幽幽的校园里树丛中旋转终于停住的时候，我认定那是一生中最神圣的一个夜晚：命运安排我选择了燕园一片土。燕园的美丽是大家都这么说的，湖光塔影和青春的憧憬联系在一起，益发充满了诗意的情趣。每个北大学生都会有和这个校园相联系的梦和记忆。

尽管它因人而异，而且也并非一味的幸福欢愉，有辛酸烦苦，也会有无可补偿的遗憾和愧疚。我的校园是永远的。因偶然的机缘而落脚于此，终于造成决定一生命运的契机。青年时代未免有点虚幻和夸张的抱负，由于那个开始显得美丽、后来愈来愈显得严峻的时代，而变得实际起来。热情受到冷却，幻想落于地面，一个激情而有些飘浮的青年人，终于在这里开始了实在的人生。

匆匆五个寒暑的学生生活，如今确实变得遥远了，但师长那些各具风采但又同样严格的治学精神影响下的学业精进，那些由包括不同民族和不同国籍同学组成的存在着差异又充满了友爱精神的班级集体，以及战烟消失后渴望和平建设的要求促使下向科学进军的总体时代氛围，给当日的校园镀上一层光环。友谊的真醇、知识的切磋、严肃的思考、轻松的郊游，甚至失魂落魄的考试，均因它的不曾虚度而始终留下充实的记忆。燕园其实不大，未名不过一勺水。水边一塔，并不可登；水中一岛，绕岛仅可百余步；另有楼台百十座，仅此而已。但这小小校园却让所有在这里住过的人终生梦绕魂牵。



其实北大人说到校园，潜意识中并不单指眼下的西郊燕园，他们大都无意间扩展了北大特有的校园的观念：从未名湖到红楼，从蔡元培先生铜像到民主广场。或者说，北大人的校园观念既是现实的存在，也是历史的和精神的存在。在北大人的心目中，校园既具体又抽象，他们似乎更乐于承认象征性的校园的精魂。我同样拥有精神上的一座校园。

我的校园回忆包蕴了一段不平常的记忆。时代曾给予我们那一代青年以特殊的际遇，及今思来，可说是痛苦多于欢愉。我们曾有个充满期待也充满困惑的春天。一个预示着解放的早春降临了，万物因严冬的解冻而萌动。北大校园内传染着悄悄的激动，年轻的心预感于富有历史性转折时期的可能到来而不安和兴奋。白天连着夜晚，关于中国前途和命运、关于人民的民主和自由的辩论，在课堂、在宿舍、在湖滨，也在大、小膳厅、广场上激烈地进行。这时有着向习惯思维和因袭势力的勇敢抗争。

那些富有历史预见和进取的思想，在那个迷蒙的时刻发出了动人的微光。作为时代的骄傲，它体现北大师生最敏感也最有锐气的品质。与此同时，观念的束缚、疑惧的心态，处于矛盾的两难境地的彷徨，更有年轻的心因沉重的负荷而暗中流血。随后而来的狂热的夏季，多雨而湿闷。轰然而至的雷电袭击着这座校园，花木为风雨所摧折。激烈的呼喊静寂以后，蒙难的血泪默默唤醒沉睡的灵魂。他们在静默中迎接肃杀的秋季和苍白而漫长的冬日。

那颗偶然落下的种子不会长成树木，但因特殊的条件被催化而成熟。都过去了，湖畔走不到头的花荫曲径；都过去了，宿舍水房灯下午夜不眠的沉思，还有轻率的许诺、天真的轻信。告别青春，告别单纯，从此心甘情愿地跋涉于泥泞的长途而不怨尤。也许即在此时，忧患与我们同在，我们背上了沉重的人生十字架。曼妙的幻想，节日的狂欢，天真的虔诚，随着无可弥补的缺憾而远逝。我们有自己的青春祭。从这个意义上说，这校园与我们青春的希望与失望相连，它永远。

燕园的魅力在于它的不单纯。就我们每个人来说，我们把青春时代的痛苦和欢乐、追求和幻灭，投入并消融于燕园，它是我们永远的记忆。未名湖秀丽的波光与长鸣的钟声，民主广场上悲壮的呐喊，混成了一代又一代人的校园记忆。一种眼前的柔美与历史的雄健的合成；一种朝朝夕夕的弦诵之声与岁岁年年的奋斗呐喊的合成；一种勤奋的充实自身与热情的参与意识的合成；这校园的魅力多半产生于上述那些复合丰富的精神气质的合成。燕园有一种特殊的气氛：总是少有闲暇的急匆匆的脚步，总是思考着的皱着的眉宇，总是这样没完没了的严肃和沉郁。当然也不尽然，广告牌上那些花花绿绿的招贴，间或也露出某些诙谐和轻松，时不时地出现一些令人震惊的举动，更体现出北大自由灵魂的机智和聪慧。北大又是洒脱和充满了活力的。

这真是一块圣地。数十年来这里成长着中国几代最优秀的学者。丰博的学识，闪光的才智，庄严无畏的独立思想，这一切又与先于天下的严峻思考，耿介不阿的人格操守以及勇锐的抗争精神相结合。这更是一种精神合成的魅力。科学与民主是未经确认却是事实上的北大校训。二者作为刚柔结合的象征，构成了北大的精神支柱。把这座校园作为一种文化和精神现象加以考查，便可发现科学民主作为北大精神支柱无所不在的影响。正是它，生发了北大恒久长存的对于人类自由境界和社会民主的渴望与追求。

这里是我的永远的校园，从未名湖曲折向西，有荷塘垂柳、江南烟景，从镜春园进入朗润园，从成府小街东迤，入燕东园林荫曲径，以燕园为中心向四面放射性扩张，那里有诸多这样的道路。年复一年，日复一日，那里行进着一些衣饰朴素的人。从青年到老年，他们步履稳健、仪态从容，一切都如这座北方古城那样质朴平常。但此刻与你默默交臂而过的，很可能就是科学和学术上的巨人。当然，跟随在他们身后的，有更多他们的学生，作为自由思想的继承者，他们默默地接受并奔涌着前辈学者身上的血液——作为精神品质不可见却实际拥有的伟力。这圣地绵延着不会熄灭的火种。它不同于父母的繁衍后代，但却较那种繁衍更为神妙，且不朽。它不是一种物质的遗传，而是灵魂的塑造和远播。生活在燕园里的人都会把握到这种恒远同时又是不具形的巨大的存在，那是一种北大特有的精神现象。这种存在超越时间和空间成为北大永存的灵魂。

北大学生以最高分录取，往往带来了优越感和才子气。与表层现象的骄傲和自负相联系的，往往是北大学生心理上潜在的社会精英意识：一旦佩上北大校徽，每个人顿时便具有被选择的庄严感。北大人具有一种外界人很难把握的共同气质，他们为一种深沉的使命感所笼罩。今日的精英与明日的栋梁，今日的思考与明日的奉献，被无形的力量维系在一起。青春曼妙的青年男女一旦进入这座校园，便因这种献身精神和使命感而变得沉稳起来。这是一片自由的乡土。从上个世纪末叶到如今，近百年间中国社会的痛苦和追求，都在这里得到集聚和呈现。沉沉暗夜中的古大陆，这校园中青春的精魂曾为之点燃昭示理想的火炬。一代又一代中国学者，从这里眺望世界，用批判的目光审度漫漫的封建长夜，以坚毅的、顽强的、几乎是前仆后继的精神，在这片落后的国土上传播文明的种子。

近百年来这种奋斗无一例外地受到阻遏，这里生生不息地爆发抗争。北大人的呐喊举世闻名。这呐喊代表了民众的心声。阻遏使北大人遗传了沉重的忧患。于是，你可以看到一代又一代人的沉思的面孔总有一种悲壮和忧愤。北大魂——中国魂在这里生长，这校园是永远的。怀着神圣的皈依感，一颗偶然吹落的种子终于不再移动。它期待并期许一种奉献，以补偿青春的遗憾，并至诚期望冥冥之中不朽的中国魂永远绵延。

## 作者简介

谢冕，著名文艺评论家、诗人、作家，北京作家协会副主席，中国当代文学研究会副会长，中国作家协会全国委员会名誉委员。

# 中关村的麻辣烫

徐则臣

在北京待久了，多半头脑里都有一幅美食地图：川菜的有哪些好馆子，湘菜的该去哪几个地方，淮扬菜的到谁谁家味道更好，海鲜、西餐要往哪边走；用北京的话说，门儿清。我清不了。其实把菜如此大大咧咧地以川、湘和淮扬等作风格论，已经说明我是个外行。见过年轻的小白领说西餐，那都是具体到意大利通心粉、法式鹅肝、英国的薯烩羊排、美式牛扒、俄式的鱼子酱和德国的啤酒和自助餐的。功力深浅要看细节的落实能力。我落实不了。每一回朋友聚会，委托我在中关村找个像样的馆子，我就得赶紧百度；懒了或者上不了网，那就直接往我住的小区门口带，那一溜的馆子轮着吃。吃到熟悉的朋友都烦了，一落座就提醒我，这已经是第三轮了，事不过三啊。我心想，别随便威胁，除非下一次你站门口不进来。

中关村的人很多，你能想象出来的基本上都有。从国家领导人到大学教授、富商巨贾、中产阶级、IT精英、普通学生、平头百姓、打工、卖艺和乞讨的，国内的国外的，黑人和白人，各阶级、各阶层、各色人等，在中关村大街上走两圈你就全能碰到。我喜欢把这地方比作研究中国当代的一个标本。它就是一个微缩版的中国社会，你很难找到另外一个地方能够如此完备地与中国的当下社会同构。无数的人从五湖四海来，声音可以迅速地被改造成普通话，但被方言和母语养育出来的胃一时半会儿改不掉，所以，在中关村，你能想象出来的菜和味道基本上都有。

美食很多，绝大部分我都不知道，没吃过，也没什么兴趣。这话听起来有点儿酸——有些的确想吃但吃不着；不过绝大部分我真的不想吃。我特别不喜欢正经八百坐在大饭店里，每道菜都贵得要死，一桌子吃下来什么味儿都没留下；像开会，一群人装模作样轮着发言，其实啥都没说，说的也没几句人话。我宁可找个小馆子，点一两个喜欢的菜，每一口都吃出它们的味儿来；这相当于三两朋友间贴心的私聊，每句话都说到点子上。所以，有朋自远方来，我常说：带你去个好玩的小馆子。大而无当的空心排场咱们不搞。

这不是钱的问题，倾家荡产吃一顿大餐的胆量我有。我要的是家常，是内心与味蕾的妥帖。当然，你可以指斥此为世俗，是小门小脸的生活，我一点儿都不想反对。因为，如果连朋友都不在时，忙起来我会比这还世俗，馆子都不进，就在路边的小摊上站着解决一顿饭，完全是小鼻子小眼的日子。比如吃麻辣烫。

在北京，我还没在哪个地方发现卖麻辣烫的有比中关村多的，也没发现哪个地方的麻辣烫卖得有中关村这么热闹火爆的。小区的后门，住宅楼底下，转过一个街角，大学的宿舍区门外，美食街的入口、中段和终点，一抬头，热气腾腾、人头往一块扎的地方准在卖麻辣烫。消费群体主要是穷人、学生、年轻人、女孩子、小白领，单身者居多。中关村这类人极多。懒得一个人回家起伙的，一手烧饼，一手啤酒，荤素搭配来几串麻辣烫一顿饭就算对付了。如果不赶饭点，那就是为解馋，麻辣是上瘾的；几个小姑娘嬉笑结伴过来，即使只吃一两串也要吃——吃多了上火，脸上不太平。我是对麻辣有瘾，几天不吃心里就空落落的，丢了钱似的。我经常在傍晚或者夜半时分，看见麻辣烫的摊子前围着一堆年轻人，咝咝啦啦地吃，鼻涕眼泪都往下掉，一只手捏着麻辣串，一只手给伸出来的舌头扇风。

最早培养出来对麻辣烫的兴趣是2005年。刚从北大毕业，在学校西门外与人合租了间房子，一个月只拿一千五百块钱的工资，如果不是隔三岔五还有点儿稿费，付完房租我每个月必须有一半时间靠喝西北风才能活下去。那时候不仅日子紧巴巴的，裤带也紧巴巴的，小馆子都不敢乱进。一周里经常半数以上的晚饭都是两个韭菜馅饼外加一碗粥，咸菜是免费的。假如每天都吃鱼翅燕窝也会腻，请发挥一下想象力，把鱼翅燕窝换成馅饼、稀粥和咸菜会是什么结果。离我吃馅饼喝粥的地方隔一座桥，是两个卖麻辣烫的摊子，成年累月在半下午的时候出现在桥的另一端，那地方是北大承泽园的门口。

承泽园里外住了数不清的穷学生、复习考研者和打工仔，加上附近疗养院的年轻职工，太阳还没落到园子的另一边，一茬茬的人就像蝗虫一样围住了麻辣烫的摊子，大冬天远看过去，像一堆人头碰头在练邪门武功，因为人头攒动之上，麻辣烫热气腾腾。因为既烫又辣，走近了你就看见每个人都在歪着嘴吃得舌头直蹦。到夏天，一个人单待着都热，吃货们就不再把头往一起扎，端着浇过芝麻酱的盘子，挑好了麻辣串就到一边吃。零零散散，三三两两，倚墙站着，就地蹲着，找块石头坐着，在暮色里，在麻辣烫滚沸的汤料升腾起的热气和重口味里，五湖四海的年轻人因为麻辣烫团结在一起，仿佛这既麻又辣、且麻且辣的各种煮熟的素菜和荤菜就是他们此刻生活唯一的目的。这烟火繁盛的日常景观让我感动。那时候我刚从校门里走出来，深陷不曾预料的复杂社会，也因为写作沉溺于不可名状的悲伤里，再没有比最平常的人间烟火能让我感动了。每天看见他们兴致盎然地吃着麻辣烫，我都觉得他们是世界上最幸福的人，由此认定麻辣烫也必是世上最好的美食。

我开始把晚饭桌往桥那边移。买几个烧饼，荤素搭配挑几串麻辣烫，一顿晚饭就会吃得相当舒服。如果遇着开心事，再从旁边的超市买一罐啤酒，汤汤水水地下了肚，待酒劲儿上来，晕晕乎乎去逛公园旁边的两个旧书店，这是我当时能想象出来的最好生活。

吃了两年的麻辣烫，搬家到了中关村大街的边上。那地方人多车更多，车和人都到齐了就开始交通堵塞，摆不下一个麻辣烫的摊子。也不会让你摆，繁华的大街上冒出来个卖麻辣烫的，成何体统。但我还是在散步时有意无意地往街边和巷口处瞅，希望看见哪里冷不丁地就升腾起一片重口味的热气。终于在人大东门斜对面的一条小街上找到了。那条街小店林立，卖什么都有，街头和巷尾果然各摆了两个摊，麻辣烫爱好者们像赌徒一样围了一个圈又一个圈，我很不客气地挤进去，说：老板，来个盘子。挑最进味的串串堆满了一盘子。

还是那么够味。但从住处走到那条街实在有点远，我的日子也开始好过了一点儿，不必顿顿都要为晚饭精打细算，人也就跟着懒了，麻辣烫越吃越少。吃得少不代表把它给忘了，偶尔从那条街边经过，我会找个借口拐进去，多少吃上几串。如果谁问我是否为解馋，我可能会告诉他：纯属怀旧；那是因为长久不跟一群更年轻的年轻人挤在一起抢麻辣串，乍一抢有点儿不好意思——麻辣烫爱好者的队伍正在年轻化，老同志得有点老同志的样子。不过如果碰巧你也有此俗好，那咱们大哥不笑二哥，我会跟你说：走，来几串；可解馋，可怀旧，也可以放开肚皮当晚饭吃；我请客。

# 四个住处一个家

徐则臣

在北京六年多我住过五个地方，除了现在我端坐其中敲键盘的家，之前四个我更习惯依次称之为“宿舍”“小屋”“芙蓉里”和“海淀南路”。

宿舍在万柳学生公寓，北京的西北角。2002 年我来报到，出租车司机绕了半天才找到一个尘土飞扬的大工地，马路修了半截子，很多年轻人拎着行李在一幢巨大的楼前出入。司机说，只能是这里。那时候海淀区政府和公安局周围还是一片荒地，中关村三小尚无踪影，康桥水郡、万城华府等高档社区的地基上散布着低矮破旧的平房，工人们走在尘土里。完全是都市里的乡村。这样的北京我有点接受不了，太不像样了。当时我对“都市化”的想象还停留在小城镇阶段，以为这个地段要繁华起来，那是雄关漫道真如铁，而今迈步从头越。但只几年过去，不变的就只是公寓西边的昆玉河水在流，忽如一夜春风，高楼从大地上长出来，半空里都是楼房，地上挤满了人和车，成了都市里的都市。那时候我不知道楼房是都市的先遣队，它们开到哪里，“都市化”便会立马将周围占领。

与宿舍隔一条马路的是万泉新新家园，还有一个我忘了名字的高档住宅区，据说住着柳传志等人。当时的房价每平方米八千，我们同学都觉得贵得离谱，现在据说已经好几个八千了。老同学聚会说起来，拧胳膊拍大腿地后悔，要是当年咬咬牙跺跺脚买上一两套，哥们儿今天就是好几百万的富翁了。可是，哥们儿当年在哪呢，买双拖鞋都得挑最便宜的。

过了昆玉河是远大路，我站在西向的窗前看河对岸金源购物中心一寸寸建起来。传说是亚洲最大的超市，我就奇怪，如此庞大的超市有多少东西可卖呢。觉得建得挺花哨，周身用了很多种颜色的瓷砖。建成了，我和同学瘪着口袋去参观，哪里是什么超市，空间分门别类无数块，卖什么的都有，当然都是高档的，小吃的价钱也相当可观。建造之初附近的有钱人没现在多，生意颇有点冷清，小吃店的师傅和服务员趴在餐桌上打瞌睡。前两天我又去，厕所里人流都不断，才几年啊，日子就好过成这样。吃过晚饭我常去里面的纸老虎书店，翻完这本书再翻那本，肚子里消化得差不多了就打道回府。除了打折，坚决不买书。

另一个散步地点是昆玉河边，沿着水走身心通泰。尤其是夏天，看水看船看人坐在河边的大排档里喝冰镇的啤酒。酒我没兴趣，羡慕的是黄昏降临时他们所有的安宁的时光。即便现在，一到夏天，置身琐碎喧嚣的生活里时，我都时时有去昆玉河边坐一坐的冲动。端一杯冰镇的扎啤，看世界以椅子为圆心慢慢地向四周静下来，你们疲于奔命地跑，我希望世界慢下来。慢下来。河边要建成北京的大氧吧，一直有此传闻。我不知道大氧吧到底是个什么样子，纳闷的是万柳之地柳树甚少，昆玉河边倒还有几棵像样的，马路两边的全是瘦骨嶙峋，比手指头粗不了多少。现在应该好一点，因为柳树长得快，起码三五年之后，那些营养不良的小柳条至少看起来像柳树了。

大部分时间我都待在宿舍，3 区 534 室。去一趟北大很麻烦，公交 332 支线兼作校车，早去晚归的人很多，挤不上很正常。后来校车多了点，课又少了，更不需要去学校了。现在想起来，我好像一年到头坐在那把廉价的电脑椅子里。食堂在楼下，打了饭上来吃，如果没有别的事，找不到理由离开那把椅子。闹“SARS”的时候封校，停课，我在宿舍里结结实实坐了近两个月。疯狂地下载电影看，隔壁的一个同学据说那段时间看了一百多部。那段与世隔绝的时光是我的好日子，看完电影我开始写长篇小说《午夜之门》的第一部《石码头》，断断续续又写了其他几部小说。能有大块时间来写作，我感到幸福。这一天是你自己的，这一天你可以只干一件事。当时的北京前所未有地清静，马路上人烟稀少，公交车空空荡荡地开，救护车的叫声让人心惊肉跳。我们每天量两次体温，傍晚在楼下领取一袋校医院煎制的中药，喝下去为了抵御病毒。晚上我们会三两个人结伴散步，在空荡荡的马路上空荡荡地走。

这是我在北京最安静的日子。马路上的空，和 2008 年春节有点像。因为买了房子，欠一屁股债，加上回去的车票紧张，2008 年的春节我决定在北京过。这也是我头一次在远离家乡的地方过年，夜晚爆竹和烟火此起彼伏，我从网上断断续续地看春节晚会，感到了被遗弃的凄凉。大年初一走到中关村大街上，半天看不见一辆车，其冷清让我想起“SARS”。但那时候的冷清和恐慌要全北京人乃至全国人民来承担，所以我感到的是安静；而现在的冷清只有我一个人守着，我觉得凄凉。我一直不喜欢“京漂”这个说法，但那几天我强烈地意识到自己在“漂”着，晃晃荡荡，和一个可靠的背景失去了联系。

第二个住处“小屋”，在北大，未名湖畔的镜春园，那个大院子住过嘉庆皇帝的四公主，门前有两棵大槐树。大门从清朝以来就在腐朽，朱漆剥落，但仅从残木和斗拱的规格也不难想象当年的富贵繁华。院子里有柿子树，深秋主人用剪刀和长竹竿打柿子，底下有人拿布兜子接应，我在旁边看。红通通的柿子很诚恳，叶子落尽只有果实挂在枝头。我租的房子嘉庆皇帝的四公主从没见过，她不会想到仅靠砖头、楼板和石棉瓦就能搭建起一间五平方米的小房子，而且租金每月要八百元人民币。这间房子建在院子里，单砖跑墙，屋顶倾斜，冬冷夏热。我住进去的时候是秋天，室外温度适宜，进了小屋就寒气逼人。房东住在高大的房子里，当年四公主裙裾在其中贴着地面舞动，可以设想房间里一定四季如春，所以房东迟迟不烧暖气。而我在小屋里从中秋就盼望暖气进来。整个秋天我都住在里面，直到冬天，那是我在北京待过的最冷的房间。

但是我喜欢未名湖，能枕湖而居，就算附庸风雅，冷一点也值；虽然没有践行当初的宏愿，每天环湖漫游。清冷的早上我去湖边读英语，看起来很像个勤奋的学生。晚上去图书馆或者自修室，十点左右沿湖边回小屋。有一个节日晚上，博雅塔装点上彩灯，湖面上漂荡着很多纸船，我忘了那是什么日子，只记住了那晚未名湖上的幽艳鬼魅，别有一番意味。那段时间我学习认真，除了日记和功课，别的东西不写。我憋着，准备忙过这阵子再动手，写小说也写散文，散文的题目都想好了：《未名湖、小屋和整个秋天》。但终于没写出来。所以，湖边的小住留给我的，除风雅、寒冷、外语和一些不高兴的事之外，就是一篇想象中的散文。我在那里住了不到三个月。

毕业后租的第一处房子在芙蓉里，六楼，两年，从楼梯的窗户可以看见楼下的万泉河公园。租这里的主要原因是它靠近北大，我可以去北大的食堂吃饭。多年来我都无比热爱食堂，因为有消毒餐具，吃完饭连碗都不要洗。我可以就近去图书馆看书，去大讲堂看电影和演出，去听平常难得见到的大学者的讲座，可以去中文系继续参加师生们的讨论。这是两室一厅的房子，与一个做书的朋友合租，共用厨房和卫生间。我跟房东说，我们都没什么钱，价钱别整得太高。事实也如此，那时候很穷，逛书店尽量不带钱。现在我还怀念那地方，周围有很多书店，是我晚饭后散步的好去处。北大里面的书店，旁边海淀体育馆里的第三波书店，公园边上的采薇阁旧书店，还有海淀桥边上的巨大的中关村图书大厦，我住的第二年，第三极书局也开张了。一周里所有书店都可以轮上一遍。

这房子的另一个好处是，过了马路就是公园，适宜散步、乘凉和晒太阳，夏天晚上每周末还能看两场露天电影。穿着拖鞋夹在松散的观众里，我恍惚回到多年前的乡村，而露天电影即便在乡村，也绝迹多年了。公园角落里装备了各种健身器材，每天晚上都要开展一场轰轰烈烈的群众健身运动，以老太太居多。她们健身的时候，旁边经常蹲着阿狗阿猫，宠物比子孙更忠实于这些老人。我一直很想荡西北角的那架秋千，但一跑到那里就发现上面坐着两个小孩。作为叔叔，我不能跟他们抢，我就接着跑两圈，然后出了公园去采薇阁。我在好几篇小说里写到这个公园，重点是喷泉广场边的很多块大石头，乍一看很有点像英格兰巨石阵。喷泉我记不得是否看见开放过，倒是有很多运动爱好者在上面练习轮滑。公园里从来少不了情侣，他们当然躲在小山包的后面或者树丛里，至于躲进去干什么，我没好意思看。

住在这里我觉得身在民间。周围有很多老房子和老住户，有大批的外来房客和民工，我可以在去西苑早市买菜的路上看见各色人等，办假证的，卖盗版光盘的，假古董贩子，小商小贩，在北大旁听的外地青年，一条裤腿长一条裤腿短的民工。到了晚上，他们会聚在承泽园门口的麻辣烫和烤串摊子前解决晚饭，满满当当的热闹的烟火气。我很喜欢那种过日子的感觉，喜欢看他们坐在小板凳上，大口喝酒大块吃肉和烧饼，然后爽快地大喜大悲大声笑骂。我也常常凑上去吃两串麻辣烫和烤肉。我写过一些关于他们的小说，很多人觉得不可思议，照理说他们与我的工作和生活不沾边。

为什么就不能沾边？离开北大，下了班，我还得过日子，身边生活的就是这么一帮普通人。这个世界上这些人毫无疑问是大多数，我不是中产阶级，也没法小资，高官和巨富都不靠，也不住高档社区，出门碰见的只能是他们。你不能因为他们是办假证的、卖盗版碟的就对他们另眼相看，他们也是普通人，可能比你我都正常，不过是职业貌似有点古怪而已。要说为害社会，哪个贪官和奸商不比他们罪孽深重？我也从没把他们当成什么“底层人物”来写，在我看来他们就是一个个“人”，有我的亲朋也有我的好友，跟他们聊天我没有心理负担，也不必藏着掖着，他们比我还好说话。在北京，宾馆、酒吧、夜总会和高档社区是一个人间，很多人围着个麻辣烫的摊子也是一个人间，热气腾腾的烟火人间。我写他们，因为我在其中；我写他们，因为他们在我身边。我不想替他们诉苦，也不要为他们哭穷，我只是想实实在在地把他们写出来而已。

在芙蓉里，读书时的那台杂牌台式电脑和廉价电脑椅继续跟随我战斗。这里是北京市海淀区，我的关于北京的小说中，大部分故事都发生在这里。我在小说里不断重复这个地名，海淀，芙蓉里，当然还有北大、西苑、苏州街和中关村大街等。我一直住在海淀区，相对于朝阳区、宣武区、东城区和西城区，我对这地方更熟悉一些。2006年我写了一个中篇《跑步穿过中关村》，写的时候我住在芙蓉里，写完了，我搬到了中关村。

海淀南路2号楼6门，五楼的一个两居室。租金不低，但相对于这一带的市价，已经很便宜了。北京最好的大学、中学和小学都在周围，租房的学生和家长排长了队，价钱就直往上跑。站在窗前我能看见人大附中的学生在校园里走动，看见他们在操场上打篮球。在所有的运动中，篮球是我最喜欢的项目，来北京之后，已经几年没摸过篮球了。我想这下好了，可以每天傍晚去附中打球。女房东北大中文系毕业，高我若干级的师姐，为了感谢能在激烈的竞争中租下这套房子，我给师姐送了本小说集。

下楼出门左拐就是中关村大街，我对这条街充满了莫名其妙的好感。每次想起这个名字，我就觉得会有源源不断的故事可以讲。我要在靠近中关村大街的地方好好地讲几个好故事。两居，意味着可以拿出一个房间来做书房，如此美好，我把打好包的书解开，一排排摆进书橱。我喜欢看见成排的书上架，三天两头往书店跑大概就跟这个奇怪的爱好有关。现在回头数点，已经记不起来在海淀南路的一年里写了多少东西，不多，但也不会太少，有几个故事我还是比较满意的。我开始有了"生活"的感觉。一个家需要的所有东西这里都有，除了电视，我已经好多年没有看电视的习惯了。在我的感觉中，"家"和"生活"息息相关，但我还是不习惯称这租来的房子为"家"，我在"生活"，在"海淀南路"。下了班，朋友聚会结束，他们理直气壮地回"家"，我说，我回"海淀南路"。就像住在芙蓉里时，我说我回"芙蓉里"。区别于作为"宿舍"的万柳公寓和湖边小屋，"芙蓉里"和"海淀南路"的定义介于"宿舍"和"家"之间。其中艰难而又漫长的过渡，已经标示了我在北京生活的深入。

2007年末和2008年上半年，我经常站在海淀南路的窗户边往东南看，越过人大附中的教学楼可以看到中关村大街边上的一幢居民楼，我新买的房子其中的某一层。小区的地址上要写"中关村大街××号"，我在一点点靠近这条街。装修，采买家具，琐碎的细节如此烦人，不过我提醒自己耐心点，再耐心点，一个真正的“家”在慢慢长成。我按照我的设想去布局房子，把家具的尺寸精确到厘米，比较地板颜色最细微的差别，好了，一个第一眼看上去让我想哭的破旧的房子的壳，变成了温润丰满的家，我想要的一切这里都有，或者即将出现，我的手经过墙壁、家具和阳台上的双层玻璃，觉得身体里某个飘荡的东西慢慢落地。我不再需要在每年的7月份为下一个住处发愁，不需要再去网上、房屋租赁公司和朋友那里打听，哪里有适合做我临时的窝。

还在为租房发愁的朋友质问我，拿什么买的房子？我说，在北京这地方，穷人买房子要的不是钱，而是胆量，只要你敢借债。我东拼西凑，背高高的债，我想来日方长，有足够长的时间去一分分地还。我不想整天为一个窝伤脑筋，不想因为过段时间还要搬家，就让一大堆书和其他的物品委曲求全地待在上次搬家就打好的包里，此刻码放在墙角或者床底下——而为了找一本书，我常常要把所有地方都搜查一遍，拿到手时阅读的兴致已经没了。在我自己的家里，我要让每件东西都待在它该待的位置上。想到它时，头一歪，在那儿呢。所以我定做了六个书橱，让它们一直高到屋顶，被缚的普罗米修斯们全都解放，一一归位。

房子装修好，晾着跑味的那段时间，我和家人每天从海淀南路往新房子里运书，蚂蚁搬家似的，运一点摆放一点。看见书橱里日渐充实起来，我背着手在书房里转来转去，这是我的房子，我的家，看着一排排的书，我觉得自己像个有学问的老地主。老地主们一天三次来到自己田头，跟我一样想，看，这一顷顷的地，这茂盛的庄稼，全他妈是我的，今天我想吃米就吃米，明天想吃粗粮了，咱就改吃山芋和高粱。这日子很好。比进书店看那成山成海的自我叫卖的喧嚣货物感觉要好得多，在自己家里，我从书橱里抽出的每一本书都是我想看的。

然后我搬家，从“海淀南路”搬到了“家”里。三十岁这年，我有了稳定的卧室、书房、厨房、洗手间和生活，不用担心催缴房租的电话，不需要再看房东恩赐般的脸，我可以改装和修正家里的所有东西，包括我的生活。

这一切听起来如此曲折和完美，仿佛我已经在中国的首都扎下了根，仿佛我是一个极其恋家的好男人。我也常这么问自己，而一问我就知道露了馅。我把自己以物理的形式安顿下来，这只是一个可以稍事停顿的逗号，意味着一篇驳杂的文章才刚刚开始。

除了故乡，北京是我目前待得最久的地方。在我想也许我得在这里生活之前，生活已经开始了，海淀、北大、硅谷、中关村、蔚秀园、承泽园、芙蓉里、天安门，有一天我无意中回头，发现它们正排队进入我的小说。最早的一个北京小说，《啊，北京》，我没有任何关于“北京”的野心，甚至都缺少要写一个北京故事的明确意识。它是我在北京大街上走过之后，自然而然留下的足迹。生活主动找上了门。我在念书，不上课的时候窝在万柳学生公寓的那间分不清方向的宿舍里。北京生活对我很抽象，故事来源于朋友和虚构。我想象如果我和他们一起走在那条路上，一起见到某个人一起做某件事，我会如何。我只能把他们放到我熟悉的地方，我的地盘上我才能做主。然后是《三人行》《西夏》《我们在北京相遇》等，我知道我在写北京了。《跑步穿过中关村》《天上人间》《把脸落下》《逆时针》和《居延》都是以后的事了。

能写，就得好好写。我想象可能发生的故事、可能有的感受和发现。这个时候，我于北京，很大程度上符合那句绕口令似的术语：缺席的在场，或者在场的缺席。学院与切实的北京某种程度上是隔绝的。我的感受和发现纯属虚拟，没有经过实实在在的生活来证明。2005年毕业，大夏天我一头扎进北京火热的现场。楼房像庄稼一排排长出来，宽阔僵硬的马路，让人绝望的塞车，匆忙、喧嚣、浮躁、浩浩荡荡、乌泱乌泱、高科技、五方杂处的巨大玻璃城。我有点发蒙。这些场景我在小说里想象过很多次，但那只是纸上谈兵，远远没能想周全，更没有想明白。没吃到梨子，永远不会知道真正的味道是什么。一个愣头青，下嘴发现梨子不是甜的。他早知道不可能是甜的，但甜是唯一的，不甜却有无以计数之多。我只能从细节入手，一个个分辨个中三昧。

身份。这不是你从哪里来的问题，而是：你是谁？在过去，我可以理直气壮地告诉任何人，我是学生，我是老师，有案可稽。身份证，档案，学生证，教师证，每一个硬硬的都在，它确认你是你，这地方你可以合法自在地活下去。但现在，北京要求你这个外来人拿出户口、编制，证明你有可靠的来源和归属。一种机制在要求，机制里的人也在要求，拿出来吧，给你自由。如果你拿不出来，你只能不自由。从抽象的到具体的，大家看你的眼神就不对。好心人担心大家都有时有没有会伤害你；不那么懂得尊重别人的人，会在撒酒疯时指责你算哪根葱，一边凉快去。

我不知道北京是不是全中国最需要身份的地方，我也不知道那张纸竟如此重要，反正很多时候我被它搞得很烦。我决定买房子时，有关机构跟我说，外来人员必须捏着暂住证才能办手续。我屁颠屁颠去办暂住证。这个派出所不行又跑那个派出所，这里不办必须到那里办，这个时段不行必须下个时段，材料不齐今天办不了，今天不行因为还有十分钟我们就要下班了，明天早上来拿吧。为了这个暂住证我跑了五趟。制度化当然是好事，但是当它成为不停地向你证明你不是你的契机，就相当不可爱了。

很多朋友已经在受此困扰时，我待在学校里念书。我知道身份对他们的重要性，也理解寄人篱下和流浪的甘苦。当我原封不动地一一领受，才知道先前的理解和体贴只能是隔靴搔痒。这种事没法总结和概要，必须贴着皮肤一寸寸地触摸和刮擦，才能真切体味到渗进骨头缝里的那种怪兮兮的感觉。

身份，依然是：你是谁？这回是你与北京的关系问题。现实身份确证的琐碎细节烦了我好一阵子，好在我没有顾影自怜的癖好，习惯了就视若等闲。生活能玩出多少花样，该做的做，不该做的遵纪守法听通知，随他去吧。但我依然为身份焦虑。弗洛伊德说，人的精神焦虑可以分为现实焦虑、神经焦虑和道德焦虑三种类型。我搞不清一个人没事就茫然算哪一个类型。这感觉是我坐在公交车上穿过北京和站在天桥上看北京时的基本状态。

很茫然，那么多人，只能用“乌泱乌泱”来形容，这个词里有种黑暗和绝望的东西在，我怎么就孤零零一个人躲在一辆车里。人周围是人，车周围是车，车和人的周围是人和车，是无数的高楼和房间，房间里有更多的人。一个人深陷重围，完全可以忽略不计，似一滴水落在大海里。在天桥上看得更清楚，尤其是上下班高峰，你看见无数辆车排列整齐，行驶缓慢至于不动，这个巨大的停车场中突然少了一辆车、一个人，你知道吗？这个世界知道吗？他为什么要待在这个地方？北京。你，我，我们为了什么要待在这里？北京。人之渺小，车之渺小，拿块橡皮轻轻一擦，碰巧一阵风来，干干净净地没了。我站在天桥上常常觉得荒谬又悲哀。咱们都是谁啊？我觉得自己很陌生，北京很陌生，这个世界也很陌生。

在这样一个地方，你是谁。像一枚钉子，随便就被深埋掉；要么可以轻轻拔掉，你盯着它看，它就放大，孤零零地放大，如同一座摩天大厦，外在于这个城市，随时可以消失。这就是我一直感觉到的，我外在于北京，跟单位、编制、户口、社会关系等统统无关，只和自己有关。这种“外在”孤独、寒冷，让我心生不安。

的确，在北京我常常不安。

可是，有让我心安的地方吗，心安得让我有扎下根的踏实和宽慰？好像也没有。即便故乡，苏北的那个小城和乡村，我也逐渐心有不安。我在一天天远离那里，熟悉的人陌生了，旧时的田园和地貌不见了，像生在我身上的血管一样的后河都被填平了。故乡仿佛进入了另一种陌生的生活轨道。我回去，如入异地；料想很多人看我，也是不识的异乡人。待在家里，偶尔也会没着没落，父辈祖辈的故事听起来都远在梦里。我不知道哪个地方出了问题。

所以我想，我写了北京，也许仅仅因为我在这里生活，我心有不安。因为我要写，所以就潜下心来认真挖掘它的与众不同处，它和每一个碰巧生活在这里的人的关系，多年来它被赋予的意义对生活者的压迫和成全，一个城市与人的关系，其实也就是一个人与世界的关系。北京的确是个独特的城市，有中南海、天安门、故宫、长城和十三陵，有北大和清华，有中关村和硅谷，有“京漂”、外来人口和已经结束的奥运会。

如果我碰巧生活在上海、广州，或者香港、纽约和耶路撒冷，时间久了，我想我的写作也会与它们发生关系，即使我可能在哪儿都很难有生根发芽之感。这可能是常态，在哪里你都无法落实。唯其如此，此心不安处，非吾乡者亦吾乡。只能如此。

## 作者简介

徐则臣，1978年生于江苏东海，毕业于北京大学中文系，现任《人民文学》副主编。著有《耶路撒冷》《王城如海》《跑步穿过中关村》《青云谷童话》等。曾获庄重文文学奖、华语文学传媒大奖·年度小说家奖、冯牧文学奖。《如果大雪封门》获第六届鲁迅文学奖短篇小说奖。长篇小说《耶路撒冷》获第五届老舍文学奖、第六届香港“红楼梦奖”决审团奖、首届腾讯书院文学奖。长篇小说《北上》荣获第十届茅盾文学奖。部分作品被翻译成德、英、日、韩、意、蒙、荷、俄、阿、西等十余种语言。

# 在上庄遇到纳兰性德

叶宏奇

## 一

中国人向来缺乏理性，说什么是香的，臭的也很香；说什么是臭的，香的也很臭。但在纳兰性德的事情上，即便是最挑剔的反对者，都表现出了比较斯文的谦卑和宽容。

认识纳兰性德的时间并不长，因为仅从学习古诗词的角度讲，读读唐诗宋词，就够了。然而，直到在上庄碰到纳兰性德，才觉得，这位仅活了三十岁的前辈，的确不寻常，诗词功夫了得，读读也无妨。

那是一个冬日的下午，阳光在光秃秃的白杨树枝上跳跃，几只灰喜鹊在枯草丛中无聊地争执吵闹。本想随便找个地方打发一下时间，没想误打误撞走进了一座凋敝颓废的院落：门楼还是门楼，只是破败得没有样子了，一座鼓楼早就做了水塔，四周的厢房也改成了宿舍，唯有正殿，依然巍峨，向来人诉说着旧时的风韵和历史的秘密。

据一位当地野老说，这就是纳兰家庙，正殿是唐时的建筑。再看檐口的椽子和屋脊的雕刻，确有几分彼时的旷达。

野老显然对纳兰及其家族充满着爱戴和敬意，非常急切地要把他们推荐给我。于是，当我穿行在仅剩家族戏台痕迹的明珠花园和已是残垣断壁的纳兰家庙时，他从来没有中断过唾沫横飞的宣讲。虽然在后来的阅读中，我发现他的描述有许多无中生有的杜撰和添油加醋的谬误，仍然觉得他是一位可亲可爱的老人。

那一刻，无论是作为朝廷重臣的纳兰明珠，还是黄口小儿的纳兰性德，仿佛都已拂去历史的尘埃，正走在上庄厚重的土地上，一个渐渐老去，一个蓬勃生长。

纳兰明珠和纳兰性德爷儿俩都是康熙倚重的人物，都做过康熙的贴身警卫员。不仅如此，明珠在协助康熙治理黄淮，撤三藩，收台湾，抵御沙俄，以及征讨噶尔丹等重大国事上，都做出过杰出的贡献，对康熙王朝的内政外交，可以说是殚精竭虑。然而，跟许多功劳显赫的官员一样，都没有跳出被收拾的人生困境——康熙还算仁慈，削了他的实权，给他安排了一个非领导职务。虽然免去了牢狱之灾，或砍脑壳的危险，但对于一直把升官发财作为人生追求目标的中国人来说，打击无疑是致命的。当然，对明珠打击最大的，莫过于三年前的性德之死。

1685 年夏天，知了在槐花盛开的林中聒噪，偶尔吹过的微风，把浓密的树荫摩挲得沙沙作响，也把林下的一汪池水吹得水波涟涟。那天，才过而立之年的纳兰性德正好没有公干，便约了几个朋友，跟往常一样，在亭台榭阁中谈诗饮酒。有人无意中提起了明珠前不久刚授完英武殿大学士，紧接着又加封太子太师的发达官运，这位“官二代”不但没有获得大树荫庇的兴奋，反而生出隐隐的担忧——伴君如伴虎，凭他在康熙身边工作的经验和对当时官场争斗的了解，他认为，父亲离倒霉的日子不远了。加之朋友死的死，走的走，一股愁绪冉冉升起，就喝多了几杯。等醒来，便觉恍恍惚惚，头重脚轻，四肢乏力，一病不起，七天后再也没有起得来。

明珠在五十岁生日即将到来之际，遭遇了中年丧子之痛。

我们无法确知明珠痛苦到什么程度，在三个儿子中，他最器重，寄予希望最大的就是性德。因此，在性德考取进士后，便动用手中职权，为他谋取了皇帝警卫员这个充满风险的职业——指望他能沿着自己的人生轨迹，在仕途上有所斩获——不入虎穴焉得虎子？这是离升官发财最近的地方，也是最危险的地方，要么得到赏识，平步青云；要么被一脚踢开，永不录用。性德还算运气不错，没几年工夫就从三等警卫晋升成了一等警卫，而且还曾作为康熙的特使秘密出使梭龙，参与重要的外交事务。

性德英年早逝，明珠很悲痛；但在自己失势的寂寥中，能目睹“家家争唱饮水词”的盛况，又令他感到欣慰。

## 二

纳兰性德天资聪慧，勤奋刻苦，好学上进，“礼乐射御书数”六艺，无所不学，无所不精，没有偏科，是真正意义上的学霸。

尽管他学习自觉，明珠依然没有放松管理。

性德白天习武，夜晚读书，从来不敢懈怠，因为明珠给他规定了学习的进度，隔三岔五要检查，一旦发现疏漏，就要遭到严厉的责罚。自从父亲叶赫那拉·尼雅哈率领叶赫部投降努尔哈赤后，两家的君臣关系就确定了。要做臣子，就要做出臣子的样子来，否则，连做臣子的资格都没有。就如今天无数家长对孩子的规劝一样：不好好读书，就考不上大学，考不上大学，就找不到好工作，找不到好工作就没钱买饭票买房子……一句话，人生会很惨！叶赫那拉家族也是如此，不要看你是满清皇室的功臣，给点玉米糊糊养着你很容易，重用你不行，关内人才济济，抢着当官的人海了去啦。

明珠的压力传导到了性德身上，因此，在官邸里，每天晚上最后一个灭灯的，一定是纳兰性德。寒窗苦读，性德没有让老爹失望，除了必修的经史课程之外，文学、历史、音乐、地理、天文等都广泛涉猎，并颇有心得，令同样饱读诗书的老子明珠刮目相看，暗自喜欢。

按照这个逻辑发展下去，此子将来定有锦绣前程。明珠私下里对老婆说。

明珠对汉文化非常热爱，从始至终，都是一位学习型领导干部，诗词典籍，无所不通，还是一位著名的收藏家和考据学家，编写出版过《明史》《大清会典》等重要著作。因此，他对性德的管教一点不含糊。

总体上讲，康熙是比较开明的皇帝，在他的领导下，朝野对汉族干部比较宽容，比较接纳，也能大胆地提拔使用到一些重要领导岗位，但也发生过几起针对汉人的文字狱事件，死过许多人。明珠在众多满族干部中，是跟汉族干部交际比较广泛的一位。比如，跟内阁大学士徐乾学，关系就非同一般，还让性德拜了他做老师！明珠对汉族干部、汉族文人的态度，深刻地影响了性德。

纵观性德短暂的人生，要好的哥们儿基本都是汉族文人，经常在一起吃吃喝喝的也是汉族文人：顾贞观、严绳孙、朱彝尊、陈维崧、姜宸英等。及至在对待获罪的汉族文人方面，他也敢冒天下之大不韪，不惜动用各种关系，包括父亲的关系，解救他们，给他们以知识分子起码的尊严和出路。

一个风雪交加的下午，奉命从塞外检查防务归来的性德，正奋马扬鞭于白茫茫的大地，没膝的冰雪让本来就枯燥无味的冬天，变得更加苍凉和凄切，远处有几个像逗号一样蠕动的黑点，几乎被大雪淹没。他们正是被发配边关的汉族文人。他们衣衫褴褛，形容枯槁，显然经历了长时间的牢狱之劫，包袱里几件薄薄的行李，压在身上就像岩石一样沉重，让他们直不起腰。执行这趟苦差的差役很不开心，不停地向他们发泄心中的怨愤。性德记下了这些人的名字和所犯罪行，回京后悄悄核实，设法营救。

当下，有些研究者或“兰粉”“兰迷”，为了突出性德的清新脱俗，圣洁高雅，把他勾勒成与世无争、厌倦官场、淡泊名利的圣徒式人物。然而适得其反，这种做法严重抹杀了性德作为人的真实性和丰富性。一个文人，发几句酸涩的牢骚，抒几段妖冶的欲望，是件十分正常的事情。如果据此判定他清纯得如同早晨的甘露，是要犯错误的。

性德是在儒家文化浸淫中长大的，深谙传统立德立言立功“三不朽”的况味，而且熟读历史，对入仕和作文之间并没有天然的对立情绪，他崇拜的欧阳修、晏殊晏几道父子、苏东坡、秦观等，不但文章写得好，官也做得牛，最差都是县处级。另外，从他的业绩表现、晋升速度看，也是一位爱岗敬业、尽忠职守、有思想有作为想干事能干事的好干部。只是相较而言，他比一般的官二代富二代少了些跋扈之气，多了些内敛的平民本色；比一般干部少了些急功近利的僚气庸气媚气，多了些容易感伤的人文情怀和无所谓。

## 三

如果说，父亲明珠的身体力行影响了性德的生命，那么，宋人宋词就非常严重地影响了他的生活和文章。

生活是政府为了实现社会治理，给老百姓设计的秩序空间，性德个人是无法改变的。比如宋时宽松自由的社会环境，文人在社会生活中的状态和形式等，即便襟怀广阔的康熙也无法企及。如果哪个文人不犯点工作和生活上的错误，不闹点绯闻逸事，不给这个世界留点疤痕笑谈，能算文人吗?

在这样的空间里，文人的创作比较随性，不需要考虑为谁而写，传达了什么能量的问题，花花草草，山水情爱，只要高兴，即可入文。“苏门四学士”中的秦观，是性德最推崇和喜欢的宋代文人之一。他是一位很没“正形”的人物：到处交女朋友，经常喝得晕晕乎乎，找不到回家的路，所写作品，大都为歌舞楼台里的妓女而作，让同时代很多文友都觉得有点过分，包括师兄黄庭坚就专门写诗劝他收敛一些，弄得秦观老大不高兴。好在苏东坡赏识他，尽管他绝对写不出那种“大江东去，浪淘尽，千古风流人物”的豪放气势，但不妨碍苏老师坚信，少游同志是一位难得的极有才情的词人，并放下架子给自己政治上的死敌，当时无论在政坛还是文坛，都红得发紫的王安石写推荐信，希望不要埋没了这位旷世之才。王安石看过秦观作品后，除了震惊还是震惊，感叹说，跟秦观比，自己真是俗且烂了。

在性德喜欢的宋代众多大作家中，他把秦观放在前面，足见两人高品质的审美和不同凡响的情趣，在跨越几个世纪的遥迢时空中撞出了灿烂的火花，迸发出了清幽的兰香。作为一个长在侯门深宅的少年公子，性德实在太喜欢秦观作品提供的意象，太向往那种飘飘忽忽若隐若现、说不清道不明的感觉了：“纤云弄巧，飞星传恨，银汉迢迢暗度。金风玉露一相逢，便胜却人间无数。柔情似水，佳期如梦，忍顾鹊桥归路。两情若是久长时，又岂在朝朝暮暮。”折叠遥望六百多年前的北宋，性德几乎不能相信这是一个凡人所为，简直就是一位神人在瑶台仙阁中所作：看不到一片尘世的划痕，闻不到一丝乡间的烟火。而那位“忍顾鹊桥归路”的人，要是自己该多好啊！这种看似轻盈，实则直抵心灵的文字，即便温庭筠的“梳洗罢，独倚望江楼。过尽千帆皆不是，斜晖脉脉水悠悠，肠断白苹洲”的凄婉哀怨，也不会达到这种掏心剜肺的程度啊。

爱屋及乌，性德渴望自己活得跟秦观一样洒脱：谈谈恋爱，找歌伎听听歌，约几个要好的哥们儿喝喝酒品品茶……然而，臣妾做不到啊。他们出身不一样，阶层不一样，经历不一样。秦观虽然生在江南高邮的富庶之家，但总体上还是一个乡间野孩子；虽然从小聪颖好学，博览群书，志向高远，但屡试不第的打击，使他差不多就要放弃高考了。要不是苏东坡、王安石极力怂恿鼓励，让他下定了不到黄河心不死的决心，也不会三十六岁才如愿进士；仕途也坎坷得很，当了几天老师，又当校对编辑，好不容易熬了个杭州通判，很快又因站错队跟错人遭贬，而且一贬再贬。

这对常人，一定会很伤心，而秦观，却是满不在乎。

这些经历，就算性德没有英年早逝，当然也不会遭遇。但他似乎渴望遭遇，他刚强的外表和柔软的内心，一直都在计划着为秦观分担点什么。分担什么呢？1091 年早春，秦观在东颠西簸差不多六年后，终于获得了国史院编修的工作岗位，他心情大好，除了兢兢业业上班，一丝不苟地审查那些手抄本有没有错别字外，下班回家路上看见从蒙古高原席卷过来的沙尘暴都觉得无比安逸："金雀觚棱转夕晖，飘飘宫叶堕秋衣。出门尘涨如黄雾，始觉身从天上归。"刚解决了温饱，就有了"始觉身从天上归"的感觉，什么人，这样容易满足？三年后，屁股在杭州通判的椅子上还没坐热，风云陡起，秦观就被免职了。直到1100年秋天，五十一岁的他含笑死在回京的路上——他获得了自由。

客观地说，秦观身上有许多毛病，但瑕不掩瑜，性德在欣赏他文章的同时，也对他的人生给予了深刻的同情。在点评他的《踏莎行·郴州旅舍》中，性德非常惋惜地写道："山长水远情人别，一种相思两不期。"

## 四

苏轼的《江城子·乙卯正月二十日夜记梦》、贺铸的《鹧鸪天·半死桐》都是悼亡词的极品，影响颇为深远。但从当今少妇少女们癫狂痴迷的程度看，纳兰性德的人气已经远远超越了前两位。

性德跟老婆卢氏不是初高中同学，结婚前也相互不认识，纯属先上车后买票的类型。但他运气好，掀开红盖头后发现，这卢家小姐长得楚楚动人，靓丽如月。经过一段时间的共同生活，更发现她是个全面发展的人物，不单温婉贤淑，琴棋书画，女红针线，文章诗词，都非等闲，完全符合他心目中的佳偶标准。年轻人的爱情之火于是熊熊燃烧起来，两人如胶似漆，浓情蜜意，从此过上了幸福的生活。然而，正中了那句该死的"自古红颜多薄命"的谶语，仅三年时间，卢氏就因难产大出血，香消玉殒了。性德痛苦得死去活来，恨不得随她而去。

半个月后，他含泪写就了《青衫湿遍·悼亡》，从此没完没了，没事写，有事也写；白天写，晚上还写，写着写着就又"青衫湿遍"了。七年时间，性德竟为她写就了五十多首情真意切的悼亡词，创造了写作悼亡词的世界纪录，把身边的朋友感动得不行不行的，也把后世的女性感动得不要不要的。

特别是在当今诱惑大于淡定、利益高于道德、互恶胜于信任、男女动辄红杏出墙、不忠已成为婚姻常态的时代，重温性德对卢氏的爱情，绝对具有相当的指导意义，是无数人企羡而又望尘莫及的。那些从心底里、从血液里、从骨子里流淌出来的哀咏，真挚纯粹，不像有的作家无病呻吟，装腔作势，专门为骗姑娘欢心东拼西凑。

卢氏死后，棺椁曾长期存放在双林禅院，性德每天下班后，无论多晚多累，都要去禅院给棺椁前的灯盏添满油，给香炉里换上新的香和烛，然后坐在旁边，要么默默相伴，要么陪亡妻说一会话，仿佛她还活着，只要他就这么坐下去，妻子就会站起身，像往常一样，替他抻抻皱了的衣服，梳梳疲乏的头，端上一杯冒着热气的清茶，和他讨论一会秦观或晏几道的某首词，读读《花间集》。当然，这些都没有发生，只有呼呼的风声穿梁而过，把烛光和灯盏吹得摇曳不定；只有秋虫的唱奏像一个杂乱的乐池，偶尔蹦出一阵声嘶力竭的长响。

蚊虫叮咬的秋夜和寒风削骨的冬天，日日如是。如果在外出差，则会把添油换香烛的工作拜托给禅院的和尚，直至那些已上了红尘彼岸的和尚，都被感染了：如果修行不成，必须投胎凡尘，一定化作女郎，嫁与这样的公子做伴。

纳兰性德的不幸，成就了上庄。他死后就归葬于此地的纳兰家族墓地，占地约四百亩，成为唯一能够凭吊性德的地方。许多喜欢他的朋友，不辞辛劳找到这里，寻觅他的踪迹，祭奠他的灵魂，感受他的魅力，获得他的启迪。然而，在一场前无古人的文化浩劫中，关于他的印迹都被削平涂抹掩埋，留给人们追思的，只剩下一片空旷和他的名字以及著述——“晶帘一片伤心白，云鬟香雾成遥隔。无语问添衣，桐阴月已西。西风鸣络纬，不许愁人睡。只是去年秋，如何泪欲流。”

## 作者简介

叶宏奇，男，四川泸县人，1967 年出生，1983 年入伍，1988 年开始发表作品，毕业于解放军艺术学院文学系。曾在空军和武警部队服役，历任报务员、报道员、排长、干事、指导员、宣传股长、教导员、军校教员等职。至今已在《朔方》《人民文学》《十月》《青年文学》《解放军文艺》等发表小说百余万字，出版有长篇小说《闰年闰月》等。

# 长春桥随想

张国领

北京的桥像北京的爷一样，不但数不胜数，且大都声名显赫。

自调入北京工作后，我每天的生活中都少不了桥的影子。

我的工作单位在苏州桥畔，家住马连道那会儿，两者相距十几公里，每天坐班车早出晚归去上班，途中都要路过大大小小的桥梁，大名鼎鼎的六里桥、莲花桥、新兴桥、航天桥、花园桥、紫竹桥、为公桥、苏州桥等，都是要经过的。而这几座桥仅仅是坐落在西三环北段上的，窥一斑而见全豹，可见北京的桥有多少。

在这几座桥上往返了十几年后，单位又分了新房，这次的新房在远大路上，离单位的距离从十几公里一下子缩短为两公里，就这两公里的路途上也有一座桥，这座桥还有一个听起来颇具诗意的名字——长春桥。

走两公里只过一座桥就能到办公室，对于生活工作在北京这个大都市的众多上班族来说，都是一种奢望，因为有相当一部分人是要乘公交转地铁再步行，辗转很长时间才能坐进办公室的。而我完全可以不慌不忙地徒步行走二十五分钟时间，用四千步丈量完这两公里的路程，可见在北京我是多么幸运。

十几年里天天见的八大桥，早已镌刻进了脑海，当我天天要来走过这并不算长的长春桥时，觉得它是那样的陌生，那样的不起眼儿，甚至很长时间里我不知道它的名字，知道它的名字之后我又觉得这肯定是北京桥中的一个新生儿。因为它的栏杆、它的桥墩、它的过梁，就连它的路面还都是崭新的。以我的经验判断，它的桥龄不会比我来北京的时间更长，所以我在给别人说起长春桥的历史时，都用“很短”两个字来表达。为了更形象一点，我会再加上一句“长春桥的桥并不长，长春桥上的春也像北京的春天一样，很短。”我这样的描述是准确的，长春桥的跨度不会超过八百米，至于长春桥的春，就不用多说了，断不会长到哪去，因为北京并没有严格意义上的春天，即使有一个叫春天的季节，那也是被冬天和夏天挤压或忽略得瞬间即逝的一个符号，一般人是无法感受得到的。既然北京都没有春天，那一座叫长春的桥，无论它多么长的春，也只是桥的名字罢了。

上班的距离近了，开车就没有了理由，为了减排也为了健康，原来每天都要开的车子被我毫不客气地撂进了车库。每天六点钟准时起床，洗刷完毕向办公区出发，单位和我住的小区在一条直线上，所以我走出小区的大门后便顺着远大路一路向东疾步行走。这恰是太阳出来的时候，温暖的阳光照在脸上，美好的心情也灿烂在脸上，偶尔能听到小鸟在树梢上的鸣叫，我也不自觉地跟着小鸟的鸣叫吹几声口哨、哼一路小曲。这时候的远大路还没有进入喧闹的高潮，只有公共汽车赛跑似的发出巨大的轰鸣声一串串从身边奔驰而过。但这并不影响我的心情，我的第一个目标是要先踏上长春桥。

踏上长春桥我的路程就走了一半，长春桥向西至四环路这一段是远大路，长春桥向东至苏州桥这一段叫长春路，长春桥成了这两条路的分界线。桥下的河叫昆玉河，属于京密水渠的下游，水面宽阔，水质清澈，由于河流从昔日的皇家花园颐和园内的昆明湖流出，河道上龙舟游船不时驶过，使过往长春桥的人更是产生许多的美丽联想。我走到办公室虽不到两公里，却要走过两条路。早上我迎着初升的朝阳从远大路走向长春路，傍晚我踏着夕阳的余晖从长春路走向远大路。“远大路”寓意着前景广阔目标远大一路坦荡；“长春路”寓意着阳光明媚春暖花开生活美好永远充满希望。所以，无论是走在长春路上还是远大路上，我都心情愉悦、脚步矫健、笑看一切。

每次走上长春桥我都会稍作停留或放慢脚步，因为站在桥上可以看到远的和近的风景，这风景一年四季是不同的，晴天雨天也是不同的。在桥上往北可以看到颐和园的万寿山，往西可以看到苍茫静卧的玉泉山，向南是昆玉河两岸秀丽的沿河风景带，向东是海淀区政府和国家行政学院壮观的楼群，四个方向有四种不同的景观将自然和人文都串联在一起。这些景观本身是静止的，但因我的每天往返，而变得天天有新意，因河水的流动而变得时时有不同。春夏秋三季是北京旅游的旺季，路过长春桥时常见游船从桥下驶过，那些不知从哪里来京的游客，会对着长春桥拍照留念，桥上的我自然也成了他们镜头中的一部分，只是不知我在他们的照片中是增添了色彩还是大煞了风景。也有游客会向桥上的我挥手示意，我也向他们挥手示意，挥挥手就过去了，甚至没有看清彼此的脸庞，但心会在那瞬间得以交流，让陌生的桥和人都留下无限辽阔的想象空间。

一次女儿问我长春桥的来历，竟让我一时口结，怕瞎诌而不能自圆其说，赶紧翻阅资料，这一看大大出乎我的意料，长春桥不但有历史，还有很长的历史。桥名也绝不是今天人们的时尚语，二百多年前就已经存在于世了。它是乾隆三十五年（1770）建成的，当时皇帝命令在长河西岸另立校场，为外火器营建盖营房，京城在河东，若在河西建房行人运材料就要川流不息在河道上往返，所以营房的前期工程就是先在河上建桥，建的当然是那个年代比较流行的石头拱桥。清高宗弘历《麦庄桥记》中说：玉泉“折而南经长春、麦庄二桥，夹岸梵字颇丽”。乾隆三十六年，弘历《即景杂咏》中有“麦庄迤逦接长春，平水无劳更易舟”。夹注：“麦庄、长春二桥名。”这长春桥一直沿用至今。1966年为解决北京用水大计，中央特别批示修建京密引水渠，就是今天的昆玉河。渠水要从石拱桥下通过，渠宽而石桥窄，拱桥就落伍了，经报批，将存在了两百年的石桥拆除，建成了钢筋水泥结构的现代桥梁。由于桥的历史较长，桥东的村庄还以桥名命为长春桥村。

长春桥下的昆玉河是京密引水渠下游从颐和园昆明湖通到玉渊潭八一湖的水道，长约十公里。京密引水渠是为了把密云水库的水引进北京城区做饮用水的人工渠，它起自密云水库白河主坝以南的调节池，于怀柔县城北入怀柔水库，下游经颐和园的昆明湖，在海淀区罗道庄与永定河引水渠汇合，构成了北京的输水系统。1985年被列为一级水源保护区。“南水北调”进京的水也是注入了这一段水系。从地理位置角度看，昆玉河扼守着京城区内大小湖泊、河流的咽喉，具有“牵一发而动全身”的战略重要性。从生态建设角度看，昆玉河在京城内河、湖泊的治理改造上，具有示范作用。

了解了长春桥的历史之后，再过长春桥时心情就有了很大的不同，我走过的不再是几百米长的一座水泥桥了，它是一段两百多年的历史啊。我每天匆匆走过的，就是四分之一个世纪的历史与兴衰的见证。

桥因河而变得不可或缺，河因桥而变得柔情万种。正因为这种相辅相成的关系，使桥与河的距离始终保持着若即若离的状态。

世人都知道桥因河生，然而北京城桥众而水寡，桥下都是只有人而没有水的。没有水的桥如没有眼睛的面孔，如没有灵魂的躯体，常让人觉得桥的多余。只有长春桥是个例外，它有水，有阔大奔涌四季不断的河水，这正是它的与众不同之处。

站在长春桥上看河，你看到的就是北京的满城春色，因为北京城的水都是从长春桥下流过的啊，谁敢说长春桥下流出的水不是长春水呢?

站在长春桥上还可以看山，看北京城最秀丽的山，用北京人的话说，那都是山的龙头，玉泉山、香山、万寿山。仅听这名字你就可想象这山里寄托着京都人多少吉祥寓意的梦想，天天能看到它们的人，生活中还会有什么烦恼和失意呢?

最有幸的是站在长春桥上看四季，看春夏秋冬从桥上走过、流过、飘过、飞过，看着是不经意的，可那垂柳不知不觉中就绿了，那桃花不知不觉中就红了，那迎春花不知不觉中就黄了，那银杏不知不觉中就铺下了一地金子。最捉摸不定的是雪花，时大时小时有时无，当它覆盖桥面的时候，桥就进入了一个漫长的回忆期。

站在桥上看这一切变化的人，往往被自然的风光所诱惑而入迷，而忘了自己的存在，当收回目光向水中低头的刹那间，发现水中自己的倒影，不知不觉中已作为桥的一部分，融进透明的阳光和长长的历史中。

地铁 10 号线在这里设了长春桥站，是北京的朋友都应来走走长春桥，哪怕在桥上站立片刻，都会给您带来对北京的全新认知。

外地来北京的朋友更应来看看长春桥，哪怕稍作逗留，都会给您一个完全意想不到的惊喜。

## 作者简介

张国领，河南禹州人。1991 年毕业于北京电影学院摄影系。1980 年开始发表作品。2003 年加入中国作家协会。著有诗集《绿色的诱惑》《血色和平》，散文集《男兵女兵》《和平的守望》，报告文学集《高地英雄》等文学作品集十余部。

# 情系京海淀

张厚余

一个甲子又好几年了，一提起京华的海淀，总是梦绕魂牵。海淀啊，海淀！你已成为我忆路中的一个驿亭，一块里程碑。

早在1955年，我就有幸踏入燕园的宏门，成为母国最高学府的一名学子，在名师导引下受业，在湖光塔影中乐学。稍感遗憾的是，当时学生食堂主食以大米为主，而我却是一个在黄土高原上长大，吃惯了面食和馒头的小伙子，因此，不久便觉胃部不适，于是，隔三岔五就出南校门，到离校不远的海淀一家小小的面食馆吃炒面。小饭馆的名字想不起来了，只记得在路东的一间平房内，光线不亮堂，倒是挺干净。一位老大妈和蔼可亲，照护周到，不论是肉丝炒面、猪肝炒面，还是鸡蛋素炒面，总是做得香喷喷、热腾腾的，使我饱啖心怡，乐而忘返。

记得海淀区那时没什么大街，然而，在一条长长的巷子里，却有一家规模不小的新华书店。这里曾经是我和同学们常去光顾的处所，是久久心仪的乐园。每当周末晚上或星期天，总要去那里消磨几个小时甚至半天。书架上的好书实在是太多了，有中外文学名著，也有古今文化经典，每次翻看浏览都如行进在五彩缤纷的山阴道上，赏心悦目，应接不暇。可惜莘莘学子囊中羞涩，只好当个蹲在地上蹭饭的角色，迷看贪读。幸喜管理、售书人员不但不嫌厌，反而呵护有加，有时还给个小凳子坐。

有件事至今不能忘却，历历在目。有一天，大概是一个星期天的上午吧，我正在店内淘书，忽然，看见一位五十来岁的老先生，在服务员的帮助下，踩着脚凳向上面一层书架上寻书。他摘下那副深度近视眼镜，掂在手中，眯着眼睛仔仔细细来来回回地瞧。突然，他高兴地喊了一声“找到了”，顺手拿下厚厚的一本书，回过头来……啊，这不是前几天刚给我们在哲学楼201号讲过新诗的何其芳先生吗！我赶紧扶他下来，并帮他把挑好的一摞书捆好。这时，他的家人也过来了。他们付了钱，用自行车把书带了回去。望着老诗人远去的背影，我默诵着他的《夜歌和白天的歌》……

海淀，美丽、温暖的名字，你给过我许多快乐、难忘的时光。颐和园，该在你的辖区内吧，除了无数次游憩不说，光是体育老师教我们在湖边学习游泳，以及我们每天下午课后从西校门到园门再返回五千米长跑的劳卫制二级锻炼，便终生难忘。圆明园遗址也在你的怀抱里。节假日，我常与我的挚友在那里徘徊。我们愤恨侵略者的罪行，也慨叹名园荣华的失落与伟筑的被毁。我曾有“这荒草蔓生的涸池/曾开满艳丽的荷花/大清皇帝携爱妃宫娥/荡舟饮宴笙箫缭绕笑语喧哗……”的诗句，怅惋那永逝的繁华。

繁华与美丽永远是短暂的，稍纵即逝。“五七风暴”袭来，春花瞬间凋落。

在一个深秋的黄昏，我心情落寞，在海淀的一条深巷里踽踽独行，想去一家小馆借酒浇愁。不料，在一个拐弯处，正碰上我们的老校长马老在他孙儿的搀扶下步履蹒跚地走来。马老虽近八十高龄，前几年还那样健壮，春秋都要爬西山鬼见愁，现在却一下子见老了。前些时候，举国都在批判他的《新人口论》，北大校园也贴满声讨他的大字报，即便他居住的地方，大字报也糊满他的门窗。尽管老人有铮铮铁骨，在批判他的大会上仗义执言：“绝不向那些以力服人的人投降，要单枪匹马战斗到底！”但身心毕竟备受损伤。我赶快跑过去握住老人的手，恭敬地望着他，想说一句安慰的话，但又不知说什么好。只见他笑了笑，拍拍我的头，朗声道：“没啥，兄弟好着哩，刚喝了碗头脑，回家去……”我站在昏黄的薄暮里，直望到看不见他的背影。他好像还是那样硬朗，我顿时觉得浑身也有了力量，不再沮丧……

海淀于我青春的最后记忆是在1960年毕业之际。五年同窗，眨眼风流云散。我和挚友李德身即将天各一方，他远赴川北，我西向高原。我们在明月下的海淀踱步良久，真乃“绕树三匝，无枝可依”。此地虽非渭城，亦非清晨，亦无朝雨，但确有“西出阳关无故人”之感，必“劝君更进一杯酒”了。于是，我俩即撩帘跨入一家酒店，斟汾酒、竹叶青各二两，举杯畅饮起来。德身固有豪兴，约定在分别后“足行万里烟涛路，手绘千卷关山月”。我亦不负友望，回复“百丈青松拂云间，历尽冰霜骨愈坚”，以松自励。酒过三巡，二人约定必以平生之心力，完成系列扶摇奋飞（扶摇是德身的笔名，奋飞是我的笔名）工程，为祖国文化建设添砖加瓦，不负母校哺育栽培。

此后三十年，未来京华，未到海淀。

1990年，在我们毕业三十年之际，我以报社记者身份与同窗欢聚于海淀一家旅舍。这里离校园颇近，早出晚归，都在海淀周遭转悠，虽然依稀可辨旧迹，但往日的小面馆、新华书店、小巷、酒店，已了无痕迹……

八年后即1998年百年校庆，我带一双儿女前来贺诞。我们中文系55级近百人欢聚一堂，在正日“五四”中午，同窗好友相携相挽至海淀一家豪华大酒店聚餐。大厅宽敞整饬，十数张圆桌以环形排开，当年的青鬓红颜而今已苍颜白发，但欢声笑语依旧。大家款款入座，品尝美酒佳肴，觥筹交错而豪兴益健，共为母校百寿祝福，亦为母亲祖国兴旺欣慰。

环顾海淀，已成大都会之中心之一，文教科技圣地，举目高楼大厦，放眼车水马龙，虽然旧迹难寻，稍生怀旧之惆念，但观欣欣向荣之前景，怎能不有更为乐观之思？

岁月匆匆，时光荏苒，又快二十年未访京华，未拜母校，未亲海淀了。近日春暖花开，当再踏进京之路，重晤我梦绕魂牵的母校和海淀。

海淀，你永远是我梦中的青春伴侣，是我心中所念！

## 作者简介

张厚余，男,1938年12月出生于寿阳县，中共党员，中国作协会员，高级编辑。1955年于太原五中高中毕业，1960年毕业于北京大学中文系，在太原十五中从教二十年，1981年调入太原日报社，历任太原日报社副刊部副主任、科教部主任。并曾任太原市作协副主席，太原市第6、7、8届政协委员，太原傅山研究会副主席，山西古典文学学会常务理事。

除撰写数百万字的消息、通讯、报告文学等新闻作品外，业余从事文学创作与文学研究，出版著作有：文学评论集《寻芳屐痕》（北岳文艺出版社1994）、散文集《秋华集》（希望出版社1996）、诗词集《凝春集》（山西高校联合出版社1995）、文学研究专著《傅山诗文选注》（与侯文正合作，山西人民出版社1985）、《太白诗传》（吉林人民出版社1998）、《杜牧集（解评）》（山西古籍出版社2004）、《元曲名家精品类编：关汉卿卷》（河南文艺出版社2006）等。此外还参与《元曲鉴赏辞典》《宋词鉴赏辞典》《全唐诗》《全宋词》《全清诗》《中华诗词鉴赏辞典》《诗词曲赋鉴赏辞典》《杂文鉴赏辞典》《随笔小品鉴赏辞典》等十余部全国大型辞典编撰约三百万字；另有《文史常识百答》《唐宋诗词译赏》等儿童文学创作。曾获省市文学评论奖散文创作奖多次。

# 清华杂识

张映勤

四五年前吧，几乎年年要去几次清华。儿子在那里读书，四年里，我到清华至少在十次以上，也因此对它多了些关注与思索。

津京虽近，百里之遥，清华的名声享誉中华，此前，海淀我去过多少次，却从没有去过这所学校。清华在我的心里一直是神圣的，充满敬意的。对它最初的印象，多是从书本文章中得来的，记忆最深的是梁实秋的《清华八年》，当然还有朱自清的《荷塘月色》，以及许多名家的回忆文章。我知道，当年的清华地处远离市区的西北郊海淀，毗邻燕京——现在的北大，曾经都是圆明园的一部分。那时的清华想必是优美幽静的，不仅名师云集，条件优裕，校风整肃，治学严谨，而且地处偏远，风光秀丽，环境怡人，是读书人心中向往的学术圣殿。当年，交通不便，学生进一趟城很不容易，据说，老师到学校教课，要从市中心坐车，课时集中时便住在学校，以免路上劳顿之苦，教授们的宿舍就在工字厅、古月堂。那时的海淀还是偏僻的郊区，学生在优美的园林环境中读书，是一种极大的享受。

我常去清华的时候，当在它百年校庆前后，汽车在公路上行驶，到处是高楼林立，人流如织，海淀的繁华热闹与中心区无异，城市规模的扩大，过去荒凉的京郊早已与市区连成一片，海淀高校院所林立，科技公司遍布，广厦千幢，店铺无数，中关村发展成中国的“硅谷”，海淀是令人瞩目、闻名世界的中国教育科研高地。自然，坐落在海淀的清华也是与时俱进，日益壮大。

漫步清华，感受颇深。它不愧是中国的名校，校园之大、之美，是许多高校难以比肩的。前些年，中国的高校扩校并校之风盛行，一所大学七零八落分散在城市几个不同的校区，资源浪费，不便管理，就我所知，清华是没有本科分校为数不多的名校之一，它的校区就在海淀，完整独立，恢宏大气。

百年清华也经历过若干次扩建，最初的校区主要集中在二校门清华园牌坊内的熙春园、近春园附近，占地四百五十亩，几经扩建，至今已达到六千多亩，是原来的十几倍，但清华是以清华园为基础向周边扩展，连成不规则的长方形，整齐划一，不是碎片式的散落各处。

清华之大，超出了我的想象。送孩子报到的当天，我们就在校门口给他买了旧自行车，学生宿舍紫荆公寓距离哪个校门都不近，即使学生上下课，没有自行车代步也不方便。自然，校园的种种服务条件相当完善，应有尽有，任何生活需求不出校门都能解决。在清华校园，居然有自己的校内公交，可见它的占地之大。

然而，大且大矣，但清华好像没有了我心目中的幽静安谧了，校区的许多马路上，人们行色匆匆，步履快捷，上下课时间，车流涌动，人山人海，清华师生的规模较之以前无疑扩充了许多倍。这且不论，校园里外来参观的游人更是成群结队，如织如潮，赶上节假日，清华园人满为患，如闹市一般，草坪上、大树下、荷塘边、假山旁，校园的角角落落，到处人头攒动，尤其是二校门附近，似乎成了炙手可热的景点，世风所染，社会浮躁的风气不可能不影响到校园。桃园只在尘世外，失去了安静宁静，换来的只能心浮气躁，清华的热闹是我不愿见到的。

自然，清华给我的印象多是外在的，是环境，是建筑，是历史，是文化，这是一所大学教学科研之外最吸引人的地方。

游走清华，偌大的校园，它的主色调基本上分为三种，灰红白建筑分别反映了不同时期学校建设的特点。

灰色部分是那些隐藏在山水之间的皇家园林建筑，集中在工字厅及其古月堂、近春园荒岛附近的园林。1911 年成立的清华学堂，选址北京西郊的清华园，原是明朝的一家私人花园，后成为清朝圆明园的一部分，道光年间称熙春园、近春园，咸丰时改称清华园，这里全部是青砖灰瓦庭院相连的中式古典建筑，是老清华最早的行政办公区，小桥流水，草木繁盛，鸟语花香，环境怡人，漫步其中，犹如置身在郁郁葱葱的花园之中，它是皇家的经典园林，是清华的园中之园，在这样的环境中，身心放松，性情愉悦，别说是读书，就是在池边树下花草旁坐坐也是一种享受。

红色部分是指新中国成立前修建的民国建筑，以 20 世纪 20 年代前美国人墨菲规划设计的四大建筑——大礼堂、图书馆、科学馆、体育馆为代表，以及 40 年代修建的气象台、水利馆、生物馆、化学馆、机械馆、宿舍等等，基本上以红色砖墙为基调，多属于欧式的古典建筑风格，厚重沉实，恢宏大气，为清华早期教学科研区的代表性建筑。清华立校之初是由清政府利用美国退还的部分庚子赔款成立的留美预备学堂，建筑样式照搬美国的大学，甚至许多建材和设施都直接从国外进口，具备世界先进水平。它与清华园内的中式园林相映成趣，浑然一体，形成了西部老校区独有的深厚的文化韵味。

我以为，清华校园最没有生趣和特点的是东区校园那些所谓的白色部分建筑，以主校门一带主楼为代表的新式大楼，它们是 50 年代到 90 年代修建的仿苏式大楼，简约粗犷，体量大，实用强，但生硬死板，缺乏美感，这些建筑样式遍布全国许多高校，千楼一面，万楼同形，泯然于众，特色尽失。尤其是近年来建造的一些现代风格的大楼，虽高大宏伟，华丽别致，但与周围的建筑相比，显得不伦不类，破坏了校园的整体风格。

清华的美，我以为就集中在二校门之内灰红之间的老校区，它们至今仍然是学校最漂亮的标志性建筑。到清华参观的游人主要集中在二校门、大讲堂草坪周边拍照留念，这才是水木清华的代表性景致，是清华的灵魂和特色。遗憾的是，明清园林与民国建筑如今几乎被淹没在现代的高楼大厦之中，我最不愿意看到的就是那些新式的大楼，也许实用，也许时尚，但没有味道，没有生气。

孩子入校之初，学校给学生布置了一项作业，“我为什么要上清华？”我当时和他讲了自己的看法。清华的崛起因素有很多，但财力的支撑是重要的原因之一。在中国的教育史上，清华大学的成立并不算早，1911 年成立留美预备学堂，转年更名为清华学校，而它的大学部直到 1925 年才成立。严格意义上讲，清华成为大学的时间不足百年，比中国第一所官办的北洋大学（现天津大学）晚了整整三十年，它为什么会异军突起，后者居上，一跃成为中国最好的大学？我以为关键在于拥有雄厚的资金支持，有了充裕的经费才能聘请名师，才能盖大楼添设施，清华有比其他大学得天独厚的优越条件，有了白花花的银子，自然好办事，这是不可否认的事实。我们看看民国时期清华的那些建筑与设施，当时都是世界一流的水平。当然，先进的教学理念、严格的管理、严谨的校风校纪等等，都是造成清华成为名校的因素，但强大的物质基础、充裕的资金支持是不可忽视的一个重要原因。

清华与北大是中国高校双峰并峙的两所名校，各有优长。它们的学术地位、教学质量、社会影响，无疑是所有学生心目中高不可攀、难以企及的名校。孩子在确定志愿之前，始终把清华作为首选的理想目标，为此，我们查阅了许多资料，咨询了众多亲友，包括在清华读书的校友，所有的信息告诉我：清华学风严谨扎实、注重实际能力的培养，更适合理工科孩子的成长发展。一位学生说过的一句话让我记忆犹新：他的同学，上了清华的第一个学期，半年多的时间没有迈出过校门一步，始终在学校刻苦读书，清华学生读书之刻苦是人所尽知的。在如此浮躁的生活中，能有这样浓重紧张的学习氛围是相当难得的。在学生的成长道路上，除了个人的努力之外，学习环境、学习条件、学习氛围、学校师资、学校风气、学校传统都是相当重要、必不可少的因素，所有这些，清华无疑都是最优秀的。选择清华，似乎不需要理由，因为它是中国最好的学校之一。

清华的校训“自强不息，厚德载物”，人们耳熟能详，但我更感兴趣的是它的另一句校训：“行胜于言”。在大礼堂前草坪南端、清华学堂与第二教学楼之间，这四个字隐隐地刻在日晷的基座上。我以为，这才最能体现清华学人的作风，朴实、扎实、踏实、务实，老实，沉稳厚重而不张扬，不夸夸其谈空讲道理。实干兴邦，空谈误国，每个人做好自己分内的事，脚踏实地地干实事，这才是中国强大最需要的精神。

一般来说，高考前的日子紧锣密鼓，上了大学会一下子松弛下来，就好像两个人玩拔河比赛，一方突然松了手，另一方免不了要摔跟头。上了清华却时刻要绷着劲，不敢有一丝怠懈，其紧张程度不亚于高中冲刺阶段。天下英才过五关斩六将挤进最高学府，却始终难有喘息之机。繁重的课业、激烈的竞争只能靠加倍的努力才能应对。我最直观的感觉，孩子上中学时，从没有熬过夜拖过晚，自从上了清华，即使偶尔回家，作业也要写到深夜，尤其是理工科学生几乎成了学习机器，每日忙碌，疯狂地赶作业，“宿舍—教室—食堂”三点一线，常年不变，清华学生的良好声誉，大多是靠刻苦的学、忘我的拼得来的。四年大学生活，怎一个累字了得。

在这样的环境里成长，清华学生的勤奋刻苦自不必说了，但我感觉他们身上总像少点什么。孩子上了四年大学，遇到放长假，总会有同学到天津玩两天，我们做家长的自然是盛情款待，尽可能让他们吃好玩好。有时在家里招待，爱人忙前忙后做好一桌子菜，到了饭点，一声招呼，几个孩子下楼，有说有笑，大快朵颐。吃饱喝足，反身上楼，客气话不说，连碗筷都不帮着收拾。将他们送到车站时，几个同学站在那说话，临近开车，径直离去，连和我们家长招呼都不打一个。我一点也没有怪他们的意思，清华的学生也未必都是这样。儿子的同学有的熟悉，都是很优秀的孩子，纯朴睿智，稳重大气，阳光自信，专注自律，但有些学生接触社会太少，似乎在与人沟通方面能力欠缺，闭门苦读而逊于表达，显得有些木讷呆滞。没有一定的社会阅历，学生气太浓，不善与人打交道，不注重起码的应酬礼节，这样的智商能力再强，如何适应今天复杂的社会？现在，随着信息化程度的提高，互联网时代电脑、手机等的普及，连学校的社交方式也在悄悄地改变，过去围在操场上吹拉弹唱聊天畅谈的学生，现在可能终日坐在屏幕前了。交际空间的缩小，交际方式的单一，让本来学习紧张的理工男们有些不谙世事了。

我总在想，如今的清华好像多了点什么，又缺了点什么。多的是一些商业气的影响，少的是人文精神的熏陶。世风所致，在所难免，有的老师成了老板，有的实验室也许变成了公司，教师的教学科研也不再那么单纯，学生羡慕的是开什么车，挣多少钱。这都不重要，重要的是人文的教育似乎不如从前。“怎样做人”应该是大学教育的灵魂和基础，是学生走向社会安身立命的根本。人文教养和科学素养如同鸟之双翼，缺一不可，只有双翼健劲，才能相得益彰、触类旁通，拥有健全的知识体系和广阔的发展空间。我们培养的人才，不仅要“会做事”，更要“会做人”，做好人，做有独立意志、独立精神的人。目前中国教育普遍缺失的是会做人的高素质人才。

清华，至今在人们心目中都是中国最好的工科院校。其实，历史上的清华，文科的成就毫不逊色，甚至影响更大一些。我了解的清华，是和那些大家的名字分不开的，国学研究院“四大导师”——梁启超、陈寅恪、王国维、赵元任，著名作家学者朱自清、闻一多、钱钟书、俞平伯、冯友兰、梁实秋、林徽因、沈从文、吴组缃、吴宓、潘光旦、金岳霖、费孝通、曹禺等等，可谓钟灵毓秀，人才济济，这些文科教授形成的人文精神为学校赢得了巨大声誉。1928 年，清华大学成立之初便是拥有文法理工的综合性大学，1946 年，清华在原址复校，又设立了农学院。文理兼备，底蕴深厚，一时群英荟萃，名师云集，所谓大学的深厚传统从来都是由上几代优秀人物托着的，他们是一个个独立的精英个体，其精神财富，惠泽后世，传承历史。可惜的是，1952 年院系大调整时，清华的文、理、法等学院迁出，变成了单一的工科院校，变成了“工程师的摇篮”，其特色的通才教育模式也变成了专才教育。虽然从 2003 年开始，清华大学逐步恢复了文科设置，但元气已伤，传统已断，短时间内恢复往日的辉煌岂是易事。

清华老校长梅贻琦的名言人们耳熟能详："所谓大学者，非谓有大楼之谓也，有大师之谓也。"如今的清华，大楼林立，而大师鲜见，院系增多，规模扩大，但人文素养欠缺，学校传统难继。清华之大，不应该只大在规模和面积上吧。深邃的文化底蕴，不能只在碑亭塑像和书本中寻找吧。清华要建成世界一流大学，还有许多路要走，这其中，发扬人文精神，找回文化自信，强化综合素质，是势在必行的重要课题。

## 作者简介

张映勤，1962 年出生。笔名梦石。山西汾阳人。中共党员。大学文化。1985 年后在天津市作协工作，现任天津作协《天津文学》主编（执行）。2004 年加入中国作家协会。编审、文学创作一级、天津市签约作家。著有《佛道文化通览》《世纪忏悔》《话剧讲稿》《死亡调查》《寺院 · 宫观 · 神佛》《中国社会问题透视》《那年那事那物件——100 个都市旧物》等作品集，另有小说、散文、随笔、评论、报告文学数百篇散见于内地及香港几十家报刊，编辑有《新竹文丛》《笔耕文丛》各十二本、《高等学校文科阅读教材文库》六本、《中学生作文大赛作品选》三本、《小学生作文大赛作品选》九本、《天津文学面面观》《天津作家论》等文学类图书百部以上。

**图书在版编目（CIP）数据**

作家眼中的海淀／北京市海淀区文学艺术界联合会编．-- 北京：作家出版社，2020.1

ISBN 978-7-5212-0711-8

Ⅰ．①作… Ⅱ．①北… Ⅲ．①散文集－中国－当代 Ⅳ．①I267

中国版本图书馆 CIP 数据核字（2019）第 202804 号

**作家眼中的海淀**

---

**编　　者：** 北京市海淀区文学艺术界联合会

**责任编辑：** 张　平

**装帧设计：** 周思陶

**出版发行：** 作家出版社有限公司

**社　　址：** 北京农展馆南里 10 号　**邮　　编：** 100125

**电话传真：** 86-10-65067186（发行中心及邮购部）

86-10-65004079（总编室）

**E-mail:zuojia@zuojia.net.cn**

**http://www.zuojiachubanshe.com**

**印　　刷：** 北京玺诚印务有限公司

**成品尺寸：** 165×235

**字　　数：** 265 千

**印　　张：** 16.5

**版　　次：** 2020 年 1 月第 1 版

**印　　次：** 2020 年 1 月第 1 次印刷

ISBN 978-7-5212-0711-8

**定　　价：** 39.00 元

---

作家版图书，版权所有，侵权必究。

作家版图书，印装错误可随时退换。